Denk me weg

Als Margarets verloofde John in de jaren zestig wordt opgenomen vanwege een ernstige depressie komt ze voor een moeilijke keuze te staan: gaat ze met hem verder of gaat ze de pijn die het haar kan opleveren liever uit de weg? Denk me weg is het onvergetelijke verhaal van wat er voortvloeit uit deze allesbepalende beslissing.

Het middelpunt van het verhaal is Michael, de oudste zoon van Margaret en John. Een briljante maar angstige muziekfanaat, die steeds verwarder en wisselvalliger wordt. Een even belangrijke rol spelen Michaels jongere zusje en broertje – de verstandige en betrouwbare Celia en de ambitieuze en uiterst beheerste Alec. Zij doen er samen met hun moeder alles aan om voor Michael te zorgen, die steeds verwarder en wisselvalliger wordt.

Met zijn opvallende emotionele precisie en zijn levendige, vernieuwende taalgebruik heeft Adam Haslett iets zeldzaams geproduceerd: een roman die onze kijk op de belangrijkste personen in ons leven werkelijk kan veranderen.

* * *

Adam Haslett (1970) is een Amerikaanse schrijver en journalist. Zijn boeken werden in achttien talen vertaald en zijn journalistieke werk verscheen onder andere in *The Financial Times*, *Esquire*, *New York Magazine* en *The New Yorker*. Hij woont en werkt in New York.

Adam Haslett

Denk me weg

Vertaling uit het Engels Irving Pardoen

De beschrijving van de geschiedenis die op blz. [xxx] wordt gememoreerd, is ontleend aan Greg Grandin: 'The Empire of Necessity: Slavery, Freedom, and Deception in the New World', Oneworld Publications, Londen 2014.

De alinea uit Marcel Prousts 'Op zoek naar de verloren tijd, deel 5 – De gevangene' op blz. [xxx] is overgenomen uit de Nederlandse vertaling van het werk door Thérèse Cornips, De Bezige Bij 1991-1993.

De Nederlandse vertaling van de versregels uit *Lines Composed a Few Miles Above Tintern Abbey* van William Wordsworth op blz. [xxx] is van Jabik Veenbaas, in: 'Lyrische balladen / Wordsworth en Coleridge', Athenaeum-Polak & Van Gennep 2010.

Oorspronkelijke titel: *Imagine Me Gone*
Oorspronkelijk uitgegeven door: Little, Brown 2016

Omslagontwerp: Bloemendaal & Dekkers, Amsterdam
Typografie: Crius Group, Hulshout
Foto auteur: © Beowulf Sheehan

ISBN 978 90 488 3020 6
ISBN 978 90 488 3021 3 (e-book)
NUR 302

www.hollandsdiep.nl
www.overamstel.com

OVERAMSTEL
uitgevers

Hollands Diep is een imprint van Overamstel Uitgevers bv

Voor Tim

Misschien is alle muziek, zelfs de nieuwste, niet zozeer iets wat men ontdekt, als wel iets wat weer tevoorschijn komt vanuit het geheugen waarin het begraven lag en onhoorbaar was, als een melodie uitgesneden in het lichaam.

– Jean Genet

Alec

Toen ik het houten huis uit liep, werd ik verblind door al het wit in de felle zon op de besneeuwde tuin. Smeltwater droop van de ijspegels aan het dak van de schuur. De roerloze, tegen de grijze hemel zwart afgetekende dennenbomen stonden er nu, in het heldere licht, groen en vochtig bij en leken weer tot leven gekomen. De voetafdrukken van Michael en mijzelf op het besneeuwde tuinpad waren aan het vervagen en vormden op de tegels nog slechts ovale plekken. Onder onze voetsporen op de oprit zag ik voor het eerst sinds we waren aangekomen het grind. Wekenlang was het ijskoud geweest, maar nu, in december, was het gaan dooien. Ik wist niet precies wat voor dag het was of hoe laat, alleen dat het al vrij lang na het middaguur moest zijn.

Aan de overkant stond de pick-up van de jonge kreeftenman. Bruin water sijpelde van de op het chassis aangekoekte sneeuwbrij. Onder de berg smeltende sneeuw op de laadbak was het rode zeil over het hout te zien. Uit de schoorsteen van zijn witte hutje verder heuvelopwaarts steeg rook op naar het strakblauw.

Ik moest mijn zus te bellen. Ik moest haar vertellen wat er was gebeurd. Het was al uren geleden, maar ik had er nog met niemand over gepraat.

Ik liep de weg op in de richting van het dorp, langs de in dit seizoen onbewoonde zomerhuisjes en de huizen van de oude, gepensioneerde echtparen met de beglaasde veranda's en achter de katoenen gordijnen het licht dat de hele dag brandde. Toen het zo koud was, zou dit een doodstille wandeling zijn geweest, maar nu hoorde ik de beek die door het bos en onder de weg door liep en op het kiezelstrand in zee uitkwam. Ik hoorde het krijsen van meeuwen en kon zelfs het water horen dat onder aan de sneeuwbanken naar beneden sijpelde en in talloze stroompjes het droge zout op het plaveisel wegspoelde.

Ik wilde de stem van Seth horen. Ik wilde hem horen vertellen hoe zijn dag was, al zei hij alleen maar wat hij bij het ontbijt had gegeten; hem horen vertellen over de plannen die hij voor ons tweeën had als ik terug zou zijn. Dan zou ik tegen hem kunnen zeggen dat het nu in orde was, dat we zonder onderbrekingen bij elkaar konden zijn. Maar hem opbellen had ik ook niet kunnen opbrengen.

Zodra ik iets zou zeggen, zou het waar zijn.

Ik liep daar met mijn jas opengeritst, zonder muts of handschoenen – het was bijna warm in de zon. Mijn zus zou inmiddels in het verre San Francisco al op zijn en met het openbaar vervoer op weg zijn naar haar bureau of daar al zijn. Mijn moeder zou boodschappen aan het doen zijn, met een vriendin voor de lunch hebben afgesproken of met dit mooie weer gewoon aan het wandelen zijn en van alles bedenken, zich zorgen maken over Michael en mij hier in Maine en zich afvragen hoe lang ze moest wachten voordat ze ons weer kon bellen.

Bij de kruising met de hoofdweg naar het dorp kwam ik bij de oude baptistenkerk. De hoge, rechthoekige gebrandschilderde ramen van het schip waren rood en oranje verlicht, als van binnenuit. De witte houten toren deed bijna pijn aan je ogen als je er tegen het felle zonlicht in naar keek. Ik vroeg me af of de kreeftenman en zijn vrouw hier kerkten. Of anders of hij hier als kind met zijn vader of grootvader had gekerkt, en of hij überhaupt wel naar de kerk ging.

Het geluid dat hij had gemaakt terwijl hij voor zijn huis brandhout had staan hakken had Michael geërgerd. Dat trage ritme van het splijten. Michael was van de bank opgestaan en naar de eetkamer gelopen en had daar binnensmonds vloekend uit het raam gekeken.

Waarom kon het geluid dat niet nog eens voor elkaar krijgen? dacht ik in de intense droomwereld waarin ik op dat moment verkeerde, die onwerkelijke bewustzijnstoestand doordat ik nog steeds de enige was die het wist. Waarom kon dat geluid Michael niet nog eens in beweging krijgen? Door hem te sarren, zijn trommelvliezen te teisteren. Waarom niet? Wat voor iemand was ik als ik niet ten minste probeerde hem weer terug te halen?

Ik draaide me om en liep snel in de richting van waar ik gekomen was, langs het weggetje dat omlaag leidde naar de kust en dan weer omhoog het heuveltje op, gedreven door de hoop de dag opnieuw te kunnen beginnen.

Toen ik de hoek om kwam, dacht ik even dat er iets aan me mankeerde, want daar zag ik de kreeftenman – hij is maar een paar jaar jonger dan ik – in zijn Carhartt-jack en met een honkbalpetje op zijn voortuin uit komen. Ik zette het op een lopen in zijn richting, want ik dacht dat hij alweer verdwenen zou zijn als ik niet op tijd bij hem was. Maar een paar meter voor het einde van zijn oprit bleef hij staan en keek hoe ik op zijn pick-up kwam afrennen. Toen ik bij hem was, legde ik een hand op de achterklep om mezelf in evenwicht te houden.

In de maand dat we hier waren geweest, had Michael noch ik een woord met hem gewisseld. Een moment stonden we zwijgend tegenover elkaar. Zijn armen hingen recht naar beneden langs zijn zij. Zijn bebaarde gezicht stond vreemd kalm.

'Kan ik u helpen?' vroeg hij op trage, achterdochtige toon, waardoor de vraag als een soort bedreiging klonk.

Met een hoofdknikje naar het huis zei ik: 'Ik logeer daar.'

'Ja,' zei hij. 'Ik heb jullie tweeën gezien.'

Kom wat dichterbij, wilde ik zeggen. Hij moest zo dichtbij staan dat ik naar hem uit kon halen. Of in zijn armen kon vallen.

'Er is iets gebeurd,' zei ik hardop, voor het eerst. 'Met mijn broer.'

Dichterbij. Kom dichterbij. Maar dat deed hij niet, hij hield voet bij stuk en loenste naar me, niet wetend wat hij moest denken van zichzelf en van mij.

Michael

Hallo. Dit is de voicemail van dokter Walter Benjamin. Ik ben op dit moment niet bereikbaar. Als u een van mijn patiënten bent, spreek dan uw naam, een kort bericht en uw telefoonnummer in, ook als u denkt dat ik dat al heb, aangezien ik het misschien niet bij de hand heb. Ik bel u zo spoedig mogelijk terug. Houdt u er alstublieft rekening mee dat ik niet op mijn praktijk ben op vrijdag, zaterdag, zondag, maandag, dinsdag, woensdag en donderdag en dat alle berichten die op die dagen worden ingesproken de daaropvolgende maandag zullen worden beantwoord.

Als dit een noodsituatie betreft en u bent per ongeluk met uw jongere broer op vakantie gegaan in de hoop dat u zich eindelijk eens zou kunnen losmaken van de beelden waar u al uw hele leven over nadenkt, maar in plaats daarvan merkt dat u gevangenzit in een stormwind vanuit het paradijs, zodat u niets anders meer ziet dan de puinhopen van het verleden die zich voor u opstapelen, één grote catastrofe zonder uitzicht, dan kunt u beter ophangen en contact opnemen met mijn telefoondienst.

En ten slotte, als u een vervolgrecept voor uw medicijnen nodig hebt om te kunnen overleven en u bezorgd bent dat uw verzoek mij niet tijdig zal bereiken zodat de boodschap die u op het punt staat in te spreken waarschijnlijk het laatste zal zijn wat u zegt, realiseert u zich dan alstublieft dat u uw uiterste best hebt gedaan en zoveel van uw familie hebt gehouden als maar mogelijk was.

I

Margaret

Het kan niet anders of we vergeten inderhaast iets. Omdat ik met Alec naar de dokter moest om zijn hechtingen te laten verwijderen en met Kelsey naar de dierenarts en ik ook inkopen moest doen voor de reis, heb ik gisteren niet alles kunnen inpakken. Maar ik heb gedaan wat ik kon, en in elk geval heeft John nadat hij gisteravond uit zijn werk kwam Alec en Celia nog geholpen boeken uit te zoeken. Wat er ook gebeurt, we vertrekken klokslag halfnegen. John stampt het er bij de kinderen in. Zoals altijd maakt hij ook hier een spelletje van: Als je ook maar een minuut te laat bent, laten we je achter en komen we je naderhand niet ophalen! Als hij dan door het huis paradeert, luid roepend 'Het is tijd om te gaan', zullen ze die dingen meenemen die het dichtstbij liggen, in de veronderstelling dat ik de rest wel zal hebben ingepakt, en naar de auto rennen om ruzie te maken over wie waar mag zitten, wat Michael en Celia de gelegenheid geeft een nieuw front in hun permanente oorlogvoering te openen waarna Alec weer achteraan zal komen kakken en opnieuw een nederlaag tegen hen zal lijden. En als hij verliest, zal hij gaan dreinen om hun plezier te vergallen. Weggaan brengt een versnelling teweeg in al hun wensen en angsten, met name op zomervakantie gaan, twee weken in een geleend huis aan het water in Maine.

De oppas heeft weer toegezegd konijnen, cavia, vogel en zelfs Michaels slang te eten te geven, bij welke laatste ze dan ontdooide muizen aan het uiteinde van een stok moet laten bungelen. Van de hele beestenbende komt alleen Kelsey met ons mee, de meest ongezeglijke van allemaal en het voorwerp van de grootste spot en toewijding van de kinderen. Het is hun mascotte, een volstrekt onopgevoede straathond die dwars door horren banjert en op bedden schijt, maar waarvan ik – door hun ogen – nog steeds houd.

Voor de lange rit maak ik surprises voor ze, die ik achterhoud totdat we halverwege zijn, zodat ze iets hebben om naar uit te kijken en ik voor mezelf kan rekenen op een halfuurtje rust wanneer ze eenmaal zijn uitgedeeld, de schoenendozen met nummerbordspelletjes, pinda's en sinaasappelen, een kleine legodoos voor Alec, een boek voor Celia en een muziektijdschrift voor Michael. Ik moet ze snel af hebben, voordat ze naar beneden komen, want anders is het effect weg, en daar slaag ik maar net in, want een minuut later komt Alec de keuken in en vraagt: Wat krijgen we bij het ontbijt?

Achter hem aan komt Michael, die meteen op zijn kleine broertje afloopt en hem in zijn bovenarm knijpt, totdat Alec roept dat hij daarmee moet ophouden, waarna hij tegen hem zegt: 'Mama heeft het druk met voorbereidingen, wat betekent dat papa het eten maakt, en hij maakt alleen gepocheerde eieren, dus dat krijgen we bij het ontbijt, kleintje.'

Zowel Michael als Celia behandelt Alec als een wezen dat evolutionair gezien in hetzelfde stadium verkeert als Kelsey, waardoor ze, als ze het goed aanpakken, van lol verzekerd kunnen zijn.

'Dat deed pijn,' zegt Alec terwijl hij zijn hand op zijn arm legt, maar Michael luistert niet. Hij is op de radio op zoek naar een andere zender en vliegt langs nieuwsuitzendingen, violen en schreeuwerige reclames, Dolly Parton en rockballads, gaat de hele afstemschaal drie of vier keer langs voordat hij stuit op een discosong, op dit moment zijn favoriete muziek.

'Alsjeblieft,' zeg ik, 'niet nu.'

'We kunnen geen barokmuziek meer horen. Dat verslapt de geest. Ritme hebben we nodig.'

Hoe komt een kind van twaalf aan een zin als 'dat verslapt de geest'? Uit een of andere roman die hij leest, ongetwijfeld. Hij zal, verleid door de klank ervan, de zin een week lang telkens herhalen en dan weer iets nieuws vinden. Bij het avondeten probeert hij ze meestal uit op Alec, die pas zeven is en niets kan zeggen wat zijn broer en zus niet in hun overtuiging stijft dat hij dom is. 'Ik geloof dat je ons nu lang genoeg aangenaam bezig hebt gehouden,' zei Michael onlangs, toen Alec probeerde uit te leggen hoe het op de sportdag op zijn school was toegegaan. Michael wachtte diplomatiek een paar tellen voordat hij heimelijk naar John en mij keek hoe we zouden reageren op zijn bon mot. Alec bleef gewoon doorgaan over zaklopen, totdat Michael hem nog eens in zijn arm kneep.

'Niet nu,' zeg ik, dus draait hij de afstemknop terug naar wat het ook mag zijn wat Robert J. Lurtsema vanmorgen laat horen op de zender WGBH, en doet dan de hordeur open om de flemende Kelsey in de tuin te laten en loopt achter haar aan naar buiten.

Zonsopkomst is al meer dan twee uur geleden –vanmorgen om zeventien minuten over vijf, een minuut later dan gisteren – en de zon staat al ruim boven de toppen van de dennen. Vinken en mussen fladderen in hun vogelbadje naast mijn goudsbloemenbedje. Het is een tamelijk lelijk ding van ruw beton, en het ziet er in de winter nogal misplaatst uit met die hoop sneeuw er excentrisch bovenop, maar vanochtend zijn de spetterende vogels die het water doen glinsteren toch iets leuks in die rommelige tuin van ons, met een schuur waarvan het dak aan de achterkant op instorten staat, zodat we de kinderen er steeds aan moeten herinneren dat ze eronder niet mogen spelen, en het langzaam verder vervallende bakstenen terras, waar ik de bloeiende purperwindes – met bloemblaadjes als gerimpeld linnen om een vaalgeel midden – langs de regenpijp omhoog heb geleid.

Kelsey is ervandoor gegaan via het pad dat het bos in voert – dat zal nog eens een kwartier kosten – maar Michael is niet achter haar aan gegaan en in plaats daarvan bij de stationcar blijven staan, waar hij op de bumper is gestapt en, zich vasthoudend aan de imperiaal, de auto op zijn achterwielen op en neer laat wippen alsof het een dier is dat hij op die manier vooruit kan branden.

John komt uitgedost in een van zijn vrolijke zomerse combinaties naar beneden – bermudabroek, canvas riem, blauwe Izod-polo – en kan zo zonder meer het voortouw nemen bij onze vaartochten. Het zegt de kinderen niets dat het huis op het vasteland, het huis op het eiland en de boot waarvan we gebruikmaken om daartussen heen en weer te varen, aan ons worden uitgeleend door een zakenpartner van John en dat we ons dit onmogelijk op eigen kracht zouden kunnen veroorloven, niet twee weken lang althans, en niet op een eiland van veertig hectare dat we voor onszelf alleen hebben, en doorgaans zegt het ook mij niets – het is niet meer dan een mooi geschenk dat ons nu voor het derde achtereenvolgende jaar toevallig te beurt is gevallen, een plek waarvan ik ben gaan houden. Het is alleen het feit dat we, tot wat het allerlaatste moment lijkt, niet weten of en wanneer we erover kunnen beschikken waardoor we ons weer realiseren hoe onzeker het allemaal is en hoe we hier moeten roeien met de riemen die we hebben.

We waren eigenlijk nooit van plan geweest te gaan wonen waar we nu wonen, zelfs niet in dit land, en het is ook niet de plek waar we de kinderen hun schoolopleiding wilden laten volgen. We woonden in Londen, en het was niet toevallig dat we daar Michael en Celia hebben gekregen, want daar hoorde John thuis. En daar wil hij ook terug naartoe. Dat we hier al zo lang wonen, is eigenlijk min of meer toevallig. Hij werd als consultant naar Boston gestuurd, naar wij dachten voor een periode van acht maanden, en daarom hebben we in Samoset dit huis gehuurd, in dezelfde straat als waar mijn moeder woont. We kwamen hier vroeger altijd in de zomer, en ze heeft zich hier na de dood van mijn vader permanent gevestigd. Het huis bleek in een tijd dat de hele familie hier in de buurt woonde gebouwd te zijn door een timmerman die een verre voorvader van mij was.

Toen werd Johns bedrijf in Londen opgeheven. En daar zaten we dan. De kinderen hadden er alle ruimte om te spelen. Hun grootmoeder woonde drie minuten bij ons vandaan, wat ook zijn voordelen heeft. John is vervolgens op zoek gegaan naar een tijdelijke baan, en onze meubels in Engeland hebben we daar laten opslaan. Hij vond zo'n baan, en nog een, en toen een die een wat permanenter karakter had bij een nieuwe onderneming in de financiële sector, en het leven dat we ons hadden voorgesteld te zullen krijgen – in de stad wonen, met vrienden en feestjes – werd jaar na jaar opgeschort, en zo gaat het nu al acht jaar, al koesteren we nog altijd het idee dat we later nog eens terug zullen gaan. Het geeft me het gevoel dat alles onzeker is. Over het algemeen, zoals ook op deze ochtend, nu de kinderen gelukkig zijn en het mooi weer is, wil ik daar niet te veel over nadenken.

Achter het stuur draagt John, ter completering van zijn zomerlook, zijn schildpadzonnebril. Hij is een showman als hij er zin in heeft, en dan kan hij heel grootmoedig zijn. Als hij goedgeluimd is, kan het niet stuk. Dan prefereert hij Ellington boven Coltrane en Sinatra boven Simon en Garfunkel; dan mag hij, als de kinderen naar bed zijn, graag rondedansjes maken in de huiskamer en komt hij 's morgens pas naar bed. Dan is hij ervan overtuigd dat hij nooit zal ophouden met werken of geld verdienen, omdat hij zulke goede ideeën heeft over de manier waarop je de geschikte nieuwe bedrijven moet vinden en dat er daar zoveel van zijn, zodat de optelsom gauw gemaakt is. En de laatste tijd gaat het prima, moet ik zeggen, het glas bubbelt niet over, maar is wel meer dan halfvol. Het gaat lekker op zijn werk en hij is op tijd thuis voor het eten en om zich bezig te houden met de kinderen, met wie hij op zaterdag en zondag in de tuin speelt. Hij maait het gras van het weiland en in het bos maakt hij paden vrij zodat ze er kunnen fietsen, allemaal echt prima, hoe anders het ook is vergeleken met die borrels thuis in Slaidburn Street, vlak bij King's Road, met die glans in zijn ogen, zijn goedgeklede vrienden en al die andere dingen toen in Londen, voordat we trouwden.

Ik kende hem destijds op een naïeve manier. Hij was niet opgevoed om relaties aan te gaan volgens de huidige maatstaven. Hij was opgegroeid in de oude wereld, waarin karakter een kwestie is van omgangsvormen en formaliteiten, en het huwelijk werd beschouwd als een van die formaliteiten. Wat niet wil zeggen dat hij niet van me houdt. Hij doet dat alleen op zijn Brits. Ik denk dat hij, toen hij mij ontmoette, het idee had dat hij daaraan gedeeltelijk zou kunnen ontsnappen, in zijn privéleven in elk geval. In zijn ogen bezat ik die Amerikaanse openheid die hij bewondert, hoewel ik in feite, door naar Londen te komen, wilde ontkomen aan mijn eigen oude wereld van debutantenbals en de tutten van Smith College. We zouden elkaar ergens halverwege ontmoeten, was het idee, denk ik.

'In elk geval spreken we allemaal beschaafd Engels.' Dat zei zijn moeder aan tafel tegen niemand in het bijzonder toen ik voor het eerst met hem mee was gegaan naar zijn ouders, in de buurt van Southampton. Ze had mijn accent blijkbaar als minder schokkend ervaren dan ze had verwacht. Zijn vader had in de tuin opzij van het huis een putting green, waar hij doorgaans het grootste deel van de middag doorbracht alvorens binnen te komen voor de avondmaaltijd, die hij het liefst in stilte opat. Op de ontbijttafel stond een theemuts en koude toast in een rekje, en op zondag was er lamsbout met muntgelei bij het middagmaal, terwijl er 's avonds werd gevraagd of ik van plan was een bad te nemen. John was en is zijn moeders lieveling, de oudste, die naar Oxford was gegaan, in zaken zat, mooie pakken draagt en begrijpt dat je de dingen op een goede of een verkeerde manier kunt aanpakken, en die van dat alles enthousiast blijk geeft als hij in haar gezelschap is, omdat hij graag wil beantwoorden aan haar beeld van hem.

Ik had een baan bij een bibliotheek in een buitenwijk. Ik stond vroeg op en nam de trein naar Walton-on-Thames en vervolgens de bus door de hoofdstraat naar het negentiende-eeuwse fort van rode baksteen, waar ik de hele dag boeken afstempelde en op de plank zette, om daarna de reis in omgekeerde richting te maken en weer tegen het normale stedelijke woon-werkverkeer in te rijden.

Een paar maanden geleden las ik *Armies of the Night* van Mailer, en dat herinnerde me weer aan het feit dat ik zoveel had gemist doordat ik het grootste deel van de jaren zestig niet in Amerika had gewoond en in het buitenland had moeten lezen en horen over alle geweld, altijd op afstand dus. Eén passage trof me vooral. Na een beschrijving van alle aanstellerige redevoeringen, de daaropvolgende woelingen bij het Pentagon en de arrestatie van de demonstranten, die zwijgend en in het donker per bus naar Virginia worden gebracht, schrijft Mailer dat Amerikanen zich vooral beweging herinneren. Misschien had hij 'Amerikanen' beter kunnen vervangen door 'mensen in het algemeen'. Hoe dan ook, het is waar, vond ik. Als je de herinnering niet opvat als alleen maar terugkijken, maar meer als een bewustzijn van ruimte en tijd en van de wijze waarop die aan verandering onderhevig zijn, van wat die verandering voor gevoel geeft, dan moet er in de beweging iets zijn wat dit teweegbrengt. Voor de mens lijkt het alsof de tijd zichtbaar wordt in een fysiek voorwaartse beweging. Dat is dan zeker de reden waarom ik vind dat de onnatuurlijke snelheid van auto's en straalvliegtuigen gevoelens van nostalgie veroorzaakt. De eenvoudigste manier om de gewaarwording van het vreemde van het verstrijken van de tijd uit te sluiten, is de tijd stil zetten en verbeelden in monumenten of potplanten.

Zo heb ik ook, denk ik, mijn terugreis in die bijna lege treinen, in de vroege avonduren vanuit Surrey naar de stad, als het 's winters al donker was en je je medereizigers weerspiegeld zag in het raam, omgevormd tot een vast beeld in mijn geheugen, dat ik nu als een surrogaat koester voor al die veel specifiekere momenten waarop ik erg naar John verlangde en graag wilde dat we zouden gaan samenwonen, zodat het vanzelfsprekend zou zijn dat we elkaar elke avond zagen.

Of zoals ik me nog iets anders herinner, nu ik in de auto zit en de dozen met verrassingen heb uitgedeeld en mezelf daarmee een korte opschorting van het ongeduld van de kinderen heb bezorgd, terwijl we met de raampjes open de zilte lucht langs ons gezicht voelen stromen. Ik denk terug aan een druk, luidruchtig feestje in het appartement met Johns huisgenoten, allemaal uitgedost in jasje-dasje of jurk, op de avond dat er brandweerauto's voor de flat verschenen en we ons allemaal met klotsende glazen van de vierde verdieping naar beneden moesten haasten, waarbij John nog weer eens naar boven ging om zijn jasje te halen voor het geval de pers zou verschijnen om verslag te doen van de dreigende uitslaande brand – een goede grap om te voorkomen dat de uitstekende stemming beneden op de stoep zou verpieteren, die inderdaad werkte, zodat we bleven lachen totdat het brandalarm afliep en we weer naar boven gingen om door te gaan met drinken.

De manier waarop hij me in het begin kuste, was bijna plechtig te noemen. Het was duidelijk dat hij zenuwachtig was, wat hem bij zijn vrienden nooit zou overkomen; het contact met hen verliep uitsluitend via het gesproken woord. Dit contrast verleidde me nog het meest. De Amerikaanse jongens met wie ik tijdens mijn studie uitging, getuigden in de slaapkamer meestal meteen van een laconiek soort zelfvertrouwen dat in die omstandigheid eigenlijk niet paste, net zoals in het gezelschap van anderen. John zou ook wel zo geacheveerd willen zijn, maar met mij lukte dat hem niet. Wat ik overigens nooit heb willen zien als een compliment aan mijn adres. En de volgende dag, alsof hij zichzelf in het donker ontrouw was geweest en nog eens extra galant wilde zijn, klopte hij dan weer bij me aan met een picknickmand en een geleende auto en reden we de stad uit naar een plek waar hij, zelfs als er niemand in de buurt zou zijn geweest, nog niet zou hebben geprobéérd mij aan te raken, alsof hij daarmee iets over zijn karakter duidelijk kon maken. Ik werd verliefd op hem door hem dat te zien doen. Ik begreep dat de grote kloof tussen zijn wereldwijsheid en zijn woordeloze, problematische gedrag ten opzichte van mij te maken had met zijn gevoel nooit precies te weten wat hij aan me had, omdat hij zich van mij niet zo snel een beeld kon vormen als bij een Engelse vrouw. En omgekeerd kon ik niet om de vraag heen of het feit dat ik in zijn wereld een buitenstaander was, mij niet juist aantrekkelijk voor hem maakte. Ik stond daardoor dan ook weleens sceptisch tegenover hem, en ik zocht in zijn woorden en daden signalen dat hij in mij iets anders zag en waardeerde dan alleen het gegeven dat ik een buitenlandse was.

Het maakte allemaal deel uit van wat aan het begin van onze relatie een gevoel van mysterie in stand hield. Die spanning van het niet weten, maar het wel willen weten. Je zou denken dat dit soort mysterie na zeventien jaar, met drie kinderen en nadat we samen vanuit Londen waren verhuisd naar een kleine plaats in Massachusetts, wel uitgeblust en verdwenen zou zijn, dat de aanvankelijke verliefdheid uitgevlakt zou zijn door de praktijk van het leven van alledag. En veel ervan is ook weg. Hij probeert me niet meer te charmeren. Ik zie hoe hij dat bij anderen wel doet en hoe goed je met alleen dat accent van hem in dit land al mensen kunt verleiden en bedriegen, maar in een huwelijk is dat niet iets blijvends. En ik ben voor hem zeker geen mogelijkheid meer om de dingen te ontvluchten, tenminste niet in de zin dat ik zo anders zou zijn dan wat hem vertrouwd was. We strijden met elkaar. We zijn het met elkaar oneens. Hij verwent de kinderen om bij hen in het gevlij te komen en ondergraaft mijn opdrachten en verboden, waardoor ik als handhaver alleen kom te staan. Het hindert me dat ik niet weet of en wanneer hij zal beslissen dat het tijd is om terug te gaan naar Engeland, en het hindert me dat dat van zijn werk afhangt. Niet voortdurend, en niet zo dat ik het hem almaar verwijt, maar ik kan het niet voor me houden hou er mijn mond niet over als het me dwarszit. Bijvoorbeeld wanneer ik uit de garage van mijn moeder een dressoir of bijzettafeltjes wil meenemen, omdat dat soort zaken ooit door ons tweeën zijn aangeschaft, maar zich al sinds onze bruiloft aan de andere kant van de oceaan in een opslagplaats bevinden en hij geen zin heeft om het allemaal hiernaartoe te halen, aangezien we misschien toch gauw terug zullen gaan.

En toch, het mysterie blijft. Wat ik hiermee wil zeggen, is dat we elkaar nog steeds niet kennen, dat we nog steeds nieuwe dingen bij elkaar ontdekken, en dan is het niet-weten en het wel willen weten natuurlijk niet altijd, en zelfs meestal niet, erg romantisch, maar het verlangen is er wel degelijk. Zeker, er zijn momenten waarop ik denk dat het allemaal van één kant moet komen, dat hij zo ongeveer alles wat hij van me wil weten al weet, en dat ik degene ben die het nog steeds moet uitpuzzelen, wat op zich al een bron van ergernis kan zijn.

Maar wat het ook mag zijn, het gaat niet meer over onze nationaliteiten of over zijn familie of de mijne. Het gaat over alles wat we, zonder dat ik het besefte, in het begin daarvoor hebben aangezien. Tenminste, tot aan zijn inzinking kort voor onze bruiloft.

Na onze verloving in de herfst van '63 voelde ik dat er op zijn werk iets was wat hem dwarszat, want als we elkaar spraken, was hij verstrooider en minder spraakzaam dan anders. Ik heb nooit iemand meegemaakt die zo snel praatte als hij, dat wil zeggen totdat Michael begon te praten, en als ik in de juiste stemming was, hoefde ik maar achterover te leunen en te luisteren hoe hij praatte over de zelfgenoegzaamheid van Harold Macmillan of het laatste nieuws in de Profumo-kwestie, en hij en zijn vrienden vielen elkaar dan in de rede en probeerden elkaar te overtreffen in slimheid en onstuimigheid, natuurlijk met de nodig alcohol erbij. Ik dacht dan aan mijn vriendinnen die al getrouwd waren, al in hun eerste of tweede studiejaar, met mannen die leken op de jongens met wie ze waren opgegroeid en die zich voorbereidden op een baan in Wall Street of als advocaat, sommigen van hen al met kinderen van drie of vier, en dan dacht ik: godzijdank ben ik niet zo'n pop geworden uit het rijk van mijn moeders verbeelding. Ik ben weggegaan. Ver weg.

Maar toen, in oktober, begonnen de wijzers van Johns klok langzamer te draaien. Aanvankelijk niet heel erg. Hij praatte niet veel over zijn werk, maar ik vermoedde dat hij daar op de een of andere manier onder druk stond en eronder leed, waardoor hij minder zin had om de avonden met zijn vrienden door te brengen. Hij leek teleurgesteld, dat was alles. Het aftreden van Harold Macmillan als premier was iets waar hij normaal gesproken alles over zou willen lezen en druk over zou willen praten, maar hij toonde er nauwelijks belangstelling voor. Pas op de avond dat Kennedy werd doodgeschoten – in Engeland was het avond – begon ik te denken dat er iets met hem aan de hand moest zijn, want toen ik in tranen bij hem aankwam, omhelsde hij me, vroeg me te gaan zitten en probeerde hij me te kalmeren, maar ik had het gevoel dat het helemaal niet tot hem was doorgedrongen. Ik had van hem geen huilbui verwacht – het was niet zíjn president – maar het was net alsof ik hem had verteld dat een verre oom van me de laatste adem had uitgeblazen, waardoor hij zich verplicht voelde tot een troostend gebaar. Het was onnatuurlijk.

Drie weken later ging ik voor Kerstmis met de boot terug naar New York. Ik bleef er iets korter dan een maand. We schreven elkaar meerdere keren per week. Over het dagelijks leven, maar ook veel lieve dingen. Er waren een paar bijzonder vurige brieven van hem bij – waarin hij overtuigender dan ooit tevoren schreef hoeveel hij van me hield.

Ik begreep dan ook niet wat zijn huisgenoot zei toen ik op de dag dat ik terug was in Londen opbelde en hij me vertelde dat John was opgenomen.

'Heeft hij een ongeluk gehad?' vroeg ik.

'Nee,' zei hij. 'Maar misschien moet je zijn ouders even bellen.'

Ik belde hen meteen. Zijn moeder zei nauwelijks een woord en gaf de hoorn meteen door aan haar man. 'Ja,' zei hij. 'We hadden eigenlijk gehoopt dat die hele geschiedenis nu tot het verleden behoorde. Zijn moeder vindt het uiterst onaangenaam.'

Ik was er helemaal niet op voorbereid. Hij zat in een zaal die iets weg had van een enorme wachtkamer, met hier en daar wat salontafeltjes met stoelen, en alleen maar mannen. De meesten zaten de krant te lezen, waren een kaartje aan het leggen of staarden door de wazige ramen naar buiten. Zijn gezicht was zo leeg en geestloos dat ik hem nauwelijks herkende. Als zijn ogen niet hadden bewogen, zou ik gedacht hebben dat hij dood was.

Er scheen alleen licht uit het noorden in de kamer, en de rolgordijnen waren halfdicht. Het had geen enkele zin om in die bedompte, armoedige atmosfeer te blijven zitten, dus ik zei: 'Zullen we een eindje gaan wandelen?' Ik moest daar weg om weer met beide benen op de grond te kunnen staan en ook hem terug te voeren naar de realiteit.

Maar het was natuurlijk niet zo simpel. Het bleek niet de eerste keer te zijn dat hij was opgenomen. In zijn tweede studiejaar in Oxford had hij een semester verstek moeten laten gaan. Sindsdien – bijna tien jaar lang – was het over het algemeen uitstekend met hem gegaan en was hij de man geweest die ik had leren kennen. Nu leek hij in niets op die persoon, en hij zei nauwelijks iets. Hij hield alleen mijn hand vast terwijl we door Hyde Park liepen, als een spookbeeld van John in het lichaam van John.

Hij moest rusten, zei hij. Hij was moe. Dat was alles. Maar ik wist dat dit niet waar kon zijn, of hoogstens maar half waar was. Ik was een vrijpostige Amerikaanse en maakte een afspraak met zijn arts. Het verplegend personeel vond dit heel ongewoon. 'Nou, goed dan,' klonk het uiteindelijk, hij wilde me wel te woord staan.

Ik herinner me dat de man een blauwgeruit vest droeg en een vierkante bril ophad, en dat zijn dikke, zwarte haar met Brylcreem achterovergekamd was. Het was me niet duidelijk of de kamer waarin het gesprek plaatsvond zijn werkkamer was of alleen maar een vergaderruimte buiten de afdeling. De boeken op de planken stonden kriskras door elkaar en er hingen geen diploma's aan de muur. Maar hij leek zich er thuis te voelen en was op zijn gemak, en hij bood me een sigaret aan voordat hij me op de bank liet plaatsnemen. Hij ging tegenover me zitten en toonde voornamelijk aandacht voor het uiteinde van zijn sigaret, waarvan hij de as herhaaldelijk aftikte tegen de rand van een zeegroene asbak in een dof geworden messing standaard.

'Het gaat redelijk goed met hem,' zei hij terwijl hij opkeek en even knikte, misschien in de hoop dat ik dat zou bevestigen.

'Maar waarom is hij hier? Kunt u me dat vertellen?'

'Hoe lang zijn jullie samen?'

'Anderhalf jaar.'

Hij dacht hier even over na, alsof hij overwoog hoe hij verder zou gaan.

'Hij is uit zijn evenwicht,' zei hij, terwijl hij zijn benen over elkaar sloeg en zijn hand met de sigaret op zijn bovenste knie legde. Hij droeg een kamgaren broek met omslag en bruinleren brogues. Hij moest minstens twee keer zo oud zijn geweest als ik. Omdat hij geen witte jas droeg en op een trage, bedachtzame manier formuleerde, gaf hij me meer de indruk van een professor dan van een dokter.

'Je zou kunnen zeggen dat hij in zichzelf is gekeerd, dat hij in een soort winterslaap is. Hij heeft rust nodig en moet af en toe een beetje wakker geschud worden, wat op dit moment misschien niet nodig is, maar waar we wel voor kunnen zorgen wanneer dat wel het geval is.'

'En het is eerder gebeurd?'

'Ja, dat is niet onwaarschijnlijk.'

'En dat betekent dat het weer zál gebeuren?'

'Moeilijk te zeggen. Het zou best kunnen. Maar dit soort dingen is niet te voorspellen. Stabiliteit, een gezinsleven – dat zijn de dingen die helpen.'

Ik denk dat de kans dat ik in huilen zou uitbarsten op dat moment het grootst was. Ik had met niemand gesproken over wat er aan de hand was. Het hoogstens even aangestipt en er meteen bij gezegd dat alles in orde was. Maar daar in die kamer met die man wiens Engelse vriendelijkheid iets in me losmaakte, voelde ik ineens angst en heimwee, en waarschijnlijk heb ik toen inderdaad even gehuild. 'We zouden komend voorjaar gaan trouwen,' zei ik.

Hij tikte de as van zijn sigaret weer af tegen de zijkant van de asbak en sloeg toen zijn benen langzaam andersom over elkaar, waarbij zijn schouders en hoofd volkomen onbeweeglijk bleven. Hij dacht zo lang na over wat ik had gezegd dat ik me afvroeg of hij me wel had gehoord. Toen keek hij op en vroeg met zachte ogen: 'Dan neem ik aan dat je van hem houdt?' Ik knikte.

'Nou, dat is mooi dan,' zei hij.

Ik ging elke middag naar het ziekenhuis in Lambeth, en dan maakten we samen een wandeling, zelfs als het regende. Het licht in die kamer was een medische misser. Ik heb de dokter nooit meer gezien of gesproken, en het viel niet mee om van iemand enige informatie te krijgen. Vragen stellen was ongewenst. Net zo was het een paar jaar later, toen ik van Michael beviel in het St. Thomas; iedereen was uiterst vriendelijk, maar het waren niet meer dan mooie woorden.

John bleef een maand op de afdeling. Zijn vader is één keer op bezoek gekomen, zijn moeder helemaal niet (er was niets mis met John, met het bewijs van het tegendeel wilde ze niets te maken hebben). Ik weet niet wat hij tegen zijn huisgenoten en zijn werkgever heeft gezegd, maar in elk geval niet dat hij was opgenomen in een psychiatrisch ziekenhuis. Gedurende die maand wist ik vaak niet wat erger was: zijn duistere gemoedstoestand of de schaamte en frustratie die die bij hem teweegbracht. En met mij wilde hij er niet over praten.

Ik besloot het niet aan mijn ouders te vertellen. En zeker niet aan mijn vriendinnen, omdat zij zich alleen maar zorgen zouden maken. Mijn zus Penny heb ik in vertrouwen genomen, maar ik heb haar laten beloven het voor zich te houden. Op een merkwaardige manier heb ik me dichter bij John gevoeld. Ik was de enige die hem regelmatig bezocht, en hoewel het moeilijk was om beslissingen te nemen over ons huwelijk terwijl hij amper de energie had om de krant te lezen – omdat het maar de vraag was hoe hij zich tegen die tijd zou voelen – voegden die wandelingen in het park een soort ernst toe aan mijn verliefdheid op hem, misschien ook omdat hij niet maar een eind weg praatte zoals hij gewoonlijk deed. Ik had me daarvóór altijd afgevraagd of het mysterie dat het begin van een verliefdheid zo spannend maakt per definitie moet wegebben, of dat het met de juiste persoon misschien wel kan blijven duren. Ik had me niet kunnen voorstellen dat het antwoord op die vraag er zo uit zou zien, gezien alle ongerustheid en boosheid omdat hij toch in zekere zin was weggegaan en mij had achtergelaten met deze povere restanten van zijn persoon, maar ik kon er niet onderuit: het mysterie was groter dan ik had kunnen vermoeden. Zijn levendigheid en elan konden zomaar verdwijnen, maar na een week of zes was dat alles op de een of andere manier ook zomaar weer terug, en daarbij vergat hij zo volkomen hoe het geweest was dat hij het helemaal niet vreemd vond om mijn arm te pakken en me mee te nemen naar een showroom om MG's te gaan bekijken en vervolgens met me te lunchen en een fles wijn te bestellen, alsof er niets was gebeurd.

In de vijftien jaar van ons huwelijk is hij nooit meer opgenomen geweest en heeft het er zelfs nooit op geleken dat het nodig zou kunnen zijn. Hij heeft nooit hoeven ophouden met werken en hij is er nooit meer zo slecht aan toe geweest als in dat najaar. Hij heeft wel last van stemmingswisselingen, en af en toe merk ik dat hij een paar weken achter elkaar minder energie heeft, en ik denk dat ik nooit vrij zal zijn van de bezorgdheid dat het allemaal veel erger zal worden. Maar dat is nou juist iets wat het mysterie tussen ons in stand houdt. Je zou het pervers kunnen noemen dat die angst zo'n rol speelt. Maar het is niet alleen angst, en wat er moeilijk aan uit te leggen is, is dat die angst ook een soort tederheid is. Ik ben de enige die op mijn manier weet dat hij iemand nodig heeft die over hem waakt. Op de ergste momenten, als de kinderen moe zijn en het in huis een puinhoop is en ik wanneer hij thuiskomt aan zijn manier van lopen zie dat hij het moeilijk heeft, lijkt het net alsof ik er een vierde kind bij heb en dan heb ik de neiging om meteen de deur uit te lopen en de eerstkomende maand niet terug te komen. Maar doorgaans is het niet zo. Ik mag dan misschien niet in staat zijn om te zeggen wat hij denkt, maar ik merk wel dat hij contact met me zoekt. En op die momenten word ik weer vervuld van dezelfde opwinding als in het begin. Ik weet niet of ik dat wel zou kunnen opbrengen als ik hem door en door kende.

Vijftien jaar. Drie kinderen.

En hier rijden we dan met ons vijven, we zeilen in deze auto als een slagschip over de kustweg, de kinderen achterin beginnen zich weer te roeren. Michael vraagt ze om, naast de honderden benamingen die we al hebben, nog meer namen voor Kelsey te bedenken, en die moeten dan eindigen op -aar – de veroveraar, de bedelaar, de boemelaar – en daar reageert ze vanachter uit de auto telkens weer op met gejank, omdat ze alleen maar luistert naar de klank van de stem, wat voor Celia aanleiding is om over de bank naar haar toe te klauteren en haar in bescherming te nemen tegen de plagerijen van Michael, terwijl Alec achter de stoel van zijn vader gaat staan, zijn hand om Johns hals legt en zijn onderkin begint te kneden en vraagt of we er al bijna zijn. Allemaal zijn het de ongeduldige kinderen van hun vader.

Ik ben de enige die niet altijd op alles een antwoord hoeft te krijgen. John mag dan zijn vragen nooit uitspreken, maar hij heeft ze wel – zo is hij nou eenmaal. En de kinderen willen voortdurend op van alles een antwoord: Wat eten we bij het ontbijt, de lunch, het avondeten? Waar is Kelsey? Waar is papa? Waarom moeten we binnenkomen? Waarom moeten we naar bed? Er zijn dagen dat ik niets anders doe dan antwoord geven op hun vragen, of redenen geven waarom ik die niet kan beantwoorden en opdrachten geven in plaats van de antwoorden die ze verwachten.

De vragen zullen hier niet ophouden, maar zodra we op het eiland zijn en zij met z'n drieën het grootste deel van de dag op de rotsen zullen spelen, of met hun vader in de boot varen of van de veranda naar de poelen lopen die na de vloed op het strand achterblijven, en terugkomen met krabben in sauspannen terwijl de zilte lucht en de zon al hun overtollige energie zullen opslorpen, zal ik nu en dan lang genoeg in mijn eentje zijn om ze, als ze terugkomen of wanneer ik ze gadesla bij wat ze aan het doen zijn, af en toe een moment echt te zíén. Want doorgaans is dat niet het geval. Hen waarnemen is voor mij niet echt hen zien. Ze zijn aanraking en geluid. Als ik foto's van een paar jaar geleden van hen zie, herken ik ze soms nauwelijks. Maar de dag begint en eindigt met hun stemmen en hun lijven. Met John is het anders. Parallelle werelden bestaan echt. Blijkbaar beweert men dat nu ook vanuit de wetenschap. Ik wist dat niet totdat Michael werd geboren. Nu is het voor mij zonneklaar. Ik las laatst een roman waarin een van de personages zegt: 'We leven onder de doden totdat we ons bij hen voegen,' of in elk geval zoiets onheilspellends en sombers, en toen dacht ik: dat kan zijn, maar wie heeft er tijd voor de doden met al dit leven, al deze levens die door elkaar lopen?

Als we halverwege de middag zijn aangekomen bij het blauwe houten huis in Port Clyde, ga ik naar de winkel om propaan voor morgenochtend te bestellen en boodschappen te doen. John wil dat we morgen weer vroeg opstaan om zo snel mogelijk naar het eiland te gaan. Hij zou vanavond nog wel weg willen, maar tegen de tijd dat we het huis op orde hebben en het eten hebben opgeborgen, zullen we de bedden moeten opmaken bij het licht van de olielampen. En de kinderen hebben het in dit huis op het vasteland ook naar hun zin, ze spelen er op de granieten rotsblokken die boven het glooiende gazon uitsteken, en rennen woest heen en weer over de aluminium brug die over het wad naar de steiger loopt. Ik kijk naar ze terwijl ik het avondeten klaarmaak.

Zonder dat ze er erg in hebben voelen ze die nieuwe wereld om hen heen, de zoute lucht, het heldere licht dat we verder naar het zuiden pas in het najaar krijgen, de vrolijk beschilderde boten van de kreeftvissers die in het rimpelende water in de baai weerspiegeld worden. Dit zijn voor hen geen dingen om bij stil te staan, want de dingen in hun onmiddellijke omgeving zijn voor hen het belangrijkst, zoals de ketting waarmee Michael de brug kan afsluiten om te voorkomen dat anderen er gebruik van maken, struiken waarachter ze zich kunnen verbergen en het hoge gras waar ze tussendoor kunnen lopen zodat Alec en Michael al snel alleen nog piepend zullen kunnen ademhalen.

Na het avondeten mogen Michael en Celia nog opblijven om een uurtje te lezen. Hoewel hij thuis zijn eigen kamer heeft, is Alec niet graag alleen, want hij verbeeldt zich dan dat de andere twee kinderen ergens in huis nog tegen hem samenzweren. Maar vanavond is het in orde, want zijn vader vertelt hem een verhaal. John leest nooit uit een boek voor. Hij verzint de verhalen zelf. Ik heb daar aan het eind van de dag nooit de energie voor, noch zijn fantasie. Hij kan van een papieren zakdoekje een spook maken, of van een blok hout een koning, en Alec verstilt dan helemaal, alsof hij in trance is, niet alleen door het verhaal, maar ook door alle aandacht die zijn vader over hem uitstort, alsof het een nieuwe hemelkoepel voor hem alleen is. En als John zich vooroverbuigt om hem een nachtzoen te geven, steekt Alec zijn hand uit om nog eens aan zijn onderkin te voelen, die vlezig en lekker warm is, een beetje ruw, en dan zal hij tevreden zijn op een manier die ik nooit voor elkaar krijg omdat ik nooit zo uitzonderlijk ben.

Ik dompel me gedurende twintig minuten onder in Ford Madox Fords *The Good Soldier*, terwijl John de afwas doet. Ik moet mijn aanvankelijke ergernis overwinnen over al het onzinnige klassengedoe en het feit dat geen van de personages ooit iets van betekenis tegen iemand anders zal zeggen, omdat het gewoon niet hoort om je uit te spreken. Net als bij James of Wharton. Het zijn van die romans waarbij je de neiging hebt om de personages toe te roepen en te zeggen dat ze het er maar uit moeten gooien om ons honderd bladzijden vol met uitvluchten te besparen. Maar mijn ergernis neemt af, en ik laat me wegzakken in de charmante wereld van de Ashburnhams in Nauheim, en als ik erover nadenk hoe iemand ertoe kan komen om zijn leven zo te laten verstoren door een obsessieve liefde, loopt John binnen met over zijn schouder nog de theedoek, die hij vergeten is. Hij laat zijn blik door de wanordelijke kamer gaan om te zien of hij in een van de tassen de krant ziet. Al zou zijn leven ervan afhangen, dan nog zou hij niet in staat zijn om te onthouden waar hij hem opgeborgen heeft. Ik steek mijn hand in het zijvak van zijn aktetas, haal de krant eruit en geef die aan hem.

'Heb je Bill gebeld?'

'Ja, het is allemaal geregeld,' zegt hij, terwijl hij zijn blik al over de krantenkoppen laat gaan en zich nestelt in de stoel tegenover me, onder de schemerlamp.

Ik ben voldoende doezelig om er maar op te vertrouwen dat hij de juiste data heeft genoemd in zijn gesprek met Bill Mitchell. Waarom dat een maand geleden niet geregeld had kunnen worden, begrijp ik niet. Ik moet gewoon maar aannemen dat wij hier de volle twee weken kunnen blijven (vorig jaar kwamen ze een dag te vroeg en moesten we in een motel overnachten). Johns verstrooidheid is chronisch en ergerlijk. En dat terwijl ik me alle data nog herinner. Ik schaam me ervoor om te vertellen wat ik allemaal onthouden heb: ons eerste bezoek aan de ouders van John (5 april 1963), de dag dat hij de Morris Minor kocht (10 maart 1964), enzovoorts. Ik herinner me bij alle data ook altijd hoe lang geleden er iets is gebeurd, maar daar zwijg ik doorgaans over, want tenzij het een geboorte, overlijden of bruiloft betreft, kijken de mensen me spottend aan, alsof ze willen zeggen: Waarom heb je in godsnaam de moeite genomen om zoiets onbenulligs te onthouden? (Ik vertel het daarom maar tegen de kinderen; zij hebben geen idee waar ik het over heb en luisteren trouwens niet echt, maar knikken alleen even voordat ze hun volgende vraag stellen.) Het was vorige maand bijvoorbeeld zestien jaar geleden dat John onaangekondigd bij mij aan de deur kwam met een auto die vol was geladen met etenswaren en wijn om naar de Highlands te rijden, waar hij voor het weekend het huis van een vriend mocht gebruiken.

De huizen van Johns vrienden– daar brachten we onze vakanties door.

Boven is Celia in slaap gevallen met haar boek op haar borst. Zonder haar ogen open te doen rolt ze op haar zij als ik het haar uit handen neem. Michael zit in bed nog steeds rechtop tegen de muur geleund een roman te lezen en beweegt onder een deken zijn voeten heen en weer. Hij heeft altijd veel tijd nodig om zich te kunnen ontspannen. Alec en Celia zijn minder gecompliceerd, hun batterijen zijn op een gegeven moment gewoon leeg. Maar voor Michael is dit een nieuw bed en een nieuwe kamer, ook al is hij hier drie zomers achter elkaar geweest, en de hele autorit en al het ravotten in de tuin waren voor hem niet genoeg. Over een paar dagen zal hij zich op het eiland enigszins ontspannen en in een ritme komen dat meer overeenstemt met dat van de anderen, maar nooit helemaal. Hij heeft me wel binnen zien komen, maar gaat door met lezen en kauwt zachtjes op de binnenkant van zijn wang. Ik strijk met mijn hand door zijn dikke zwarte haar, dat nodig geknipt moet worden – het hangt voor zijn ogen en over zijn oren – en ik voel of hij geen teken heeft. Hij draait zijn hoofd weg.

'Dat heb je al gedaan.'

Alec laat zich heel makkelijk aanraken. Hij wil zelfs nooit níét worden aangeraakt. Celia is nu tien en begin te beseffen dat ze een lichaam heeft, dus het aanraken wordt steeds ingewikkelder, ze zal haar hand niet meer ineens op mijn been leggen, er wordt meer geduwd en getrokken en gestaard. Maar bij Michael is het vanaf het begin een beladen onderwerp geweest. Baby's zijn kleine wezentjes, maar ze maken zich wel breed in de wieg of op de vloer. Alleen Michael deed dat nooit zo. Als een oud mannetje liep hij meestal in elkaar gedoken en met opgetrokken schouders rond. Godzijdank sliep hij altijd goed, maar als hij huilde, hielp het maar zelden om hem in mijn armen te nemen. Ik begreep het niet. Dat hoort een moeder te doen, haar huilende kind in de armen nemen. Ik dacht dat het misschien aan mijn onervarenheid lag, maar toen ik Celia kreeg en vervolgens Alec, bleek aanraken te werken alsof je een schakelaar omzette: het huilen hield meteen op. Toen merkte ik het verschil. Het ongemak van Celia en Alec was biologisch en vloeibaar; ze ondergingen het en dan was het over. Maar bij Michael was het altijd alsof je een mensje vasthield dat wist dat er een einde zou komen aan het voeden, die wist dat als je werd opgepakt, je ook weer zou worden neergezet, dat je getroost kon worden maar dat die troost ook weer ophield. Zonder te weten wat het was voelde ik de spanning in zijn omklemmende armpjes en onrustige beentjes. Het was het ongemak van de voorkennis. Was ik minder scheutig met mijn aanrakingen en kussen omdat ik voelde hoe ineffectief ze waren? Ik zou het niet weten. Bij kinderen gebeurt alles meteen en is het ook meteen weer voorbij. Het gebeurt terwijl je probeert er met je hoofd bij te zijn, maar het is al voorbij op het moment dat je je er een beeld van hebt gevormd.

'We staan morgen vroeg op,' zeg ik tegen hem. 'Doe je licht uit.'

'Maar ik ben niet moe,' zegt hij, nog steeds zonder op te kijken van het boek.

Ik ga naast hem op het bed zitten en sla mijn arm om zijn schouder. Dat ik het contact van mijzelf met zijn lichaam überhaupt opmerk is het verschil tussen ons.

'Wat lees je?'

'Thomas Mann. Een Duitser. Maar het speelt zich af in Venetië. Ben jij daar ooit geweest?'

'Voordat ik met je vader trouwde.'

'Stonk het daar?'

'Niet bijzonder. Vind je het een mooi boek?'

'Ik heb er nog maar net in begonnen. *De dichter van al diegenen die op de rand van de uitputting werken* – dat is niet slecht.'

'Heb je alleen dit meegebracht?'

'Nee. Ook dat over machinetaal.' Een in kleine letter gezet boek over computers of getallen in computers dat hij rechtstreeks bij McGraw-Hill heeft besteld. Voor mij is het abracadabra, maar een jongen van school is er ook in geïnteresseerd, en aangezien hij anders dan de andere twee niet zo makkelijk vrienden maakt, ben ik er helemaal voor.

'Vijf minuten dan, goed?'

'Oké, oké,' zegt hij, waarna hij de bladzijde omslaat en mij overbodig maakt.

John heeft beneden voor zichzelf een glas van Bill Mitchells scotch ingeschonken en is achter het bureau gaan zitten. Ik moet voor de kinderen het twaalfuurtje van morgen klaarmaken, bedenk ik, maar dan weet ik ineens weer dat ze morgen helemaal niet naar school hoeven, zodat ik me niet druk hoef te maken.

Ineens springen de tranen in mijn ogen. Ik veeg ze weg. John heeft het niet gezien. 'Besteed wat aandacht aan Michael,' zeg ik. 'Nu we hier zijn. Neem hem mee op de boot, ga er met z'n tweeën op uit. Of maak een lunchpakket en ga een lange wandeling met hem maken. Doe je het?'

'Wat is er aan de hand?' vraagt hij, zonder op te kijken van de krant.

'Er is niets aan de hand. Hij zou er zelf nooit om vragen. Net zomin als Alec zou ophouden erom te vragen. Luister je wel?'

'Ja,' zegt hij, en nu kijkt hij me aan. 'Dat is goed.'

'Wil je voor mij ook zo'n glas inschenken?'

'Hiervan?' vraagt hij verrast, en hij houdt zijn whiskyglas op.

'Ja.'

Hij loopt naar het dressoir en schenkt een glas voor me in.

Op de bank naast hem nip ik ervan, terwijl hij nog even doorleest. Zonder dat hij mij zag heb ik hem weleens in de spiegel zien kijken terwijl hij de grijze haren op zijn slapen bestudeerde met het idee dat die hem iets gedistingeerds zouden kunnen geven, een oud verlangen van hem – maar hij is bang dat hij misschien niet genoeg heeft bereikt, dat die grijze haren niets anders betekenen dan dat hij ouder aan het worden is.

Ik zou eigenlijk moeten informeren naar de vergaderingen die hij deze week heeft gehad, hoe het gaat met het zoeken naar mogelijke nieuwe investeerders in het fonds dat hij al meer dan een jaar lang bezig is op te zetten, of hij nog steeds bezorgd is over hoe lang ze zich zullen committeren, of liever gezegd: of hij daar nog steeds even bezorgd om is. Je moet het hem vragen. Uit zichzelf zal hij er niet over beginnen. Hij stelt zich voor dat als hij het vóór zich kan houden, de oplossing dan ook vanuit hemzelf zal komen, dat alles op zijn pootjes terecht zal komen – zijn opvoeding is neergeslagen in een bijgeloof.

Hij legt de krant opzij en buigt zich naar me toe. Onze voorhoofden raken elkaar. Soms is dit de inleiding van een kus, andere keren levert het hem even een moment rust op. Geen moeite meer doen, maar de slaperigheid laten opkomen, dat wil zeggen nog niet slapen, maar het lichaam de overhand geven op de geest.

'Dank je,' zeg ik, terwijl ik mijn vingers door zijn haar laat gaan.

'Waarvoor?'

'Hiervoor. Dat je ons hier heb gebracht.'

Hij kust me op mijn wang. Wat was hij in het begin nerveus over ons vrijen, en hij is altijd teder gebleven. Ik denk dat sommige vrouwen dat wel saai zouden vinden. Ik niet. Misschien omdat het doorgaans tussen ons aanvoelt alsof we een onwaarschijnlijkheid hebben overwonnen, alsof ik niet zeker wist of het ooit weer zou gebeuren en dat het dan ineens gebeurt. Hem vinden is zo'n opluchting.

Celia

We hadden bij de boot van de kreeftenman al kreeften gekocht en het eiland lag al in de verte toen papa de sputterende motor afzette en het grijze wolkje dat er elke keer als de motor stopte uitkwam langs me heen zweefde, en ik de geur van benzine rook. Hij kantelde de motor zodat de schroef boven water kwam, haalde het sleuteltje uit de motor en stopte het in de zak van de roze broek die hij als het aan mij lag niet zou moeten dragen, waarna de boot zich niet meer tegen de golven in voorwaarts bewoog, maar ertussen bleef schommelen, net als de boomstronken die we soms aan de kust in de branding zagen drijven. Langs de ene kant van de golf ging de boot telkens omhoog en langs de andere kant naar omlaag, steeds verder weg van het eiland. Papa ging op de bodem van de boot liggen, met een van de zwemvesten als hoofdkussen. Hij sloot zijn ogen en sprak tegen ons zoals hij deed als hij een dutje ging doen, zonder uitdrukking op zijn gezicht. Oké, zei hij, stel dat er iets gebeurt waardoor ik niet in staat ben om de boot te besturen en jullie kunnen de motor niet starten. Wat doen jullie dan? Waarom kun jij de boot niet starten? vroeg Alec. Stel je maar voor dat ik weg ben, zei papa, dat jullie twee er alleen voor staan. Wat doen jullie dan? Er waren geen andere boten in de buurt en het waaide niet erg, maar het water klotste wel en het huis was zo ver weg dat niemand ons zou horen als ik riep. Ik vroeg hem of hij ons wilde testen of zo. Maar als hij spelletjes speelt, moet dat heel serieus gaan, net alsof het geen spel is, waardoor zijn spelletjes spannender zijn dan alle andere, omdat het de hele tijd zo blijft en je nooit weet wat er gaat gebeuren. Het is nooit saai. Wil je ons testen? vroeg ik nog een keer, en hij zei: Stel je maar voor dat ik niet hier ben. Wat gebeurt er dan? vroeg Alec. De achterkant van zijn rode reddingsvest stak boven zijn hoofd uit, want we hadden geen vest dat klein genoeg voor hem was. Toen hij het voor het eerst aantrok, had Michael gezegd dat hij net een albino konijn in een gipsverband uit de Sovjet-Unie leek, waardoor papa moest glimlachen en Alec begon te huilen omdat hij het niet begreep. Wat dénk je dat er gaat gebeuren? zei ik. We moeten uitzoeken wat we moeten doen als papa weg is. Als bij een alarmoefening op school. Dat wil ik niet, zei Alec. Wil je nu overeind gaan zitten, papa? Maar papa hield zijn ogen dicht en zei niets. Hij kan zijn dutjes overal doen, en het was best mogelijk dat hij inderdaad sliep. De kreeften in de canvastas naast hem probeerden eruit te komen, maar konden niet meer dan één schaar door de geknoopte handgrepen heen krijgen. We moeten roeien, zei ik. Als er geen motor is, moeten we de riemen gebruiken. Ik pakte de riem die het dichtstbij was. Hij was lang – veel langer dan ik – en zwaar. Ik had weleens tussen papa's benen gezeten terwijl hij roeide en had toen de riemen vastgehouden waarna hij zijn handen over de mijne had gelegd, dus ik wist hoe het moest, maar ik had beide handen nodig om één riem op te tillen, en toen ik die overboord had gestoken en het water er vat op kreeg, werd hij bijna uit mijn handen gerukt en moest ik hem weer naar binnen trekken. Toen herinnerde ik me dat ze door de ijzeren hoefijzertjes gestoken moesten worden die aan kettinkjes aan weerszijden van de middelste bank hingen. Ik zei tegen Alec dat hij het hoefijzertje aan zijn kant moest pakken en in het gaatje moest steken. Bij wijze van uitzondering deed hij wat hem gezegd werd. Toen ik de riem erdoorheen had gestoken, liet ik hem maar een klein beetje onder water komen, zodat hij niet naar beneden getrokken zou worden, en vervolgens bewoog ik hem heen en weer. Zo doet papa het niet, zei Alec. Jij roeit als een meisje. Voor de boot uit zag ik alleen maar water en lucht, en ik moest me omdraaien om mezelf ervan te verzekeren dat ik het eiland nog kon zien, wat inderdaad het geval was, al lag het verder weg dan nog maar een minuut geleden. Pap, ze kan het niet, zei Alec terwijl hij aan papa's enkel trok. Sta nou op, alsjeblieft. We moeten het samen doen, kleine zeurpiet, zei ik, het kan niet anders. Ik trok mijn riem naar binnen en legde die op de bank om de andere te pakken. Hier, zei ik, en ik liet hem zien hoe hij hem vast moest houden. Met allebei je handen. Doe hem naar voren en trek hem dan naar je toe. Zorg ervoor dat hij in het water steekt, maar niet te ver. Hij pakte de riem met zijn handjes vol sproeten en bleef zitten pruilen. Ik schoof terug naar mijn kant – je moet in die kleine bootjes nooit gaan staan, want dan kun je uit balans raken en vallen – en stak mijn riem in het water. Nu moet jij de jouwe in het water doen, zei ik. En we moeten het tegelijkertijd doen, want anders werkt het niet. Hij stak zijn riem in het water, maar toen duwde hij hem naar voren, waardoor we achteruit zouden gaan, en omdat ik niet naar mijn eigen riem keek, spatte die water op dat tegen de zijkant van de boot sloeg, vlak naast de plek waar papa lag. De uitdrukking op zijn gezicht veranderde niet, alsof hij echt in slaap was gevallen. Het was niet eerlijk dat hij dit met Alec en mij deed in plaats van met Michael en mij, want Michael zou in elk geval sterk genoeg zijn geweest om de boot te verplaatsen, ook al zou ik ook hem hebben moeten vertellen wat hij moest doen. Maar Alec was gewoon te klein, en hij was een huilebalk. Ik wil dit spelletje niet meer doen, papa, jammerde hij. Ze weet niet hoe het moet. Doe je ogen open, pap. Hij is er niet, zei ik. Je kunt niet tegen hem zeuren, want hij is er niet, heb je hem niet gehoord? Wij moeten de boot vooruit zien te krijgen, dus hou op met zeuren. Ik heb je laten zien hoe het moet. Je moet de riem eerst voor je uit steken en dan naar je toe trekken. Wees niet zo'n slappeling, steek hem gewoon in het water en trek hem naar je toe als ik het sein geef. We staken onze riemen in het water en ik gaf het sein, maar toen wierp de golf die er aan Alecs kant aankwam zijn riem uit de houder, waarna die in het water viel. Pak hem! riep ik. Hij probeerde het, maar zijn armen waren te kort, en ik moest weer opschuiven en de boot zo ver kantelen dat het water maar een paar centimeter onder de rand kwam, maar er volgde nog een golf, die de riem meesleurde. Ik zag hem op een meter afstand drijven, en toen verder weg. Alec begon snikken. Hij schudde aan papa's been, maar papa verroerde zich niet en deed zijn ogen niet open. Het was warm in de zon, en het licht was zo verblindend fel dat het pijn deed aan mijn ogen om in het water te kijken. Ik keek achterom en zag dat we steeds verder wegdreven van de plaats waar we eerst hadden gelegen, waar papa de kreeftenboot had gewenkt, en ook steeds verder weg van het eiland. Het was zo oneerlijk van hem om mij op te zadelen met deze huilebalk. Ik tilde mijn riem uit de houder, schoof op mijn hurken naar de voorkant van de boot en ging op het smalle bankje zitten waar je normaal gesproken nat wordt van het spatwater. Zo deed papa het toen er mist was en we dicht bij de ligplaats waren. Dan zette hij de motor af en roeide aan de voorkant verder, een slag aan de ene kant en eentje aan de andere kant, en dan voorzichtig tasten naar de steiger. Hij kon dat zittend doen, maar ik moest op het bankje knielen om de riem in het water te kunnen steken. Van hieruit kon ik in elk geval het huis zien, dus ik wist welke richting we op moesten, maar veel meer dan de riem in mijn hand houden en zorgen dat hij niet naar beneden getrokken werd door de passerende golven kon ik eigenlijk niet doen. Nadat ik een paar minuten zo had geroeid en heen en weer was geworpen terwijl ik in het water keek, werd ik zeeziek. Ik draaide me om en ging op het bankje zitten tot de misselijkheid overging. Alec huilde. Hij zat op de vloer van de boot naast papa neergehurkt en schudde diens slappe arm heen en weer. Hij is er niet, zei ik. Maar nu ik het opgegeven had, wist ik dat het spelletje niet lang meer kon duren.

Margaret

'Je zit over iets ná te denken,' zegt Michael, die met zijn computerboek in de hand van boven aan het trapje naar me kijkt. Hij is een magere slungel, wat je des te duidelijker ziet in zijn korte broek en T-shirt. Dat is een van de redenen dat hij zich op school niet gelukkig voelt, want hij wordt erom gepest.

'O ja?'

'Je staart met een uitdrukking van lichte verbijstering naar een vast punt in de ruimte. Dat zeggen ze van mensen die aan het piekeren zijn.'

'Waar is je vader?'

'Die stoeit wat met de boot. Hij heeft Celia en Alec meegenomen.'

'Waarom jou niet?'

Hij kijkt uit over de schittering in het water en negeert mijn vraag. 'Waar zit je over te peinzen?'

We zijn hier al een week en John is nog geen tien minuten alleen met hem geweest, en nu is hij weg met de andere twee. Michael speelt af en toe wel met zijn broer en zus, maar besteedt het grootste deel van de dag aan lezen en het bedenken van breed opgezette verhalen, waarvan het laatste een parodie is op onze plaatselijke krant. Die vond ik vanmorgen op zijn nachtkastje. *The Pawtucket Post* – Achtergrondartikel: 'Gezin uit de buurt gaat bij toeval op vakantie, en komt terug. Onderzoek verricht in samenwerking met *The 700 Club*', plus weerbericht.

In een goede bui denk ik dat John gewoon vergeten is wat ik hem heb gevraagd en als vrijheidslievend mens vindt dat de kinderen moeten doen wat ze willen, maar op andere momenten heb ik in mijn frustratie eerder het gevoel dat het meer is dan alleen verstrooidheid. Hij weet niet wat hij tegen zijn oudste zoon moet zeggen; hij voelt zich tegenover hem ongemakkelijk en onhandig en zou het liefst zonder er woorden aan vuil te maken de schakelaar omzetten en hem in plaats van als een kind nu als een volwassene behandelen die zelf wel kan leren hoe hij in het leven het hoofd boven water kan houden. John werd zelf op zijn achtste naar kostschool gestuurd. Hij is verstandig genoeg om te weten dat dat een soort officieel gesanctioneerde daad van wreedheid was en is, maar omdat hij het aan den lijve heeft ondervonden, is er bij hem diep vanbinnen nog altijd een zekere vrees dat dit te erkennen geassocieerd zal worden met zwakheid. Daardoor, en zonder dat er ooit iets over wordt gezegd, krijgt Michael steeds de volle laag, en Celia en Alec in het geheel niet.

'Zullen we eens naar Sand Dollar Beach gaan?' zeg ik. 'Daar zijn we nog niet geweest.'

'Voor wat verstrooiing, bedoel je?'

'Voor een wandeling, bedoel ik. Het zal in het bos koeler zijn.'

'Koeler wel, maar bij een orkaan kan het ook verraderlijk zijn.'

'Kom op,' zeg ik, 'laten we gaan.'

Hij legt zijn boek op de bank en kijkt met een peinzende blik langs mij heen door het huis. Ze zijn beleefd, die kinderen van mij. Zo hebben we ze opgevoed. Het is nooit bij ons opgekomen om het anders te doen. Niet op de Britse manier, door ze het zwijgen op te leggen in het gezelschap van volwassenen. Maar met het aanleren van omgangsvormen krijgen ze ook zicht op de wijze waarop ze aardig voor anderen kunnen zijn. Hoe je met mensen omgaat die je niet kent, bijvoorbeeld, of dat je weleens kunt besluiten niet op je strepen te staan bij alles wat je voelt, omdat je ook met anderen rekening houdt. Als je het overdrijft, verstik je ze. Ik geloof niet dat mijn moeder zich ooit heeft afgevraagd wat goede omgangsvormen iemand kunnen kosten, omdat die kosten voor haar nooit zullen opwegen tegen het risico dat iemand een lage dunk van haar zou hebben. Niet voldoen aan de fatsoensnormen is altijd duurder.

Johns moeder is nog bekrompener en vindt het vreselijk dat we de energie van de kinderen niet in betere banen leiden. Ze heeft tegen John gezegd dat het aan mijn Amerikaanse achtergrond ligt. Ze verwijt het mij dat haar zoon in de Verenigde Staten woont, alsof ik degene ben die bepaalt waar we wonen.

Het was voor ons nooit een punt dat we onze kinderen anders opvoeden dan we zelf zijn opgevoed; we zijn van natuur gewoon minder streng, denk ik. Het zou absurd zijn om je voor te stellen dat Celia ooit naar een societybal zou gaan, zelfs als we het geld hadden. Natuurlijk wil ik dat anderen een goede indruk krijgen van mijn kinderen, maar dat is al het geval, en dat komt niet doordat ik me daar zo voor heb ingespannen. Het is gewoon een kwestie van ze aanleren wat onbeleefd is, hoe je iemand moet bedanken en dat het belangrijk is je te kunnen voorstellen hoe het is om in andermans schoenen te staan, dat is alles. John heeft Michael en Celia toen ze veel jonger waren weleens een pak slaag gegeven, en Alec heeft hij twee of drie keer een klap gegeven, maar alleen als ze hadden gelogen of herhaaldelijk ongehoorzaam waren geweest. En met de oudste twee is het tegenwoordig geen punt meer. Ze weten zich te gedragen. We hechten als gezin niet veel waarde aan formaliteiten, maar we dekken altijd de tafel voor het eten, we eten samen en als ze klaar zijn en van tafel willen, moeten ze dat vragen. Ik denk dat sommige mensen dat ouderwets vinden. Je moet grillig gedrag stimuleren als het iets geniaals oplevert, maar in het algemeen vind ik het zinloos. Wat ze ook doen, ze zullen altijd met anderen te maken hebben, anderen met wie ze moeten praten en tegen wie ze beleefd moeten zijn. Ik wil dat ze gelukkig worden. Dat is het punt.

Aan het begin van het bospad buigt Michael de takken van de braamstruiken voor me opzij terwijl hij me voorgaat op dit overwoekerde deel van het pad heuvelopwaarts tussen de bomen door. Het is twintig minuten lopen naar het strand, wat misschien te ver is als ik het avondeten nog op tijd klaar wil hebben, maar het is goed om even de benen te strekken. Hij praat over meneer Carter, de man van wie hij zijn koningsslang heeft gekregen, maar in de wind verwaait de helft van zijn woorden. Ik zorg ervoor dat ik dicht bij hem blijf, zodat ik het spoor niet helemaal bijster raak.

Gisteravond heeft het geregend, en nu staan er overal paddenstoelen – ik zou de namen moeten weten, maar ik ken ze niet. Er zijn fraai gevormde witte ballen, die als massieve wolkjes boven afgevallen takken lijken te zweven, en aan de zijkant van rottende boomstronken zie ik romige groepjes paddenstoelen met schitterende oranje stippen, en dan zijn er nog die buitengewone zigzag lopende lijnen van de bruine halvemaantjes op de schors van oudere bomen, alsof het dwergentrappen zijn. Het is fantastisch om te zien hoeveel dunne, jonge dennen en sparren moeite doen om iets van het zonlicht op te vangen waarmee de volwassen bomen zo rijkelijk worden overgoten, en hoeveel er daarvan omgevallen zijn, de verliezers, die nu als overmaatse lucifers op de grond liggen en dienen als gastheer voor mossen en korstmossen en als voedsel voor insecten.

We klimmen omhoog en omlaag op de traptreden die Bill Mitchell heeft uitgehakt in een gigantische douglasspar die vele jaren geleden over het pad moet zijn gevallen en waarin nu varens groeien uit de openstaande barsten.

Ik wou dat Michael van het wonderbaarlijke van dit alles meer genoot, maar door zijn astma heeft hij geleerd om buiten in de natuur behoedzaam te zijn, niet te veel te rennen in het weiland achter ons huis en zelfs om op te passen voor winterse kou, die een aanval teweeg kan brengen.

'... waar hij die leguanen houdt,' zegt hij, terwijl ik naast hem kom lopen omdat het pad breder wordt, 'en waar dat beekje loopt, op de begane grond. Hij zegt dat hij erover denkt om een kleine krokodil te nemen als hij er een kooi voor kan maken die groot genoeg is, maar dat weet hij nog niet zeker, want dat kost hem zijn twee logeerkamers.'

John heeft David Carter een paar jaar geleden ontmoet op een bijeenkomst ter stimulering van het ondernemerschap bij minderheden. Als ik het me goed herinner wilde hij zijn dierenwinkel uitbreiden en heeft John geprobeerd zijn partners over te halen om erin te investeren. Dat hebben ze niet gedaan, maar John heeft contact met hem gehouden en heeft Michael een keer meegenomen om naar de reptielen te kijken. Op een dag hebben ze toen, zonder met mij te overleggen, een anderhalve meter lange, zwarte koningsslang meegebracht. Ik kon er moeilijk bezwaar tegen maken gezien de aanwezigheid van de konijnen van Celia, Alecs hamster, de vogels en Kelsey. Michael heeft de slang nooit een naam gegeven, wat me op de een of andere manier terecht lijkt. Het is blijkbaar een wurgslang, geen gifslang, maar als het de bedoeling was mij daarmee gerust te stellen, is dat niet gelukt. Hij zorgt er doorgaans goed voor en maakt het terrarium schoon in de speelkamer, maar hij geeft hem van die afschuwelijke dode muizen te eten en hij heeft een keer het schuifdeurtje op een kier laat staan, waarna de slang eruit is gekropen en op de een of andere manier op zijn slaapkamer terecht is gekomen, wat een hele heisa gaf toen hij wakker werd, naar de wc wilde en op hem stapte. Ik had toen niet zo op hem moeten foeteren, maar het was allemaal zo verschrikkelijk.

'Als hij die krokodil heeft,' vervolgt Michael, 'dan is zijn verzameling compleet, of althans bijna, met de boa, de python en de varaan.'

'Hij laat jou toch niet al te dicht in de buurt van die andere beesten komen, hè?'

'Niks aan de hand,' zegt Michael terwijl hij met een tak op de varens mept. 'Ze zijn tam.'

We lopen een minuut lang zwijgend door.

'Volgens mij is hij ongelukkig,' zegt hij. 'Ik denk dat hij daarom zoveel dieren in huis heeft.'

'Mij lijken die reptielen niet bepaald het leukste gezelschap.'

'Wilde papa hem helpen omdat hij zwart is?'

Ik weet niet goed wat ik hierop moet zeggen. Ik weet niet waarom John zich heeft ingespannen om de zaken van ondernemers uit minderheidsgroepen te promoten. Misschien is het begonnen met die microkredieten, waardoor dat soort investeringen voordeliger werd. Maar als dat het geval was, is het daarbij niet gebleven, want er volgden nog een Spaanstalig tijdschrift in Chicago en een restaurantketen op initiatief van een zwarte footballspeler. Hij doet er behoorlijk veel voor. Als hij Amerikaan zou zijn, zou je waarschijnlijk zeggen dat hij zich verdienstelijk wil maken in de volgende fase van de burgerrechtenbeweging door bezitsvorming van zwarten te ondersteunen, en misschien is dat ook wel zijn doel – we praten er niet over. Maar omdat hij een Engelsman is, zou je er eigenlijk niet in die termen over moeten praten. Hij staat buiten dat specifieke deel van de geschiedenis. Ik weet niet goed wat hem erin aantrekt, maar ik ben er zeker wel een voorstander van.

'Ik denk dat je vader graag in zijn gezelschap is,' zeg ik. 'Het lijkt me dat dat de belangrijkste reden is waarom hij hem wilde helpen.'

'Ik denk dat een van de redenen waarom hij ongelukkig is, is dat hij zwart is.'

'Zeg dat niet, Michael. Dat moet je niet zeggen. Niemand heeft reden om ongelukkig te zijn vanwege het ras waartoe hij behoort. Dat heeft er niets mee te maken. Woont hij niet alleen? Daar zou iedereen eenzaam van worden.'

'Dat is niet wat ik bedoel. Ik bedoel niet dat het feit dat hij zwart is hem ongelukkig máákt, alsof hij niet zwart zou willen zijn. Het is iets anders.'

'Waar heeft hij met jou over gepraat?'

'Nergens over. Over slangen.'

'Nou, volgens mij verbeeld je het je maar. Mensen zijn niet eenzaam vanwege hun huidskleur.'

Hier denkt hij even over na, terwijl we het weiland op lopen. Het ligt voor de helft in de schaduw, en in die schaduw zijn wilde sleutelbloemen opengegaan en zijn de hartvormige gele bloemblaadjes losgekomen van de meeldraden. Rupsen doen zich tegoed aan het zaad van de wolfsmelk. Vlinders fladderen in het hoge gras. Achter ons huis in Samoset hebben we ook een weiland, maar dat ligt lang niet zo mooi en verborgen als dit.

Michael lijkt zich helemaal niet bewust van de omgeving.

'Als je slaaf zou zijn, was je depressief,' zegt hij. 'En doodsbang.'

'Waar heb je het over? Meneer Carter heeft een bedrijf en hij woont in een mooi huis. Ik hoop niet dat je dit soort dingen tegen hem zegt. Daar zou hij zich weleens beledigd door kunnen voelen. Met slavernij heeft hij niets te maken. Waar haal je dat vandaan?'

'Dat kun je niet zeggen. Zijn voorouders waren slaven.'

'Michael, waar heb je met hem over gepraat?'

'Nergens over, dat zei ik toch al.'

'Dus dit heb je allemaal zelf gefantaseerd?'

'Laat maar zitten. Je snapt het niet.'

Dit ligt hem de laatste tijd vóór in de mond: 'je snapt het niet'. Ik zou eraan gewend moeten zijn dit van mijn kinderen te horen te krijgen, veronderstel ik. En dat zou ik in dit geval ook zeker zijn, als ik het idee had dat deze frase voor Michael hetzelfde zou betekenen als hij al voor Celia betekent, namelijk dat hij ingebed is in de wereld van zijn leeftijdgenoten. Maar als Michael dit tegen mij zegt, komt dat niet doordat hij zo'n eerste uiting van puberaal cynisme heeft opgevangen uit de mond van een meelevende vriend. Hij verwijst naar iets anders, iets wat alleen hij ziet. Het is niet zomaar iets wat alleen ik of de andere kinderen uit het gezin niet snappen.

Het weiland loopt naar beneden, en als we een paar minuten verder zijn, zien we bij het naderen van de rotsen aan zee tussen de bomen door stukjes blauwe lucht. Het loopt daar steil omlaag, wel tien meter, als het niet meer is. Het pad naar beneden bevindt zich aan de rechterkant en loopt langs de schuine granieten wand die van de bomen naar zee voert, vol scheuren die verbazend recht en parallel lopen en afgesloten zijn met een soort zwart magma van wie weet hoeveel duizenden jaren geleden. Erbovenop liggen rotsblokken, als oude mannen die over zee uitkijken in afwachting van terugkerende schepen.

Het strand zelf is klein, eigenlijk niet meer dan een open plek tussen de rotsen, met hard zand waarop een koppel plevieren door het dunne laagje water van de zich terugtrekkende golven rennen. Verder naar boven is het zand poederachtig en droog en ligt het vol zeewier en drijfhout. Dit is de plek waar we de afgelopen jaren de zanddollars hebben gevonden die de kinderen in de pannen en emmers doen waarin ze krabben verzamelen om hun kleine aquaria te voorzien van nog andere zeebewoners.

Michael slaat zijn ogen neer en schrijft met zijn tak iets in het zand. Hij is nog maar een paar centimeter kleiner dan ik; over een jaar zal hij net zo lang zijn en niet lang daarna nog langer. Hij weet niet wat hij aan moet met zijn nieuwe lichaam, hoe hij moet zitten of staan, en dat is de reden waarom hij nooit stilstaat en voortdurend moet schuilen in beweging. Of althans gedeeltelijk om die reden, en voor de rest door zijn altijd actieve hersenen. Zijn ledematen reageren daarop krampachtig, meer uit zorg dan met plezier, laat staan uit fysieke kracht. Hij is een lief, onkenbaar schepsel, dat voor mijn ogen van gedaante verandert. En als de dokter in dat vreemde kamertje op de psychiatrische afdeling van dat Londense ziekenhuis tegen me gezegd zou hebben: Nee, misschien moet u nog eens nadenken over waar u zich instort, en misschien moet u van het huwelijk afzien. Als hij me niet zou hebben gevraagd of ik van John hield, zou het ondenkbare wellicht gebeurd zijn: dan zou Michael helemaal niet bestaan. Zijn naam betekent niets meer als ik die te vaak voor mezelf herhaal, maar ik heb geen ander woord voor het mysterie dat hij is, mijn eerstgeborene. Het heeft iets kortzichtigs dat kinderen in handen worden gegeven van mensen die geen idee hebben waar ze mee bezig zijn, die op goed geluk maar wat experimenteren. Het is niet eerlijk. Hij was voor ons een experiment, hij had geen keus.

'Ga je niet naar zanddollars zoeken?'

Hij blijft in het zand schrijven en laat niet merken of hij mijn vraag wel of niet gehoord heeft.

'Wat betekent dat?' vraag ik, als ik achter hem sta en lees wat hij daar in hoofdletters in het zand heeft geschreven: YOU MAKE ME FEEL MIGHTY REAL.

'Het is een songtekst. Van Sylvester. Ken je Sylvester niet?'

'Is dat disco?'

'Daarmee doe je het tekort. Maar ja, je zou het disco kunnen noemen.'

'Je houdt zoveel van die platen. Waarom dans je nooit eens op die muziek?'

Hij haalt zijn schouders op en loopt weg naar de andere kant van het strand, waarbij hij achter zich een kromme lijn in het zand schraapt. Hij zit elke dag urenlang met de koptelefoon op achter zijn draaitafel, maar hij doet nooit meer dan zijn hoofd heen en weer bewegen. Ik vind het jammer dat hij er geen fysiek genot aan beleeft, zoals wij vroeger, en soms nog, bij onze muziek.

'We gaan terug naar Engeland,' zegt hij, nog steeds met zijn hoofd van mij afgewend. 'Papa neemt ons mee terug.'

In de manier waarop hij het zegt klinkt iets door wat me stil doet staan. Zijn stem breekt de laatste tijd, schiet op de vreemdste momenten ineens in een ander register en verandert dan weer in zijn jongensstem, maar wat hij nu zei klonk helemaal in het lagere register, een geluid dat uit zijn borst komt, niet uit zijn keel, en hij zei het op een volstrekt zakelijke toon. Maar het meest verontrustende was dat hij het heel langzaam zei, en hij praat anders nooit langzaam.

'Waar heb je het over?' zeg ik. 'Heeft hij dat tegen je gezegd?'

Het is bepaald niet onmogelijk dat John in een verstrooide bui zoiets gezegd zou hebben, dat hij waar de kinderen bij waren hardop nadacht zonder zich te realiseren welke conclusies ze daaruit zouden trekken. En als het waar is, zwaait er wat voor hem – dat ik dit als eerste van Michael moet horen.

'Nou, heeft je vader dat gezegd? Geef antwoord.'

Nu ik mijn stem verhef, draait hij zich om en schudt zijn hoofd.

'Waarom zeg je het dan?'

'Waarom ben je boos?'

'Ik ben niet boos. Ik wil alleen dat je me verteld waarom je het zei.'

'Omdat het zo is.'

Hij heeft Johns zwarte haar, zijn bruine ogen en dezelfde bleke gelaatskleur. Ze zijn onmiskenbaar vader en zoon. Dat is heel natuurlijk. Maar hoe komt het dat ik, terwijl ik naar dit zo volkomen vertrouwde gezicht kijk dat nu getekend wordt door iets onzichtbaars, iets nieuws en tegelijkertijd iets heel ouds... hoe komt het dat ik zo doodsbenauwd ben?

Celia

Toen papa ons weer aan land bracht, stond Michael op de steiger op ons te wachten. Hij zei tegen papa dat mama hem wilde spreken. Papa liep de houten trap op naar het huis en Alec en ik gingen achter Michael aan de andere kant op, naar de rotsblokken. Michael begon te rennen en sprong van rotsblok naar rotsblok. Ik probeerde hem bij te houden, keek hoe hij zijn voeten neerzette en de gladde zijkanten ontweek. Achter ons riep Alec dat we moesten wachten. Michael minderde vaart, maar bleef doorgaan in de richting van het uiterste puntje dat vanuit het huis nog zichtbaar is, het punt waar de kustlijn een bocht maakt naar de open oceaan. Toen hij op een groot plat rotsblok aankwam, vlak boven het spatwater, hield hij stil en keek uit over de golven die op de rotsen braken. Alec voegde zich bij ons en ging onmiddellijk naar beneden, waar het spatwater de grijze steen zwart kleurde; net voordat de golf uiteenspatte haastte hij zich weer omhoog, waarbij hij telkens opkeek om te zien of wij het wel zagen.

We doen Broeder zon, zuster maan, zei Michael, en dat wilde ik ook wel. Alec zei dat hij dat geen leuk spelletje vond, maar Michael en ik gingen al op zoek naar een geschikt hoekje of een grot, terwijl Alec achter ons aan kwam en zei dat we beter krabbetjes konden zoeken. We vonden een goede plek, waar de grond horizontaal liep en die overhuifd werd door een groot plat rotsblok dat voor schaduw zorgde, waardoor het bijna een echte grot leek. Oké, ga daar zitten, zei Michael tegen Alec, die deed wat hem gezegd werd en in kleermakerszit de stenen die hij had opgeraapt door zijn handen liet gaan. Wie ben ik? vroeg Alec. Je bent een monnik, zei Michael, en je woont hier. En wie zijn jullie dan? Dat doet er niet toe. Je kent ons nog niet. Jij woont hier, kleine zenuwpees die je bent, zei

Michael, en hij kneep in Alecs arm. Je woont hier en je denkt na over de zee. Dat wil ik niet, zei Alec. Het zal toch moeten, zei ik. Waarom moet ík altijd in de grot? vroeg Alec. Omdat jij de monnik bent, zei Michael, en omdat wij moeten proberen je te vinden. Blijf hier gewoon zitten en kijk niet welke kant we op gaan, oké? Doe je ogen dicht. Alec deed zijn ogen dicht, en Michael en ik sprongen op het dichtstbijzijnde rotsblok en renden over de hoge, gladde rots tot bij de bomen. We renden door totdat we ruimschoots uit het zicht waren vanaf de plek waar we Alec hadden achtergelaten. De golven waren hier groter en het water sloeg met veel kabaal tegen de rotsen en droop er dan vanaf om weer teruggevoerd te worden de zee in, zodat alle aangroei en het wier aan de zijkant van de rotsen zichtbaar werden, totdat de volgende opkomende golf alles weer bedekte. Het was inmiddels al later aan het worden, maar de zon stond nog aan de hemel.

Kijk eens, zei ik. Beneden op een breed rotsblok net boven de branding rechts van ons lagen drie zeehonden zich te koesteren in de zon. Ze lijken wel dood, zei Michael. Nee, ze zijn niet dood, ze slapen. We liepen schuin naar beneden in hun richting. Niet te dichtbij hoor, zei ik, anders worden ze wakker en gaan ze weer het water in. Hun huidskleur was een mengeling van grijs, bruin, groen en ook een beetje blauw, en alle kleuren liepen door elkaar. Ze hadden enorme vuilwitte snorharen en hun snuiten waren nat, als die van Kelsey. De grootste lag te hijgen en te snurken. Zie je al dat blubbervet bij hem? schreeuwde Michael zowat. We zouden hem kunnen harpoeneren en zijn lichaamsvet als brandstof gebruiken, net zoals ze bij walvissen doen. Aan zijn stem kon ik horen dat hij al het vet er wel uit wilde knijpen, zoals Alec in de onderkin van papa had geknepen, totdat het bijna pijn deed.

Ik denk dat het protozoën zijn, zei hij. Wat betekent dat? Dat ze heel oud zijn. Stokoud. Ze waren er al voordat er mensen waren en ze leven van hun eigen blubbervet. Michael vond het een mooi woord, blubber. Hij herhaalde het voortdurend, zelfs als er niets blubberigs in de buurt was. We hurkten neer en bekeken ze. Om de paar minuten richtte een van de zeehonden zijn kop op, keek even over zijn schouder naar ons en liet zijn kop dan weer op de rots zakken. Na verloop van tijd begon de middelste zijn snuit tegen zijn zij te wrijven.

Denk je dat we te laat zullen zijn voor het avondeten? vroeg Michael. Misschien, zei ik. Hoe lang zijn we hier al? vroeg hij. Een paar minuten, zei ik. Nee, op het eiland, bedoel ik. Ik weet het niet, zei ik. Denk je dat we nog een week te gaan hebben? vroeg hij. Ik weet het niet. Of misschien wel tien dagen? Het zou kunnen.

Hij stelde vaak dit soort vragen, maar meestal gaf ik er geen antwoord op omdat ik ze niet echt begreep. Michael zei nou eenmaal dat soort dingen, en mama negeerde dat soort vragen ook. Alleen papa wist hij soms zo ver te krijgen dat hij antwoord gaf, wat hij dan deed door Michael weer andere dingen te vragen. Door een harpoen zouden de jonge zeehondjes wakker worden, zei hij toen ik op zijn opmerking niet had gereageerd. Alec zou er luidkeels om hebben moeten lachen en Michael hebben opgehitst, maar ik deed dat niet. Michael stond op en liep met een ruime boog om de zeehonden heen. Een minuut later deed ik hetzelfde, en toen hurkten we opnieuw neer, deze keer in de schaduw. Een grote golf gutste over de koppen van de zeehonden, en als grote, luie honden zonder poten schudden ze de nattigheid van zich af.

Mama en papa gaan vanavond ruziemaken, zei hij. Hoe weet je dat? Dat weet ik gewoon, zei hij. Mama wordt boos op hem. Ze wordt altijd boos op hem, zei ik. Nee, dat wordt ze niet, dat is niet waar, zei hij. Jawel hoor. Als wij naar bed zijn, wordt zij boos op hem. Niet elke avond, zei hij, ze is niet elke avond boos op hem. Alle echtparen maken trouwens ruzie. Dat heeft mama zeker tegen je gezegd, zei ik. Nou en? zei hij, daarom hoeft het nog niet waar te zijn.

Verderop aan de kust stonden zwarte aalscholvers op een natte rots. Een paar stonden er doodstil, met de kop ingetrokken. Twee hadden hun vleugels gespreid om ze door de zon te laten drogen, wat een griezelige indruk gaf, net alsof het reusachtige vleermuizen waren. Geen enkele vogel leek de andere op te merken, alsof elk van hen daar als enige op die rots stond. Uit de kust vlogen zeemeeuwen in grote cirkels om de boot van een kreeftenvisser die terug naar de haven voer. Ik begreep nog steeds niet hoe ze zonder uitrusten zo lang in de lucht konden blijven.

Michael gooide een steentje op de staart van een van de zeehonden, maar hij merkte het niet. Niet doen, zei ik. Hij gooide nog een steentje, dat op de rug van de grootste terechtkwam, maar ook deze reageerde niet.

Niet doen!

Ze zouden Cleveland in januari een week lang kunnen opwarmen! riep hij uit. Dat soort dingen zei hij voortdurend tegen de enige vriend die hij had, Ralph, de jongere broer van onze oppas, waarop Ralph dan vreemde geluiden maakte en nog sterkere opmerkingen ging maken zoals: Ze zouden Nova Scotia een jaar lang kunnen opwarmen! En zo gingen ze dan een tijdje door. Alec probeerde wel mee te doen, maar hij snapte het eigenlijk niet, dus dan werd het nooit grappig. Ik begreep het wel, maar ze vonden het niet leuk om met een meisje te spelen. Hou daarmee op, zei ik, en hij gooide zijn steentjes naar beneden, in de richting van het water.

Wat hebben jullie in de boot gedaan? vroeg hij. We moesten van papa doen alsof hij er niet was, zei ik. Michael ging schelpjes uit een kleine poel in de rots halen, die hij op zijn overhemd te drogen legde en vervolgens naast elkaar aan zijn voeten neerlegde. Ik pakte er ook een paar en voegde die toe aan de rij totdat die zich tot aan mijn voeten uitstrekte. Denk je dat het nog drie weken duurt voordat we terug moeten naar school, of een maand? Ik weet het niet, zei ik, hoezo? Ik wil het gewoon weten, zei hij. Toen de rij schelpjes zich aan weerszijden van ons een meter uitstrekte, begon hij er schelpjes tussenuit te halen, zodat het geheel iets weg kreeg van een witte kralenketting waaraan wat kralen ontbraken. Mijn gezicht werd nat van een fijne nevel die door de wind in mijn richting werd geblazen.

Ik heb honger, zei ik, laten we naar huis gaan voor het avondeten. De zeehonden waren op een droge rots gaan liggen en bewogen helemaal niet meer, zelfs hun koppen niet.

Michael wilde niet terug naar school, daarom had hij het gevraagd. Ralph was zijn enige vriend. Doorgaans begon het hem pas een paar dagen voordat we zouden vertrekken dwars te zitten, niet zo vroeg al, op het eiland.

Hij stond op, en terwijl hij naar de zeehonden keek zei hij: Als reusachtige, levende varkenslendenen liggen hier protozoïsche zoogdieren op het strand. Toen begon hij terug te lopen, langs de rotsen bij de bomen, en ik volgde hem.

Ik haat jullie, zei Alec toen we weer bij de grot kwamen. Maar we hebben je wel gevonden, zei Michael. Nu is het spel afgelopen. Jij bent Sint Franciscus van Assisi, en je bidt hier totdat je handpalmen gaan bloeden. Ik snap het niet, jammerde hij. Wie zijn jullie dan? Ik ben Sint Franciscus als jongeman, zei Michael, en Celia is zijn vriendin Clara, die voor de melaatsen zorgt. Ik haat jullie, zei Alec, en hij stond op en liep voor ons uit over de rotsen.

Ik wist dat Michael gelijk had wat betreft de ruzie die eraan zat te komen doordat mama er niets over zei dat we te laat waren en zelfs niet vroeg waar we geweest waren. In de keuken gedroeg papa zich tegenover ons nog eens extra opgewekt, zoals altijd als mama boos op hem was. Hij liet ons alle drie een kreeft in het kokende water gooien, waarbij hij Alec moest optillen zodat hij geen opspattend kokend water over zijn handen zou krijgen. Ze sloegen met hun zwarte voelsprieten tegen de rand van de pan voordat ze ten onder gingen.

Mama droeg ons op alle pannen met krabbetjes – een hele verzameling was het, wel vijftien of twintig stuks van verschillende grootte en kleur – van de eetkamertafel te halen. We zetten ze op de vloer bij de deur naar de veranda. Ze leefden allemaal nog en leken het niet slecht te hebben. Kelsey snuffelde eraan, maar kon geen enthousiasme opbrengen voor hun bewegingen.

De verificateur heeft honger, zei Michael terwijl hij haar op de rug klopte. Na het avondeten voerde Alec zijn hyperactief-doen-en-dan-huilen-act op, waarna papa hem naar bed bracht en hij riep dat hij weer eens buitengesloten werd. Mama had de vaat laten staan voor papa en zat een boek te lezen bij het gedempte gele licht van een van de olielampen. Ieder van ons had zo'n lamp (alleen Alec niet) om in het donker mee door het huis te lopen, en ook nog een bij ons eigen bed. Met een knop aan de zijkant moest je de met olie doordrenkte pit omhoog draaien, en zodra je die had aangestoken, zette je het bolle glas weer op de houder. Het viel niet mee om in dit licht de verschillende kleuren in de legpuzzel van het Brueghel-schilderij te onderscheiden, maar ik had geen zin om te lezen, dus ging ik ermee aan de gang totdat we een woordenspel gingen doen. Toen Alec weer huilend naar beneden kwam, zei mama dat het tijd was dat we allemaal gingen slapen.

Na een paar minuten hoorde ik ze beneden praten. Mama sprak gedempt maar fel, heel anders dan ze normaal praat, sneller en veel nadrukkelijker. Af en toe verstond ik iets, maar lang niet alles. Papa reageerde kalm, zoals meestal, en met een veel lagere stem. Ik kon geen woord gestaan van wat hij allemaal zei, alleen de vlakke toon viel me op, en dat was voor hem ook niet de normale manier van praten. Mama zei iets over meubels en liet het woord 'verdorie' vallen, wat voor haar al behoorlijk vloeken was. Papa reageerde er niet op. En toen begon mama steeds harder te praten. Wat zit je daar nou? Ben je nog van plan iets te zeggen of niet?

Ik lag op mijn zij en vouwde het kussen om mijn hoofd, zodat ook mijn andere oor bedekt zou zijn, maar ik bleef haar horen: Dat ik dat van Michael moet horen! Ik heb het je wel duizend keer gevraagd, en nou moet ik het van de kinderen horen! Papa zei iets wat ik niet kon verstaan, weer op die kalme, lage toon. Hoe dan ook, ze werd alleen maar bozer, en dat leek me niet goed, dat ze elke keer als hij wat zei nog bozer werd. En wat dan? riep ze. Moet ons leven en dat van de kinderen nóg één of twee jaar afhangen van de vraag of het jou lukt die mensen over te halen om te doen wat jij wilt? Verdomme, John! riep ze. Het klonk alsof ze hem hartgrondig haatte.

Mijn kamerdeur ging open, en ik hoorde Alec zachtjes snikken. Waarom houden ze daar niet mee op? zei hij. Mijn bloed raasde zo luid door mijn oren dat het was alsof er grote schelpen overheen zaten. Ga terug naar bed, fluisterde ik. Maar hij huilde nu hardop, en het was niet een ik-heb-aandacht-nodig huilerig soort dreinen, maar bang huilen. Als hij zo van streek was, ging hij nooit naar Michaels kamer, altijd naar de mijne. Hij kwam aan de rand van mijn bed staan.

Jij zit daar maar en je zegt geen boe of bah! riep ze. Je vindt dat het mijn schuld is! Jij vindt mij onredelijk! Zo kun je niet leven, dat is maar fantasie van je!

Waarom houden ze niet op? snikte Alec. Hou je mond! fluisterde ik. Wees gewoon stil. Papa zei nog iets korts, met dezelfde vlakke, lage stem.

Voordat mama opnieuw kon gaan schreeuwen, gooide ik het laken en de deken van me af en rende de trap af naar de huiskamer en riep: Hou daarmee op! Hou op! Ik probeer te slapen!

Mama stond over papa heen gebogen, die op de bank zat. Ze draaide zich met van woede opengesperde ogen naar me om. Papa draaide alleen zijn hoofd om en keek me aan. Zijn gezicht was bleek en uitdrukkingsloos. Alec stond achter me op de trap nog te huilen. Jezus! zei mama tegen papa. Kijk nou wat je aanricht!

Ophouden! schreeuwde ik. Het lag niet aan hem! Jij deed het! Het is niet eerlijk!

O mijn god, zei ze met een zucht. Dit is niet iets waar jij je zorgen over hoeft te maken. Echt niet, Celia. Jij hoeft je geen zorgen te maken. Breng ze naar boven, wil je? zei ze, en papa stond op, liep naar me toe en stak zijn armen uit om me op te tillen, maar daar was ik nu te groot voor, wat hij niet eens leek te beseffen, dus toen liet hij zijn armen maar op mijn schouders zakken, en hij draaide me om en duwde me in de richting van de trap.

Rustig maar, zei hij, zo kalm alsof hij een dutje wilde doen en wou dat we stil waren.

Waarom ga je zo tegen hem tekeer, mama? zei ik. Het is niet eerlijk!

Zo is het wel genoeg, Celia, echt. Alsjeblieft. Ga gewoon met je vader mee naar boven.

Ik schudde zijn handen van mijn schouders en liep stampvoetend de trap op, Alec voor me uit duwend. In de gang boven stond Michael door de kier van zijn deur te kijken, maar zodra we op de overloop waren, deed hij hem dicht.

Ga terug naar bed, Alec, zei papa, ik kom zo bij je. Met een van de olielampen in zijn hand liep hij achter me aan mijn kamer in, wachtte totdat ik in bed lag en de dekens over me heen had getrokken, en ging toen op de rand van mijn bed zitten met zijn gezicht naar het raam, zodat ik in het licht van de olielamp die hij op het nachtkastje had gezet alleen de zijkant ervan zag. Mijn hart ging wild tekeer en ik wist dat het lang zou duren voordat ik in slaap zou vallen. Hij stak zijn grote hand uit, legde die op mijn gezicht en liet zijn vingers door mijn haar en over mijn oor gaan totdat de achterkant van mijn hoofd in de palm van zijn hand rustte. Met zijn duim wreef hij over mijn slaap.

Waarom laat je haar zo tegen je schreeuwen? Dat is niet goed.

Je moeder is overstuur. Ze trekt wel bij.

Zonder dat ik het wilde begon ik te huilen terwijl hij over mijn hoofdhuid wreef. Maar waarom maken jullie dan altijd ruzie? Jullie denken dat ik het niet hoor, maar ik hoor het heus wel.

Hij keek opzij. Op de muur en het plafond boven en achter hem torende zijn schaduw boven ons uit. Hij hield mijn hoofd vast, maar zei niets. Zijn schaduw leek donkerder dan wanneer er helemaal geen licht is, want als er geen licht was, was er niets om de donkerte mee te vergelijken. Ik was opgehouden met huilen. Ik wilde dat hij nog iets zou zeggen, maar hij wreef alleen maar over mijn hoofd terwijl hij naar het korrelige witte gordijn staarde en gaf me toen een schouderklopje en stond op om weg te gaan.

Michael

27 augustus,

Lieve tante Penny,

Ik groet u. Ik hoop dat u, wanneer u deze brief ontvangt, er beter aan toe bent dan wij. We hebben nogal wat tegenslagen tijdens onze vakantie. Het begon ermee dat de limousine die papa had gehuurd om ons van het huis van zijn vriend in Armonk naar de pier aan de West Side te rijden het aan de Henry Hudson bij een hitte van vijfendertig graden begaf. U kunt zich wel voorstellen hoe uitgeput mama was! De tijd die ons nog restte tot ons vertrek verstreek, de automotor braakte grote stoomwolken uit, en wij stonden daar met ons vijven met de defibrillator aan de riem op een smal reepje asfalt boven aan een afrit, als een stel zwetende vaarzen. Het duurde drie kwartier voor de vervangende auto er was, maar we kwamen toch nog op tijd bij de pier aan. Zoals u weet is mama in alle staten sinds papa zijn plan om te verhuizen afgelopen zomer aankondigde, maar ze heeft hem wel aan zijn belofte kunnen houden dat we met de boot zouden gaan. Ze wilde dat wij ook eens zouden meemaken hoe zij als jonge vrouw naar Europa was gereisd, en daar waren we ook zeker heel enthousiast over.

Ik weet niet wanneer u deze brief zult ontvangen. Het is nu de vierde dag van onze acht dagen durende overtocht naar Southampton, maar ik ben er nog niet achter hoe het systeem van dagelijkse postbezorging functioneert (en dat is om redenen die verderop duidelijk zullen worden ook niet echt een prioriteit geweest). Maar ik weet dat u altijd benieuwd bent naar nieuws van de familie, dus ik wilde u even op de hoogte brengen. Toen we op de eerste avond op weg waren naar de eetkamer is mama helaas gestruikeld over een van de hoge drempels hier aan boord, die volgens mij bedoeld zijn om te voorkomen dat het water vanaf het dek naar binnen stroomt (wat overigens een niet heel effectieve manier is, zoals we hebben ervaren). Als ze nou gewoon gestruikeld was, zou het waarschijnlijk niet zo erg zijn geweest, maar ook haar andere been bleef haken en ze maakte een behoorlijke smak. De scheepsarts strooide met allerlei vaktermen – 'fractuur van de tibia', 'subluxatie van de knie' en 'gekneusde femur' – maar ik heb geen idee wat die allemaal betekenen. Om kort te gaan, ik denk dat ze gewoon haar been gebroken heeft. Door het gips en de katrollen waarmee het omhoog wordt gehouden lijkt het er in elk geval veel op. Laat ik volstaan met te zeggen dat mama in wezen tijdelijk buiten beeld is. We bezoeken haar wanneer we kunnen, maar er zijn ook nog allerlei andere dingen aan de hand.

Een daarvan is dat Alec op het ogenblik zoek is. We zijn hem kwijtgeraakt tijdens een lunchbuffet op de dag na mama's ongeluk, en we hebben hem nog niet terug kunnen vinden. Vreemd genoeg reageert de bemanning er nauwelijks op, zelfs niet tegenover papa, die zoals u weet bepaald geen blad voor zijn mond neemt en heel veeleisend kan zijn tegenover bedienend personeel. Het is een groot schip, zeggen ze, deze dingen gebeuren om de haverklap, en uiteindelijk zal hij onze hut wel weer weten te vinden. Het is waar dat er in de lounges banken genoeg staan waarop hij kan slapen en dat hij met al die eetgelegenheden overal niet van de honger zal omkomen. En erg ver weg kan hij niet zijn, als hij tenminste niet overboord is gevallen, wat we niet aannemen. Toch is het nu al twee volle dagen geleden, en ik kan u wel vertellen dat het papa behoorlijk irriteert. Natuurlijk hebben we het niet aan mama verteld. Dat is wel het laatste wat ze nodig heeft nu ze met dat gebroken been zit. Celia zei dat Alec waarschijnlijk alleen maar probeert de aandacht te trekken en dat we het 't beste gewoon kunnen negeren, zodat het zich vanzelf oplost.

Ik was het in grote lijnen met haar eens. Tot gisterochtend dan. Ik weet niet of u zich nog herinnert dat u een lang bericht over trans-Atlantische overtochten tijdens het orkaanseizoen had ingesproken op ons antwoordapparaat en daarna, een paar dagen voor ons vertrek, mama nog een krantenknipsel hebt toegestuurd over een cruiseschip dat in de Caribische Golf tijdens een zware tropische storm in de problemen raakte, waarbij verscheidene dodelijke slachtoffers te betreuren waren, maar ik kan u wel zeggen: u had gelijk. Ze kunnen van alles beweren over radarsystemen en stabilisatoren, maar u hebt waarschijnlijk in de krant al gelezen over Esmeralda, een orkaan van categorie drie die een paar dagen geleden langs de kust is getrokken en vervolgens de Atlantische Oceaan op is gegaan. Nou, die heeft ons gisterochtend rond een uur of zes bereikt. Ze hebben het ontbijt geannuleerd en tegen alle passagiers gezegd dat ze in hun hut moesten blijven, waarschijnlijk omdat ze wilden voorkomen dat mensen in de gemeenschappelijke ruimtes zouden overgeven. Door de patrijspoort in onze hut hebben Celia en ik gekeken hoe de door de storm huizenhoog opgezweepte golven, voorafgegaan door diepe dalen, op het schip in beukten, de bagage uit de kasten deden vallen, het dek overstroomden en het glas van de patrijspoort bedekten, zodat het leek alsof we in een aquarium zaten.

Ik zal er niet om liegen. Het was een zware dag. Papa bleef er onverstoorbaar onder en vertelde ons hoe hij als jongen in een woeste zee naar het Isle of Wight had gezeild. Hij zei dat er geen kans was dat we zouden zinken, maar dat er alleen sprake zou zijn van wat gebroken servies en een heleboel zeezieke passagiers. Er is trouwens wel een vrouw die op huwelijksreis was van het achterdek gespoeld, maar de dwarslaesie die haar echtgenoot bij die gebeurtenis opliep was bij lange na niet zo ernstig als het zich aanvankelijk liet aanzien. Natuurlijk dachten we aan mama in de ziekenboeg, wier opgehangen been daar misschien wel woest heen en weer zwaaide, maar ze hadden de liften stilgezet, en we waren niet van plan zes verdiepingen omhoog te klimmen om te kijken hoe het met haar was, en de deregulateur evenmin, die in de kennel in de buurt van de schoorstenen zit. Eerlijk gezegd ben ik wel bezorgder om Alec nu er daadwerkelijk iemand overboord is gevallen. Aan de andere kant zijn Celia en ik al de hele dag aan het braken, en het blijkt dat het vermogen om je zorgen te maken beperkt is als je aan het braken bent.

Dit gezegd hebbende, moet me van het hart dat de omstandigheden gisteren waarschijnlijk ernstiger leken dan ze waren. Het oog van de orkaan passeerde ons aan de westkant, en toen de avond viel waren de wolken weggetrokken en was de temperatuur zeker tien graden gezakt. We aten de zelf meegebrachte, voor de hele week bedoelde versnaperingen op (er werden geen warme maaltijden verstrekt) en gingen vroeg naar bed.

Pas vanochtend had ik eindelijk tijd om even te gaan zitten en u deze brief te schrijven. Ik heb geen bootje langszij zien komen en zeker geen helikopter op het schip zien landen, dus ik weet niet goed hoe de brief dan gepost kan worden, maar ik wilde u toch op de een of andere manier zien te bereiken. Maakt u zich in elk geval geen zorgen over ons. We hebben nog vier dagen te gaan voor we in Southampton zijn, en die beloven veel rustiger te zijn dan de afgelopen vier dagen. De hartelijke groeten van ons allen hier.

Michael

29 augustus

Lieve tante Penny,

Zoals ik u eergisteren al meedeelde, weet ik niet wanneer u mijn brieven zult ontvangen, maar ik weet wel dat u graag op de hoogte wordt gehouden, dus ik heb hier in het casino even de tijd genomen om deze brief te schrijven. Alec is nog steeds niet terecht, al is Celia er tamelijk zeker van dat ze hem na het ontbijt vanaf het promenadedek uit het zwembad heeft zien komen. In het algemeen echter begint de toestand op het schip zich na de storm langzamerhand weer te normaliseren.

En het volgende zult u nooit geloven! Raadt eens wie er aan boord is. Raad eens wie er hier niet meer dan drie eenarmige bandieten rechts van mij zit? Donna Summer! En dat is echt geengrap. Het blijkt dat zij, zonder dat ik daar iets van wist – en god mag weten waarom papa en mama me dat niet al een maand geleden hebben verteld – tijdens de overtocht de belangrijkste artiest hier op het schip is! Ik heb geen idee hoeveel ze hebben moeten schuiven om haar te engageren (misschien heeft ze een gratis hut), maar wat ze ook hebben moeten betalen, het is het waard.

De avondvoorstellingen hier zijn voor boven de 21, maar bij de ingang van de zaal is het altijd donker en druk, en gisteravond is het me gelukt onopgemerkt naar binnen te sluipen, waarna ik achter een niet-gebruikt serveerkarretje ben gaan staan. Het spreekt vanzelf dat ik vaker naar haar platen heb geluisterd dan dat ik warme maaltijden heb gegeten. Alleen al met het draaien van 'MacArthur Park' moet ik een stuk of tien naalden hebben versleten. Ik had voor deze reis vijf cassettes van haar in de handbagage gestopt (de andere twaalf zitten in de opslag). Zoals u ongetwijfeld al zult hebben beseft, is zij de belichaming van een geheel nieuwe beschikking, die machinaal lijkt, maar eigenlijk ontroostbaarheid impliceert. Ik ben ervan overtuigd dat ze zich hiervan bewust is, maar dat ze erdoor gekweld wordt. Het is een door en door monsterlijk krachtenveld – zo kenmerkt ze haar carrière in het blad *Rolling Stone*. 'Die hele productie waarvoor je verantwoordelijk bent, al die mensen en rekwisieten, het publiek en alles waardoor je beheerst wordt, zorgen ervoor dat je je werk opvat alsof je een machine bent. En zoals dat gaat met machines: op een gegeven moment gaan ze kapot.' Ze wordt aan stukken gereten door al die ogen en oren, ook die van mij. Ook ik ben onderdeel van dat monsterlijke krachtenveld. En ik kan het niet helpen. De muziek werkt verlossend.

Nou, daar was ze dan, in levenden lijve, in hoogsteigen persoon, in dezelfde ruimte als ik, met stralend witte lovertjes, bloedrode lipgloss en metallic-blauwe oogschaduw, de bovenlip en de neus enigszins omhooggericht, net als op de hoezen van haar elpees (wist u dat ze is opgegroeid in Dorchester?), en de lange, gelakte nagels strak om de draadloze zwarte microfoon gewikkeld. Dat publiek van gierigaards hier op dit luxueuze schip had geen idee waar zij in de wereld voor stond. Ze waren hier alleen maar om te consumeren.

Ik weet niet in hoeverre u de controverse hebt gevolgd die ontstond naar aanleiding van haar eerste Amerikaanse 12-inch, 'Love to Love You Baby' (Oasis/Casablanca, 1975), maar misschien herinnert u zich dat de BBC die weigerde te promoten, terwijl veel Amerikaanse zenders het nummer niet wilden draaien vanwege de kreunende geluiden, die – misschien vindt u me te jong om het erover te hebben? – een orgasme suggereerden. Blijkbaar heeft ze bij de opnamen (in de Musicland Studio's te München, mei-juni 1975) gevraagd om de lichten te dempen waarna ze de tekst in een imitatie van Marilyn Monroe liggend op een bank heeft ingezongen. Of dat waar is, is natuurlijk moeilijk te verifiëren, maar het lijkt aannemelijk als je de koerende, fluisterende toon hoort van de eerste paar regels – zo doet ze het trouwens ook bij liveoptredens – en de hese, extatische passages waar al die schreeuwlelijken zich zo druk over maakten.

Terwijl ik dit schrijf zit zij ongeveer anderhalve meter bij mij vandaan munten in een gokautomaat te gooien. Ze is gekleed in een ensemble dat op een plezierjacht niet zou misstaan: een witkatoenen broek, een donkerblauwe linnen blazer en met de grootste zonnebril op die ik ooit heb gezien (een echte Halston). Ze is in het gezelschap van een opgedofte Italiaan met een afrokapsel, een snor met uitstekende punten en een zonnebril bijna net zo groot als de hare, die volgens mij niemand minder is dan Giorgio Moroder, haar producer en medewerker, van wie je volgens mij kunt zeggen dat hij een van de vaders van de disco is (met de hand op mijn hart, tante Penny, ik heb nog nooit coke gesnoven, maar hij wel, dat weet ik zeker).

Ik heb echter geen zin om met hen te praten. Waarom ook? Ik kan me niet voorstellen dat ze in mij als mens geïnteresseerd zouden zijn, en wat ik hun zou kunnen zeggen, weten ze al: dat ze de loop van de geschiedenis hebben veranderd. Toen ze gisteravond 'Love to Love You Baby' zong, bezorgde me dat opnieuw knikkende knieën. En desondanks was ik geheel onvoorbereid op haar toegift, 'Our Love'. Kent u dit hartverscheurende nummer? Het staat op kant vier van *Bad Girls*, maar het werd niet veel gedraaid tot enkele maanden geleden, toen ze het hebben uitgebracht op de B-kant van de 12-inch van 'Sunset People' (het nummer 'Sunset People' zelf is een armoedige, bloedeloze verheerlijking van het nachtleven van LA, niet een van hun betere producties). 'Our Love' is echter wel baanbrekend. Ik zou bij deze brief een exemplaar moeten voegen en het geheel versturen onder rembours om het nummer recht te doen. Die eerste klaaglijke regels zouden een waterbuffel van zijn stuk brengen. *Dropping you this line to give you peace / And to set your weary mind at ease* – Schrijf je dit briefje om je gerust te stellen / en je te vrijwaren van al dat kwellen... De mensen denken dat disco geen diepgang heeft, dat het kunstmatig en harteloos is, maar ze horen niet hoe diep de droefheid is. Waarom zou je anders aangespoord worden om je te bewegen en tegelijkertijd te huilen? Als Moroder na de eerste minuut alle effecten weghaalt, zodat alleen de drums nog overblijven en Summers stem in het refrein verhardt en met nadruk zegt dat hun liefde eeuwig zal duren, steeds weer, twaalf keer achter elkaar, dan kun je niet anders dan de leugen erin horen. Natuurlijk zal die niet eeuwig duren. En toch wil ze ons vrede geven en ons geruststellen. Zou je dat ooit niet kunnen willen? En die buitenaards borrelende synthesizer aan het einde? Die zweepslagen uitdelende, chemische verwringing? Dat is het geluid van wat komen gaat. Tussen Rotterdam en Tokio is er niet één dansvloer waar dat nummer niet tot aan de break toe uitgetest wordt. Dat zijn de belangrijkste twintig seconden van de elpee. Over twee jaar zul je op de eerste de beste braderie al tientallen keren kunnen horen hoe vaak dit ritme gesampeld is in elke willekeurige blanke top-10-hit.

Dat ik haar nu in levenden lijve zag werkte bij mij als een drilboor op de bevroren zee van mijn gevoelsleven. Toen ik onvast ter been naar buiten ging, was ik zo high dat ik zweefde. Dat was het moment dat ik Alec zag aan de andere kant van het promenadedek. Hij bleek een paar zware dagen achter de rug te hebben. Blijkbaar was hij beneden op dek nummer drie ontvoerd door een bende die zich bezighield met kinderprostitutie. Engelsen, Russen, en naar hij dacht misschien wel Nederlanders. Ze stonden op het punt om hem in een krat op te sluiten en naar een Sovjet-badplaats aan de Zwarte Zee te vervoeren toen hij had weten te ontsnappen door zich te verschuilen in een met een rolgordijn afsluitbaar theekarretje dat naar de keukens werd gereden. Ik was natuurlijk verrast. Naar Sebastopol gebracht worden zou niet bepaald het beste zijn geweest wat Alec had kunnen overkomen. Ik heb begrepen dat seksuele slavernij echt een nachtmerrie is. Maar ik ben me daardoor wel gaan afvragen of er dingen zijn die op een schip als dit níét gebeuren? Ik wil u wel vragen dit laatste niet aan papa of mama te vertellen. Ze hebben op het ogenblik nogal veel aan hun hoofd en wij doen ons best om ze van verdere zorgen te vrijwaren. Alec zegt dat hij zich voorlopig niet op dek drie zal vertonen, net zomin als in het casino, waar minderjarigen overdag ook van de gokautomaten gebruik kunnen maken. We hebben het aan Celia verteld, maar zij zegt dat Alec het allemaal verzonnen heeft. Ze leest op het ogenblik een negendelige biografie van de Brontës en stelt het niet op prijs om daarbij gestoord te worden.

Ik denk dat de les is dat waar je ook naartoe gaat, het leven je achtervolgt, je opjaagt en je te grazen neemt. We zijn nu op nog maar twee dagen varen van het vasteland van Engeland, waar mama naar een revalidatiecentrum zal kunnen. En op de laatste avond van onze overtocht treedt Donna Summer weer op!

Kom ons gauw opzoeken!

Met hartelijke groet,
Michael

7 september

Lieve tante Penny,

Ik had verwacht u nu te zullen schrijven vanuit Engeland, maar onze reis blijkt verlengd te zijn. Papa is zoals u weet een genie als het erom gaat voordeeltjes te bemachtigen en voor elkaar te krijgen dat hij voor een fractie van de normale prijs in grootse stijl kan reizen. Deze keer heeft hij zichzelf echter overtroffen. Toen ik ongeveer een week geleden met mijn verrekijker de horizon afzocht om een glimp op te vangen van Devon, zag ik aan bakboordzijde een reeks eilanden waarvan ik even later begreep dat het de Azoren waren. Dit verklaarde natuurlijk de hittegolf. Dagenlang hadden de passagiers al lopen klagen over de felle zon en liepen ze er luchtig gekleed als hoeren bij. Alles voelde klam aan, en niemand had nog veel zin om in beweging te komen. De bemanning, die aanvankelijk ontwijkend reageerde, zei alleen maar dat ons een grote verrassing te wachten stond. Tegen de tijd dat we ergens in de Golf van Guinee voor anker gingen, eisten de mensen een verklaring. De kapitein kondigde op de boordradio aan dat de Cunard Line eens in de zoveel tijd een excursie naar de tropen organiseert bij wijze van bedankje voor de trouwe klanten. Er waren geen extra kosten mee gemoeid, zei hij, en er zou gratis champagne worden geschonken.

Althans, voor hen die zich nog aan boord bevonden. Het bleek dat Alecs avontuur met de bende op dek drie slechts het topje van de ijsberg was. Aanvankelijk leek het erop dat er minder mensen aanzaten bij het diner, en wij dachten dat hun eetlust door de hitte verminderd zou kunnen zijn. Het leek voor de hand te liggen dat de ouderen wel acte de présence zouden geven omdat zij meer aan goede omgangsvormen hechtten. Die excursie naar de tropen bleek overigens niet veel meer in te houden dan dat we de hele dag in de brandende zon zaten. Het argument dat hiertoe uit marketing-overwegingen was besloten, werd dus al spoedig ontkracht. Ik ga elke ochtend naar de recreatieruimte beneden om videospelletjes te spelen, en toen ik twee dagen nadat we voor anker waren gegaan de deur opendeed, zag ik iets eigenaardigs: tegen de muur stond een rij naakte adolescente jongens die aan hun polsen geboeid waren. Het had eventueel een soort homo-evenement kunnen zijn dat ze vergeten hadden op de openbare agenda te plaatsen, bedacht ik. Dat zou ook de verklaring kunnen zijn voor het feit dat twee bemanningsleden zich insmeerden met babyolie. Maar als dit een soort groep van gelijkgestemden was, waarom werd er dan zo gehuild? Ik schaamde me te veel om er tegenover iemand iets van te zeggen, dus ik ging maar gewoon niet meer naar de recreatieruimte. Maar wat bij de meeste mensen echt de alarmbellen deed rinkelen, was dat ze zagen hoe de eerste reddingsboot vol met die naakte jongemannen met boeien om hun hals naar de kust voer. Dat was, denk ik, de spreekwoordelijke 'eyeopener'. Deze jongen blijkt zich aan boord te bevinden van een heus slavenschip! En wat een lading heeft het.

Dat we niet op tijd in Southampton zouden arriveren was tot daaraan toe, maar hiervoor leek geen excuus te zijn. En de verklaring van de kapitein – dat de rederij een contract had gesloten met de Amerikaanse overheid om uitgezette misdadigers naar Gabon te vervoeren – leek velen van ons te mager. Want hoeveel mensen leverden de Verenigde Staten doorgaans nou helemaal uit aan Gabon? En criminelen of niet, moesten ook zij niet enigszins beschermd worden tegen de felle zon? De Milfords, die bij ons aan tafel zaten, zeiden dat ze volledige terugbetaling van de reiskosten (inclusief belastingen en toeslagen) gingen eisen en overwogen om een petitie te laten rondgaan. Sally Milford zegt dat het met Cunard ernstig bergafwaarts gaat. En natuurlijk is mama teleurgesteld, niet alleen omdat ze nog steeds met haar been omhoog zit, maar ook omdat onze oversteek over de Atlantische Oceaan zo verschilt van haar eerdere overtochten, waaraan ze zulke goede herinneringen bewaart. Ik heb papa vaak genoeg hotelpersoneel zien afblaffen, maar deze keer moest de purser, de hoogste in rang die hij erop kon aanspreken, het werkelijk ontgelden. Hij zei tegen hem dat hij een lid van de raad van bestuur van Cunard kende (wat niet waar is) en dat degenen die ervoor verantwoordelijk waren dat de passagiers aan deze gruwelijke zaken werden blootgesteld hiervoor ten volle aansprakelijk zouden worden gesteld.

Maar het moet gezegd – dat waren nog onschuldige tijden. We kregen elke dag gewoon drie maaltijden te eten, en ook een toetje. Onze ober Lorenzo legde elke avond nog een bloem op Celia's bord, en dagelijks zong het voltallige restaurantpersoneel degenen die hun verjaardag of een andere feestelijke gebeurtenis vierden toe. Helaas bleek de volgende ochtend dat de helft van de gasten knokkelkoorts had opgelopen! Om plaats te maken voor de getroffen horde werd mama uit de ziekenboeg geschopt alsof ze een goedkope oplichtster was. Maar waar je echt onpasselijk van werd, en dat in de meest letterlijke zin, was dat de riolering van het schip in omgekeerde richting begon te werken – iets met een kapotte pomp – en dat de toiletten niet meer doorgespoeld konden worden. Ze zeiden dat ze bemanningsleden zouden rondsturen om de toiletten ten minste één keer per dag leeg te scheppen, maar net zoals het met veel andere toezeggingen ging, bleek ook deze niet opgevolgd te worden.

Die reddingsboten vertrekken inmiddels om de paar uur, en zitten dan vol met spiernaakte en in de boeien geslagen passagiers met een geoliede huid als van gewichtheffers, om vervolgens leeg terug te keren. Celia denkt dat de grotere mannen onder hen worden verkocht omwille van het spekvet, terwijl de meer atletisch gebouwde waarschijnlijk ingeschakeld zullen worden in de agrarische sector of naar het binnenland vervoerd zullen worden om ze daar tegen andere goederen te ruilen. Ze zei dat ze daarover gelezen had in de *National Geographic*. Ik heb tegen haar gezegd dat dat onmogelijk was, dat datgene wat wij zagen gebeuren deel moest uitmaken van een ondergrondse economie. Maar dat ontkende ze, en ze zei dat ze zeker wist dat ze dat had gelezen en dat men vooral bang was voor kannibalisme, maar dat dat berustte op een racistisch stereotype. In het ergste geval werd menselijk vetweefsel gebruikt als brandstof, niet als voedsel. Het was waarschijnlijk de reden waarom geen van ons tot nu toe was meegenomen, aangezien we te mager waren.

Maar mama is echt heel erg boos, denk ik. Daar word ik altijd zenuwachtig van. Ik zou dan graag iets bedenken om haar te kalmeren, maar soms wordt ze zo woedend dat ik niets meer kan doen om daaraan een einde te maken. Heel eng.

En natuurlijk staat ze daarin niet alleen. De Milfords zijn ook behoorlijk geagiteerd. Als ik nog een keer die petitie van hen onderteken waarin de kapitein wordt verzocht zijn positie op te geven loop ik kans vervolgd te worden wegens valsheid in geschrifte. Tijdens het avondeten wordt over niets anders meer gepraat. Ze maken op mij de indruk van overspannen linkse mensen die blij zijn dat ze nu de kans hebben om eindelijk eens verontwaardigd te zijn over iets wat hún overkomt. Ik denk dat mensen je soms hun obsessies willen opdringen om te zorgen dat ze zich er niet zo alleen mee voelen. Maar is dat nou een volwassen manier van doen?

In elk geval hebben we de mensen in de hutten om ons heen beter leren kennen dan anders het geval zou zijn geweest. Jim en Marsha Pottes uit Harrisburg bijvoorbeeld. Jim zegt dat onze situatie hem herinnert aan de Slag om de Ardennen, maar Marsha zegt dat álles hem doet denken aan de Slag om de Ardennen – en wat had die nou eigenlijk te maken met slavernij? Ik mag haar wel. Ze heeft altijd een emmer met gekoelde flesjes Lipton-ijsthee staan en ze draagt zo'n uit één stuk bestaand springpakje waarvan ze waarschijnlijk niet beseft dat ze daarmee zo terecht zou kunnen als animeerdame in een ouderwetse nachtclub. Maar zodra je tegenover Jim en Marsha de naam Milford laat vallen, halen ze alleen maar hun schouders op. Natuurlijk was het overdreven om Sally gisteren vast te binden op een bankje op het zonnedek, haar tot bloedens toe af te rossen en haar daar in de felle zon achter te laten, maar Jim stelt dat Sally niet op het punt stond om naar de kust geroeid en verkocht te worden, zodat ze wat hem betreft gewoon haar mond kon houden. Rome was tenslotte niet in één dag gebouwd (dat zegt hij ook telkens weer).

Kortom, de atmosfeer op het schip is niet meer zoals die geweest is. De juwelierszaak wordt minder bezocht, zie ik, er zijn minder mensen die hun portret laten schetsen en ik denk dat sommige pasgetrouwde stellen die zich hebben laten overhalen de oversteek te maken nu liever een huwelijksreis op het land zouden hebben gehad.

Maar ik moet opschieten. Het is tijd voor de dagelijkse gymnastiek waaraan we van de kapitein groepsgewijs moeten meedoen. U hoort spoedig meer van me, dat beloof ik.

Met hartelijke groet,
Michael

19 september

Beste tante Penny,

Niets blijft ons bespaard tijdens deze reis! Nu is mama besmet met het Marburg-virus, waar u zich vorig jaar ook zo druk over maakte! Ze doet haar best om het bloeden te stelpen, maar man o man, wat is dat vervelend! Onze situatie begint belachelijk te worden. Het lijkt erop dat we hier zullen moeten blijven totdat zo'n beetje iedereen is verkocht. En het gaat nu ook niet meer alleen om reddingsboten. Kano's, roeibootjes en een hele serie andere bootjes varen af en aan om ruilhandel te plegen met de bemanning, waarna ze aan de dienstingang aan bakboord passagiers inladen. Om ons heen liggen ten minste drie andere cruiseschepen voor anker die hetzelfde doen. Vreemd, nietwaar?

Een paar dagen geleden hadden sommige mensen er echt genoeg van en sprongen overboord. Jill Parker, de tafelgenote van de Pottes, is gesprongen nadat haar man was bezweken aan de knokkelkoorts (er is geen mogelijkheid tot opslag van lijken aan boord, dus de doden zullen wel allemaal een zeemansgraf krijgen, en ik moet zeggen dat men zich daar langzamerhand wat makkelijker vanaf maakt). Volgens haar man was mevrouw Parker vroeger een goede zwemster. Blijkbaar echter niet goed genoeg om aan een groep haaien te kunnen ontsnappen. Het was een eersteklas natuurfilm, waardoor sommigen zich bedachten, hoewel niet iedereen. Toen het eenmaal zover was, vond de kapitein het nodig om de bemanning op te dragen netten aan de relingen van het schip te hangen om te voorkomen dat de mensen er de brui aan gaven. Het zal wel een soort maatregel ter bevordering van de volksgezondheid zijn geweest, maar ik moet zeggen dat die niet veel troost biedt.

Tot mijn schrik is Celia nu daadwerkelijk opgehouden met het boek over de Brontës, dus is ze beter aanspreekbaar, al is dat geen onverdeeld genoegen. Maar ze heeft wel gelijk: kannibalisme is de grootste angst, op de voet gevolgd door de vrees voor de vermoedelijk niet zo ideale arbeidsomstandigheden in de Angolese mijnen. Velen zeggen dat het vast door zo'n Afrikaanse hongersnood moet komen dat deze handel zo succesvol is, maar dat is gebaseerd op onwetendheid, omdat de hongersnoden zich meestal voordoen in Ethiopië en ik me niet kan voorstellen dat blanke toeristen goedkoper zouden zijn dan rijst. Feit is dat er op deze cruiseschepen niet veel lichaamsvet meer te vinden is. Dankzij dysenterie en het inferieure voedsel dat ze inkopen om ons te eten te geven, zouden ze deze reis kunnen promoten als een succesvol initiatief van een afslankkliniek. Alec weegt nog maar drieëntwintig pond, waardoor mama gek wordt van bezorgdheid. Ik doe mijn best om haar eraan te herinneren dat ze zich beter zorgen kan maken om haar eigen bloedverlies. Alec zal zodra we in Engeland zijn in een mum van tijd weer op zijn oude gewicht zijn.

Ik heb u verteld van die verplichte gymnastiekoefeningen, nietwaar? Ik denk maar zo dat het voor Donna Summer niet de meest favoriete clausule in haar contract is dat ze voor de resterende, rond het zwembad op het achterdek verzamelde vijfhonderd passagiers een aantal van haar mooiste songs ten beste moet geven, terwijl de bemanning door megafoons roept dat we allemaal moeten dansen. Toch weet ze ook van dit optreden iets bijzonders te maken. Ik zou er mijn voortanden voor overhebben om een opname te bezitten van 'On the Radio' zoals zij dat gisteren vertolkte. De intro van piano en strijkers was altijd iets wat het midden hield tussen sentimentele LA-studiomuziek en een inleiding tot een tragedie, die alleen maar ten goede wordt gekeerd door de zuiverheid van haar stem in de eerste regels. Maar gisteren steeg ze daar nog bovenuit met een zuiver verlangen naar extase. *Someone found the letter you wrote me on the radio / And they told the world just how you felt...* Ik zweer dat ik tranen in haar ogen zag toen de beat inzette. Haar make-up liep uit, net als de mascara bij veel van de dames om haar heen, die zich nog steeds elke ochtend opmaakten, ook al waren hun kleren en overige bagage in beslag genomen. Het zijn niet de allerbeste danseressen en ze zijn soms behoorlijk sloom, maar gisteren zag ik hoe een aantal van hen de ogen sloot en begon te heupwiegen, en dan niet in het ritme van de drums, maar op dat van de woorden die ze zong.

Toen ze halverwege het nummer was, had dat dek met het zwembad net zo goed de Paradise Garage om twee uur zaterdagnacht geweest kunnen zijn, maar dan zonder homo's en zwarten. Ze liet de hele menigte zonverbrande knakkers dansen als prairiehazen. Ze struikelden over hun enkelboeien, maar stonden dan gewoon weer op.

Na de sessie van vanmorgen ('Dim All the Lights' en 'Bad Girls', gevolgd door een versie van 'MacArthur Park' die zelfs de vermoeide bemanning tot tranen toe ontroerde) liep ik langs een suite op dek negen waarvan de deur op een kier stond, en daar zat Donna geknield aan het voeteneinde van het bed te bidden. Ik schaamde me meer dan ooit dat ik alleen maar een onderbroek aanhad. Haar bodyguard kon elk moment terugkeren van zijn plaspauze en mij wegjagen. Toch was er iets met dat bidden wat me intrigeerde, en ik kon mijn ogen niet van haar afhouden.

Nu ik u al zoveel heb verteld, denk ik dat er geen reden te bedenken is om niet te vertellen dat ik mezelf een aantal keren 'vergast' heb op 'Love to Love You Baby', en niet alleen vanwege de beat, maar ook vanwege de beelden van de artiest zelf. Blijkbaar heeft ze zichzelf altijd als heel gewoon gezien en zit ze erg in over haar uiterlijk. Toen ik dat las, voelde ik me nog meer met haar verwant, al was het maar omdat ik net zo ben. Toen ik zo door de kier naar haar stond te kijken, deed Giorgio Moroder de deur helemaal open, en toen hij mij zag zei hij met een Italiaans accent: 'Hoepel op.' Zonder er verder over na te denken reageerde ik meteen. 'U bent de grootste producer van onze tijd,' zei ik.

Dat verbaasde hem, en even leek hij niet te weten wat hij moest zeggen. Ook hij had boeien om zijn enkels. Zijn gestreepte linnen broek zag er vies en haveloos uit. Hij vroeg me in hoeverre ik zijn vroegere solowerk kende. Ik ken alles, zei ik tegen hem. *That's Bubblegum, That's Giorgio* (Hansa, 1969). Niet dat dat nu echt een grensverleggende bubblegum-elpee is, maar daar gaat het niet om. Ergens moet hij daarop iets hebben gehoord wat hem zou inspireren tot het gebruik van de Moog-synthesizer en tot de grote omwenteling in de sound van het moderne leven, hetgeen een muziekgenre heeft opgeleverd die in een bijna angstaanjagende mate de gladheid van de moderne commerciële cultuur weerspiegelt, en ons er tegelijkertijd aan herinnert dat het nog altijd mensen zijn die gedoemd zijn daarin te leven, gevangen als ze zijn in een onderstroom van melancholie. En dus is zijn eerste werk, vertelde ik hem in alle oprechtheid, net zo van belang als Picasso's vroege realistische schetsen zouden kunnen zijn voor een kunsthistoricus. Hij reikte me een handdoek aan om mijn naaktheid te bedekken en nodigde me uit om binnen te komen in hun suite.

Hij deed de deur van de slaapkamer dicht om Donna haar privacy te gunnen en vertelde toen dat ze nooit eerder zoiets hadden gedaan als het optreden van daarnet. 'Bullshit' was het geweest, zei hij. Hij heeft een van de officieren aan boord omgekocht om hem telegrammen te laten versturen naar iedereen in LA die hem maar te binnen wil schieten, zodat zij kunnen proberen hen per helikopter hier weg te halen, maar hij is bang dat die telegrammen nooit verstuurd zijn. Donna heeft blijkbaar een hartkwaal waarvan ze nu last heeft. Ze had vijf dagen geleden in de studio moeten zijn, en ze is niet goed bij stem. We spraken even over München in het midden van de jaren zeventig, het dilemma of je wel of niet een contract moest sluiten met Geffen en over Donna's wens om op haar volgende elpee wat meer de rockkant op te gaan. Ik wilde tegen hem zeggen dat ze datgene waarmee zij waren begonnen niet meer in de hand hadden, dat de beats alleen maar sneller zouden worden en de synthesizer steeds fantastischer, maar dat leek me aanmatigend. Ik was bang dat de deur ineens open zou gaan en Donna binnen zou komen en ik alleen maar onhandig en met stomheid geslagen zou kunnen reageren. Uiteindelijk heb ik me geëxcuseerd en heb ik me terug gehaast naar onze hut op dek vijf.

Eerlijk gezegd, tante Penny, weet ik niet hoe het nu verder met ons zal gaan. Wij vonden het al erg dat papa twee dagen geleden aan Jim Pottes werd vastgeketend, waardoor het slapen voor beiden een probleem zou zijn, maar toen papa wakker werd, bleek hij vastgeketend te zijn aan het lijk van Jim, die was overleden aan Marburg, waarmee mama hem vermoedelijk had besmet. We zijn met z'n allen (op die kleine schavuit Alec na, die beweerde hoofdpijn te hebben) de halve ochtend bezig geweest met het opruimen van alle bloed en slijm. Ik was van plan geweest tijdens deze reis veel te lezen, maar daar is praktisch niets van terechtgekomen. In elk geval zullen ze, met het tempo waarop de bemanning wordt uitgedund, wel iemand nodig hebben om dit bootje weer naar het noorden te varen, dus dan heb ik misschien een kans om het een beetje in te halen.

Houdt u zich ondertussen goed, en weest u ervan verzekerd dat deze verhuizing van ons een ontzettend saaie bedoening is geworden en dat wij met ons vijven de blik strak op elkaar gevestigd houden. Binnenkort zult u ons wel in ons nieuwe huis in Engeland komen opzoeken en kunnen we met z'n allen hartelijk lachen over de krankzinnige lotgevallen die het leven voor ons in petto kan hebben.

Met hartelijke groet,
Michael

Alec

In de badkamer beneden lag een kurkvloer en hing zo'n raar elektrisch handdoekenrek. Er was een bad, maar geen douche. Om de wc door te spoelen moest je aan een ketting trekken die aan een watertank aan de muur hing. De wasbak was hoog en klein. Maar als je in de badkamer was, kon niemand je zien, want er was geen raam, zodat je daar veilig was. En bovendien was het daar, anders dan in alle andere vertrekken in het huis, warm en goed verlicht.

Ik bleef op het toilet zitten totdat mijn benen gevoelloos werden, maar er kwam niets. Omdat ik daar zo lang had gezeten en mijn benen tintelden, was het alsof ik in staat was om door de deur heen in de hal te kijken, vanuit de hal naar de oprit en de straat die Michael de straat der straten noemde, en ook nog door alle andere huizen in het dorp waar we nu inmiddels al bijna twee schooljaren lang wonen, door al die rare Engelse etenswinkels heen, de slager, de groenteboer en de krantenwinkel. Een lange broek droeg ik hier alleen op zondag, want dat was de enige dag dat ik niet naar school hoefde, en een lange broek was iets voor de jongens uit de hogere klassen, jongens die al schaamhaar hadden.

Mijn broek van gevoerde grijze wol lag rond mijn enkels gedrapeerd. Toen mijn benen zo gevoelloos waren dat ze pijn begonnen te doen, stond ik op van de wc en stapte uit de broek. Ik had nu alleen nog het zijdeachtige witte overhemd van Michael aan, dat een gevoel gaf alsof iemand me aanraakte. Ik knoopte het los en liet dat ook op de grond vallen. Ik zette het voetenbankje voor de wastafel, klom erop om mijn blote lichaam in de spiegel te bekijken, en toen leunde ik naar voren en sloeg met mijn penis tegen het glas.

Nou, kijk maar eens goed, rukkertje, had Linsbourne in de douches na de wedstrijd gezegd. Zonder dat ik het me bewust was geweest, had ik naar hem staan staren. Iedereen keek toen naar mij, en ik keek hoe het grijze zeepwater in een draaikolkje door de afvoer verdween.

Maar hier, met de deur op slot, kon niemand zien hoe ik mijn penis op en neer bewoog met het uiteinde van mijn tandenborstel of in mijn blootje rondjes om de badmat rende. Ik streek met mijn blote benen langs het handdoekenrek en de radiator, die aanstond, en met mijn buik langs de deurknop van de linnenkast. Toen begon het me te vervelen en liep ik naar de badkamerdeur.

Ik pakte de knop van de grendel tussen mijn duim en wijsvinger. De grendel was maar met moeite opzij te schuiven. Mama zei dat steeds. Je moest er zo hard aan trekken dat het pijn deed aan je vingers. Telkens weer zei ze tegen papa dat hij er iets aan moest doen. Ik trok er zo hard aan dat ik een lichte pijn in het kussentje op mijn duim voelde. Maar niet hard genoeg om de grendel open te schuiven. En dat wond me op. Eén keer flink duwen en de deur zou opengaan en dan zouden ze ontdekken dat ik hier in mijn blootje stond.

Ik klopte op de deur, hield me muisstil, ademde niet en luisterde. Er gebeurde niets. Weer klopte ik, nu luider. Ik hoorde voetstappen. Mama kwam de hal in.

'Wie is daar?'

'Ik ben het. De grendel zit vast. Ik krijg hem niet open.'

'Je moet er gewoon wat harder aan trekken.'

Ik trok weer aan de knop, zo hard dat ik weer een lichte pijn voelde.

'Hij zit te strak,' zei ik. 'Ik krijg er geen beweging in.'

'Nou, zoek dan iets waarmee je er tegenaan kunt duwen. Het handvat van de plopper of zo.'

Ik deed wat me gezegd was, liep naar de andere kant, pakte de plopper en schuurde met het houten handvat zodanig langs de grendel dat zij het zou horen.

'Het lukt niet,' zei ik.

'Wat is er aan de hand?' vroeg Celia, die de trap af kwam.

'Hij krijgt de grendel niet open.'

'O, omdat hij daar te zwak voor is?'

'Nee,' riep ik door de deur. 'Omdat hij vastzit.'

'Nou, dan moet je harder trekken.'

'Dat heeft hij al geprobeerd. Ik wist dat dit een keer zou gebeuren, ik heb het nog zo tegen je vader gezegd.'

Kelsey, die opgewonden raakte van onze stemmen, sloeg met haar staart tegen de deur. Ik hoorde Michael vanuit de huiskamer aankomen.

'Alec heeft zichzelf opgesloten op de badkamer,' zei Celia tegen hem.

'Ik heb altijd al gezegd dat hij een bofkont is,' zei Michael. 'Maar niemand wil me ooit geloven.'

'Daar hebben we niet veel aan,' zei mama. 'Ik moet naar het vlees kijken. Kunnen jullie twee je broertje niet helpen?'

'Doe nou maar gewoon open,' zei Celia. 'Ik moet mijn baret pakken.'

'Het lukt me niet,' zei ik. Mijn wangen gloeiden en ik had een vreemd licht gevoel in mijn hoofd, zodat het leek alsof ik daar zweefde, slechts enkele centimeters bij hen vandaan, met alleen de deur tussen ons in om mijn naaktheid voor hen te verhullen.

'Hoe zijn de omstandigheden nou daarbinnen?' vroeg Michael. 'Heb je voldoende proviand?'

'Jij moedigt hem alleen maar aan,' zei Celia terwijl ze wegliep in de richting van de huiskamer. 'Als je hem aan zijn lot overlaat, komt hij er uit zichzelf wel uit.'

Maar Michael ging niet weg. Hij ging in de krakende rieten stoel zitten bij het tafeltje in de hal. Ik hoorde hoe de lade openging, en even later werd er een zwarte schoenveter onder de deur door geschoven.

'Wat is dit?'

'Die zou je aan de grendel kunnen vastbinden en hem daarmee opentrekken.'

Ik drukte mijn blote rug tegen de muur bij de deur en liet me naar beneden zakken totdat ik in kleermakerszit zat.

Michael had net zo'n hekel aan school als ik, althans in het begin. Hij huilde er zelfs weleens om, al leek hij me daar te oud voor. Ik hoorde het 's avonds als ik in bed lag, en dan zei mama tegen hem dat het allemaal goed zou komen, dat hij nieuwe mensen zou ontmoeten en dat het beter zou gaan. Dat was in de tijd dat wij op zondag nog met Kelsey speelden en haar de kamer in stuurden waar de witte Perzische kat zat die bij het huis hoorde om te kijken hoe ze met elkaar vochten. Maar tegenwoordig ging Michael meestal naar Oxford om platen te kopen. Op doordeweekse dagen was hij tegen etenstijd thuis en daarna moest hij altijd huiswerk doen.

'Waar is papa?' vroeg ik terwijl ik aan de schoenveter frunnikte.

'Die ligt in bed,' zei Michael. 'Waar hij de laatste tijd doorgaans te vinden is.'

'Waarom slaapt hij zoveel?'

'Ik denk omdat hij moe is,' zei Michael. 'Heel erg moe. Blijkbaar krijg je dat als je werkloos bent.'

'Hoe bedoel je?'

'Hij haalt jou toch van school, nietwaar? Dat deed hij vroeger toch nooit?'

Papa was me de afgelopen maand van school komen halen in de blauwe Skoda-stationcar. Op weg naar huis, op het rechte stuk van de landweg, reed hij wel honderdvijftig kilometer per uur en zette dan de motor af en liet de auto uitrijden. Dat rolden we het dal in en door de weilanden en keken we hoe ver we zouden komen; helemaal tot aan de pub, was de bedoeling, en op het laatst deden we dan nog maar een paar kilometer per uur en toeterden de auto's achter ons en probeerden ze ons te passeren.

'Zit hij daar nou nog steeds?' zei mama nu geagiteerd. 'Dat is belachelijk. Waar is je vader? Michael, ga je vader halen.'

Ik rende naar de wasbak en trok mijn kleren aan, waarna ik naar de deur liep en aanstalten maakte om de grendel open te schuiven.

Maar ik deed het niet. Ik wachtte. Totdat ik zijn voetstappen in de slaapkamer boven mijn hoofd hoorde. Nu moest hij wel opstaan. Nu had hij geen keus. En vervolgens hoorde ik hem op de trap, waarna zijn stem van de andere kant van de deur klonk.

'Alec?'

'Ja?'

'Wat is het probleem?'

'De grendel. Die klemt.'

Zonder iets te zeggen liep hij de hal uit, en toen hij even later weer terug was, hoorde ik een schrapend geluid onder aan de deur en zag ik het uiteinde van een tang verschijnen. Maar de ruimte onder de deur was te smal om hem eronderdoor te kunnen schuiven. Hij stond weer op en kwam even later terug met een kleiner tangetje, dat hij naar me toe schoof.

Ik klemde het om de knop van de grendel en schuurde ermee langs het metaal.

'Je moet knijpen,' zei hij.

Ik hield op met het schuren en bromde wat. 'Het werkt niet,' zei ik. 'Hij zit nog steeds vast.'

'Mijn hemel!' zei mama, die weer kwam aanlopen. 'Het eten staat op tafel.'

'Doe nou verdomme gewoon die deur open,' zei Celia.

'Wil je dat soort taal niet gebruiken,' zei mama.

Nu stonden ze er alle vier, met Kelsey erbij. Papa zei niets.

Ik hoorde het bloed door mijn oren razen.

'Is dat het dan?' zei mama tegen papa. 'Is dat alles wat je kunt doen?'

'Alec,' zei hij. 'Doe een paar stappen achteruit. Ga weg bij de deur.'

'Wat ga je doen, John?'

'Ik ga hem openbreken,' zei hij.

'Nee!' zei ik. 'Wacht, laat me het nog één keer proberen.' Ik pakte de tang, klemde hem om het ijzer en rukte de grendel open.

John

Vanaf de open plek in het bos hier kijk ik in het ochtendlicht tussen de sparren door naar de rivier en het langwerpige rotsblok dat de stroom splitst. Het rotsblok ligt daar doodstil en zwijgend in de opkomende zomerhitte. Het heeft het onmenselijke geduld dat dingen eigen is. Een herinnering aan het feit dat de geologische tijdrekening geen boodschap heeft aan gevoelens of het leven. Alles wat menselijk is, is een bouwval in wording. Wat niets zegt over goddelijkheid, hoe dan ook. Het enige wat ik weet, is dat het mij toegemeten stukje tijd is uitgelopen op deze beproeving.

Mijn glorieuze terugkeer naar Engeland. Het was een grote mislukking. Er heerste een recessie. Doelbewust risico's nemen paste niet in het straatje van mijn zelfgenoegzame landgenoten en de economische crisis zorgde ervoor dat ze nog voorzichtiger werden. Ik had gedaan wat ik alle ondernemers die ik ooit heb begeleid altijd had afgeraden en was zonder dat ik voldoende vooruitzichten had met mijn gezin hiernaartoe verhuisd. Margaret zegt dat er wel een paar verontschuldigingen aan te voeren zijn voor wat er is gebeurd, dat wil zeggen, als ze niet verteerd wordt door angst en woede over het feit dat zij en de kinderen nu twee keer achter elkaar zijn ontworteld: eerst door ernaartoe te gaan, onze meubels uit de opslag te halen en de kinderen naar Engelse scholen te sturen, om vervolgens nog geen drie jaar later weer naar Amerika te vertrekken. En dat allemaal door mij. Doordat ik door mijn compagnons werd ontslagen, van hen had moeten horen dat ze het zich niet konden veroorloven om mij, in mijn toestand, in dienst te houden – bij het bedrijf dat ik was begonnen. Toen zijn we terug hiernaartoe verhuisd, naar een andere plaats, met andere scholen, en hebben een nieuwe start gemaakt. In Walcott, ten westen van Boston. Want hier was tenminste iemand, iemand die ik had geholpen met het opzetten van zijn bedrijf, die zoveel medelijden met me had dat hij me een baan aanbood. Dat kon onmogelijk een baan voor langere tijd zijn, en dat was het ook niet. Nadat ik daar anderhalf jaar had gewerkt, kreeg ik het voorstel er een parttime baan van te maken, en toen kwam een paar maanden later ook daaraan een einde.

In mijn confrontatie met het monster ben ik altijd op zoek geweest naar een betekenis. Niet omdat die op zichzelf zo belangrijk is, want wie wil zich bij een normale gang van zaken ook nog eens bewust zijn van wat er gebeurt? Laat de betekenis maar impliciet zijn, iets wat je en passant opmerkt, of misschien niet eens. Maar daarmee red je het niet wanneer het monster zijn trechter in je achterhoofd heeft gestoken en het licht dat door je ogen naar binnen komt meteen opzuigt en in de muil van de vergetelheid stort. Alsof ik een mismaakte ben, zo verlang ik dus naar datgene waarvan anderen zich niet eens bewust zijn dat ze weten wat het is: gewoon de betekenis.

In plaats daarvan beschik ik over woorden. Het monster accepteert geen woorden. Spraak misschien wel, maar geen woorden in je hoofd, want dat zijn zijn slaafse volgelingen. Dat is het leger van kleine, onzichtbare doden die met hun kleine, ronddraaiende zeisen op het vlees van de geest aanvallen. Anders dan bij gewone scherpe voorwerpen het geval is, worden deze scherper bij gebruik. En het beste functioneren ze bij herhaling. En zelfbeschuldigingen worden bij uitstek herhaald. Hier komt geen enkele diepgang aan te pas. Het is alleen maar eindeloos.

Ik heb mijn kinderen geleerd wat ze moeten doen als ze op het water zijn, hoe ze in en uit een boot moeten stappen, hoe je moet roeien, hoe je een buitenboordmotor moet bedienen en hoe je knopen maakt, en als de gelegenheid zich aandiende, heb ik ze geleerd hoe je moet zeilen. Ik heb ze fietsen geleerd, en op het land, in Samoset, heb ik daarvoor in de weilanden paden voor ze gemaaid en ik heb een boomhut voor hen gebouwd. En toen we weer terug waren in Engeland, hoe kort dat ook maar heeft geduurd, heb ik ze kastelen en Romeinse muren getoond en ze over geschiedenis verteld, voor zover ik me die van school nog kon herinneren. Je zou kunnen zeggen dat ik voor hen de vader ben geweest die ik zelf nooit heb gehad, maar dat klinkt wel erg Amerikaans en psychologisch. Mijn vader deed zonder morren wat in die tijd van vaders verwacht werd, en ik voel geen bitterheid jegens hem. Het was niet de bedoeling dat we elkaar kenden, en dat gebeurde dan ook niet. Hij heeft het monster niet in mij geplant. Het is veel ouder dan hij, en veel gehaaider. Hij heeft voor het scheepvaartbedrijf van zijn familie in Belfast gewerkt, en toen hij dertig was, werd hij agent voor het bedrijf in Southampton, waar hij mijn moeder ontmoette. Hij heeft zijn gezin door de crisisjaren en de oorlog geloodst, heeft ervoor gezorgd dat zijn kinderen een goede opleiding kregen en is nooit erg spraakzaam geweest. Ik heb nooit het idee had dat ik daardoor iets miste, want ik heb hem nooit anders gekend. Je bent gauw geneigd om te veel aan je vader toe te schrijven, wil ik maar zeggen.

Een paar maanden geleden werd ik verblind door een mist, een mist dikker dan ooit tevoren. Ik sliep in de armen van het monster. Ik voelde zijn adem in mijn nek, voelde de schubben op zijn buik op mijn rug op en neer gaan, terwijl zijn kop en aangezicht onzichtbaar waren als altijd. Ik kon tegenover Margaret niet meer blijven doen alsof ik werkte. De kinderen waren alleen nog maar schurende geluiden in mijn oren. Ik bewoog me niet meer. De weken verstreken zonder dat ik ze nog van elkaar kon onderscheiden. Ik rook mijn verrotting in mijn oksels, in mijn adem, in mijn schaamstreek, alsof het sterven al tijdens het leven was ingezet. Bij Dante en Milton is de hel iets levendigs. Door hun zonden worden de doden gedwongen te strijden. De duisternis bruist van leven. Het ene verhaal is nog niet afgelopen of het andere begint. Maar in deze mist is niets te zien. Het monster dat je gezelschap houdt is van jouzelf. De strijd is er een van eindeloze eenzaamheid. Ik dacht dat het afgelopen was voor me. Dat het beest op mijn rug zijn tentakels aan zou spannen en ik zou ophouden met ademhalen. Wat nog van mij resteerde hoopte daarop.

Maar dat gebeurde niet. Door het raam boven het bureau zag ik de bladeren van de esdoorn, het dak van het huis van de buren en de wolken aan de hemel. Ik herinnerde me weer van alles. Stof in het zonlicht. Het weefsel van het tapijt. Precies die dingen die problemen leken aan te kondigen, die me hadden afgeleid en me verhinderden de grote lijn van een gesprek vast te houden, waren nu merkwaardigerwijs ineens tekenen van een spirituele opleving. Ik zag weer kleuren en hoe verschillende dingen nauwkeurig waren afgegrensd van zaken in de omgeving. Ik ging het bed uit. Praten leek bijna een onmogelijkheid, maar ik begon wel weer samen met de overige gezinsleden te eten. Margaret was moe, maar deed toch haar best om bijna elke avond een maaltijd op tafel te zetten. Ik zag weer hoe opvallend mooi mijn kinderen waren, zelfs bij alle somberheid die door mij in het huis heerste. Celia's zwarte haar glansde in het roomkleurige licht van de lamp op het dressoir, en haar grote ogen stonden vol woede om de verstikkende atmosfeer tussen mij en haar moeder. En Alec – het was bijna griezelig dat hij al net zo lang was als ik – probeerde als altijd opgewassen te zijn tegen zijn zus en zette zijn meningen voortdurend af tegen de hare, argeloos en tegelijkertijd acterend (het zou kunnen dat het juist door zijn acteren komt dat hij argeloos lijkt). Ik kan me niet voorstellen dat ik ooit zo jong ben geweest, zo argeloos. Hij kijkt vanuit zijn ooghoeken naar me en weet niet goed wie of wat ik ben.

En dan is er nog de lege stoel van Michael. Hij is met ons mee teruggekomen uit Engeland, maar kon het leven hier niet uitstaan. Of misschien kon hij mij niet uitstaan. Simon, een vriend van hem van de middenschool, had gezegd dat hij bij hem thuis kon wonen om het laatste schooljaar af te maken, en wij gingen daarmee akkoord. Het sprak eigenlijk vanzelf. Als ik er niet zo'n puinhoop van had gemaakt, zou hij er niet zo ellendig aan toe zijn geweest. En eerlijk gezegd is het simpeler nu hij weg is. Ik heb meer moeite met hem dan met de andere twee kinderen. Toen hij klein was, heeft hij door een val van de trap eens een hoofdwond opgelopen, in Battersea. Het was geen ernstige wond, en Margaret heeft me er op kantoor niet voor gebeld. Maar zo ongeveer op dat tijdstip, halverwege de ochtend, kreeg ik ineens een vreselijke hoofdpijn, zo erg dat ik het gebouw uit ben gegaan om wat frisse lucht te krijgen. Terwijl ik in het park wandelde en probeerde het nare gevoel van me af te schudden, voelde ik ineens dat er iets met hem gebeurd was. Toen ik Margaret belde, heb ik niet gezegd dat ik al wist wat ze wilde vertellen, omdat ik haar niet ongerust wilde maken.

Hij was als jongen heel kalm en nadenkend. Soms had hij iets van een mysticus over zich, zoals dat wel vaker bij kinderen voorkomt, alsof ze in alle rust de aard der dingen doorschouwen en de wijsheid bezitten om te weten dat daar geen woorden voor zijn. Maar vaker nog gaf zijn vooruitziende blik aanleiding tot ongerustheid. Hadden we wel benzine genoeg om het huis van zijn grootmoeder te halen? Halen we de trein nog wel, of zal die zonder ons vertrekken? Stel dat de melk overkookt als mama even niet oplet. Stel dat de politie niet weet waar de boeven zich schuilhouden, wat dan? Eindeloos veel vragen had hij, en er waren geen antwoorden die hem helemaal gerust konden stellen. Ik vond dat niet erg. Toen hij oud genoeg was om zich te realiseren dat zijn vragen kinderachtig waren, stelde hij ze niet meer hardop, maar richtte hij ze naar binnen. We hadden geen gesprekken meer waarin ik hem simpele dingen uitlegde. Die rol werd overgenomen door de school, waar hij zich zo ongelukkig voelde. En als ik probeerde hem in bescherming te nemen, bijvoorbeeld door de ouders van een klasgenoot aan te spreken die hem pestte, maakte ik het alleen maar erger. Nu is hij langer dan ik en broodmager, en praat hij zo snel als hij kan, en dan komen er geen vragen, maar eindeloze fantasieën, dan gaat zijn verbeelding met hem op de loop om er vooral maar zeker van te zijn dat alles in beweging blijft, dat hij niet vastloopt.

Een paar weken geleden, de eerste avond waarop ik weer samen met Margaret en de kinderen at, zat Celia maar te frunniken aan haar servet dat naast haar op tafel lag, steeds weer pakte ze het op en liet ze het los. Toen ik tegen haar zei dat ze het op haar schoot moest leggen, riep ze dat ze zelf wel zou bepalen wat ze deed. Margaret smeet haar mes en vork neer en zei dat ze van tafel zou gaan als wij niet ophielden. Maar de volgende avond ging het wat beter. Michael was er weliswaar niet om zijn broer en zus af te leiden en aan het lachen te maken, maar toch was het beter.

Nu ik weer op de been ben, ga ik wandelingen maken. Ik sta vroeg op en neem Kelsey mee, die zodra we in het bos zijn niet meer aan de lijn hoeft. De koele zuurstof die om de planten en bladeren heen hangt voordat ze in de zon gedroogd worden voelt als balsem in mijn longen. De bossen hier in Amerika heb ik altijd mooier gevonden dan die in Hampshire, waar ik ben opgegroeid en waar ik nooit het gevoel kwijtraak dat het uitzonderingen zijn die ingeklemd liggen tussen steden, dorpen en boerderijen. In New England is het andersom: daar zijn open plekken in het bos. Loop je naar het noorden, dan zie je die open plekken steeds kleiner worden, totdat je er op een gegeven moment geen meer tegenkomt. Ik kom hier geen andere mensen tegen, daar gaat het om. Dan kom ik tot rust. En zo wordt mijn situatie me duidelijk. Beter worden zal ik niet. Er is liefde die ik niet kan verdragen maar die mij er wel voor heeft behoed om helemaal af te glijden. Er zijn die medicijnen, die alles zonder onderscheid dempen, die het monster vertragen en ervoor zorgen dat de strijd zich verder onder water afspeelt, waar ik in duisternis ronddwaal. Maar het beest doden is er niet bij. Het achtervolgt me al sinds ik een jongeman was. En het zal me blijven achtervolgen totdat ik dood ben. Hoe ouder ik word, hoe dichterbij het komt.

Het is halverwege de ochtend als ik de rivier weer oversteek en het pad volg tot in het veld aan het eind van onze straat, waar het nu in de julihitte broeierig warm is. Het gras is van een intens groen, de appelbomen langs de weg hebben de bloeitijd achter de rug en vertonen hun pure zomerse groen, net als de rododendron en de seringen – de bloemen zijn weg, de bladeren zijn vet van de zon. Het ruikt naar vruchtbare aarde – als van vlees dat de schedel van de planeet bedekt – en in het slijk waaruit de planten omhoogrijzen is het in de hitte een ongerichte drukte. Celia en Alec waren slaapdronken toen ik het huis uit ging, zoals altijd, en ik wilde ze niet wakker maken. 's Zomers weet ik nooit zo goed waar ze uithangen, maar gisteravond tijdens het eten heb ik goed opgelet en kreeg ik wel een idee waar ze vandaag zouden zijn.

Voordat ik bij het huis kwam, sloeg ik af en liep het centrum van het dorp in. Het is stil. De kinderen zijn weg, naar een zomerkamp of op vakantie. Voor de winkels staan op tafeltjes en op het trottoir bakken met spullen met daarbij een bord dat er uitverkoop is. Een paar skaters zitten met sombere gezichten onder de luifel van een ijswinkel naar de voorbijrijdende auto's te kijken. Een vrouw aan de overkant van de straat glimlacht en zwaait enthousiast naar me. Ik knik en zwaai terug, maar heb geen idee wie het is. De moeder van een van de vriendjes of vriendinnetjes van de kinderen waarschijnlijk, of iemand die ik op school of op straat eens heb gesproken toen ik Alec of Celia ophaalde. Ik kijk weg en loop door om te voorkomen dat ze oversteekt en een gesprek met me begint. Op een ander moment zou ik misschien hebben ingehaakt op haar goedmoedige opdringerigheid en haar met gelijke munt hebben terugbetaald, zodat onze toevallige ontmoetingen op straat een eigen dynamiek zouden krijgen. Ik heb vaak dankbaar gebruikgemaakt van het optimisme waarmee leden van de Amerikaanse *upper middle class* elkaar proberen te overtroeven. Daarom vond ik het zo fijn om in dit land te werken. *Wat zijn je plannen? Hoe gaat het met je project? Hoe gaan de zaken?* Toen ik in Engeland van de universiteit kwam, hadden we geen ondernemers. We hadden te maken met managers en arbeidsverhoudingen. Als je iemand op een feestje ontmoette, leidde dat tot gesprekken die bedoeld waren om uit te vissen waar hij had gestudeerd, tenminste, als je door je tongval bestempeld was als iemand met wie het de moeite waard was sowieso een gesprek aan te knopen. In Amerika vloog ik het hele land door om met mensen te praten over hun wildste ambities, en ze waren altijd blij om met me te praten, zelfs als ik ze niets kon beloven. Hen een jaar of twee daarna terugbellen, toen mijn partners en ik een fonds hadden opgericht, en tegen ze zeggen dat ik hen wilde helpen hun droom te verwerkelijken viel niet mee. Maar dat was een mensenleven geleden.

We huurden toen in Samoset een huis voor driehonderd dollar per maand. We hadden een tweedehands stationwagen en een moestuin en we konden het ons veroorloven dat Margaret niet werkte. Alec rende altijd de straat op om me tegemoet te komen als ik van de bushalte naar huis liep. Dan droeg hij mijn tas en ging hij me voor over het gazon en om het huis heen, waar Michael en Celia in de boomhut speelden, of naar de schuur, en dan haastten ze zich naar de achterdeur om tegen hun moeder te roepen dat ik thuis was. 's Zomers aten we buiten aan een picknicktafel die door de vorige bewoners was achtergelaten. Ik had de tafel aan de rand van het bos gezet, op een bemost stuk beton, van waar je uitzicht had op de oprit naar ons achthoekige huis van witte planken met een zwart dak en een stenen schoorsteen. Margarets betovergrootvader was in deze plaats timmerman geweest, en hij bleek het huis voor een methodistische predikant te hebben gebouwd. Aanhangers van de spiritistische beweging waren destijds enthousiast over de architectuur. Er waren in het huis geen rechte hoeken, en van het achthoekige ontwerp werd gezegd dat daar geen hoeken in zaten waar boze geesten in vast zouden kunnen zitten. 's Avonds, als er achter de ramen licht brandde, had het iets van een vuurtoren die zijn waarschuwende lichtstralen in alle richtingen uitzond. Als de kinderen voldaan en slaperig waren en hun spel gestaakt hadden, deed ik weleens alsof het huis behekst was en vertelde ik hun hoe hier honderd jaar geleden mensen bij elkaar waren gekomen om bij kaarslicht met de doden te spreken. Michael wilde daar niet naar luisteren, alsof hij te oud was voor spookverhalen. Margaret zei dan dat ik ze voor het slapengaan niet bang moest maken, maar Alec en Celia namen het voor me op en zeiden: Nee, nee, ga door. Ik vertelde dan hoe de buren hiernaartoe kwamen en de mensen, terwijl ze elkaars hand vasthielden, in het donker luisterden naar de stemmen van hun overleden familieleden, die zich hier in onze huiskamer aan hen vertoonden en vertelden over het leven van de doden. Alec kroop dan dicht tegen me aan, terwijl Celia zich heel stil hield en naar de bomen achter ons keek, en tot lang nadat Margaret de tafel had afgeruimd en Michael naar zijn kamer was gegaan, zaten we daar bij elkaar onder de zware takken van de eik, te midden van het getsjirp van de krekels. Op die momenten voelde ik aan hoezeer ze mij nodig hadden – hoezeer ze het nodig hadden dat mijn stem bleef klinken om ons te beschermen tegen alles wat ons omringde. En ik heb hen beschermd. Ik heb hun gezegd dat ze hier veilig waren, omdat de voorvaderen van hun moeder dit huis op zo'n manier hadden gebouwd dat er geen spoken in konden achterblijven, dat het al heel lang geleden was dat al die angstaanjagende gebeurtenissen hier misschien hadden plaatsgevonden en dat die zeker nooit meer zouden gebeuren. En dan zou ik Alec op mijn schouders hebben genomen, Celia's hand hebben gepakt en met hen door het huis zijn gelopen om ze naar bed te brengen.

Ik loop langs de begraafplaats van de Congregational Church en steek de straat over naar de parkeerplaats van de supermarkt. Hij is nauwelijks halfvol, en het is er gloeiend heet. Door de glazen deur aan de achterkant van het pand zie ik de drie kassa's. En daar is Alec, die geleund tegen de ijzeren rand om een van de smalle zwarte transportbanden staat te praten met Doreen, een straffe rookster van achter in de zestig met roodgeverfd, pluizig haar en een zware onderkaak. Elke keer als ik in de winkel kom, vertelt ze me dat iedereen dol is op Alec, en ook zijzelf is duidelijk van hem gecharmeerd, ze vindt hem zo beleefd en hij luistert zo goed. Hij heeft een nogal geaffecteerde manier van doen voor een jongen van veertien, bijna hoofs. Hij heeft me vorig jaar gevraagd of hij edelsmeden of toneelspelen moest kiezen, en ik heb gezegd dat je in een toneelklas meer kans hebt om interessante mensen te ontmoeten. Misschien is dat wel deels de reden waarom hij zich nu zo gedraagt, denk ik – dat acteren van hem, de laatste tijd. Hij is de enige die in Amerika is geboren, de enige van de drie kinderen die enthousiast reageerde toen we hun vertelden dat we naar Engeland zouden verhuizen.

Ik heb geen van mijn kinderen zich ooit zien inspannen om volwassen te lijken. Michael en Celia doen dat stiekem wel, waar ik niet bij ben, al zegt hun moeder dat ik degene ben die zich voor hen afsluit, en ik denk dat ik dat niet kan ontkennen. Maar nu zie ik hier Alec, die met zijn kin een heel klein beetje omhoog als een wijs man staat te knikken bij wat Doreen allemaal uitkraamt, ondertussen met een voet in hoog tempo op het linoleum tikt en met zijn handen voor zijn middel discreet aan zijn nagelriemen plukt, terwijl hij haar aandachtig aankijkt. Hij spert zijn ogen open van verbazing om iets wat ze zegt, en hij schudt zijn hoofd, verontwaardiging veinzend. Dan laat hij zijn handen zakken, buigt zich voorover en maakt brede armgebaren, waarop Doreen haar hoofd achterovergooit en lacht. Alec glimlacht, hij is tevreden over wat hij zojuist heeft gezegd en de respons die hij krijgt. De jonge acteur met een publiek bestaande uit één persoon. Het is een act die me bekend voorkomt, bijna precies zoals ik vroeger was. En toch is er iets vreemd aan hem, een arrogantie die ik niet herken. Doreen gaat weer achter haar kassa staan en begint de boodschappen van een vrouw op de transportband te zetten, zodat Alec ze kan inpakken.

Alle drie mijn kinderen hebben een baantje dat ze min of meer in staat stelt dingen voor zichzelf te kopen. Toch weet ik niet in hoeverre ze begrip hebben voor onze situatie: dat we alleen maar schulden hebben. Van hun moeder zullen ze dat nooit te horen krijgen, maar zij verwijt het mij 's avonds hardop. Celia heeft het opgegeven, maar Alec klopt nog weleens op de deur van de huiskamer om ons te smeken op te houden met ruziemaken, en dan voelt de vloeistof in mijn schedel zo zwaar aan dat ik nauwelijks mijn ogen open kan houden en ik er hevig naar verlang dat dit alles voorbij zou zijn – de bedompte lucht, de woorden die strak aanvoelen, als spieren gespannen over botten. Alec duwt de kar met boodschappen van de vrouw naar haar Volvo, maar pas als hij terug schaatst over de parkeerplaats ziet hij mij en blijft staan.

Omdat het niet druk is in de winkel hebben ze er geen bezwaar tegen dat hij een vroege lunchpauze neemt. We lopen in de richting van het gemeentehuis. Ik heb geen bepaalde bestemming op het oog, en hij vraagt er niet om. Wij zijn het gewend om niet met elkaar te praten als we maar met ons tweeën zijn, wat niet vaak voorkomt. Hij is intelligent geworden en is een lange slungel op spichtige benen. Hij zou wat vaker in bad mogen gaan. Hij verkeert in het larvestadium en is bezig zich op een pijnlijke manier te ontdoen van zijn kinderlichaam. Daar is een kostschool goed voor. Om ze een paar jaar opgesloten te houden, zodat ze kunnen lijden zonder in verlegenheid gebracht te worden doordat hun ouders daarvan getuige zijn. Maar jij hebt er veel meer aan gehad, zei Margaret. Hij speelt met zijn dikke, multifunctionele zakmes en vouwt alle mesjes en overige gereedschappen in verschillende richtingen uit, om ze daarna weer dicht te klappen.

'Ik heb honger,' zegt hij.

We lopen door, langs de katholieke kerk, het politiebureau en de twee-onder-een-kaphuizen die iets van de weg af liggen. Door het raam van het eethuisje is te zien dat er binnen tafeltjes vrij zijn; in elk geval zal het daar koel zijn. Ik heb hier de afgelopen herfst veel tijd besteed aan het opstellen van brieven aan beleggers over een idee dat ik had voor het oprichten van een nieuwe onderneming, en hier komen veel zakenlui en gepensioneerden. Jonge moeders en lunchende kantoormensen zul je hier niet zien; daarvoor is het eten te vet en de ambiance niet schoon genoeg. De eigenaar, die uit Letland afkomstig is en een keer op een middag twee uur met me heeft zitten praten over zijn diensttijd bij de marine van de Sovjet-Unie, zwaait vanuit de keuken naar me. De lucht van frituurvet is buitengewoon zwaar en vult mijn hoofd en longen, wat me enigszins misselijk maakt. Als Alec zich over de geplastificeerde menukaart buigt, zie ik dat hij roos op zijn schouders heeft. Hij vraagt me of ik zijn vraag heb gehoord. De kelner staat bij onze tafel. Nee, zeg ik, wat was je vraag?

'Is het goed als ik chili en een Monte Cristo-sandwich neem?'

Daarna wil hij vast en zeker chocoladetaart. Zijn moeder probeert altijd iets uit te sparen door het goedkoopste gerecht op de kaart te bestellen. Ik heb dat altijd defaitistisch gevonden.

'Wat neem jij, pap?'

'Niets,' zeg ik, 'ik hoef niks.'

Alec heeft het beest niet in zich. Al zou ik niet weten hoe ik daar zeker van kan zijn. Hij is er te jong voor. Misschien zie ik het gewoon niet en wil ik het ook niet zien, maar in zijn gretigheid om te behagen toont hij een enorme bruisende energie en een soort letterlijkheid. Hij is volstrekt zichzelf en toont dat ook, zelfs als hij zich schaamt, of misschien wel juist dan, omdat hij schaamte zo pijnlijk vindt dat hij tot alles bereid is om daaraan te ontkomen. Hij is ook een beetje een exhibitionist. Als peuter had hij de gewoonte om naakt bij ons de slaapkamer binnen te lopen en dan op zijn onderlip te bijten en wat te lachen. Er bestaat een foto van hem die met Kerstmis in het huis van mijn zwager is genomen, waarop hij een jaar of vier of vijf is en met zijn broek op zijn enkels boven aan de trap vraagt of iemand hem kan helpen zijn gat af te vegen. Wie de dronkenlap was die de foto heeft genomen voordat hij of zij hem is gaan helpen, ben ik vergeten. Met Celia maakte je nooit iets dergelijks mee, en met Michael al helemaal niet. Maar als je de jongste bent, hoort dat er zeker bij. Gedragsregels begreep hij vanuit het standpunt van iemand die zich gedwongen voelt zich er niet aan te houden. Regels hadden altijd een voorlopig karakter, en als je het listig aanpakte, hoefde je je er niet aan te houden. Uiteindelijk zag ik me dan altijd gedwongen hem een pak slaag te geven, en dan huilde hij. Maar mokken deed hij nooit lang. Daarvoor was hij te ongeduldig. En dat is hij nog steeds. Vol ongeduld kijkt hij uit naar het ouder worden. Hij eet zijn sandwich met open mond.

'Gaan we ooit nog weer eens naar Maine?' vraagt hij. 'Van de zomer bijvoorbeeld?'

'Ik weet het niet,' zeg ik, en aan de manier waarop hij even ophoudt met kauwen en naar mij kijkt, zie ik dat hij vermoedt dat er iets mis is met me, al heb ik geen idee wat dat voor hem betekent. Ik lig nu tenslotte niet in bed en ben hier met hem. En hij kent mij al zijn hele leven. Ik heb hem een keer van achter de deur van zijn kamer tegen een schoolvriendje horen opscheppen dat zijn vader een eigen bedrijf had, alle beslissingen zelf nam en de hele wereld over reisde. Dat is mijn vreemde Amerikaanse zoon, die met zijn mond open eet maar verder zo goedgemanierd is.

'Celia verdient meer dan ik,' zegt Alec. 'En ze maakt maar gewoon salades in het restaurant. Maar ze krijgt meer fooien. Dus ik denk dat ik loonsverhoging moet vragen. Ik heb de salarischeque van de assistent-chef van de zuivelafdeling gezien, en hij verdient acht dollar vijfenveertig per uur, terwijl ik maar zes vijfentwintig krijg, terwijl ik toch ook de zuivel doe als hij er niet is. Vind jij ook niet dat ik loonsverhoging moet vragen?'

'Je zou je grootmoeder in Engeland eens moeten opzoeken,' zeg ik. 'Dat had ze toch gezegd, dat je eens bij haar moest komen logeren?'

'Er is bij haar thuis niets te doen.'

Hij zal wel een keer gaan. Maar zij zal hem het verhaal van háár vader niet vertellen, dat ik hem ooit ben tegengekomen – toevallig, in een winkel in Southampton – want zij zal het niet gepast vinden om dat soort ongelukkige zaken ter sprake te brengen. Dat geeft mij het gevoel dat ik het hem moet vertellen.

Mijn moeder sprak nooit over hem, omdat hij van mijn oma gescheiden was – wat destijds ongehoord was – en zijn zoons verder bij hem waren opgegroeid. Hij was een paar keer rijk geworden en telkens ook weer failliet gegaan, al weet ik niet hoe. Die keer dat ik hem ontmoette, moet ergens in 1946 of '47 zijn geweest. Mijn moeder en ik stonden bij de bakker in de rij te wachten op ons broodrantsoen. Op een gegeven moment pakte ze mijn arm, en toen ik opkeek zag ik dat ze met een onderdrukt gevoel van schrik naar een man met een bruingrijze snor keek, gekleed in een duur maatpak en met een bolhoed op, die naast haar was komen staan.

'Hallo, Bridget,' zei hij. 'Je ziet er goed uit. En wie hebben we hier?'

Het duurde even voordat ze reageerde. Ik dacht dat ze zich misschien beledigd voelde doordat hij haar zo vertrouwelijk aansprak. Maar toen, met een vreemd lage stem, die heel anders klonk dan haar gewone stem, zei ze: 'Dit is John. John, geef je grootvader eens een hand.'

Het was voor het eerst sinds twintig jaar dat ze hem zag. Hij sloot zich bij ons aan in de rij en ging vervolgens met ons mee terug naar huis voor een kop thee. Hij vertelde dat hij in Londen woonde en voor zaken een dag in Southampton was. Ik herinner me hoe hij met zijn benen over elkaar in de oorfauteuil bij de open haard zat. Hij had gouden manchetknopen en glimmend gepoetste brogues en hij zat er volkomen op zijn gemak bij, alsof hij op bezoek was bij een oude vriend in een huis dat hij goed kende. Elke keer als hij een koekje van de schaal pakte, knikte hij me met een glimlach even toe. Na een half uur uitwisselen van beleefdheden met stiltes tussendoor zei hij dat hij een trein moest halen. Bij de deur kuste hij mijn moeder op de wang en lichtte voor mij even zijn hoed. 'Heel blij kennis met je te hebben gemaakt, John,' zei hij, en toen verdween hij.

Omdat hij voor mij een vreemde was, deed deze kortstondige ontmoeting er voor mij niet veel toe. Maar de aanblik van mijn moeder, die tijdens het gesprek met hem met strakke mond en een gespannen blik in haar ogen als verstijfd op het puntje van haar stoel zat, boorde stilzwijgend en in rap tempo mijn illusie de grond in dat zij altijd dezelfde was, dat ze altijd alleen maar mijn moeder en niets anders was geweest. Om voor mij onbekende redenen leed ze ergens aan, ze zat gevangen in een tijd die voor mij onbereikbaar was. Ik had al wel begrepen dat mensen zich een manier van doen kunnen aanwennen: de soldaat die altijd en overal grappen maakt, mijn leraren die ijverig straffen uitdelen, zelfs de norsheid van mijn vader, waardoor je altijd het idee kreeg dat je hem stoorde, het kan allemaal lijken alsof iemand een rol speelt. Maar mijn moeder was altijd het leven zelf geweest, gespeend van elk vooroordeel en elke onechtheid. Alles wat ik van het leven wist, wist ik door haar. Tot die middag was ze niet bang geweest als er luchtalarm was. Dan stuurde ze mij en mijn broer de kelder in, haalde ze het zakje met leeftocht uit de kast en droeg ze ons op onder de eettafel te gaan zitten, terwijl zij en mijn vader daar vlakbij op stoelen zaten en alleen af en toe iets tegen elkaar fluisterden. Haar stem had toen niet anders geklonken, alleen wat zakelijker. Maar nu was hier op een zaterdagochtend een oudere heer op bezoek geweest die bij ons in de huiskamer thee had zitten drinken en die ervoor had gezorgd dat zelfs haar stem en haar lichaam voor mij die van een vreemde waren geworden.

Toen hij weg was, hebben we niet over zijn bezoek gepraat. Ik neem aan dat ze het mijn vader wel verteld zal hebben, maar niet waar ik bij was. Het zou uiteindelijk toch wel gebeurd zijn: de onthulling dat ze maar deels degene was die ik kende, dat ze leed onder een tekort en dat haar verlangen een last zou kunnen zijn, maar het was toen wel heel plotseling en grimmig duidelijk geworden. Ik vergaf haar alles waar ik haar ooit de schuld van had gegeven en probeerde zonder er iets over te zeggen meer van haar te houden. Ze woont nu in haar eentje in een aardig marktstadje vlak bij Southampton, in een comfortabel huisje dat mijn broer voor haar heeft geregeld. Voor de kinderen is ze de oma met de lekkere chocolaatjes en de streng gehandhaafde tafelmanieren. Dat ze dat moet doen, zal ze Margaret verwijten.

'Je hebt niet gezegd of ik wel of niet om opslag moet vragen,' zegt Alec.

En hoe lang ben *ík* voor mijn kinderen iemand geweest die ze maar gedeeltelijk kenden? Hoe lang ben ik een last voor *hén* geweest?

'Waarom niet?' zeg ik, maar er zit geen leven in mijn woorden, en dat weet hij.

Zijn chocoladetaart is gebracht en is alweer op. Hij schraapt de laatste restjes van het bord. 'Mama zei dat je beter was.'

Zijn sluike bruine haar valt schuin over zijn voorhoofd. Ik zou mijn hand nu kunnen uitsteken en hem over zijn gebogen hoofd strijken. Het beest is ook een projectieapparaat, dat me elke dag beelden voorschotelt van alles wat ik niet kan.

De stille lijdensweg wordt onderbroken doordat een jongen wiens naam ik zou moeten weten het eethuisje binnenkomt; hij is een van Alecs vrienden – Scott of Greg of Peter. Ik zit met mijn gezicht naar de deur, dus ik zie hem het eerst. Hij zwaait en komt dan naar ons tafeltje. Zoals de meeste vrienden van Alec draagt hij donkere tweedehands kleren – een zwart colbertje en een shirt met kleurige, gedraaide motieven, beide enkele maten te groot. Als je ze bij elkaar ziet, lijken ze een stelletje jonge zwervers. Als het de bedoeling zou zijn zich voor te doen als leden van een andere maatschappelijke klasse, dan zijn ze niet erg geslaagd; de kleren maken eerder het tegenovergestelde duidelijk: dat ze jonge acteurs zijn die een act opvoeren. Hij en Alec begroeten elkaar met veel nonchalance. Toch zie ik dat Alec bloost. Er is hier iets aan de hand wat hem zenuwachtig maakt. Hij verspreekt zich bij een vraag of Scott of Greg of Peter straks heeft afgesproken met anderen, en de jongen, die mij heeft begroet met een korte opwaartse beweging van de kin, alsof hij en ik gevangenen zijn die elkaar tijdens het luchten begroeten, antwoordt Alec met wat volgens mij bedoeld is als een sardonische opmerking, die echter zowel stompzinnig als wreed klinkt. Hij refereert aan iets wat ik niet begrijp, over iemand die lam zou zijn.

Hij strijkt op de muurbank naast Alec neer, die zich nu heel ongemakkelijk lijkt te voelen. Ze zien er met z'n tweeën uit als harlekijnen, jeugdig, met een mismoedige uitdrukking op het gezicht, en vreemd. Toen Alec nog klein was, wekte hij me als ik een dutje lag te doen door op het bed te klimmen en heen en weer te bewegen totdat ik hem vastpakte en boven op me trok, en dan pakte ik een muntje en klemde dat in mijn vuist, waarna hij met zijn beide handjes probeerde mijn duim los te wrikken om het te kunnen afpakken, en dan leek het allemaal precies zoals ik me had voorgesteld dat het zou zijn om kinderen te hebben, zoals het nooit helemaal was geweest met Michael. Ik wil Alec weer zo laten worden, al die aftastende dwaasheid uitbannen, al was het maar alleen voor vandaag. En wat zou ik dan tegen hem zeggen? Wat zou ik dan doen? Als ik al ooit een zielzorger voor hem ben geweest, ben ik het nu niet meer. Dat heb ik al minstens tien keer verbruid, door niet uit bed te komen, door in de kelder rond te hangen totdat hij me daar starend naar de muur aantrof. Een tijdlang kende hij alleen mij en wist hij niet beter, maar sinds een paar jaar vergelijkt hij me met anderen. Mijn broek past me niet meer. Ik moet mijn riem aansjorren tot het laatste gaatje. Als ik mezelf in het bad inzeep, voel ik hoe zacht mijn lichaam is, terwijl het vroeger zo gespierd was.

'Ik ga platen kopen met Brad,' zegt Scott of Greg of Peter. Hij heeft zonder te vragen of we hier nog blijven een milkshake besteld, die hij nu luidruchtig opzuigt. Alecs verlangen om met hem mee te gaan op deze expeditie is des te duidelijker door de manier waarop hij dat probeert te verbergen en hij zegt dat Michael al die elpees al heeft waar zij naar op zoek zijn. Maar als hij zo meteen niet weer aan het werk zou moeten, zou hij met hem de deur uit lopen. Toen ik zo oud was als zij, droeg ik een blauw schooluniform en probeerde ik in mijn vrije tijd zo weinig mogelijk last te hebben van pesterige mentoren. Opwinding beleefde je als je wat kocht in het snoepwinkeltje op school. Zij hebben nu meer spullen op hun kamer dan wij in ons hele huis hadden. Toch ben ik blij dat hij niets afweet van die wereld. Ik betaal aan de kassa, zwaai ten afscheid naar de eigenaar, en even later lopen Alec en zijn vriend achter me aan het gloeiend hete trottoir op.

Mijn gezin zal nooit weten hoe het me heeft gered. Margaret misschien wel, maar de kinderen niet. Als ik me omdraai, zie ik hoe Alec bijna smekend naar zijn vriend kijkt, die zich niet bewust lijkt van de aandacht die hem ten deel valt, maar een steentje voor zich uit schopt en demonstratief ongedwongen doorloopt, met de gang van een popster, een en al onverschilligheid en mismoedigheid. Even heb ik het gevoel dat enige ontbering wel nuttig zou kunnen zijn om te zien hoe hij zich met al zijn fratsen in minder florissante omstandigheden zou gedragen, maar ik realiseer me dat ik niet zozeer boos ben op dit ventje, maar eerder zou willen dat Alec niet zo tegen hem opkeek. Als we voorbij het gemeentehuis zijn, neemt hij eindelijk afscheid, waarna Alec weer naast me komt lopen, enigszins aarzelend en met merkbaar minder zelfvertrouwen dan tevoren, en we samen de heuvel op wandelen, terug naar de supermarkt.

'Hoe heette hij ook alweer?'

'Sam,' zegt hij, en hij klinkt nu praktisch ontroostbaar. Zo zou het helemaal niet moeten zijn. Zo kan ons samenzijn niet eindigen.

'Kom,' zeg ik, 'laten we nog wat wandelen.'

'Mijn lunchpauze is voorbij. Anders worden ze boos.'

'Dan praat ik wel met ze, ik zal het uitleggen.' Ik maak al aanstalten om met hem de straat over te steken, de auto's stoppen voor ons. De brandende zon staat recht boven ons hoofd, de gebouwen bieden geen beschutting. Ik weet niet waar we naartoe zullen gaan. Het licht weerkaatst in het glas en staal van de geparkeerde auto's en brandt in mijn ogen. Even verderop komen we bij het voetpad dat de beek volgt in een lintvormig park dat zich langs achtertuinen en speelvelden door het dorp slingert. Ik loop het pad op, op weg naar de schaduw. Ik ben nooit gewend geraakt aan het klimaat hier. De zomer is een bezoeking.

'Wat gaan we doen?' zegt Alec.

Hij loopt nu een flink aantal passen achter me. Ik denk dat hij het het beste zal doen van allemaal. Door zijn aangeboren egoïsme. Door zijn ongeduld. Doordat we hem zo hebben verwend. Ik blijf staan en wacht totdat hij me heeft ingehaald.

'Mijn lunchpauze is voorbij,' zegt hij nog een keer, terwijl hij op een paar meter afstand blijft staan en wat schoppende bewegingen over het gras maakt. 'Ik moet gaan. Wat kwam je eigenlijk doen? Waarom ben je naar de winkel gekomen?'

'Ik wilde je spreken.'

'Waarom doe je zo raar?' zegt hij. 'Kun je daar niet gewoon eens mee ophouden?'

Alles wat ik nu nog tegen hem kan zeggen is verkeerd. Maar ik moet het proberen. 'Die Sam lijkt me een aardige vent,' zeg ik, al geloof ik daar niets van. Maar het is belangrijk dat Alec vrienden heeft, en ik wil dat hij zich daarvan bewust is. Mensen die hij kan vertrouwen, mensen met wie hij samen kan optrekken.

'Waar heb je het over? Je weet helemaal niets van hem. Hou daar gewoon eens mee op, alsjeblieft, wil je?' Hij kijkt zo gekrenkt alsof we met ons tweeën naakt op het toneel staan.

Ik kan aan zijn blik zien hoe hij zich inspant om geen medelijden met me te voelen. Dit is wat ik bij hen losmaak. Telkens weer. En dan wordt hun gezicht, zoals dat van Alec nu, het masker van het beest, dat er gebruik van maakt om mij te kwellen. Met mijn stem beschermde ik vroeger Alec, door verhalen voor hem te verzinnen. Ik beschermde hem tegen de geesten. Nu ben ik zelf de geest die vastzit in zijn huis.

Hij is in de war en heeft er genoeg van, draait zich om en maakt aanstalten om weg te lopen. Ik ga naar hem toe om een hand op zijn schouder te leggen, maar hij wurmt zich onder mijn aanraking uit en haast zich terug naar de straat.

De meeste schaduw is te vinden onder een esdoorn verderop langs het pad. Ik ga in het gras zitten, met mijn rug ertegenaan. Het water van de beek is helder tot op de zanderige bodem. *Heel lang miste ik / Dit mooie beeld; en toch was het voor mij / Niet wat een landschap voor een blinde is; / Nee, in de lege kamers of 't rumoer / Van plein en stad dankte ik aan dat beeld, / In lusteloze uren, 't zoet soelaas...* Ik weet nog hoe blij ik was, die eerste keer dat ik werd opgenomen, dat meneer Gillies ons op school gedichten had laten memoriseren ... *die zalige luim, / Waarin de grote last van het geheim, / Waarin het drukkend en loodzwaar gewicht / Van 's werelds onbevattelijk geheel / Verlicht wordt;– die serene, zalige luim, / Waarin het gevoel ons zachtjes verder leidt, / Totdat de adem van dit stoffelijk raam / En zelfs de rondgang van ons menselijk bloed / Haast is gestokt; we worden lijfelijk / In slaap gebracht en leven voort als ziel...* Deze woorden betekenden niets voor me toen ik nog een jongen was. Ze waren niet meer dan een dreun, zoiets als Gilbert en Sullivan en 'Onward Christian Soldiers'. Maar als ik na de behandeling weer op mijn kamer was, vol met blauwe plekken op mijn borst door de stuiptrekkingen onder het spanlaken, kon ik me enkele dagen lang eigenlijk niets herinneren, behalve wat flarden muziek en deze coupletten. Ze werden voor mij een maat voor de tijd. Doordat ze die vroegere wereld terugbrachten, me ervan verzekerden dat die wel degelijk had bestaan, dus dat wanneer er nog meer tijd verstreek, de dingen misschien weer anders zouden kunnen zijn. En zo begon ik de betekenis van deze regels te reconstrueren. Dat ons bloed bijna kon ophouden te stromen en we ons lichaam te ruste konden leggen, maar dat de ziel dan op de een of andere manier in leven bleef. Gewoon door de dingen die we ooit gezien en gehoord hadden. Het was voor mij een verslag van wat er zich in het hoofd van een ander had afgespeeld, iemand die eenzame kamers had gekend, die een urenlange vermoeidheid had doorgemaakt, maar die het pad kende dat terugvoerde naar het leven. Een pad dat ik toen ook had gevonden. Ik had mijn studie hervat, was weer onder vrienden en was gelukkig. Ik had het monster gezien, maar het niet herkend, omdat ik jong was en het nooit eerder had ontmoet. Waarom zou ik gedacht hebben dat dat ooit weer zou gebeuren?

Bij de verbindingstroepen leerde ik Peter Lorian kennen, en toen onze diensttijd voorbij was, betrok ik met hem en twee andere vrienden een appartement in Chelsea, waar we feesten begonnen te organiseren. En een paar jaar later was daar Margaret verschenen. In een groensatijnen jurk, met lang donker haar, lang en slank. Nog nooit had een vrouw me zo direct aangekeken. Ik moest haar blijven charmeren omdat ik wilde dat ze zou blijven kijken. Ze moest voortdurend blozen om mijn versierpogingen, maar ze lachte ook, en dat maakte het verschil, want daardoor kon ik ermee doorgaan en konden we het spel dat we speelden op waarde schatten en elkaar vergeven dát we het speelden. Daardoor konden we verliefd worden. Doordat we samen konden lachen.

Deze poëziefragmenten komen nu weer bij me bovendrijven, en ze zijn nog steeds een maat voor de tijd, maar wel wreed.

Het heeft geen zin me tegen deze hitte te verzetten. Mijn overhemd is doorweekt, het zweet sijpelt mijn schoenen in. Maar het kan me minder schelen. Van mijzelf is niets meer over wat beschermd moet worden. En die simpele waarheid is een enorme opluchting. Een lege maag en bonzende slapen zijn niet persoonlijker dan hoog opgeschoten onkruid langs het pad en de luchtspiegeling van smeltend asfalt in de verte bij de brug. Die onderscheidingen bestaan bij de gratie van spanning, en de spanning ebt weg. Waarom je verzetten? De levenloze wereld kent zo'n onbetwistbare wijsheid: niet denken.

'Waar was jij in godsnaam? Het is drie uur.' Margaret klinkt aangeslagen als ze me van de andere kant van het gazon toeroept, voordat ik zelfs maar bij het pad ben. 'Ik ben helemaal naar het eethuisje gereden om Celia op te halen, maar daar zeiden ze dat ze vandaag niet was komen opdagen. Zij hebben niets van haar gehoord. Helemaal niets. Luister je wel? Ik heb er genoeg van. Snap je dat? Pak de auto en rij naar de Schefers. Daar zal ze wel zijn, bij die Jason.'

Ik opper dat ze misschien op de atletiekbaan is. Margaret is in alle staten en roept dat er al drie weken geen school is! Er wordt niet meer gesport! Het heeft geen zin haar tegen te spreken. Ze is over zoveel dingen boos, en het heeft allemaal met mij te maken. Ze is me al kwijt, opnieuw. Maar ze weigert dit tot zich door te laten dringen, en deze weigering maakt haar des duivels. Het maakt haar razend dat ik ons al die jaren dat hele onbedreigde leven hebben geschonken en het vervolgens ineens niet meer kon. Tot dusver kon ze kiezen. Afbreken of doorgaan. Nu heeft ze geen keus meer, net zomin als de kinderen. Ik kan ze niet eens voldoende geld geven voor voedsel en kleding. Ze teren op creditcards.

'Ik zal het doen,' zeg ik. 'Geef me de sleutels, dan ga ik.'

Mevrouw Schefer woont aan Raymond Street, achter het postkantoor iets de heuvel op. Het is een splitlevelhuis in koloniale stijl met bruine gevelbekleding en een semi-ondergrondse garage. Het zonlicht wordt voor het grootste deel tegengehouden door een brede kring van dennenbomen. Een meisje van tien of elf doet open en zegt dat haar moeder er niet is. Ik zeg tegen haar dat ik op zoek ben naar Celia, en zij zegt dat ze haar niet heeft gezien en dat haar broer ook niet thuis is. Op de achtergrond klinkt het geluid van de televisie. Het meisje heeft restjes pindakaas in haar mondhoeken. 'Celia is mooi,' zegt ze. 'Bent u haar vader?' Dat ben ik, zeg ik, en ik vraag waar ze denkt dat haar broer zou kunnen zijn. Ze heeft geen idee, maar zegt dat hij soms bij hun vader is, aan de andere kant van het dorp. Het lijkt me een geval van verwaarlozing om zo'n jong kind alleen te laten, maar wie ben ik om daar een oordeel over te vellen?

Dat Margaret wil dat ik Celia ga zoeken, is niet omdat ze niet op haar werk is verschenen, maar heeft te maken met Chris Weller. Een paar maanden geleden, toen ik helemaal van de wereld was, werden we een keer ruim na middernacht gewekt door geschreeuw in de voortuin. Een jongen die duidelijk dronken was, stond voor Celia's raam te roepen: 'Geef me die ring terug, godverdomme, en geef me godverdomme ook die ketting terug.' Toen begon hij hard op de voordeur te bonzen. Hij maakte de hele buurt wakker. Margaret schoot uit bed en liep naar het raam. Celia kwam onze kamer binnenrennen. 'Sta op!' riep Margaret tegen me. 'In godsnaam, sta op!' Ik zwaaide mijn benen als van steen buiten bed en duwde mezelf omhoog totdat ik stond. 'Wat is er in godsnaam aan de hand?' vroeg Margaret aan Celia. 'Ik weet het niet, ik weet het niet,' zei ze, en het lukte haar niet haar tranen te bedwingen. Ik had haar nog nooit angstig gezien. 'Jij moet naar beneden,' zei Margaret tegen mij. 'Ga naar buiten en zeg tegen die idioot die hij stil moet zijn en weg moet gaan.'

Ik stond zwijgend tegenover hun tweeën, terwijl zij wachtten tot ik in actie zou komen. De jongen bleef maar op de deur bonzen. Ik kon het niet. Ik kon het niet opbrengen om de trap af te gaan en het af te handelen. Het was alsof de vuistslagen van de jongen op mijn borst terechtkwamen en ik de grootste moeite had om overeind te blijven. Mijn vrouw en dochter gaapten me verbijsterd aan. 'De politie,' zei Celia wanhopig, 'we moeten de politie bellen.'

Margaret zei dat ze niet zo belachelijk moest doen, dat het een scène zou geven en dat we midden in de nacht geen politieauto's met zwaailichten voor ons huis wilden. 'Waar zijn die sieraden?' vroeg ze. 'Heb jij ze?'

Celia hield op met huilen en haar gezicht verstrakte. Ik zag het gebeuren. Het duurde maar een moment. Ze draaide ons de rug toe en ging de kamer uit. Margaret en ik liepen achter haar aan en bleven op de overloop staan terwijl zij haar kamer in ging en een broek aantrok. Toen liep ze in haar eentje de trap af en naar de voordeur, en deed open om die tierende jongen te woord te staan. Alsof wij niet eens thuis waren.

Einde verhaal voor Chris Weller. Maar niet met het daten van Celia. Nu is het Jason, met wie ze volgens Margaret drugs gebruikt. Als ze laat thuiskomt, heeft ze blijkbaar bloeddoorlopen ogen en wil ze niet met haar moeder praten.

Het meisje heeft de naam van de straat genoemd waar haar vader woont en waar Jason zou kunnen zijn, en ze heeft gezegd dat het een wit huis is, al maakte dat het zoeken niet makkelijker. Er zitten daar geen mensen in hun tuin aan wie ik het zou kunnen vragen. Als ik bij een kruispunt stilsta, zie ik iemand van wie ik denk dat hij Jason zou kunnen zijn voorbijrijden in een oude grijze Audi, en ik rijd achter hem aan de hoek om, naar een ander splitlevelhuis in koloniale stijl, met een lege vlaggenmast boven de voordeur. Hij ziet dat ik achter hem stop. Ik had zo'n lummel als Weller verwacht, zo'n uit de kluiten gewassen Amerikaanse scholier, maar deze jongen heeft eerder een wazige dan agressieve uitdrukking op zijn gezicht, hij heeft zo te zien voor het eerst een baardje laten staan en zijn bruine krullen vallen over zijn voorhoofd. 'O, hallo,' zegt hij tot mijn verbazing, aangezien ik me niet kan herinneren hem eerder te hebben ontmoet. Als ik hem vertel dat ik op zoek ben naar Celia, zegt hij dat hij haar bij de atletiekbaan heeft afgezet, en aan de ongelukkige blik in zijn ogen zie ik dat hij enigszins van slag is, en bang om op het een of ander betrapt te zullen worden, maar het niet kan opbrengen om van zich af te bijten. Hij is niet van hetzelfde kaliber als Celia. Hij mist haar wilskracht. Wat ze ook uithaalt, het is niet omdat hij het zegt. Hij vraagt of er iets aan de hand is, of er iets bijzonders is, en ik heb de neiging om hem te vragen wat hij daarmee te maken heeft, maar ik hoor de bezorgdheid in zijn stem en realiseer me dat hij meer tijd aan mijn dochter besteedt dan ik. Margaret wil dat ik hem uitvraag, uitzoek wat ze in hun schild voeren. Maar daarvoor is het te laat. Dat is allemaal ver van mijn bed. Ik moet Celia te pakken zien te krijgen.

Ik vind haar op de atletiekbaan, waar ze sprintjes trekt op de rechte stukken voor de lege tribunes. Het is nog warmer geworden dan halverwege de dag al was, en een klamme waas van de namiddaglucht ligt over het veld. Ik doe het hek open en loop naar de baan. Ze draagt een korte broek, een mouwloos hemd en heeft een bandana om haar voorhoofd gebonden. Ze loopt van me af en ziet me dus niet meteen. Als ze haar sprint heeft beëindigd, richt ze zich op en zet haar handen hoog in haar taille, buigt haar hoofd achterover en haalt hijgend adem. Ik ben de doelpaal al voorbij en loop op het veld als ze me ten slotte van een afstand van ongeveer vijftig meter ziet aankomen. Ze buigt zich voorover, zet haar handpalmen op de knieën en hijgt verder uit.

Geen van haar beide broers is ook maar enigszins sportief, maar Celia doet al sinds de basisschool aan sporten als softbal, hockey (in Engeland), volleybal en hardlopen. Na al onze verhuizingen is ze er ook telkens mee doorgegaan. In de loop der jaren hebben we haar talloze keren moeten afzetten en ophalen.

Als ik naar haar toe loop, jogt ze geconcentreerd terug naar de startlijn. Ik kijk hoe ze neerknielt en de juiste positie inneemt, haar knie heft en weer de baan op spurt en met haar armen zwaaiend, borst vooruit, hoofd rechtop langs mij heen schiet en de finishlijn passeert, waarna ze van daaraf door de bocht weer terug jogt naar de startpositie. Ze ademt nog steeds snel als ze bij de trap van de tribune aankomt, waar ik sta. Ze baadt in het zweet en heeft rode vlekken in haar gezicht.

'Ik heb tegen mama gezegd dat ik niet van mijn werk hoefde te worden opgehaald. Ze houdt me in de gaten.'

Ze haalt een handdoek uit haar rugzak en veegt haar voorhoofd af. Het verbaast me niet dat jongens zich tot haar aangetrokken voelen. Ze heeft een mooi, regelmatig gezicht, dat ook felheid uitstraalt, en bovendien heeft ze een manier van doen die blijk geeft van een zelfvertrouwen dat grenst aan gereserveerdheid. Dat heeft ze van mij, denk ik. Zoals ik vroeger was althans. En wat doe ik nu? Ik ondermijn haar zelfvertrouwen, elke dag weer, door haar stabiliteit en zorg te onthouden. Van de drie kinderen ziet zij me het scherpst, wat het des te moeilijker voor haar maakt, omdat zij geen afleiding kent die haar zou kunnen beschermen. Michael heeft de spanning nooit kunnen verdragen, dus hij heeft soelaas gezocht in andere dingen. En Alec is nog te jong om zich op eigen houtje een beeld te vormen van de situatie. Maar de verschillende wijzen waarop Celia ermee omgaat zijn al volwassen: zelfdiscipline, alcohol en iemand anders zoeken om van haar te houden.

Ze legt uit waarom ze niet is gaan werken en vertelt hoe irritant het is dat haar moeder haar in de gaten houdt, maar dat kan me niet schelen en ik luister niet echt. Dat merkt ze natuurlijk, wat haar nog geïrriteerder maakt. Als ze eenmaal haar spullen heeft gepakt, lopen we samen het veld over.

Nu ik naast haar loop, dichtbij genoeg om de warmte te voelen die haar lichaam uitstraalt, verbaas ik me ineens over het feit dat ze bestaat – dit kind van mij. Dat we er op een haar na aan weten te ontkomen dat we er nooit geweest zouden zijn. Maar al is ze door het mes van het toeval tot leven gewekt, ik word even overvallen door de angst dat het niet zo eenvoudig is, dat bij kwesties van deze laatste vragen de tijd ineengevouwen is tot één singulier moment waarin je voor altijd het gevaar loopt dat het mes de andere kant op schiet, alsof ik, als ik vanaf hier tot aan de parkeerplaats niet goed oplet, verloren zal zijn en zij opgeheven zal worden, weer opgeslokt zal worden door het niet-zijn, alsof ze door een dief door het openstaande raam is weggehaald. Maar we redden het tot aan de auto, en ze gooit haar tas over haar schouder op de achterbank en zet haar voeten op het dashboard.

We rijden door Green Street en passeren het dichte struikgewas van het natuurreservaat. Als ik de afslag richting huis voorbijrijd, vraagt ze waar we naartoe gaan en terwijl ik onder de roestige spoorbrug door ga, mompel ik iets over een alternatieve route. De luchtstromen door de openstaande raampjes maken de hitte iets draaglijker, en zo rijden we een tijdje zwijgend door.

'Hoe komt het dat je niet meer van huis hoeft?' vraagt Celia. 'Werk je nog wel voor dat bedrijf?'

Nu is er aan beide kanten alleen maar bos. Tussen de naaldbomen met hun dikke stammen is diepe schaduw. Het is een lange, rechte weg, en dat de takken op de middellange afstand van weerszijden naar elkaar reiken heeft iets hypnotiserends. Het bedrijf van Roger Taylor, bedoelt ze. Hem had ik om een baan gevraagd toen we terugkwamen. Ik had hem een jaar of tien daarvoor geholpen met het opzetten van zijn adviesbureau. Hij voorzag me van kantoorruimte en een salaris. Dat heeft dus anderhalf jaar geduurd, totdat hij vriendelijk voorstelde of het niet beter zou zijn als ik parttime ging werken, wat erop uitdraaide dat ik alleen nog maar incidentele projecten te doen kreeg en uiteindelijk helemaal niets. Margaret zegt dat hij ondankbaar is. De manier waarop het was afgelopen, nadat ik eerst de nederlaag had geleden Engeland te moeten verlaten, vond ik zo denigrerend dat ik er liever niet veel meer aan denk.

'Heb je wel gehoord wat ik vroeg?'

'Ik werk daar niet meer. Wat erop neerkomt dat ik jullie in de steek gelaten heb, jullie allemaal.'

'Je bent de andere afslag ook voorbijgereden,' zegt ze.

Ik zeg dat ik zal keren, maar ze zegt dat het niet hoeft, dat ze het niet erg vindt. Ik denk dat ze niet per se snel thuis wil zijn. De weg slingert zich naar de spaarzamer bewoonde kant van het meer. We passeren de opritten naar twee of drie villa's, de enige huizen hier, die, aan het zicht onttrokken, verderop op de heuvel liggen. Tijdens mijn langere wandelingen met Kelsey kom ik ook weleens zo ver. Het is de eerste werkelijk rustige plek die ik ontdekte toen we hiernaartoe waren verhuisd, voornamelijk beukenbos. Op een parkeerplaats waar de weg langs het water loopt, zet ik de motor af. Een gat in de muur erlangs leidt naar het pad om het meer heen. Vanaf hier kun je de overkant zien, met de bossen rond de campus en de twee stenen torens die zich boven de bomen verheffen, met nu op de achtergrond grote onweerswolken.

'Je hebt ons niet in de steek gelaten,' zegt ze kortaf en met afgewende blik. Ze wilde iets liefs zeggen. Zo is ze opgevoed. Om vriendelijk te zijn tegen onbekenden en familieleden, omdat het goed is zorgzaamheid te tonen. Zo ver is het dus met me gekomen. Ze gelooft niet meer dat ik sterk genoeg ben om haar klachten of frustraties aan te horen. En ik kan het haar niet kwalijk nemen. Als ze zichzelf zou toestaan van me te houden, zou ze woedend zijn. Dus toont ze me in plaats daarvan haar vriendelijkheid. 'Wilde je een wandeling maken?' vraagt ze. 'Ben je daarom hier gestopt?'

Wat ik probeer te doen is onmogelijk – afscheid nemen zonder hun te vertellen dat ik wegga.

Ik loop achter haar aan langs de rand van een kleine wei, door een stukje moerasland en dan, waar we bij de waterkant komen, weer terug onder de dekking van de bomen. Ze ziet er fantastisch uit, met haar soepele beenspieren, de flauwe welving van haar rug, haar sterke, ronde schouders met daarboven haar hoofd in een perfecte balans. Ik heb haar als klein meisje honderden keren in mijn armen gehouden, haar krijsend van plezier boven haar bedje omhoog gegooid en weer in mijn armen opgevangen. Ik heb haar hoofd op mijn borst voelen rusten en haar lichaamswarmte gevoeld onder de beschutting van mijn arm. Maar het is nu voor het eerst dat het me treft dat haar lichaam zo'n wonder is. Het lijkt bijna alsof dit genoeg is om voor te leven, dat zij uit mij is voortgekomen, deel van mij is, maar ik heb dit nog niet bedacht of ik realiseer me hoe egoïstisch en buiten de orde dit is, dat een ouder een nog zo jong kind zo wanhopig nodig heeft.

'Ik heb het uitgemaakt met Jason,' zegt ze over haar schouder, haar hoofd net voldoende omgedraaid zodat ik haar kan horen. 'Als dat het is waar mama en jij je zorgen over maken. Daarom was ik niet op mijn werk. Ik moest met hem praten.' Dat tieners er een eigen leven op na houden is iets vreemds voor me. Ik weet nooit goed wat ik moet zeggen. 'Maar jullie hoeven je geen zorgen te maken over mij, hoor,' zegt ze. 'Ze zullen me heus niet ontslaan. Ik heb dat baantje nog.' Ze slaat een zijpad in dat naar een bankje van boomstammen voert dat uitkijkt over het water. Ze gaat op het uiteinde zitten, buigt zich voorover en leunt met haar onderarmen op haar knieën. Het is nu windstil, de grootste hitte is voorbij en het wachten is op de regen.

'Het spijt me dat je moet werken,' zeg ik, 'dat er geen geld meer is. Ik ben me ervan bewust dat je moeder en ik niet met jullie praten over mijn problemen. Het is een soort ziekte. Toen die andere jongen afgelopen voorjaar naar ons huis kwam en naar jou schreeuwde, wilde ik je helpen. Maar ik kon het niet. En daarmee deed ik je tekort.'

Pas als ze rechtop gaat zitten en haar ogen afveegt, realiseer ik me dat ze huilt. Mijn woorden zijn als messen: ze snijden wonden in de mensen die ik liefheb. Het zou nog erger zijn als ik haar aanraakte, denk ik, een nog ergere leugen. Maar ik negeer deze gedachte en schuif op om mijn arm om haar heen te slaan – om mijn dochter. En als ik dat doe, barst ze in snikken uit en drukte haar gezicht tegen mijn natte overhemd.

Ik ben een moordenaar, dat ben ik. Ik ontsteel mensen het leven.

Aan de overkant van het meer rimpelt het water doordat daar de wind weer opsteekt, en de gladde zwarte waterspiegel verandert in een schilferig grijs dat dof opflakkert onder de grijze hemel. Peter Lorian heeft een huis in de hooglanden van Argyll, en als je daar voor het raam staat kun je het weer vanaf de Ierse Zee over de heuvels zien aan komen, de regenvlagen zullen eerst de vallei en het meer en vervolgens de velden voor het huis bereiken, en pas dan zullen de eerste druppels vallen. Zoiets krijg je niet te zien als je geen hoog standpunt hebt, maar hier aan de rand van het water zijn de hemel en het meer uitgestrekt genoeg om de eerste verschijnselen van de losbarstende storm te kunnen zien: de takken van de bomen aan de waterkant aan de overzijde zwaaien heen en weer als kerkvolk tijdens psalmgezang, en de grijstinten flitsen over het meer. Dan bereikt de wind ook ons, en koelt het vocht op mijn gezicht en in mijn hals. Celia gaat rechtop zitten en snuit haar neus. Met het dalen van de luchtdruk lijkt ook de druk in mijn hoofd te verminderen. De hele aardatmosfeer lijkt tot leven te komen. In de verte weergalmt de rollende donder. Als het onweer naar het zuiden afbuigt, is dit alles wat we ervan zullen merken – de elementen roeren zich. Een paar minuten lang zitten we in de opstekende wind naar het water te kijken. De wolken worden donkerder en krijgen iets blauws. En dan begint het echt hard te waaien, bladeren en dennennaalden vliegen door de lucht en boomtakken zwiepen heen en weer. We lopen terug langs het pad, ik voorop nu. Als we de wei oversteken, licht deze voor ons op in het schijnsel van de bliksem en bij knetterende donderslagen. Grote, zware druppels regenen neer op onze schouders als we bij de auto komen. We draaien de raampjes omhoog, die vrijwel meteen beslaan. Het klinkt alsof er een stenenregen op het dak neerdaalt. Bakken met water stromen over de beslagen voorruit. Tijdens de ergste storm die ik ooit heb meegemaakt, zat ik midden op Het Kanaal in een zeilboot die door een rukwind gegrepen bijna omsloeg, en al zitten Celia en ik hier volkomen veilig en betrekkelijk droog, de kracht van de regenvlagen doet de adrenaline die gepaard gaat met doodsangst sneller stromen, en ik kan het opbrengen om te zuchten, zo bevrijdend is het kortstondige gevoel dat ik, nu dit geweld overal om me heen ontketend is, met de wereld in evenwicht ben. Celia vraagt wat er is. Niets, zeg ik.

Als de stortregens verminderen tot losse buien start ik de motor en rijd weg. Tegen de tijd dat we thuis zijn is het nagenoeg opgeklaard. De zijkant van het huis met zijn doorweekte dakspanen baadt in de vroege avondzon.

Margaret heeft voor ons vieren een koude maaltijd klaargemaakt. We zitten aan de eettafel en hebben alle ramen beneden opengezet. Er is een reden waarom ik probeer zo veel mogelijk uithuizig te zijn. De mist is niet zo vreselijk dik meer en ik kan weer zien, maar juist in de dingen die mij het meest vertrouwd zijn heeft het beest zich genesteld. Zo toont hij zich in zijn volle glorie in de rieten schommelstoel in de hoek, die we samen in Southampton hebben gekocht, en in de lampjes van gegroefd glas die we van Margarets ouders bij ons huwelijk cadeau hebben gekregen. Hij vibreert in de aquarel van het oude achthoekige huis die boven het dressoir hangt, boven Margarets schouder, die net op dat moment de bulgursalade aan Celia doorgeeft en Alec het bord met brood aanreikt. Hij kruipt tussen ons in op tafel, zijn kop is onzichtbaar als altijd, maar het lijf ademt en iedereen spant zich in om te doen alsof we hier maar met ons vieren zijn en op een zomeravond aan de maaltijd zitten.

'Moet je niet wat eten?' zegt Margaret, die haar ongeduld niet kan verbergen en haar mes en vork krampachtig tegen de tafel houdt, op het punt te beginnen met eten. Op dat moment zie ik dat alle gerechten aan mijn kant staan, maar dat mijn bord leeg is. Een paar maanden geleden heb ik haar over de telefoon aan een vriendin horen vertellen dat ze al doodmoe wordt als ze me 's ochtends uit bed probeert te krijgen, dat al haar energie van die dag voor het ontbijt al uitgeput is.

'Ik heb om die opslag gevraagd,' zegt Alec, die zichzelf poneert om mij te behoeden voor de woede van zijn moeder. 'De cheffin zei dat ze erover zou nadenken.'

Ik neem wat salade en brood, zodat we kunnen beginnen met eten. Even later gaat de telefoon. Celia springt al voordat de eerste beltoon is afgelopen van tafel en beent de gang in om op te nemen.

'Het is Michael,' roept ze. 'Hij wil dat je hem terugbelt op hun nummer.'

'Het is veel te laat voor hem,' zegt Margaret terwijl ze van tafel opstaat. Ze loopt met de telefoon naar de huiskamer en doet de deur achter zich dicht terwijl Celia haar plaats weer inneemt. De kinderen missen hun oudste broer – ze lachen minder als hij er niet is – maar dat zullen ze nooit zeggen, omdat ze weten dat hij zich hier niet gelukkig voelde en graag terug wilde.

Ze eten snel door, excuseren zich dan en nemen hun bord mee naar de keuken. Margaret is nog aan de telefoon. Ik blijf even aan tafel zitten en voel hoe de koelere lucht door de horren naar binnen stroomt. De straatverlichting boven de brandkraan voor de deur flakkert en werpt een bleke schijf licht op het trottoir. In de struiken tsjirpen de krekels. Door de muur achter me hoor ik Alec de trap op spurten, gevolgd door Celia, maar langzamer, die mompelt dat hij uit haar kamer moet blijven. Deze geluiden klinken niet raspend meer, maar vloeien makkelijk bij me naar binnen, klinken nu weer gewoon.

Ik hoor de deur naar de huiskamer opengaan, en Margaret zegt mijn naam. 'Hier,' zegt ze, en reikt me de telefoon aan. 'Hij moet morgen toelatingsexamen literatuur doen, en hij kan niet slapen. God mag weten wat dit gesprek zal kosten.' Ze loopt weg om door te gaan met eten, en ik doe de deur tussen ons in dicht.

'Papa?' zegt hij, en ik hoor aan de spanning in zijn stem dat hij ook tegen zijn moeder zijn hart al heeft uitgestort. Het is een opluchting dat hij weg is. Margaret liet nooit na me te kapittelen over wat ik niet deed, dat ik geen tijd aan hem besteedde of niet met hem sprak zoals je met je oudste zoon hoort te spreken. Maar de reden daarvoor was nooit wat zij dacht – een soort aarzeling of een gebrek aan flinkheid van mijn kant om te reageren op het feit dat hij de puberteit of de adolescentie had bereikt. Daarover zou ik in geen geval met hem gepraat hebben, omdat hij dat net zomin gewild zou hebben als ik het destijds van mijn vader had geaccepteerd. Daar had ons zwijgen niets mee te maken.

'Ja?' zeg ik.

'Ik kan nu beter ophangen, geloof ik, hè? Ik weet dat het duur is.'

'Je hebt het met je moeder over je examen gehad, hè?'

'Ja.'

'Het heeft geen zin daarover te piekeren.' Ik wil nog wel meer zeggen, tegen hem zeggen: Het komt goed, uiteindelijk zul je het best redden. Maar dat geloof ik niet, niet zoals ik het van de andere twee geloof.

'Ik weet het, ik weet het, je hebt gelijk, het is alleen dat ik niet alles heb kunnen lezen, daarvoor was de tijd te kort.'

Hier gaat het om: hij belt niet op over zijn examen. Dit wil ik niet weten, maar ik weet het wel. Hij belt op om gerustgesteld te worden over iets wat hij nog niet onder woorden kan brengen. Ik had er al een glimp van opgevangen toen hij nog klein was, maar heb toen tegen mezelf gezegd: Nee, haal je nou niets in je hoofd, kinderen hebben dat weleens, hij verandert nog wel. Maar toen de woorden in stromen uit zijn mond begonnen te komen, begreep ik dat ze gedreven werden door een kracht waarvan hij zich niet bewust was. En wat had ik toen tegen Margaret moeten zeggen? Dat ik het ook in hem zag?

'Ik denk dat jij harder hebt gestudeerd dan ik,' zeg ik tegen hem. Het is nu donker buiten. Het licht uit de keuken vormt een rechthoek op het niet-gemaaide gazon.

Door mij zal hij zich eenzamer voelen dan door wie dan ook.

'Als we geen studieplaats krijgen,' zegt hij, gehaast om de stilte te vullen en het gesprek te kunnen vervolgen, 'gaan Simon en ik samen in Londen wonen, dat hebben we besloten. Hij heeft vrienden die al een flat hebben en hij denkt dat we daar makkelijk een baan kunnen vinden.'

Mijn zoon als jongeman in Londen – ik zie het niet voor me.

'Daar moet je het maar met je moeder over hebben.'

'Jij zou het niet erg vinden als het niet lukte?'

Ik zeg tegen hem dat ik dat wel zal vinden. 'Maar het is al laat,' zeg ik. 'Je moet je zorgen dat je je nachtrust krijgt.' Met tegenzin stemt hij daarmee in, maar hij wil niet ophangen. 'Hoe is het met Celia en Alec?' vraagt hij. 'Alles in orde met ze?'

Pas als hij 'Papa, ben je daar nog?' zegt, bedenk ik dat ik geen antwoord heb gegeven.

'Ja, ik ben er nog.'

Hij voelt de verschrikking. Hij weet dat die er is. Kon ik dat aspect van hem nou maar meenemen, om het hem te besparen. Maar dat kan ik niet. En dus lijkt het, anders dan bij de anderen, alsof hij me volgt en me niet wil laten gaan.

'Het is nu erg laat bij jou,' zeg ik. 'Je redt het wel met je examen. Je schrijft goed.'

'Vind je dat?'

'Ja.'

'Oké dan,' zegt hij. 'Nou, dan hang ik maar op, denk ik.'

'Dag Michael. Veel succes.'

'Oké, papa,' zegt hij. 'Dag.'

Als ik later naast Margaret lig, die slaapt, voel ik een tinteling in mijn voeten en door mijn enkels tot in mijn kuiten. Het is het tegenovergestelde van gevoelloosheid. Mijn spieren zijn alert, mijn bloed stroomt vrijuit. Deze halo van warmte kruipt over mijn knieen, geeft ruimte in de gewrichten, waardoor de botten van mijn dijen rusten in de matras. Hij blijft hangen op mijn buik en mijn darmen verslappen, waardoor de spieren in mijn onderrug zich ontspannen. Mijn onderste ribben verheffen zich met mijn ademhaling, waardoor de huid van navel tot borstbeen wordt uitgerekt en mijn rug zich kromt. Het voelt alsof mijn longen in omvang zijn verdubbeld, waardoor ik lucht inadem met grote teugen. Mijn schouders zakken omlaag, mijn keel gaat open, de tinteling verwarmt mijn kaken en hoofdhuid en zet zich voort in de plooien van mijn hersenen, die daardoor losraken van mijn voorhoofd en tot rust komen in mijn schedel. Op deze wijze verlaat het beest me, om in het duister boven me te blijven zweven, nog steeds gezichtsloos, maar nu een prooi wiens uren zijn geteld.

Ik sta op voor dag en dauw, maak niemand wakker behalve Kelsey, die haar kop van haar deken verheft, verwacht dat ze uitgelaten wordt en naar de plek bij de achterdeur rent waar de riem hangt. Ik aai haar over haar kop en laat haar daar, haal wat ik nodig heb uit de la met gereedschap en ga aan de andere kant het huis uit, door de voordeur, die ik zachtjes achter me dichttrek. Buiten in het koolzwarte licht is het heerlijk koel, alsof de zomerkoorts is geweken. Het is nog te donker om de overkant van de glooiende weide aan het einde van de straat te kunnen onderscheiden. Het bedauwde gras lijkt over te lopen in de bomen, die flauw afgetekend zijn tegen de nog maar net lichter wordende hemel.

Het is het braakliggende landje naast het huisje van mijn ouders, waar ik in het hoge gras speelde; het weiland achter het achthoekige huis, waar ik paden maaide zodat de kinderen er konden fietsen; de heuvel in Schotland waar ik met Margaret ging wandelen, en ook de wei in het bos op het eiland in Maine. Dit alles wordt mij nu teruggegeven, de landschappen waar ik gelukkig was keren terug in deze vochtige kalmte, helder en uitbundig levend.

Ik steek de straat over en loop deze velden in. Tussen de takken door is niet meer dan een zweem blauw te zien. De schaduwen aan de rand van het bos wijken. Eindelijk zie ik het beest nu voor me, in de openlucht. Ik heb het gevoel dat het probeert te ontkomen, dat het voor me uit het bos in wil vluchten. Maar de lange nacht loopt ten einde en het kan zich nergens meer verbergen. Niet in de gezichten van mijn kinderen. Niet in Margarets koppige liefde. Niet in al mijn mislukkingen. Het vindt op dit terrein geen dekking meer. Daarvoor ken ik de paden te goed. Tussen de hoge dennen door en verder langs de rivieroever. De loopbrug over en tussen de sparren door naar de plaats waar de grond weer vlak is. Ik ben hier zo vaak geweest om aan het monster te ontkomen. Maar nu is hij degene die achtervolgd wordt en mank loopt. Ik ben de jager. Op de open plek met uitzicht op de bocht in de rivier staan we stil. De eerste stralen van de dageraad doorboren het grijze licht in het bos. Ik ga op de dennennaalden zitten, tegen een omgevallen boom.

Onzichtbaarheid. Dat is zijn laatste verdediging. Dat ik de moed niet zal hebben om het in de ogen te zien. *Jij ellendeling!* roept het, wanhopig aan zijn voortbestaan hechtend. *Jij egoïstische ellendeling! Je laat hen onverzorgd achter!* Maar dat helpt niet. Hij is nu mijn prooi.

Het scheermes snijdt de huid van mijn pols bijna pijnloos open. Het bloed loopt over mijn geopende handpalm en langs mijn vingers. Mijn hoofd zakt achterover en ik staar omhoog.

En daar is het: het gezicht van het beest – mijn gezicht – uiteindelijk toch menselijk.

II

Michael

HAROLD J. BUTTERWORTHY, MD
(psychiatrie), PhD (neurowetenschappen), MPhil (geologie), MFA (metallurgie), BFA (dans), BA (algebra)*

Intake van patiënt

Naam: Michael
Geboortedatum: januari
Eerstelijnszorg: Mass General
Huidige therapeut: Walter Benjamin
Telefoonnummer therapeut: Niet meer bereikbaar

Wat is het probleem waarvoor u hulp zoekt?

1. Angst
2. Beven
3. Individualistische instelling
4. Rassenwaan van blanken

Wat wilt u bereiken met de behandeling?

1. Gewoon ongelukkig kunnen zijn
2. Rechtvaardigheid inzake rassenongelijkheid

Huidige symptomen:
Ja

* Met goedkeuring van de raad van bestuur.

Persoonlijke medische achtergrond:
Ja

Medische achtergrond van de familie:
We moeten niet doen alsof een van ons hier tijd heeft voor een alomvattende beantwoording. In het kort: papa heeft het niet gered; mama heeft in haar hele leven nog nooit een pil genomen; Alec had al vroeg een maagzweer, maar dat was toen die in de mode waren, sindsdien zit hij in het rugklachtencircuit; en ik schat dat Celia's chronische vermoeidheid zo rond '94 in de buurt van San Francisco piekte, al heeft ze nog steeds last van het Chronische Angst voor Lupus Syndroom (CALS) en het Cryptogeen Abdominaal Huiduitslag Syndroom (CAHS). Wat mijn grootouders betreft: die werden alle vier getroffen door het Uiteindelijk Dood Syndroom (UDS).

Ooit opgenomen geweest voor een niet-psychiatrische kwaal of operatie?
Op kerstavond 1992 stelde ik zelf de diagnose dat ik slokdarmkanker had, wat heeft geresulteerd in een overnachting tussen de schappen met decongestiva in een vierentwintiguurs-apotheek in Medford.

Geef een korte beschrijving van uw opleiding:
De gebruikelijke ellende op de basisschool. Al raakte ik uiteindelijk bevriend met een jongen die Ralph heette, dankzij *Star Trek* en de muziek die ik voor hem draaide. 'America Eats Its Young' bijvoorbeeld, van Funkadelic. Toen ik George Clinton hoorde vragen: *Wie zou de achterkleinzoons en -dochters van haar jaloerse moeder willen opofferen door ze uit een neurotisch verlangen om koningin van het heelal te zijn te sarren totdat ze niet meer konden denken, door hun instincten te misbruiken totdat ze vet, geil en doorgedraaid waren? Wie is die bitch?* (lees: Amerika), viel het me op dat wat we in de vijfde klas kregen voorgeschoteld tekortschoot. Ik heb sindsdien elke stuiver van mijn zakgeld aan funkmuziek besteed. Ik heb het hier

over 1978, dus ik had nogal wat in te halen: Curtis Mayfield, Gil Scott-Heron en alles van James Brown. Elk vrij uurtje besteedde ik aan het luisteren naar platen, ook terwijl ik mijn huiswerk deed, en als ik 'naar bed' was, luisterde ik via mijn koptelefoon. Ik wist niet precies wat 'Give Up the Funk' of 'Tear the Roof Off the Sucker' moest betekenen, of waarom Parliament een elpee van hen de titel 'Mothership Connection' had gegeven. Maar het was mijn eerste onuitgesproken vreugde om te weten dat er achter de sluier van het ogenschijnlijke pijnlijke betekenissen schuilgingen in de textuur van de muziek. En dat genot ging gepaard met een eerste vermoeden dat zwarte mensen wel het een en ander zouden weten van de behoefte aan zo'n betekenis – waar de geschiedenis debet aan is. De enige gevoelsmatige opwelling die ik kende waaruit dat zou kunnen blijken, was namelijk het misselijke gevoel dat me overviel als ik zag hoe mijn grootmoeder zich, bij de zeldzame keren dat ze zo iemand ontmoette, overdreven beleefd tegen zwarte mensen gedroeg om toch vooral maar duidelijk te laten blijken dat zij niets te maken had met al die andere afschuwelijke blanken die hen haatten en discrimineerden, waarbij het dan haar beloning was dat zo'n zwarte man of vrouw naar haar glimlachte als blijk van erkenning van haar voorkomendheid en goedheid, waarmee de progressieve cirkelgang van schuldeloosheid weer rond was.

Wat mijn middelbare school betreft kan ik zeggen dat onze verhuizing naar het buitenland, om nog geen drie jaar later terug te keren, niet bepaald een positieve ervaring is geweest, net zomin als het voorgevoel dat me ruim een jaar na onze terugkeer naar Massachusetts in de herfst overviel, in het bos waar mijn vader zich later van kant heeft gemaakt. Mijn familie heeft de ongelukkige gewoonte om lange wandelingen te maken: mijn vader door zijn opvoeding, mijn moeder door haar geloof in de helende werking van frisse lucht, Celia als gevolg van een opzichzelfstaande ziekelijke neiging tot sportbeoefening, en Alec, zoals alles bij hem, uit aanstellerij, het liefst als een adellijk kind uitgedost in een tweedjas en kaplaarzen. Mijn moeder was degene die probeerde me over te halen me daaraan aan te passen, zij zeurde dat ik mijn draaitafel moest laten voor wat die was en mee moest, die dag in het bijzonder, om met Celia en mijn vader een wandeling te maken met de ontwortelaar, die, van haar riem ontdaan, ronddraafde als een reusachtige loopse moerasrat. Het was op een zondagmiddag in november (vraag me niet om een natuurbeschrijving; er was sprake van bomen, een pad en zo meer). Op een gegeven moment kwamen we op een soort open plek. Ik verveelde me en hoopte dat we snel rechtsomkeert zouden maken. De fornicateur was opgelost in het landschap. Celia was achter haar aan gegaan. Mijn vader ging op een omgevallen boom zitten. Alles was tijdelijk opgeschort.

De verschrikking duurde niet lang, een paar seconden maar. Voor me uit zag ik in een bloederige, verwrongen massa gevilde lichamen rondzwermen. Ik keek op en probeerde aan de bedreiging te ontkomen, maar die werd van bovenaf naar beneden gedrukt en verspreidde zich, welig tierend op haar eigen bloed, over het terrein. Jaren later, toen ik op de schilderijen van Francis Bacon was gestuit en zijn binnenstebuiten gekeerde maar nog levende ingewanden zag, trof het me dat die man het had begrepen. Bijvoorbeeld in zijn *Three Studies at the Base of a Crucifixion*, waar de opengesperde monden op de uiteinden van bijna menselijk aandoende ledematen niet getuigen van fysiek lijden, maar van het bloeden van de geest. Maar op het moment zelf kreeg ik het alleen maar koud en werd mijn mond kurkdroog. Ik wist dat op die plek het kwaad gezaaid was en erop wachtte te kunnen opbloeien.

Ik geloof niet erg in het bestaan van een geestelijke wereld, afgezien dan van de muziek. Ik ben een materialist tot op het bot. Maar ik werd overmand door een gevoel dat ik moest zien te ontkomen aan wat het ook was dat daar huisde. Ik liep naar huis als een geest die vóór de tovenaar die hem heeft opgeroepen uit vlucht. Ik kon die nacht en de nacht daarop niet slapen. Ik keek of mijn vader en Celia tekenen vertoonden dat ze het ook hadden gevoeld, maar ze gedroegen zich alsof er niets was gebeurd.

Maandenlang had ik gesmeekt of ik terug mocht naar Engeland om daar met mijn vrienden mijn school af te maken. Nu had ik geen keuze meer. Ik moest gewoon weg. Ik vroeg ze niets meer en belde mijn vriend Simon op, die zei dat ik bij hem kon komen wonen, waarna ik mijn vader en moeder vertelde dat ik na Kerstmis weg zou gaan. Tot mijn verbazing protesteerden ze niet. Eigenlijk leken ze opgelucht. Ik begreep dat hun eerdere tegenwerpingen niets met mijn persoon te maken hadden gehad. Ze hadden alleen qua organisatie niet aan mijn vraag kunnen voldoen. Zodra ik die last van hun schouders had genomen, stortte hun weerstand als een kaartenhuis in elkaar. Zo liet ik hen dus achter, mijn familie, zonder er iets over te hebben gezegd, zonder hun verteld te hebben wat ik had gezien. Ze moesten zelf maar kijken. En dat is iets wat ik mezelf nooit heb kunnen vergeven.

Ik trok dus in bij Simon en zijn familie in een vochtig stenen huis op het platteland van Oxfordshire, even voorbij luchtmachtbasis Fairford. Ik kreeg de logeerkamer toegewezen, die uitkeek op een geplaveide binnenplaats. Doordat ik was teruggegaan naar de Verenigde Staten was ik achteropgeraakt met de voorbereidingen voor mijn eindexamen. Op zaterdagen gingen Simon en ik op platenjacht in Oxford, maar afgezien daarvan sliepen we meestal, gingen naar school en studeerden. Ik beleefde weinig lol aan het snel doornemen van Thackeray, maar dat was het 'm nou juist. Ik had geen andere keus dan op jetski's door die balzaalscènes heen te vliegen.

Het was al voorjaar toen ik het dorp in ging om mijn haar te laten knippen en kennismaakte met Angie. Ze werkte naast de groenteboer in een kleine kapsalon met twee stoelen, een wand met spiegels en een bank voor de wachtenden. Achter in de zaak was een wasbak en in de etalage hingen foto's van modellen met softpunk-kapsels die portretfoto's van The Human League hadden kunnen zijn. De dag dat ik erheen ging, was zij de enige kapster. We hadden het rijk alleen. Zodra ze Gloria Gaynors 'I Will Survive' opzette en mee begon te zingen, begreep ik dat wij het een en ander met elkaar te bespreken hadden. Dat nummer mag dan misschien zijn uitgebracht als een monsterlijke gay-clubhit, maar Angie zong het alsof het een intieme lofzang was, absoluut niet camp. Ze was prachtig. Meteen al. Een lichtgekleurde Afro-Amerikaanse vrouw op de hopeloos gevorderde leeftijd van vijfentwintig of nog ouder, met sproeten onder haar ogen en op de brug van haar neus. Ze droeg in elke oorlel drie oorbellen en een metallic blauwe bandana om een cascade van Jheri-krullen. Ik stelde de ene vraag na de andere, en ze beantwoordde ze ongedwongen, terwijl ze tussen het knippen door haar handen om mijn hoofd legde om het nu eens de ene, dan weer de andere kant op te kantelen. Ze was opgegroeid en had op school gezeten in Cleveland, en daar had ze ook haar man ontmoet, die als straaljagertechnicus op de luchtmachtbasis werkte. Ze waren gestationeerd geweest in Turkije, toen in Duitsland en nu dus op Fairford. Dit was de eerste plaats waar zij zelf een baan had kunnen vinden, wat maar goed was ook, omdat haar man de gewoonte had haar te bedriegen met wat zij noemde 'vrouwen uit het land zelf', en zij hem had voorgesteld te scheiden.

Zou het gekomen zijn doordat ik de tweede keer dat ik bij haar langsging dat bandje met een mix van Sister Sledge en New Order meebracht dat ik in haar ogen de transformatie onderging van klant naar levend wezen? Het zou kunnen. Ik weet alleen dat ze niet klaagde dat ik om de drie, vier dagen terugkwam om mijn pony te laten bijknippen en dan steeds gecompliceerdere en gewaagdere compilaties meebracht. Ze kende Kraftwerk niet en was trouwens überhaupt niet bekend met welke Duitse industriële muziek dan ook. Toen ik voorstelde dat ze Einstürzende Neubauten op zou zetten, zei ze: 'Wat ben jij een leukerdje.' 's Avonds hield Simon vol dat ze het niet erg positief had bedoeld, zoals je een kind toespreekt, niet een potentiële minnaar. Maar hij was er niet bij geweest. Hij had haar glimlach niet gezien.

Toen ik de volgende dag weer een andere cassette bij haar achterliet, had ik er een briefje bij gedaan met de vraag of ze een keer met me uit wilde. Ik had voorgesteld dat we naar Oxford zouden gaan, omdat ik dacht dat ze het misschien vervelend zou vinden om bekenden tegen te komen als ze met mij uit was. Ik zag al voor me hoe we hand in hand in de nachtbus terug naar Carterton zouden zitten, waarbij zij dan misschien haar hoofd op mijn schouder zou leggen. Ik zou al haar lijden op me nemen, waardoor zij gewichtloos zou worden en zich vrij zou voelen om van mij te houden. We hadden elkaar nog geen enkele keer aangeraakt, en nu al had ze al mijn zorgen weggenomen, op één na: wanneer ik haar weer zou zien.

Twee volle dagen later had ze nog niet gebeld. In mijn wanhoop probeerde ik een volgende afspraak met haar te maken, maar haar collega zei dat ze volgeboekt was en geen nieuwe afspraken aannam. Die avond stopte ik na sluitingstijd een ander bandje in de brievenbus van de kapsalon met daarop als eerste nummer 'Love Will Tear Us Apart' van Joy Division, met een briefje erbij waarin ik me verontschuldigde en zei dat ik misschien te hard van stapel was gelopen en begreep dat ze misschien meer tijd nodig had ,aangezien haar scheiding er nog niet door was. Drie dagen later, op een zaterdagavond, zagen Simon en ik haar in de kroeg. Ze was daar met een van de andere meisjes van de kapsalon. Ik zag dat ze probeerde me te negeren. Maar toen ze een paar glazen ophad, ontspande ze zich en knikte me toe vanaf hun tafeltje in de hoek. Simon verklaarde me voor gek en zei dat ze een oudere vrouw was, en ook nog eens getrouwd. Simon had een vriendin, en ze leken op elkaar gesteld te zijn, maar aan de manier waarop ze met elkaar omgingen, kon ik zien dat hij voor haar niet voelde wat ik voor Angie voelde. Ze hadden plezier met elkaar, maar het bleven twee aparte individuen. Hun liefde was niet boven het alledaagse uitgegroeid, had hen niet van hun alledaagse zelf bevrijd. En daar waren Angie en ik wel toe in staat. Zij en haar vriendin protesteerden niet toen ik met Simon in mijn kielzog bij hen aanschoof. Ze lieten zich door ons trakteren op een drankje. Angie was wat aangeschoten, maar niet dronken, en ze verplaatste haar been niet toen ik het met mijn been voorzichtig aanraakte (het ware geluk is een eindeloze aaneenrijging van dat soort wonderen). We hadden het erover dat de Cotswolds zo doodsaai zijn, en we vertelden dat Simon en ik in Londen zouden gaan wonen. Toen de barman de laatste ronde aankondigde, zei haar vriendin dat ze zich niet had gerealiseerd dat het al zo laat was en er meteen vandoor moest. Simon was zo verstandig om dat ook te doen. Ze lieten ons tweeën alleen achter. Zij zou de bus terug nemen naar de basis, zei ze. Ik vroeg of ik haar naar de halte mocht brengen. Het zwakke licht dat door het bekraste plastic opzij van het bushokje scheen was niet voldoende om te kunnen zien hoe haar gelaatsuitdrukking was terwijl we daar in de motregen naar het natte plaveisel stonden te kijken. Beschroomd en bedacht op afwijzing legde ik dan ook een hand op haar schouder, en ik boog me voorover om haar voorzichtig op de mond te zoenen. Maar ze deed haar ogen dicht en liet het gebeuren. Even later legde ze zelfs haar hand op mijn arm, wat me even het gevoel gaf dat ik een fysiek lichaam had.

Voor zover ik al ruimte in mijn hoofd had gehad voor mijn eindexamen, was daar nu geen sprake meer van. Ik kon alleen maar denken aan onze toekomst. Ik had mijn bandjes met verschillende soorten muziek tot nu toe zorgvuldig voor haar samengesteld, maar nu was ik daar hele middagen mee bezig. Ik moest indruk op haar blijven maken met mijn smaak en haar tegelijkertijd tonen welke emotionele ervaringen we nu al deelden. Die bandjes vormden de lichtlijnen die ons konden helpen bij onze vlucht uit de valkuil van de taal. Door tussenkomst van de muziek zouden we elkaar veel sneller leren kennen en beminnen.

Elke keer als ik langsging bij de kapsalon om haar mijn laatste cassette te geven, accepteerde ze die meteen, bedankte me en zei dat ze een klant had en nu niet kon praten. Elke avond ging ik naar het café en riskeerde de woede van de ouders van Simon door tot sluitingstijd te blijven en in afwachting van haar komst bij namaakkaarslicht te lezen in 'The Mill on the Floss' en daar volkomen in op te gaan. En op de avonden dat ze daar inderdaad verscheen, kwamen zij en haar vriendin weer bij me zitten, plaagden me met mijn eindexamen, dronken meer dan ik ooit zou kunnen en stond Angie me toe om haar naar de bushalte te brengen, waar ik haar, als er niemand in de buurt was, mocht kussen en soms ook omhelzen.

Toch weigerde ze tot mijn ontsteltenis om een echte date af te spreken. Ze bleef haar man als excuus opvoeren. Maar bij iedere weigering kon ik aan haar toon toch horen waar het mij om te doen was: dat we elkaar vroeg of laat zouden terugzien.

Ik weet niet wat de mensen doorgaans bedoelen als ze het woord 'liefde' in de mond nemen. Als hun leven niet gebaseerd is op een hoop die sterk genoeg is om hen leeg te zuigen, denk ik dat ze maar een grapje maken, een hoop die zelfs dat kleine beetje trots dat je nog hebt tenietdoet, zodanig dat je voor die vernietiging nog dankbaar bent ook, zolang je maar de garantie hebt dat je nog een uur mag doorbrengen in het gezelschap van de persoon die nu alles voor je is. Misschien gaat het die mensen dan om de aantrekkelijkheid, de genegenheid, het aangename samenzijn of de veiligheid die ze bij die persoon ervaren. Zij lijken op niet-gelovigen die in de kerk genieten van de mooie gezangen of erheen gaan voor het gevoel van gemeenschap, maar die hun blik afwenden van het kruis. Ik heb medelijden met hen. Zij zijn al dood, al leven ze nog.

Het toeval wil dat het niet erg goed ging met mijn examen. In de week voor het examen deed Angies echtgenoot een verzoeningspoging. Ik heb haar gesmeekt om met mij de bus naar Oxford te nemen, al was het maar voor een middagje, en uiteindelijk liet ze zich vermurwen. De dag voordat ik hedendaagse geschiedenis moest doen, heb ik haar meegenomen naar de winkel van Debenham in Magdalen Street. In de catalogus die Simons zus per post had besteld had ik een nauwsluitende bloes zien staan die ik voor haar wilde kopen, maar ze had voortdurend huilbuien en wilde geen cadeautjes. Als je teruggaat naar je man, zal er niks veranderd zijn, zei ik. Hij zal je een tijdje trouw blijven en dan toch weer vreemdgaan. Hij wil je niet kwijtraken omdat je er knap uitziet, en dat ziet iedereen. Wij staan voor iets wat veel groter is, zei ik tegen haar. Ik heb haar misschien in de war gebracht toen ik zei dat als wij in elkaar opgingen, er een einde zou komen aan onze individuele levens, maar daarmee doelde ik alleen maar op onze gescheiden leefwerelden, niet dat er een einde zou komen aan onze levens. Ze zei tegen me dat ik te veel romans lees en nam me van de afdeling damesblouses mee naar buiten.

Al was het prijzig, ik had bij Browns gereserveerd voor het avondeten. Ik zag toen echter in dat we daar helemaal niet op onze plaats waren omdat het een suffe tent was en we drank nodig hadden. De pub waarin we uiteindelijk belandden bleek vol te zitten met studenten die boven het geschetter van 'Shake the Disease' van Depeche Mode uit naar elkaar schreeuwden. Ik haalde wat te drinken voor ons, en na een halve pint leek ze wat gekalmeerd. En toen zei ze dat ze iets duidelijk wilde maken. Ze bedankte me dat ik in de afgelopen weken zo lief voor haar was geweest, maar ik had het verkeerd begrepen, zei ze. Ze had me niet moeten kussen, zei ze. Dat was een vergissing geweest. Het was niet mijn schuld, voegde ze er nog aan toe, want zij had het láten gebeuren. En op dat moment stak ze haar hand in haar tas en gaf me al mijn cassettes terug.

Achteraf gezien denk ik dat ze met dit wrede gebaar de bedoeling had om de tegelijkertijd door haar toegebrachte wond meteen dicht te schroeien. Maar op mij had dit het effect dat ik me overgeleverd voelde aan het vagevuur tussen de onherroepelijke hoop om bij haar te kunnen zijn en de dood van een leven zonder haar.

De volgende ochtend werd ik al vroeg gewekt door Simons moeder omdat er telefoon voor me was. Ik liep in mijn pyjama naar de keuken en rekte het snoer van de telefoon uit zodat ik naast het Aga-fornuis kon gaan staan om het wat warmer te krijgen. Het was Peter Lorian, de oudste vriend van mijn vader, die opbelde om te zeggen dat mijn vader dood was. Ik vroeg waar ze hem hadden gevonden. In het bos, zei hij. Ik moest de volgende ochtend naar Heathrow komen, hij had voor ons beiden vliegtickets naar Boston gekocht. Hij zei dat hij het vreselijk voor me vond en dat ik nu de zorg voor mijn moeder op me zou moeten nemen. Toen we hadden opgehangen, ben ik naar boven gegaan om nog drie kwartier te slapen voordat het tijd was om voor het ontbijt weer beneden te komen. Toen ik het nieuws aan Simon en zijn familie vertelde, keken ze ontsteld.

Al om half tien stond ik voor de deur van de kapsalon. Het duurde zeker nog een uur voordat een collega van Angie de winkel kwam openen en tegen me zei dat ik beter kon ophoepelen.

Is bij u ooit een ecg afgenomen?
Jammer genoeg niet.

Hoeveel cafeïnehoudende consumpties drinkt u per dag?
Wat ik heb altijd het meest geruststellende van deze formulieren heb gevonden is het spoortje hoop dat ik bij het invullen ervan krijg. Dat ze je leven in stukjes verdelen die allemaal overzichtelijk zijn omdat ze zo scherp afgebakend zijn en je nooit wordt geconfronteerd met de chaos buiten de wachtkamer. Je krijgt het vluchtige gevoel dat je op het punt staat begrepen te worden, om voor het eerst werkelijk en volkomen begrepen te worden, mits je ervoor zorgt dat je het allemaal op papier hebt staan voordat de receptioniste je naam afroept.

Geef een korte beschrijving van uw arbeidsverleden:
Met mijn eerste officiële baan begon ik in de herfst van 1985, na dat met papa, toen ik volgens plan met Simon naar Londen was verhuisd. Er was destijds veel vraag naar mensen die bekend waren met de machinetaal van de z80, en die had ik me als jongeman ooit eigen gemaakt. Ik kreeg een baan als programmeur bij een bedrijfje waar allerlei videospelletjesfanaten werkten die hun vrije tijd doorbrachten met het uit elkaar halen van Atari's. Als ik later weer eens een tijdje min of meer werkloos was, zei mijn moeder vaak: Waarom ga je niet weer in de computers? Daar was je zo goed in. Maar zij wist niet in wat voor omstandigheden ik daar had gewerkt, terwijl ik wist dat het overal hetzelfde was: het alles doodslaande gebrek aan humor, de vreselijke muzieksmaak en de onvergeeflijke manier waarop de mensen zich kleedden.

Bij dit laatste moet ik zeggen dat het er niet alleen om ging dat mijn collega's niet wisten van het bestaan van spijkerbroeken met wijde pijpen of het gebruik van oogschaduw in het uitgaansleven. Deze trends komen en gaan, maar deze boyo's waren totaal onbekend met de hele canon van de manier van kleden van de twintigste-eeuwse man, van de door meesters als Montgomery Clift en de keizer van Japan vastgestelde voorschriften, regels net zo strak als de wetten van Brits proza. Je kon ze omwille van het effect wel aan je laars lappen, maar alleen als je ze eerst begreep. En dat betekende dat je zag hoe de lijnen van het modernisme in de architectuur herhaald worden in wol en katoen, waar ze nog enigszins verzacht worden door betekenisvol kleurgebruik en vormgeving van de accessoires. De leden van Joy Division zullen toen ze in Manchester het podium beklommen waarschijnlijk niet aan Frank Lloyd Wright hebben gedacht, maar die zwarte katoenen bandplooibroeken en nauwsluitende hemden zijn niet uit de lucht komen vallen. Peter Saville, die de hoezen voor Factory ontwierp, had het goed begrepen: het ging om de iconische nadruk van het zwart-wit tegen een achtergrond van pracht en praal, die in dit geval de duistere schoonheid van de muziek zelf was. Het zou een meer algemene beschrijving van de spanning van de protestantse emotionaliteit kunnen zijn: terughoudendheid en geslotenheid tot aan het moment waarop we door onuitroeibare schoonheid voor even uit de droom van efficiëntie worden gewekt.

Waar het om gaat is dat de collega's op mijn werkplek bij NextFile nog niet bij een Londense club naar binnen zouden willen gaan als ze daarmee hun leven konden redden, terwijl ik er juist naar binnen móést om wat daar werd gespeeld: vroege Chicago-house – oftewel voorbeelden van de meest sublieme dance die ooit op de plaat is gezet. Frankie Knuckles, Marshall Jefferson, Jesse Saunders – zijn Roland-drummachine-grootheden. Blanke homofobe rockers hebben disco dan misschien van de Amerikaanse radio weten te verbannen, maar doorgaans neigen trends historisch gezien naar rechtvaardigheid. Bij een wedstrijd van de White Sox mogen ze platen van Diana Ross hebben verbrand, maar in zuid-Chicago beleefden four-to-the-floor-beats een wedergeboorte en werden ze verwerkt in tien minuten durende loops door dj's die het hemelse van de klassieke disco eruit wisten te samplen. Dat dat overal zijn sporen heeft nagelaten is er misschien juist de oorzaak van dat het op het moment niet meer te herkennen is, maar de vroege house bezat de kracht van alle originele kunst: de structuur van het heden laten zien, het lichaam in de beproeving van de elektronica, de geest in de beproeving van het virtuele. En die housemuziek toonde niet alleen de structuur van het heden, ze gaf een lichaam een middel om haar in zich op te nemen, waardoor de nieuwe onverbiddelijkheid in de dance menselijk kon worden.

Om dergelijke massieve historische krachten een nieuwe bestemming te geven was een groot volume nodig, dat wil zeggen: geluidsapparatuur die je ribbenkast deed schudden, zodat de subwoofer met elke slag van de kickdrum de lucht tegen je hoofd mepte. Muziek zo tastbaar als een orkaan. Als de wereld op jouw dood uit is, moet je soms bij wijze van vaccinatie stukjes van jezelf doden. In dit geval je trommelvliezen.

Maar als je destijds in Londen niet minstens een paar draadjes Vivienne Westwood droeg, kwam je niet voorbij het fluwelen koord. Zoals Boy George later vertelde, heeft een dandy die als portier bij de Taboo vlak bij Leicester Square werkte ooit een spiegel opgehouden voor een bezopen boerenpummel en tegen hem gezegd: Zou jij jezélf binnenlaten? Dus ik deed wat nodig was. Ik heb ontslag genomen bij NextFile en een baan als winkelbediende aangenomen bij Browns (de Londense herenmodezaak, niet het restaurant in Oxford), waar ik alles aan de man bracht variërend van Katharine Hamnett tot Yohji Yamamoto. Chambray-hemden waarvoor je zou sterven. Hartverscheurend mooi gesneden linnen broeken. Mijn normen wat kleding betreft mogen dan op mijn negentiende hebben gepiekt, ze piekten hoog. Dankzij de personeelskorting en een dieet van kebab kon ik het me veroorloven me zo goed te kleden dat ik me in die smachtende menigten kon begeven met hetzelfde gemak als waarmee Marcel de salon van de Duchesse de Guermantes betrad. Portiers wenkten me alleen vanwege mijn shirt al van achteraan in de menigte om binnen te komen. Bij de Taboo of

Piramid Night at Heaven of bij het minder kieskeurige Delirium kocht ik dan een biertje om iets in de hand te hebben terwijl ik aan de rand van de dansvloer stond. Ik kende niemand die echt bij de 'scene' hoorde waar de drugs rondgingen en de extravagante types zich lieten bewonderen, en dat wilde ik ook niet speciaal. Ik moest gewoon in die orkaan zijn, in die storm die uit het paradijs kwam waaien en die de puinzooi van James Brown, George Clinton, de Jamaicaanse dubmasters en, ja, Giorgio Moroder en de Duitse industrialisten en al die vergeten producers en dj's die maar bleven komen met hun ideeën en het vinyl, als verdwijnende bemiddelaars van een cultuur die te kort modieus was geweest om het vermelden waard te zijn. Of misschien is het 't eenvoudigste om het te zeggen met de woorden van Mister Fingers, zoals hij die aanheft in de cadens van King:

In the beginning, there was Jack, and Jack had a groove,
And from this groove came the groove of all grooves,
And while one day viciously throwing down on his box,
Jack boldly declared:

'Let there be house!'
and house music was born...

And in every house, you must know, there is a keeper,
And, in this house, the keeper is Jack.

Now some of you might wonder:
Who is Jack, and what is it that Jack does?

Jack is the one who gives you the power to jack your body.
Jack is the one who gives you the power to do the snake.
Jack is the one who gives you the key to the wiggly world.

Of woorden van gelijke strekking. Waardoor u de indruk zou kunnen krijgen dat ik danste. Maar in feite heb ik dat nooit gedaan. Nadat de liefde kapot was, zag ik de dansvloer nog steeds als de beste remedie tegen het individualisme. Maar eerlijk gezegd kan ik dit alleen maar beweren dankzij enige afstand, want het is me nooit gelukt om in die wiggly world te komen. De muziek deed mijn borstbeen trillen en mepte me in mijn gezicht, maar ik kan alleen mijn hoofd een beetje heen en weer schudden en vanaf de rand van het zwembad toekijken hoe ritmisch het er in het diepe aan toe ging. Mijn moeder, die veel dingen jammer vindt, vond dit jammer. Zou je er niet van kunnen genieten? vroeg ze klaaglijk, als altijd hopend op de absolutie van een remedie. Ze had net zo goed kunnen vragen waarom ik Het Kanaal niet overzwom. Als ik inspiratie heb, volgt mijn lichaam nooit.

Ik wilde niet weg uit Engeland. Een paar jaar lang had ik het gevoel dat het zinnig was dat ik daar woonde, bij Simon boven de groentewinkel helemaal in Manor Park, zonder verwarming en met een stinkende keuken. Ik vond het niet erg om met de bus langs al die deprimerende rijtjeshuisjes met chintzgordijnen en armetierige heggen naar het station te gaan, of met de overground langs zwartgeblakerde opslagloodsen naar Liverpool Street, en evenmin om na sluitingstijd van de clubs lange ritten terug naar huis te moeten maken in nachtbussen met onder de stoelen de braakselresten van ongure types. Dankzij mijn kleding kon niemand mij tenslotte iets maken. En daarbij, niemand stelde ooit persoonlijke vragen. Zelfs Simon niet. Mama stuurde wel kaartjes om bijvoorbeeld te memoreren dat het op de dag af zoveel jaar geleden was dat ik voor het eerst naar de kleuterschool in Battersea ging, met daarbij de vraag of ik ooit nog in dat oude gebouw was geweest, maar tussen mij en haar weemoedige kalendermemo's lag een hele oceaan. Als ik niet zulke beroerde resultaten had behaald bij mijn eindexamen, zou ik misschien aan het begin van mijn verblijf hier toegelaten zijn op

Goldsmith of Bristol en daar nu nog zitten. Maar hoger onderwijs was een noodzaak voor de hogere klasse, en ik wilde toevallig heel andere zaken bestuderen. Dus nadat ik de studiekeuze had uitgesteld en nog een jaar in Londen was blijven wonen, probeerde ik me in te laten schrijven aan Amerikaanse universiteiten. Maar helaas, de cijferinflatie was vooralsnog aan het Verenigd Koninkrijk voorbijgegaan, en de Amerikaanse toelatingsbeambten hadden geen hoge hoed op van de 'ruim voldoendes' op mijn eindlijst van de middenschool. Uiteindelijk leverde me dat zes afwijzingen en een baan bij een bakkerij in Walcott op. Nadat ik tien maanden bij mijn moeder en Alec thuis had gewoond, een periode die goddank uit mijn geheugen is gewist, werd ik van de wachtlijst afgevoerd en aangenomen op Boston College.

In Londen droegen zij die de deuren van de clubs wisten te passeren mogelijk niet allemáál Vivienne Westwood, maar de meesten hadden toch op zijn minst van haar gehoord. Ze lazen de *NME* en ze lazen de *i-D*. De algemene opvatting was dat muziek en strengheid niets met elkaar gemeen hadden. Maar op BC niet zozeer. Goedgesneden kleding zag er alleen wat anders uit. Meer Led Zeppelin. Meer Michelob. Mijn baantje als student-assistent in de recreatiezaal deed mijn serotonineniveau sneller dalen dan dat van een coke-snuivende filmproducent. Om maar te zwijgen van mijn kamergenoot, die uit Westborough kwam, een lul die doorgaans gekleed ging in stonewashed jeans en een mouwloos Guns N' Roses-shirt, met wie ik onder dwang samen ondergebracht was in een in quasi-brutalistische stijl opgetrokken woontoren met grindtegels aan de gevel. Hij had Celan nóch Hardy gelezen. Evenmin als *Dood in Venetië* en *Middlemarch*. Nadenken over zijn innerlijk leven was net zoiets als kijken naar een imitatie in fluweel van een schilderij van Agnes Martin. Als je dat te lang deed, kostte je dat een gebitsreparatie.

Maar wat ze daar wel bleken te hebben, was een ruig radiostation, dat voornamelijk gerund werd door volwassen liefhebbers die niets te maken hadden met het jongerejaars gepeupel. Ik slaagde er met een babbel in om een vaste uitzending van twee tot vier op doordeweekse dagen te bemachtigen. Dat was aan het begin van de techno (althans in Detroit). De luisteraars, dat wil zeggen zo om en nabij het dozijn mensen dat afstemde op mijn programma, moesten een proces van gewenning doormaken aan de hand van dingen als Derrick Mays orakelachtige 'Strings of Life', een zeven minuten durende, gesyncopeerde pianoriff gelooped op een spervuur van pop synths en hihats, pompend in een tempo van 128 bpm. Om deze revolutie een context te geven, moest ik songs draaien die ordentelijke muziekjunks – die zich in die tijd de Beastie Boys lieten aanleunen – doorgaans het toppunt van artistiekerigheid vonden, bijvoorbeeld 'Vienna' van Ultravox. De elektronische muziek heeft lang geleden onder dit vooroordeel ten gunste van de vierkoppige band met leadzanger. Alsof opgeven van dit kerngezin van de rock een soort heiligschennis was. Maar als we, nu we al zo ver zijn, geen geest weten te ontlokken aan de techniek, kunnen we net zo goed ons lichaam ter beschikking stellen aan de wetenschap en de boel de boel laten. We moeten zorgen dat die techniek ertoe doet. En dan niet op de voorwaarden daarvan, maar op de onze. We moeten terug naar de vertolking van het menselijk verlangen. En daar waren Atkins, May, Saunderson en die anderen mee bezig. En dat deden ze niet op de groene weiden van het Lake District of Woodstock, maar in de donkere kelders van de voorsteden van Michigan.

Na een paar weken begonnen er mensen te bellen naar het radiostation met vragen als: Wat moet dit voorstellen? De toekomst, zei ik dan, dit is de toekomst. Luister en wees dankbaar. Niet tegenover mij of tegenover de een of andere geniale heroïsche kunstenaar, maar tegenover de scene die deze sound maakt – als een collectieve getuigenis van het leven in de schaduw van de vervaagde industrial dance. Maar meestal wilden ze gewoon weten waar ze de plaat konden krijgen, zodat ze die zelf konden draaien.

Het is moeilijk precies te zeggen waarom ik in de herfst van mijn eerste jaar mijn studie afbrak. Het is duidelijk dat de architectuur niet meewerkte. En dat geldt ook voor mijn andere kamergenoot, een fanatieke aanhanger van de zionistische patriotten die bij Brandeis was afgewezen. Die afzichtelijke verveling die je voelde tussen al die klootzakken in de collegebanken. Die algemene duisternis. Beton in je benen. Ik heb laatst iets gelezen over rendieren in Noorwegen die 's winters gewoon ophouden met bewegen; ze zien af van verder leven binnen de poolcirkel. Het addertje onder het gras was in dit geval dat het enige waarvan ik zou moeten afzien, het huis was van waaruit ik naar Engeland was gevlucht, het huis dat ik al eerder gedwongen was geweest te ontvluchten. Mijn moeder had in deze periode zelf iets van een Noors rendier en sleepte zichzelf nog steeds heen en weer naar haar baantje bij de bibliotheek van Walcott, waarmee ze in de winter na de dood van mijn vader was begonnen. Alle levensprocessen verliepen traag. Overigens kon ik wel weer aan de slag bij de bakkerij. Doorgaans liep ik er 's ochtends om vijf uur naartoe om het brood en gebak in de oven te zetten. Wat mijn arbeidsverleden betreft, kan ik wel zeggen dat het zich uiteindelijk heeft ontwikkeld tot een soort lichtpuntje. Omdat ik er altijd als eerste was, had ik de zeggenschap over de boombox in de keuken, en toen duurde het niet lang meer voordat ik een paar slome duikelaars van middelbare scholieren onder mijn hoede had. Eén van hen ging zelfs zo ver dat hij zijn getiedyede kleren en sweatshirts afdankte ten gunste van rechte broeken en tweedehands klassieke overhemden. Zij hadden tenminste waardering voor mij.

Omdat ik de zendercoördinator nooit had verteld dat ik was opgehouden met mijn studie, kon ik het programma blijven doen, en in januari viel me in een aankondiging van zenderwijzigingen op dat in het programma na dat van mij ska en dub zouden worden gedraaid. Mijn nieuwsgierigheid was natuurlijk gewekt. Welke dj zou zich hebben gemeld om een uitzending te verzorgen op het enige uur van de dag dat nog minder luisteraars trok dan mijn programma, met grooves die zo duidelijk toonden welke kant het op ging met de dancemuziek aan beide zijden van de Atlantische Oceaan?

Ik zag Caleigh voor het eerst door het raam van de studiocabine. In de foyer liep ze te zeulen met een krat elpees, gekleed in een overmaatse zwarte coltrui, een paarse slobberbroek en zwarte laarsjes, een outfit waar niemand van zou hebben opgekeken in het Londen van 1965 of in Oakland tien jaar later, maar waarmee zij de indruk wekte dat ze die bij een uitdragerij op de kop had getikt om te verdoezelen hoe slank ze was. Ze was lang ook, bijna een meter tachtig, maar leek dit te willen verbergen door tijdens het lopen haar schouders op te trekken en haar hoofd voorover te buigen, alsof ze probeerde zo onzichtbaar mogelijk te zijn. Ze droeg geen make-up of sieraden, en had haar haren van haar hoge voorhoofd naar achteren geborsteld. Het hielp allemaal niet, het lukte haar niet om te verhullen hoe mooi ze was. Dat ze er moeite voor deed zich ervoor te verontschuldigen, had tot gevolg dat haar schoonheid juist onttrokken werd aan het domein van het louter fysieke en verheven werd tot een soort spirituele elegantie.

Ik zette een extra lang laatste nummer op en liep mijn hok uit om te vragen of ze hulp nodig had bij het naar binnen brengen van haar platen. Ze reageerde niet, alsof de vraag niet aan haar gesteld was. Ik wees naar een van de kratten aan haar voeten; ze protesteerde niet. De plastic handgrepen waren nog warm van haar vingers. 'Ik hou van vroege dub,' zei ik. 'Daar kun je jezelf in verliezen.' Ze knikte, keek me nu voor het eerst recht in mijn gezicht aan, en gedurende een fractie van een seconde staken haar enorme katachtige ogen pennen door mijn voeten in het tapijt, als bij een Romeinse soldaat die een dief aan het kruis spijkert. Toen verscheen er een klein glimlachje op haar gezicht en zei ze: 'Ja hoor, doe maar.' Daarna leek het enige wat nog van belang was de vraag waar we de rest van ons leven samen zouden doorbrengen.

Ik bleef haar gezelschap houden en luisterde naar elke plaat die ze opzette. Ook de week daarop deed ik dat. Ze zei tussen de nummers door nauwelijks iets, fluisterde praktisch haar aankondigingen in de microfoon en liet tussendoor alleen maar van tevoren opgenomen niet-commerciële meldingen horen. Haar presentatie was volkomen in tegenspraak met de waanzinnige energie van de nummers die ze draaide. Daar moest ik natuurlijk meer van weten. Na die tweede uitzending waagde ik het haar uit te nodigen voor een ontbijt op de vroege ochtend. Wonderlijk genoeg ging ze daarop in. We aten in een vestiging van Dunkin' Donuts aan Cleveland Circle. Ze bestelde thee en een broodje en beantwoordde mijn vragen zo kort mogelijk. Desondanks lukte het me haar te ontlokken dat ze in Houston op school had gezeten, dat haar vader uit Nigeria kwam en haar moeder van Sri Lanka, en dat zij (net als ik) op BC geen vrienden had. Haar studierichting was bovendien zwarte Engelstalige poëzie. Toen ze me dit laatste had verteld, had ik misschien niet zo snel in mijn tas moeten grijpen om haar het citaat van Audre Lorde voor te lezen dat ik de vorige dag had gemarkeerd – 'De grootste verschrikking van elk systeem dat het goede definieert in termen van de eraan verbonden voordelen in plaats van de behoeften van mensen, of dat bij de definiëring van de behoeften van mensen de psychische en emotionele componenten van die behoeften uitsluit, is dat ons werk daardoor beroofd wordt van zijn erotische waarde, de erotische kracht, het leven schenkende en de vervulling' – maar ja, ik had mezelf niet in de hand. We waren nog meer dan ik aanvankelijk al had begrepen voor elkaar bestemd. Toen ik het boek neerlegde, keek ze me sceptisch aan, alsof ik de een of andere ploert was die alleen ter wille van een verleidingspoging belangstelling veinsde.

'Waarom lees je Audre Lorde?' vroeg ze weifelend. Maar toen ik zei: 'Wie leest Audre Lorde niet?' lachte ze voor het eerst en kon ik weer vrij ademen in de wetenschap dat dit niet de laatste keer zou zijn dat we samen aten.

Had ik aan het feit dat we elkaar tijdens die eerste ochtend bij Dunkin' Donuts naar aanleiding van het werk van een radicaal lesbische feministe zo goed aanvoelden, niet hebben moeten aanvoelen dat Caleigh weleens op vrouwen zou kunnen vallen? Je zou zeggen van wel, maar ook al had ik het geweten, ik zou precies hetzelfde hebben gedaan. Zo verlangde ik naar haar.

Een van de problemen waar je mee te maken krijgt als je Proust leest in het huis van je moeder omdat je te depressief bent om naar college te gaan, is dat de liefde waar je het meest naar verlangt tegelijkertijd uitvergroot en uitgehold wordt, waardoor zowel je verwachtingen als je gevoel van mislukking zo groot zijn dat de meeste mensen er geen behoefte toe hebben om je erover te horen praten. 'Men kan zich aangetrokken voelen tot een bepaalde persoon,' stelt M.P., wat ik – de hemel is mijn getuige – beslist voelde ten opzichte van Caleigh, 'maar het loslaten van die bron van verdriet, dat gevoel dat iets onherstelbaar is, die kwellingen die aan de liefde voorafgaan, vereist – en dit is misschien meer dan de persoon het werkelijke object waarop onze passie zich zo gretig richt – het risico van een onmogelijkheid.' Een zoete onmogelijkheid om het hart des te meer aan te sporen. Albertines lesbische liefde mag een uitvloeisel zijn van Marcels verbeelding, verzonnen om de verveling en het vermoeden dat hij eigenlijk niets voor haar voelt af te weren, maar Caleighs lesbische liefde bleek de echte onmogelijkheid te zijn.

Maar dat alles kwam pas later. In het begin heb ik mijn leven gewoon in overeenstemming met het hare ingericht, net zoals ik dat bij Angie had gedaan, al hadden wij zoveel meer om over te praten dat er geen sprake van geweest had kunnen zijn dat we elkaar niet elke dag zouden zien. Als mijn dienst bij de bakkerij erop zat, ging ik naar de stad en arriveerde dan halverwege de middag bij haar kamer in het studentenhuis. Als ze er niet was, schreef ik een briefje dat ik op haar deur plakte en wachtte buiten op haar. Zonder veel te zeggen liep ze dan met me naar boven en begonnen we platen te draaien en las ik iets voor van DuBois of Baldwin of Angela Davis, terwijl zij met een capuchon over haar hoofd op bed lag en haar wenkbrauwen optrok om mijn orakelachtige toon, waarmee ze me zachtmoediger dan ooit iemand eerder had gedaan berispte om iets waarvoor ik warmliep. Haar stemming was er in de grond een van melancholie. Ze las gedichten, maar besteedde geen aandacht aan de rest van haar studie en sliep tien tot twaalf uur per etmaal. Ik oefende keer op keer druk op haar uit om haar aan te moedigen me elk detail van haar levensgeschiedenis te vertellen, maar daarover liet ze niet veel los. Van de wijze waarop ze zich tijdens haar schooltijd in zichzelf had teruggetrokken moest ik me min of meer zelf een beeld vormen. Ze was destijds zo ongeveer even vervreemd van de zwarte kinderen, die haar als een rare immigrant beschouwden, als van de blanke kinderen, die haar gewoon als een zwarte zagen. Over de moeilijke relatie met haar ouders vertelde ze evenmin veel. Het enige wat ik kon opmaken uit losse opmerkingen en af en toe flarden van telefoongesprekken was dat haar vader een serieuze Nigeriaanse zakenman was die wilde dat zijn dochter een wat praktischer onderwerp dan literatuur zou studeren, terwijl haar moeder, een enigszins sombere Sri Lankaanse vrouw, er niet op had gerekend in Texas terecht te zullen komen. De enige twee onderwerpen waar ze iets meer over losliet, waren muziek en haar idee dat ze lelijk was en tekortschoot. Als ik tijdens de middagen en avonden die we met elkaar doorbrachten even niet het gesprek monopoliseerde door haar te vertellen hoe mooi ze was of haar voor te lezen, zei ze tegen me dat ik alleen maar verliefd was en dat ze lelijk en onhandig was.

Maar al hield ze bij hoog en laag vol dat ze het oneens was met wat ik van haar vond, ze was volstrekt niet bang voor mijn gevoelens, zoals Angie wel was geweest. Ze leek ze te accepteren zoals je misschien een lichamelijke handicap zou accepteren. Ik mocht altijd tegen haar zeggen hoeveel ik van haar hield en erover klagen dat ze te laat was of helemaal niet was komen opdagen. Ze luisterde geduldig naar mijn verhalen over alles wat me in haar biologeerde, om vervolgens, nadat ze had tegengeworpen dat ze geen van de kwaliteiten bezat die ik aan haar toeschreef, met me te overleggen hoe ik zou kunnen omgaan met zulke krachtige gevoelens, min of meer zoals je een vriend probeert te adviseren in zijn liefdesperikelen. Als ik een testosteronbom was geweest, zou ik dit waarschijnlijk neerbuigend hebben gevonden, maar ik vond het ongelooflijk lief van haar – dat ze niet alleen mijn zwakzinnige liefdesbetuigingen over zich heen liet komen, maar zich zelfs bekommerde om mijn lijden daaronder. Ik kon over niets anders praten, maar zo nu en dan maakte ze daar een eind aan door een andere plaat op te zetten, waarna we achteroverleunden en samen de pieken en dalen ervoeren van die eindeloze, in vinyl geperste dubtracks van King Tubby en zijn nakomelingen, met af en toe de lyrische echo's door de loopgraven van de bas die zo laag waren dat je de tekst niet kon verstaan maar alleen het verlangen daarachter.

Met het verstrijken van de tijd werd knuffelen een van haar uitingen van gulheid jegens mij. Als ik naast haar op haar bed ging zitten, sloeg ze een arm om me heen en liet haar hoofd op mijn schouder rusten. Ik hoef er niet aan herinnerd te worden hoe beklagenswaardig het is om juist van degene om wie het je te doen is medelijden te ervaren voor iets wat je graag van haar wilt en niet krijgt. Als de ordelijke volwassenwording van de hoofdpersoon van een bildungsroman mij deelachtig was geweest, zou ik dit alles gedurende enige tijd lijdelijk hebben ondergaan om vervolgens de passie vaarwel te zeggen ten gunste van een functionele wederkerigheid. Maar de relatie met Angie en de eerste tijd met Caleigh waren geen gevolg van onvermijdelijke jeugdige vergissingen mijnerzijds, ze waren er de blauwdruk van. U kunt me diagnosticeren zoals u wilt en u zult ongetwijfeld, zoals Celia en Alec voortdurend doen, wijzen op het disfunctionele van de obsessie, die de angst voedt en zogenaamd echte intimiteit uitsluit. En vanuit mijn jarenlange ervaring op dit terrein kan ik u gratis en voor niets nog elke gewenste pathologische achtergrond schetsen ter verklaring van het feit dat een blanke man die een studie maakt van de slavernij en de nasleep daarvan in de Verenigde Staten, zich aangetrokken voelt tot zwarte vrouwen. Maar u zult zelf niets kunnen bedenken wat ik niet al eerder heb bedacht of waar ik me niet vreselijk veel zorgen over gemaakt heb. Dat is een van de redenen waarom ik deze vragenlijst zo gedetailleerd invul. Alleen van de beschrijving is bevrijding te verwachten.

Dat eerste fysieke contact met Caleigh, die eerste knuffel, vaagde alles weg wat ik nog aan elementaire waardigheid of terughoudendheid in acht had weten te nemen. Ik begon te huilen. En niet met wat lacherige tranen van opluchting, ik snikte openlijk. Toch bleef ze me vasthouden. Naderhand zei ze dat ze me niet uit medelijden had gekust, maar omdat het feit dat ik huilde haar daartoe had aangezet. Als zij niet mijn beste en misschien enige vriendschappelijke relatie was geweest, zou ik haar niet hebben geloofd, maar het tegendeel is me nooit gebleken. Daar heeft ze de energie niet voor en bovendien hoeft ze niets van mij, dus heeft ze geen reden om te liegen of te manipuleren. Dat is een van de positieve dingen van niet ambitieus willen zijn.

Daardoor bleek het antwoord op het verzoek om een 'echte date', dat me bij Angie zo dwars had gezeten, te liggen in het verdwijnen van het verzoek. Met de eerste kus van Caleigh werden de sluizen van de bron van verdriet volledig geopend: mijn ellende was nooit eerder zo compleet weggenomen, ook al keerde die met verdubbelde kracht terug zodra we ophielden met kussen. Ze vergaf me zelfs mijn beverigheid en onhandigheid in bed. Naakt tegen haar aan liggen was iets angstaanjagends. Ik kon me niet voorstellen dat alles wat ik deed geen inleiding tot een verkrachting was. Mijn gedachten waren onaanvaardbaar; mijn lijf bewoog zich als een spastische hond; ik deed wat ik kon om ervoor te zorgen dat ik haar geen pijn deed en was er desalniettemin van overtuigd dat ik haar wel pijn deed. Het was op z'n best als ze haar ogen sloot en ik het gevoel had dat ze er misschien op een voor mij onbegrijpelijke manier wel plezier aan beleefde, dat ze zich in mijn bijzijn in zichzelf kon terugtrekken en alleen kon zijn. Toen voelde ik me in elk geval geen volmaakte egoïst. Het is zo makkelijk om de oprechtheid te bespotten van mannen die werkelijk geloven in het feminisme in plaats van ten eigen bate maar te doen alsof, alsof een poging om af te rekenen met een geschiedenis van geweld de weemakende reactie van een softie is die zijn zin niet krijgt. Ik wilde haar liefhebben en net zo lief voor haar zijn als zij voor mij was. Ze zegt dat ze er nooit spijt van heeft gehad dat we deze periode met elkaar hebben meegemaakt, en ik geloof haar.

Die eerste paar maanden hadden niets comfortabels, geen beelden van over de vloer verspreid liggende kledingstukken, uitzoomend op een naakt paar op het bed. Zelfs tegenover de verachtelijke minnaar die ik was schrok ze ervoor terug om zich bloot te vertonen, en als we klaar waren haastte ze zich naar de douche, waar ze lang onder bleef staan en ten slotte geheel gekleed van terugkeerde. Het geruststellendste blijk van intimiteit van haar kant was dat ze ervan afzag mijn naam te gebruiken en me in plaats daarvan Flipper noemde. Ik had nooit eerder een bijnaam gehad, en al was de etymologie ervan voor mij een raadsel, elke keer dat ze me zo noemde, voelde ik me een uitverkorene.

Toen ze aan het einde van het studiejaar een adres nodig had om de zomer door te brengen, trok ze natuurlijk bij mij en mijn moeder in. Uit het studentenhuis nam ze een van de stofzuigers van de universiteit mee, en het bood haar kennelijk een vreemdsoortige troost om het tapijt in onze huiskamer meerdere malen per week te stofzuigen. Mijn moeder had wel wat met die stofzuiger (die het, anders dan de onze, goed deed), maar was ook wat achterdochtig nadat Alec – die al eerstejaars was en de zomer doorbracht bij tante Penny in New York – tijdens een van de zeldzame keren dat hij thuis was, had gezegd dat het ding gestolen was. Het was het eerste nieuwe apparaat sinds jaren bij ons in huis, en door de glanzend gele behuizing van het ding leek het op een ruimtesonde die uit een hoogontwikkelde samenleving hiernaartoe was gestuurd om gegevens te verzamelen over een primitieve cultuur. Caleigh wilde graag dat we tegen mijn moeder zouden zeggen dat we slechts vrienden waren, wat waarschijnlijk nog een waarschuwing had moeten zijn, maar het voorkwam problemen, dus ik was daar ook voor. 'Je vriendin houdt zeker van stofzuigen,' zei mijn moeder tegen me toen ze thuiskwam van haar werk. 'Ze is nu alweer bezig geweest.' Dat een gast het huis schoonmaakte zou ze misschien ooit iets hebben gevonden wat niet hoort, maar meer dan wat symbolische tegenwerpingen kon ze niet opbrengen.

Toen Caleigh eenmaal bij ons was ingetrokken en ik me er geen zorgen meer over hoefde te maken of ik haar wel elke dag zou zien, begon het me te dagen dat ze niet alleen melancholiek was, maar ongeveer net zo depressief als ikzelf, zo niet depressiever. Maar ook nu wilde ze daar niet over praten. Dat doet er niet toe, zei ze telkens weer, wat een nette omschrijving was van haar blik op de wereld in het algemeen: verplichtingen waren maar lastig, romantiek is bedrog, doorgaans was het leven pijnlijk en het enige wat opluchting bood was muziek. We lazen samen kritische artikelen over ras en beklaagden ons over het op racisme gebaseerde geheugenverlies dat samen met de eindeloze hagiografieën van deelnemers aan de burgerrechtenbeweging het werkelijke leven van zwarten aan het zicht onttrok. Dat was dus tenminste iets. En eerlijk gezegd was haar depressie voor mij een troost: ik kon er de hoop aan ontlenen dat we misschien wel een tijdje bij elkaar zouden blijven omdat bleek dat haar zoveel dingen dwarszaten waarin ik háár kon troosten.

In augustus ging mijn moeder weg om vrienden op te zoeken en hadden Caleigh en ik dat vervloekte huis voor onszelf alleen. De hele maand heerste er een hittegolf. Mijn moeder geloofde niet in airconditioning, niet voor zichzelf en ook niet voor anderen, dus zetten we op mijn kamer 's avonds een ventilator op een paar centimeter afstand van de matras en lieten die op de hoogste stand staan. In de bakkerij vielen bij de ovens een paar collega's flauw. Als ik thuiskwam van het werk, gingen Caleigh en ik languit in de huiskamer liggen, waar we zwetend als otters zo door de hitte bevangen waren dat we niet eens meer aan onze ellende konden denken en weinig meer konden verdragen dan psychedelische house. Celia en Alec kwamen af en toe langs om te kijken hoe het ging, en dan hoorden we hoe het haar in Berkeley verging, waar ze de zomer doorbracht, en over zijn vrienden in New York. Zij waren aangenomen op universiteiten met betere financiële ondersteuning, waar de mensen minder Michelob dronken, minder naar Led Zeppelin luisterden en waar de professoren hun werkgroepen thuis gaven. Ik kan niet zeggen dat ik echt afgunstig op hen was, want ik maakte me er voornamelijk zorgen om dat ze het moeilijk zouden hebben en dat ik niet wist hoe ik hen kon helpen. Maar als ze langskwamen, herinnerde me dat eraan – alsof ik die herinnering nodig zou hebben – dat ik in het huis woonde waar ik hen, mijn zusje en mijn broertje, ooit aan hun lot had overgelaten, en dat zij het vervolgens op een meer permanente wijze hadden weten te ontvluchten.

Het zou terecht zijn geweest, en zelfs heel vanzelfsprekend, denk ik, als ik daar meer aan mijn vader had gedacht, maar ik had maar heel weinig herinneringen aan hem en dacht eigenlijk helemaal niet vaak aan hem. Dit ondanks het feit dat ik al enige tijd behandeld werd door zijn oude psychiater, dokter Gregory. Ik had natuurlijk geen geld om hem daarvoor te betalen, maar hij had nooit eerder een patiënt verloren door zelfmoord en daarover voelde hij zich blijkbaar zo schuldig dat hij de niet-betaalde rekeningen negeerde. Hij stuurde ze me toe, ik gooide ze weg en we gingen gewoon door. Celia, die graag pronkte met haar pasverworven kennis als psychologiestudente, zei dat dit klinisch gezien niet deugde, maar zij had dan ook meer geld dan ik en toonde graag zelfvertrouwen. Zijn spreekkamer lag op de eerste verdieping van een klein herenhuis aan Marlborough Street in Back Bay. Ik zat daar in een gecapitonneerde leren stoel midden in een vertrek dat ooit een huiskamer moest zijn geweest. Dokter Gregory's bureau stond tussen twee van de vloer tot aan het plafond reikende vensters met hoge ramen en Franse balkonnetjes die uit een roman van Edith Wharton afkomstig leken, al wist hij zich vergeleken met, zeg, Lawrence Selden in *The House of Mirth* bij lange na niet te kleden. Geen pakken van schuin gesneden stof. Geen grof linnen. Het is vreemd wat mensen wel en niet doen met hun geld. Ik zou nooit hebben geweten dat hij afkomstig was uit het middenwesten en methodist was, maar mijn moeder was met mijn vader meegegaan naar zijn consulten en wist het allang (een doktersconsult was voor haar in de eerste plaats een sociaal gebeuren). Ik besprak met hem vooral psychoanalytische cultuurkritiek, de theorieën over trauma's van bevolkingsgroepen en af en toe mijn hevige paniekaanvallen bij de gedachte dat Caleigh me binnenkort zou verlaten voor een vrouw. Hij was een goede luisteraar, dokter Gregory, en hij onderbrak me zelden.

Het was misschien ook uit schuldgevoel jegens mijn vader dat hij altijd gauw klaarstond met zijn receptenblocnote. Dit zou grote gevolgen hebben. Op een gegeven moment bracht hij in onze gesprekken de term 'angststoornis' te berde, en daarvoor wilde hij een kleine dosis librium prn. voorschrijven. Toen ik hem vertelde dat dat bij mij niet veel meer deed dan benadryl, schreef hij een recept uit voor een medicijn dat volgens hem 'iets sterker' was.

Ik herinner me mijn eerste dosis clonazepam zoals ik me voorstel dat de uitverkorenen zich hun zomerliefdes uit hun middelbareschooltijd herinneren, overgoten door het gouden licht van een volmaakte zorgeloosheid, onaangetast en ook niet aan te tasten door de tand des tijds en het bederf dat uitgaat van eventuele huidige ellende. Zoals in de song van Cat Stevens, 'The first cut is the deepest'. Ik heb echter altijd een voorkeur gehad voor Norma Frasers versie boven het origineel (de legendarische Studio One-opname, Kingston, Jamaica, 1967). Stevens zingt het als een popsong, maar bij Fraser leeft het bewustzijn dat het waar is, dat ze zo'n liefde nooit meer zal ervaren. Haar stem overstijgt alles als een vogel in zijn laatste vlucht. De eerste wond is de diepste. Sindsdien ben ik van alles te weten gekomen over GABA-receptoren en moleculaire bindingen en benzo's en de gevaren van gewenning, maar toen wist ik alleen dat ik een onwaarneembare en zeer effectieve spirituele operatie had ondergaan door middel van een lichtgele pil niet groter dan een aspirine en met een kras middenin. Er wordt zoveel onzin gezegd over psychoactieve medicijnen, er worden woekerwinsten mee gemaakt en er is manipulatie, kwade trouw, vaagheid, onwetendheid en hoop, maar men vergeet weleens dat ze soms wel degelijk effect hebben en verlichting brengen, althans voor een tijdje. En dit was zo'n tijdje.

Ik nam mijn eerste pil zodra ik het recept had afgegeven en de medicijnen had gekregen bij de apotheek in Copley, vlak bij het praktijkadres van dokter Gregory. Tegen de tijd dat ik met de Green Line bij Newton Centre arriveerde, kon ik niet meer ophouden met grijnzen. Het was zo'n grote, zonnige glimlach die zich over je hele bovenlichaam verspreidt, alsof al je organen aan het grijnzen zijn. En toen duurde het niet lang meer voordat ik begon te lachen, om helemaal niets, keihard lachen was het, waarvan ik tranen in mijn ogen kreeg en waardoor ik in de ogen van de andere passagiers ongetwijfeld een volslagen krankzinnige leek. Maar ik ben zelden zo gelukkig geweest. Tijdens dat uur en gedurende de drie of vier uur daarna was het alsof ik van een haak was gehaald die achter in mijn hoofd stak en waarvan ik niet wist dat ik eraan hing. Ik leefde ineens in een wereld die niet beheerst werd door angst. Gedachten kwamen bij me op, bleven een tijdje ononderbroken in stand en verdwenen dan weer, waardoor er plaats vrijkwam voor andere. Het hier en nu was op de een of andere manier niet langer een noodsituatie. Eigenlijk was het bijna saai. Verderop in het rijtuig zat een stel middelbare-schoolleerlingen te grinniken om mijn idiote manier van doen, en ik schaamde me er niet eens voor. Het was alsof hun spot zich in deze nieuwe atmosfeer te traag voortplantte om mij nog met enige kracht te kunnen bereiken. Ik benijdde noch verachtte hen. Wie was ik? Steve McQueen? Toen ik mijn tweedehands Cutlass de parkeerplaats bij Woodlawn op zag rijden – Caleigh kwam me ophalen – zwaaide ik naar haar achter het stuur. Ook zij keek me aan alsof ik een psychopaat was. Sinds wanneer zwaai jij? vroeg ze. Sinds ik heb ontdekt dat je de Berlijnse Muur met een wattenstaafje kunt afbreken.

Dokter Gregory had me gezegd dat ik 's ochtends bij het opstaan en 's avonds voor het naar bed gaan een pil moest innemen. Ik sliep die nacht als een lammetje en werd zonder angsten wakker. Ochtend na ochtend herhaalde dit wonder zich. Ik begon te experimenteren. Ik riep mijn grootste angsten op – dat ik mijn studie nooit meer zou oppakken, dat ik mijn kansen om ooit nog eens iets zinnigs te doen nu al had vergooid, dat ik een last was voor Caleigh, dat ze niet van me hield, me zelfs niet als een vriend beschouwde, maar me alleen maar tolereerde omdat ze depressief was en gezelschap nodig had – en over elk daarvan dacht ik een tijdje na en ik riep de beelden op die bij de betreffende angst hoorde: voor altijd vast te zullen zitten in mijn ouderlijk huis, dat Caleigh duizenden kilometers ver weg woonde en gelukkig was met iemand anders. En kijk eens aan: ik kon me er geen zorgen over maken. Ik stelde me voor hoe deze afschuwelijke toekomst eruit zou zien, ik herhaalde voor mezelf het script dat erbij zou horen, maar mijn adem stokte niet in mijn keel en de gedachten gingen even wrijvingsloos als een weerbericht door mijn hoofd.

Ik zei tegen Caleigh dat ze het ook zou moeten proberen, maar toen ik haar op een ochtend na het ontbijt een pil had gegeven, viel ze in slaap en verkeerde zes uur lang in een coma, waaruit ze met een kater wakker werd en vervolgens schold ze mij uit. Ze bleek geen angststoornis te hebben. En dat was het bijzondere van clonazepam: niet alleen hief het mijn angsten op, het lichtte mijn toestand ook door zoals je door middel van röntgenstralen een botfractuur vaststelt. De spieren in mijn gezicht waren zo verslapt dat ik verwachtte er in de spiegel uit te zullen zien als een basset. Ik had nooit gedacht dat een menselijk lichaam dat zo vrij van spanning was toch nog overeind kon blijven staan.

Dat najaar vatte ik mijn studie weer op. Ik studeerde uren achter elkaar, schreef papers, deed tentamens en initieerde mijn luisteraars in de acid house. Caleigh en ik waren voortdurend samen, op onze kamers, bij het radiostation en in de bibliotheek. Ik smeekte haar om in therapie te gaan, zij verzette zich daartegen en hield me op afstand, al mocht ik nog wel met haar vrijen. Als ik had gehoopt dat mijn schuldgevoel over de seks met haar met het verstrijken van de tijd zou afnemen, had ik het mis. Het werd alleen maar groter. Het was niet alleen omdat ik een man was, waar ze misschien weerzin tegen zou voelen of die haar pijn zou doen, het was ook omdat ik een blanke was maar haar toch mocht aanraken, haar lippen en borsten mocht kussen en mijn vingers in haar mocht steken, terwijl ik haar twintig minuten daarvoor nog had voorgelezen uit het werk van Andrea Dworkin of Sojourner Truth. Dit bleef me verkeerd lijken. Ik deed mijn best om me uitsluitend te richten op haar genot en mezelf uit respect voor haar volledig weg te cijferen. Maar de politiek laat zich niet zo gemakkelijk uitbannen. Ja, ik was bereid om van mezelf af te zien, mijn persoonlijkheid op te geven, want wat heeft het voor zin om verliefd te zijn als je jezelf niet voor oud vuil kunt achterlaten? Maar er zat meer achter. Algauw ontwikkelde mijn respect voor haar zich tot iets met een zwaardere lading: het verlangen om de op ras gebaseerde bevoordeling in het fysieke om te keren door haar slaaf te worden. En waar anders zou deze omkering met enige overtuiging plaats kunnen hebben dan in het trauma van de seksualiteit?

Toen ik dat voorjaar op een avond in bed te bezeten was om het voor me te houden, fluisterde ik woorden van die strekking in haar oorschelp. 'Ach, Flipper,' fluisterde ze terug. 'Wat bedoel je nou? Zoals ooit op de plantages?' In mijn donderende stilzwijgen lag de bevestiging voor de hand: Ja, misschien, en dan omgekeerd? Ze legde haar lange vingers op mijn wang en streek mijn haar naar achteren met haar andere hand, zoals je een kind over zijn kuif kunt aaien. Ze hield inmiddels wel zoveel van me, al was het maar zoals je van een vriend houdt, om niet verlegen te zijn tegenover mij. Ik zal haar daarvoor altijd dankbaar blijven – dat ze me liet zien wie ze was. 'Ik snap het,' zei ze. 'Echt wel. Maar dat doen we niet, Flipper. Dat doen we niet. Oké?' Ze dempte de stroom van mijn verontschuldigingen dat ik erover was begonnen door een vinger op mijn lippen te leggen, waarna ze tot mijn verbazing haar hoofd van het kussen hief en me kuste.

Omdat ik haar er niet mee lastig wilde vallen, heb ik dus maar afgezien van de nederlaag waar ik zo naar verlangde, ook daarna. Het zou veel zindelijker zijn geweest als mijn te verwaarlozen pogingen om het gebouw van de blanke suprematie te slechten puur uit een verlangen naar gerechtigheid voortgekomen zouden zijn. Maar de realiteit is dat ik in mijn leven voortdurend geconfronteerd wordt met zwarte vrouwen (ik zou in de liefde veel beter af zijn geweest als ik een lesbienne met een kleurtje was geweest, dat is wel zeker), dus het zou niet juist zijn te doen alsof dat aan een of ander fictief principe lag. Ik zou mijn werk nooit hebben kunnen volhouden, als ik niet van dichtbij de depressie en zelfhaat zou hebben gezien waaraan de vrouwen leden met wie ik een relatie wilde hebben, maar die ze niet wilden bespreken. De gedachte dat hun gemoedstoestand niets te maken zou hebben met de politiek of de geschiedenis zou getuigen van een even betreurenswaardige onwetendheid als de voorstelling dat mijn verlangen naar hen – hun lichaam en hun moederlijke zorg – geen obsessie zou zijn.

Ik realiseer me dat ik nogal doordraaf in de beantwoording van de vraag naar mijn arbeidsverleden, maar dat heeft te maken met het feit dat dit, als ik me zou beperken tot het noemen van de begin- en einddata van mijn dienstbetrekkingen, geen recht zou doen aan datgene waar ik me allemaal mee bezig heb gehouden. Mijn eigenlijk werk begon in de eerste periode waarin ik het zonder clonazepam moest stellen. Caleigh had een vrouw ontmoet die Myra heette, een doctoraalstudent aan Boston College die een van haar praatgroepen begeleidde. Ze waren een keer na zo'n bijeenkomst met elkaar in gesprek geraakt en waren een paar keer koffie gaan drinken. Myra was opgegroeid in Atlanta en was aan de Universiteit van Chicago gaan studeren, was in Boston een aantal jaren barkeeper geweest en trad nu op een uitsluitend voor vrouwen toegankelijke avond in een gelegenheid aan Central Square één keer per maand op als dj. De manier waarop Caleigh me iedere keer steels aankeek als ze haar naam noemde, maakte me duidelijk dat ze wilde zien hoe ik reageerde. Hoe krachtig de uitwerking van die benzo's op de onbevlekte geest is, blijkt wel uit het feit dat ik in staat was om aan te horen dat Caleigh, die alles voor me betekende, vertelde dat ze koffie ging drinken met die vrouw, zonder dat ik meteen opgenomen hoefde te worden wegens een aanval van jaloezie. Ze wilde er duidelijk mijn toestemming voor hebben. Ze had me mijn afschuwelijke verlangen naar haar vergeven. Ze liet zich leiden door mijn toewijding aan haar, had zich daarvan uiteindelijk laten overtuigen. Ze had me zelfs mijn schuldgevoel voor het feit dat ik naar haar verlangde vergeven. Wat moest ik nu doen? Haar belemmeren in datgene wat ze me probeerde te vertellen dat ze wilde? Nog maar een paar maanden geleden waren mijn allesdoordringende angst en mijn obsessie met haar nog zo met elkaar verweven geweest dat ik niets anders had kunnen doen dan smeken en dreigen. Nu kon ik slechts constateren dat de gelijkmoedigheid waarmee ik reageerde me verbijsterde. Het trof me voor het eerst hoe onethisch angst eigenlijk is, hoe die de realiteit van anderen ontkent door hen slechts als lapmiddelen voor je eigen angst te gebruiken. Even kon ik daar nu van afzien en luisteren naar wat zij wilde zijn.

Toen Caleigh opperde dat wij met z'n drieën een leesgroep konden vormen ter aanvulling van het schamele aanbod in het studieprogramma op het gebied van de Afrikaanse diaspora, leek dat een ideale oplossing. Caleigh zou dan niet tussen ons hoeven kiezen. Myra bekeek me aanvankelijk met een scheef oog omdat ze wist dat Caleigh en ik met elkaar sliepen en ze maar moeilijk kon geloven dat een blanke man veel zou kunnen bijdragen aan discussies over het leven van zwarten. Maar omdat Caleigh voor mij instond, haalde ze ten slotte bakzeil en wijdden we die eerste maand met ons drieën aan het lezen van de reus van de postkoloniale psychiatrie, Frantz Fanon. Hij was niet de allergrootste feminist, maar wat hij niet wist van het valse bewustzijn onder het kolonialisme paste op een briefkaart. Op zijn advies, zou je kunnen zeggen, gingen we in de meer recente klinisch-psychologische vakliteratuur op zoek naar studies over de behandeling van zwarte patiënten (het was schokkend dat daar niet veel over te vinden was). Maar ik ben daarbij wel een artikel tegengekomen dat me de weg heeft gewezen.

Een Britse psycholoog in een kliniek in Manchester had een artikel geschreven over zijn behandeling van zwarte tieners die leden onder telkens terugkerende nachtmerries over de slavernij. Sommigen droomden dat ze opgesloten zaten in scheepsruimen te midden van zieken en stervenden terwijl anderen daar in het openbaar uitgekleed en gegeseld werden. Een jongen die geen bijzondere kennis van de geschiedenis van zwarten aan de dag had gelegd, had een terugkerende nachtmerrie dat hij aan een lantaarnpaal werd opgehangen en uit elkaar werd getrokken. Dit was de casus die indruk op me maakte. De auteur had in een bijlage de transcripties meegeleverd. In een van zijn dromen beschreef hij in het dialect van Manchester hoe hij bloed over zijn borst zag lopen en besefte dat dit afkomstig was uit de wonden die werden veroorzaakt door de ijzeren halsband om zijn nek. Omdat hij niet wist wat hij van het verschijnsel moest denken – de jongens kenden elkaar niet en zaten op verschillende scholen – had de psycholoog vraaggesprekken gevoerd met hun familie om na te gaan of daar wellicht verhalen over slavernij de ronde deden die aanleiding geweest konden zijn tot de nachtelijke fantasieën van de jongens. Maar daarvan was geen sprake. Wat de jongens wel met elkaar deelden waren symptomen van depressie, die, zoals de auteur opmerkte, niet ongebruikelijk waren onder zwarte tieners, al werden zij daarvoor zelden behandeld. Slechts onder druk van deze specifieke nachtmerries hadden ze de barrière van trots en stigma weten te overwinnen om zijn hulp in te roepen.

De eigenaardigheid van dit alles – kinderen uit de Midlands, niet uit de oude zuidelijke staten van de VS, het griezelig nauwkeurige van hun beschrijvingen – zou op zich al memorabel zijn geweest.

Maar wat me vooral bij is gebleven, was een opmerking waar de auteur zelf weinig mee had gedaan. Waar hij in het artikel het arbeidersmilieu van de jongens schetst, vermeldt hij terloops dat ze allemaal regelmatig naar clubs gingen en fanatieke muziekliefhebbers waren. Jammer genoeg vermeldt hij er niet bij om welke muziek het ging. Maar gezien de tijd en de plaats waarin ze opgroeiden, was het niet moeilijk om te raden wat ze op de dansvloer gehoord konden hebben – en dat zal geen blanke punk zijn geweest. Het was house en vroege techno, afgewisseld met wat Kraftwerk en New Order. Natuurlijk waren er tegelijkertijd duizenden kids die naar hetzelfde luisterden en niet leden onder de slaventransporten. Wat deze kinderen met elkaar gemeen bleken te hebben, waren dus niet overgrootmoeders op West-Indische plantages, maar zwarte Amerikaanse dancenummers. Niemand heeft er ooit aan getwijfeld dat de lijdensweg van de slavernij de achtergrond was van generaties van spirituals en gospel. Dus waarom zou dat met de nieuwste elpees anders zijn? Deze jongens hadden niet gehoord hoe Mahalia Jackson zong over het leven, maar op de een of andere manier worden er in die muziek dezelfde geesten opgeroepen. Uit dit alles is op empirische gronden geen conclusie te trekken, alsof je de pijn in de muziek zou kunnen meten. Maar nu ik mijn dagen doorbracht met het lezen van geschiedenissen over lynchpartijen en rassenrellen en vervolgens in mijn eigen radioprogramma mijn muziek ten gehore bracht, kwam me steeds weer het beeld voor de geest dat die jongens in hun dansen en dromen een of andere duistere herhaling beleven waar wij geen idee van hebben.

Ik denk dus dat je zou kunnen zeggen dat ons leesgroepje een doorslaand succes was. Caleigh en Myra zagen elkaar vaak en gingen dat voorjaar samenwonen. En ik kreeg de opdracht waar ik nog steeds onder gebukt ga – mijn echte werk: om in woorden op te schrijven wat niet in woorden leeft. Om op het gehoor de geesten op het spoor te komen.

Hebt u ooit een van de volgende medicijnen ingenomen? Zo ja, wanneer, hoe lang, en wat was uw reactie?

Luvox

Omdat het een probleem was dat de clonazepam na dat ene fantastische jaar geen effect meer had. Niet van de ene dag op de andere, maar geleidelijk. Het was niet zo dat ik wakker werd in de overtuiging dat ik stervende was, maar ik was minder vrij van angst dan ik in die kalme periode was geweest. Iedere ochtend weer. Totdat ik met het innemen van de pil niet meer wachtte tot na het ontbijt, maar hem innam zodra ik wakker werd, in de hoop dat met een lege maag het geneesmiddel sneller in mijn lichaam zou worden opgenomen. Dat Caleigh niet meer met mij naar bed ging en nu met Myra seks had, zou je een omgevingsfactor kunnen noemen die aan mijn angst bijdroeg. Dokter Gregory zag er echter geen been in – en ik al helemaal niet – om de dosering simpelweg te verhogen. Tenslotte had ik daar al een keer goed op gereageerd, dus waarom nu niet weer? En inderdaad, het werkte. De tweede wond was niet de diepste, maar het was evengoed een verademing. Ik was in staat om Caleigh bijna elke dag te spreken zonder te moeten huilen. En ik verdroeg het dat ze me toesprak over mijn acceptatie van het feit dat ik haar was kwijtgeraakt, net zoals ze me eerst had toegesproken over mijn verliefdheid op haar. Met heel veel geduld luisterde ze naar mijn beschrijving van alle facetten van de pijn die ze me deed. Hoe ik er in bed liggend, gekweld door afgunst en eenzaamheid, aan dacht dat zij nu met Myra was, of over de uren die ik besteedde aan het luisteren naar de platen die we samen beluisterd hadden, in de wetenschap dat ik haar diezelfde avond zou zien maar haar niet zou mogen kussen. Ze sloeg haar armen om me heen zoals ze dat vroeger ook deed en zei tegen me dat het goed zou komen, dat zij de ongelukkigste van ons tweeën was, omdat zij bij mij was weggegaan, ook al had ze niet anders gekund. En ze verzekerde me keer op keer dat ik niet zo pathetisch was als ik dacht door me te gedragen zoals ik deed en háár nodig had om me erdoorheen te helpen en me zelfs te helpen haar hulp te accepteren, terwijl ik steeds zo'n sarrend stemmetje hoorde dat ik meer zelfrespect en mannelijk amour propre zou moeten tonen, terwijl ik toch niets anders wilde dan met haar in dezelfde kamer zijn, ongeacht de omstandigheden.

Tijdens dit alles bleef ze me Flipper noemen, ik noemde haar Cee en we voegden hier zelfs nieuwe variaties aan toe: Flipster, Flimmy, de Flimster, Ceedling, Ceester, Ceemer. Hierdoor, meer dan door wat ook, ging ik met enige opluchting beseffen dat zij onze cocon van liefde en meegevoel net zomin als ik wilde verlaten, ongeacht met wie ze het bed deelde. Het was alsof we vriendjes van elkaar werden zoals we in onze kinderjaren vriendjes hadden, broertje en zusje en tegelijkertijd een echtpaar dat al jaren samen was. Als ze weleens naar huis ging of met Myra op reis was, sprak ik haar elke dag telefonisch. We spraken met elkaar zoals we vanaf het begin hadden gedaan over wat we lazen en waar we naar luisterden. Na een paar maanden kon ik het zelfs verdragen als ze over Myra sprak, en haar af en toe adviseren hoe ze haar nervositeit zou kunnen overwinnen over het feit dat ze met een vrouw ging. Toen begreep ik dat we elkaar niet zouden verliezen, met wie we ook relaties zouden krijgen. De wereld die we deelden hadden we allebei te zeer nodig om die door een andere geheel te kunnen laten vervangen. Ik wilde met haar samenleven. Ik vond het niet erg als Myra ook bij ons zou komen wonen. Dan zou ik hun huisgenoot zijn. Het kostte Caleigh een tijdje om me ervan te overtuigen dat dit geen goed idee was. Dat we sowieso iedere dag nog met elkaar konden praten en dat het voor mij gemakkelijker zou zijn om een nieuwe relatie aan te gaan als ik niet altijd in hun gezelschap was. Zij vonden samen een appartement in Allston, en ik trok in bij Ben, Alecs oude vriend van de middelbare school.

Dat was de periode waarin er een einde kwam aan de tweede werkzame periode van de clonazepam, alleen ging het deze keer sneller. Celia en Alec hebben inmiddels een lage dunk van dokter Gregory gekregen en zien in hem niet veel meer dan een schuldbewuste pillenslijter die mij verdooft uit angst nóg een patiënt te zullen verliezen in plaats van de evidente problemen aan te pakken. Maar ik vind zijn aanpak nog steeds getuigen van medemenselijkheid. Die hogere doseringen heb ik gekregen omdat ik erom vroeg en omdat ik ze nodig heb. Als een arts de dosis insuline van iemand met suikerziekte verhoogt, kiest hij niet tussen verwennerij of rechtlijnigheid, maar gaat het uitsluitend om de bestrijding van een aandoening waarvoor een medicijn bestaat, zodat de arts nalatigheid te verwijten zou zijn als hij het niet voorschreef. Waarmee ik niet bedoel dat het allemaal zo geweldig is. Ik betreur het dat de werkzame periodes steeds korter worden.

Paxil

En ook is het niet zo dat dokter Gregory in de jaren na die eerste golf benzo's niets nieuws heeft geprobeerd. De dokter, gekleed in een katoenen bandplooibroek en trui met V-hals, zittend in zijn Eamesstoel, vroeg me hoe het ging en knikte ernstig bij mijn antwoord, en om de paar maanden, tegelijk met de verhoging van de dosis clonazepam, opperde hij een nieuw geneesmiddel, toe te voegen aan het allegaartje dat ik al slikte om mijn toenemende algemene angst te helpen onderdrukken.

Serzone

Ik was muziekrecensies gaan schrijven, niet vanwege de abominabele beloning, maar om de over het hoofd geziene wonderen aan het licht te brengen die werden geproduceerd door platenmaatschappijtjes gevestigd in slaapkamers in plaatsen variërend van Oakland tot Eindhoven door kids die Run-DMC-platen van hun oom sampleden tot een *old school* hiphoprevival, of van die werkloze Belgische grappenmakers die nummers produceerden die hard genoeg waren om een loods vol tieners tot zondagmiddag aan het dansen te houden. Ik ben zelf nooit zo'n liefhebber van de rave-cultuur geweest. Ik lag meestal om tien uur al in bed. Maar voordat die scene instortte door een teveel aan reclamegimmicks en het een ecstasypretpark werd voor weekendpubliek, is er een aantal meesterwerken van psychedelische house uit voortgekomen waar ik tot op de dag van vandaag naar luister.

En daarnaast werkte ik bij platenzaken. Niet bij een van de ketens, want dat zou ik niet over mijn hart kunnen verkrijgen, maar bij verschillende onafhankelijke zaken. Ik heb het ongeveer een jaar uitgehouden bij een winkel aan Newbury Street, totdat ik er genoeg van had om Nirvana-albums te verkopen aan Armani-dragende buitenlandse studenten en naar een platenzaak in Oost-Boston verkaste die voornamelijk bezocht werd door de lokale dj's. Daar kreeg ik nóg minder betaald, maar de klandizie was er tenminste te verdragen. Mijn studieleningen moesten allang worden terugbetaald, maar daar had ik het geld niet voor, dus stopte ik de enveloppen in een la met de bedoeling ze op een later tijdstip te openen, als ik de dingen op orde had.

Terwijl ik in de winkel was, met anderen praatte over de muziek waarin ik geloofde, ernaar luisterde via een koptelefoon of bestellingen plaatste bij distributeurs, kon ik mijn onrust doorgaans wel in toom houden, of anders vond de overtollige energie die erdoor werd opgewekt wel een uitweg in een verhoging van het tempo waarmee de nummers werden gedraaid, of werd die aangewend voor de noodzakelijke pogingen anderen te overtuigen van de kracht van de muziek. Bij Walter Benjamin vind je het concept van de 'verdwijnende bemiddelaar', de persoon of gedachte die een kruisbestuiving tot stand brengt tussen twee culturen en vervolgens uit het zicht verdwijnt, zoals zwarte muzikanten blues en rock ten gehore brachten in de opnamestudio's en vervolgens uit beeld en uit het bewustzijn verdwenen en hoorden hoe dat wat zij hadden bedacht werd gespeeld door blanke bands. Als het mij lukte om samen met een heruitgave van een Dolly Parton-album een hip-hop-dj te verkopen of een designstudent die een fanatieke liefhebber van Europese industrialist music was warm te maken voor een aria van de Pet Shop Boys en hem de verwantschap kon laten horen, was mijn werk voor die dag al gedaan. Ik heb in mijn leven nog nooit een muziekstuk gemaakt, en dat is ook iets wat mijn moeder jammer vindt, maar zolang ik de muziek begreep en er anderen naar kon laten luisteren, was ik niet volstrekt alleen.

Maar als ik daarna met de T terugreed naar Bens appartement aan de rand van South End, me afvroeg of Caleigh thuis zou zijn als ik haar belde en, eenmaal bij Ben aangekomen, terwijl hij high aan het worden was bij hem op de bank ging zitten met mijn eerste biertje van die avond, voelde ik de angst waarmee ik wakker was geworden weer bij me naar binnen sluipen om me te verwijten dat ik er te weinig aandacht aan had besteed en het een illusie te noemen dat ik meende er die dag geen last van gehad te hebben.

Ben, die een semiprofessionele breier was, had me uit de goedheid van zijn hart en uit een grote behoefte aan huurpenningen (en misschien ook als een gunst aan Alec) in huis genomen. Hij hanteerde strenge huisregels, eiste extreme ordelijkheid, zodat hij voldoende plaats had voor alle wol en andere dingen ten bate van zijn postorderbedrijfje, en hij actualiseerde de klussenlijst die aan de koelkast hing regelmatig, waardoor ik telkens gespannen afwachtte wat ik in de komende week weer zou moeten vegen of schrobben. Maar zodra hij zijn breipennen aan het eind van de dag had neergelegd en een joint had gerookt, raakte hij in een toestand van benijdenswaardige kalmte terwijl hij groente voor ons bereidde en naar herhalingen van de *Simpsons* keek. We waren vrienden geworden op de manier waarop mannen dat wel vaker zijn, in die zin dat we elkaar dagelijks in ons bestaan bevestigden maar het daar zo'n beetje bij lieten.

Na de ratatouille en een uurtje tekenfilms kijken probeerde ik dan nog eens Caleigh te bereiken, en als ze geen gehoor gaf, belde ik Celia of Alec, waarbij ik niet volledig opening van zaken gaf aangaande de val waarin ik dreigde vast te lopen, omdat zij daar zelf ook voor moesten oppassen, maar gewoon om met iemand te praten voor wie ik mijn grondstemming niet hoefde te verbergen. Ik wist dat ze bereid waren me te helpen. Vol verwachting vroegen ze altijd hoe mijn pillen werkten. Ik heb ze altijd wel enige redenen willen geven om te denken dat ik aan de beterende hand ben.

Anafranil

Van sommige jaren is het moeilijk om achteraf nog te zeggen wat er gebeurde. Van de meeste jaren tussen mijn twintigste en dertigste bijvoorbeeld. Ik zou niet precies kunnen zeggen wanneer de vinylzaak in Oost-Boston werd opgedoekt. Aan het eind van de eerste termijn van het presidentschap van Clinton misschien? Of zo lang als ik nodig had om die baan bij dat linkse callcenter te vinden. We zamelden geld in voor welke non-profitorganisatie het ook was die ons had ingehuurd om oude abonneebestanden van progressieve tijdschriften als *Mother Jones* en de ledenlijst van de American Civil Liberties Union af te gaan, die zich wellicht zouden laten overhalen tien of twintig dollar over te maken ten behoeve van een bedreigde vissoort of de homoseksuele medemens. Ik kan wel zeggen dat werken op provisiebasis behoorlijk vermoeiend is. Als je bijvoorbeeld bezig was een of andere forens uit Arkansas te bewerken ten bate van een studiefonds voor Native Americans en je op de enorme digitale klok boven het bureau van de chef de seconden zag wegtikken, kon zo iemand, die je eigenlijk al had afgeschreven, beginnen uit te leggen hoe door de rekeningen voor haar behandeling voor fibromyalgie al haar spaargeld was opgegaan, zodat ze zich afvroeg of ze haar hond niet moest wegdoen, een asieldier met maar drie poten, hypertensie en mijnwormen, en je zou willen zeggen: Luister eens, dame, het is gedaan met u, afgelopen en uit, van die shit komt u nooit meer af, maar weet u wat? Als u nou vijftig dollar overmaakt aan dit studiefonds kan iemand die nog niet op het punt staat afgeschreven te worden tenminste een opleiding krijgen, dus hou eens op met dat geleuter en betaal. Ik zou over vier uur graag een burrito kunnen kopen, en u werkt niet erg mee. En waarom rijdt de baas van het callcenter in een BMW? Omdat mensen die eigenlijk werkloos zijn een stelletje verzwakte hippies voldoende geld uit de zak weten te kloppen om in elk geval één upper-middle-class-bestaan te financieren. En wat die anafranil betreft: ik heb die hartkloppingen een tijdje voor lief genomen, maar dat ik niet in staat was om meer dan één keer in de tien dagen te poepen kon ik niet volhouden. Wat jammer is, aangezien de bijbehorende totale teloorgang van mijn libido het nog altijd pijnlijke gemis van Caleigh tenminste enigszins draaglijk maakte.

Celexa

Dat ik in behandeling was bij de oude psychiater van mijn vader maar nooit de rekeningen betaalde, had één nadeel, en dat was dat ik, toen hij op den duur niet meer reageerde als ik hem opbelde, geen poot meer had om op te staan. Zijn onaangekondigde afzien van verder medische begeleiding leek me na al die tijd erg onprofessioneel, gezien het feit dat zijn receptenblocnote zo'n grote rol was gaan spelen in mijn dagelijkse functioneren, maar ik dacht dat hij daar wel met collega's over gesproken zou hebben die hem wellicht hadden aangeraden om af te zien van deze onzuivere relatie. Ik had wel doorverwezen willen worden, maar ja. Ik had geen zin om mijn moeder te vragen op te draaien voor de kosten van een psychiatrische behandeling, dus welke opties stonden er voor mij open? Ik was afhankelijk van spul waarvan je geacht werd er niet zonder begeleiding mee op te houden.

De man die ik in het Boston City Hospital trof was maar een paar jaar ouder dan ik en droeg een trouwring. Ik ben op principiële gronden tegen het huwelijk – niet tegen liefde en trouw, waar ik naar smacht, maar tegen het instituut, vanwege de geschiedenis. Het was dus niet speciaal de burgerlijke staat van dokter Bennet waar ik jaloers op was, maar het vermoeden dat dit wekte dat ook hij een van de uitverkorenen was en ten volle genoot van de intimiteit met een vrouw die hem boven andere mannen had verkozen. En natuurlijk had hij ook een vast inkomen, nog al zijn haar en de enigszins atletische lichaamsbouw van een voormalige teamsporter, waardoor hij een soort fysieke nonchalance uitstraalde, een onaantastbaarheid die hoorde bij het op z'n minst redelijk knappe voorkomen dat door vrouwen zo gewaardeerd wordt vanwege het aanzien dat het verleent, en ook wel het plezier, denk ik. Wat ons bij de gratie van de logica van de tegenstellingen tegen wil en dank reduceert tot de categorie van de *loser* ofwel de engerd, een belangrijk voortbrengsel van de middelbare school die voortleeft in een door jeugd geobsedeerde cultuur die de mensen tot in hun middelbare leeftijd achtervolgt: de op erotisch gebied mislukte man wiens verlangen zou uitgroeien tot wellustigheid en verbittering, totdat hij door zijn eenzaamheid zo lelijk is geworden dat hij nog slechts een viezerik is, om dan langzaam de gedaante aan te nemen van een monsterlijke pedofiel, die het voorwerp wordt van die meest gerechtvaardigde en gewelddadigste woede, de woede van ouders namens hun minderjarige kinderen. Wat niet wil zeggen dat de kennismaking met dokter Bennet iets dergelijks bij mij 'wakker riep', ik wilde er alleen wel zeker van zijn dat hij niet de misstap zou begaan om met veel bombarie een onzalige 'harde aanpak' aan te kondigen en mijn dosis clonazepam te verminderen. Gelukkig bleek hij niet zo onmenselijk te zijn. Net als dokter Gregory wilde hij niet minder medicijnen, maar méér.

Effexor

Toen hij me vroeg wat voor werk ik deed, heb ik hem verteld dat muziek het medium is dat het spookbeeld van het trauma van de slavernij van generatie op generatie overdraagt en dat ik het meest verlegen zat om een bibliotheek ten behoeve van mijn onderzoek, een account bij de website van digitaal opgeslagen academische tijdschriften JSTOR en financiering van een doctoraalstudie van drie jaar. Eerlijk gezegd kon me de titel niets schelen. Ik ben niet iemand die een academische carrière nastreeft. Ik zou al blij zijn geweest als ik alleen de tijd had om te schrijven. Maar het valt niet mee om duidelijk te maken wat er moest gebeuren als je net acht uur lang met blanke linksliberalen hebt zitten steggelen over het leefgebied van een kikker. Dus ben ik akkoord gegaan met een nieuw recept. Effexor en clonazepam in combinatie met de lithium die Bennet me al had voorgeschreven nadat hij van papa had gehoord, gaven sowieso een beetje opluchting, in elk geval voldoende om me in staat te stellen mijn aandacht te richten op het doctoraalprogramma en aan de slag te gaan met het plan voor de herstelbetalingen waar Caleigh en ik al verscheidene jaren over spraken.

Voor zover de mensen überhaupt nadenken over de beweging die zich inzet voor herstelbetalingen, wat de meesten niet doen, denken ze daarbij aan generaal Sherman en de Special Field Order No. 15, volgens welke aan bevrijde slaven de kustgebieden van de Carolina's tot aan het noorden van Florida toegekend zouden worden, de beruchte belofte van veertig morgens land en een muilezel, en ze stellen zich dan ook voor dat het hedendaagse plan neerkomt op een som gelds ten behoeve van iedere levende afstammeling van een slaaf. In feite is echter de voornaamste eis van de beweging dat de Amerikaanse regering haar excuses aanbiedt en het onrecht van de slavernij erkent in combinatie met gerechtelijke vervolging van die banken en verzekeringsmaatschappijen wier rechtsvoorgangers hebben geprofiteerd van de niet-vergoede arbeid van de mensen die zij bezaten. Om pas dan een door het congres toe te kennen bedrag van miljarden dollars te besteden aan de oprichting van instellingen ter verbetering van opleiding, gezondheid en welzijn van de Afro-Amerikaanse bevolking in het algemeen. Tenslotte hebben de Verenigde Staten ook aan Japanse Amerikanen vergoedingen toegekend voor het feit dat zij tijdens de Tweede Wereldoorlog geïnterneerd zijn geweest, en heeft Duitsland restitutiebetalingen gedaan aan de nog in leven zijnde slachtoffers van de Holocaust. Dat overheden moeten boeten voor hun zonden uit het verleden, ook al zijn die begaan door regimes die tegenwoordig als verwerpelijk beschouwd worden, is toch niet iets nieuws? De felle, reflexmatige afwijzing van het idee van herstelbetalingen voor de slavernij geeft aan hoezeer deze nodig zijn. Datgene waar we aan voorbijgaan blijft bestaan.

Dus gingen Caleigh en ik, bijgestaan door Myra, aan de slag met het schrijven van een korte, verklarende brochure, onze bescheiden bijdrage aan de pogingen dit bewustwordingsproces te stimuleren. Ik wilde een achttiende-eeuwse schets van het ruim van een slavenschip op de omslag zetten om te laten zien hoe de voorouders van onze medeburgers hier zijn aangekomen, maar Caleigh wilde daarvoor liever een vroeg-twintigste-eeuwse foto gebruiken van een zwarte keuterboer die zelf zijn ploeg voorttrekt. We lieten er vijfhonderd exemplaren van drukken bij Kinko, en vanaf dat moment zorgde ik er altijd voor dat ik er een voorraadje van in mijn tas had zodat ik ze, als ik een paar minuten in de bus of de T zat, kon uitdelen aan mijn medepassagiers.

Lexapro

Toen ik er uiteindelijk in het jaar dat ik dertig werd toch toe kwam me aan te melden voor een doctoraalstudie, was ik, gezien alle aandacht en onderzoek die ik al had verricht, verbaasd dat ik door alle universiteiten werd afgewezen. Dat ik blank was, was in de door mij gekozen richting van Afro-Amerikaanse studies waarschijnlijk geen voordeel, al is dat een gevolg van het voorkeursbeleid bij de toelating dat ik uiteraard ten volle steun, ongeacht wat dat voor mij betekent. Tegen die tijd had Ben het kunstje uitgehaald om een zeer intelligente en aantrekkelijke vrouw van buiten zijn breierskringen te ontmoeten, lang genoeg zijn gevoel van eigenwaarde te behouden om haar met succes te kunnen daten en haar, Christine, er uiteindelijk toe te bewegen om bij ons in te trekken. Toen er in de maanden maart en april elke week wel een bericht van afwijzing voor mij arriveerde, wisten ze nooit wat ze moesten zeggen als ze me vroegen hoe mijn dag was geweest en ik telkens moest melden dat er weer iets niet doorging. Net zomin als Celia en Alec. Ik heb nooit het gevoel gehad dat wij elkaar onderling zelfs maar een klein beetje de loef moesten afsteken (al ergerde ik me weleens aan het gemak waarmee Celia elke keer als ze had gebroken met een vriendje weer een nieuwe vond), en ik maakte me er helemaal niet druk om dat mijn zusje al haar master sociaal werk had behaald en dat Alec, al was hij vijf jaar jonger dan ik, zijn journalistieke opleiding al had afgerond.

Wellbutrin

Ook in het daaropvolgende voorjaar waren er geen steekhoudende argumenten om jegens een van hen een wrok te koesteren, te meer daar ik, als ik afgewezen werd, me gewoon nog een keer aanmeldde. Het linkse callcenter had inmiddels het personeelsbestand ingekrompen en ik was werkloos geworden, waarop dokter Bennet zo vriendelijk was om me eraan te herinneren dat dit in iemands leven een grote uitdaging is. Waardoor weer over de hele linie een verhoging van de doses gerechtvaardigd was. Een gegeneraliseerde angststoornis, zo noemde hij mijn aandoening. Hij stelde voor dat ik zou deelnemen aan een praatgroep, die – wat wel zo goed uitkwam – even verderop in de gang, vlak bij zijn spreekkamer, plaatsvond. Het werd niet duidelijk waar de praatgroep bij elkaar kwam die mij moest helpen te accepteren dat ik aan deze praatgroep deelnam. Maar ach, nou ja.

Ik had gedacht dat iemand met fibromyalgie in Arkansas al slecht af was, maar die confrontatie was per telefoon geweest, en een dergelijke afstand had ik niet tegenover de veteraan van de Golfoorlog die met zijn geweer in zijn armen sliep en ons aankeek alsof we bloederige lijken waren, of tegenover de vrouw die ervan beschuldigd werd haar kinderen te verwaarlozen omdat ze de boel nooit zo schoon kon schrobben dat ze haar ondervoede kroost zonder risico's te eten kon geven. Onze jongste lotgenoot was op zijn tweeëntwintigste nog niet zindelijk. Als we niets hoorden over gesmolten lijken op de 'highway of death' in Irak konden we terugvallen op het verhaal van de zestien uur durende zoektocht van een failliete advocaat naar een gloeilamp in een doosje zonder deukjes. Iemand zei daar eens: Het komt allemaal door al die feestjes waar jij naartoe gaat. Echt waar. De begeleidster zwoer bij wat ze 'aversietraining' noemde. Zo kreeg de advocaat de opdracht om na de bijeenkomst meteen naar de dichtstbijzijnde supermarkt te gaan en op de afdeling huishoudelijke artikelen de eerste 100-watt lamp te kopen waar zijn oog op viel. Of de veteraan ter wille van dit soort doe-het-zelftherapie clusterbommen moest laten ontploffen in het centrum van Attleboro werd niet echt duidelijk, maar de vrouw met smetvrees diende de door haar gekochte broccoli meteen na thuiskomst op het aanrecht in stukken te snijden en met haar kindjes op te eten. Voordat ik er door mijn angst voor de realiteit van het leven van deze mensen toe kwam om de benen te nemen, kreeg ook ik van de begeleidster twee opdrachten: ik moest de deur uit gaan op het moment dat ik verwachtte dat Caleigh zou bellen en ik moest de la leegmaken waarin ik al mijn onbetaalde rekeningen had liggen en ze sorteren naar prioriteit, naar ik aanneem om uit te vinden met welke ik het eerst naar mijn moeder zou gaan om er met haar over te praten. Geen van beide opdrachten heb ik volbracht.

Remeron

In verwarring door de hardnekkigheid van mijn symptomen onderwierp dokter Bennet mij aan een geheel nieuwe diagnostisering, zei dat ik moest ophouden in onze sessies te praten over psychoanalytische theorieën en schreef me zoveel uppers voor dat een krijgsgevangene ervan in een juichstemming zou raken. Ik herinner me een periode van twee of drie maanden waarin mijn hoofd aanvoelde alsof het samengeperst was tot de dichtheid van een aambeeld bevestigd aan een razendsnel ronddraaiende pottenbakkersschijf op een zonovergoten wei. Het was net zoiets als een wortelkanaalbehandeling ondergaan terwijl je in de tropen op vakantie bent. In lijn hiermee kan ik zeggen dat er aan het experiment een einde kwam toen ik door al mijn tandengeknars een kies brak. Maar gedurende enige tijd was het effect wel dat ik wat vaker mijn kamer bij Ben verliet. Op zaterdagochtend, als de nieuwe bestellingen binnenkwamen, maakte ik de ronde langs de andere indie-platenzaken. Het was bij zo'n excursie dat ik, na vele jaren zonder dates, Bethany ontmoette. Ze had een kleine glinsterende neuspiercing en een bijna kaalgeschoren hoofd en ze stond de bak van Aphex Twin door te kijken. Meer hoef ik toch niet te zeggen?

Celia

Jasper was een anglofiel uit Coeur d'Alene, Idaho. Hij deed zijn best om alles wat hij bezat te voorzien van zijn initialen. Vandaag ging het om een koningsblauwe coltrui met zijn geliefde initialen J.H.P., voor Jasper Henry Philips: tien centimeter hoge letters in brokaat omrand met lovertjes en op de borst vastgepind alsof het een nog af te maken kledingstuk voor Michael Jackson was. Tot nu toe had hij weten te vermijden dat hij zijn toevlucht zou moeten zoeken tot de noodopvang door bij mensen op de bank of in kraakpanden te slapen. Toen Michael me op mijn werk belde, waren we bijna aan het einde van onze sessie, die Jasper weer had verbeuzeld met zijn fantasieën, deze keer over vriendschap sluiten met prinses Diana, zijn favoriete beroemdheid. Ik had nog vijf minuten de tijd voor mijn wekelijkse poging een baan voor hem te vinden.

Ik zei tegen Michael dat ik nu niet kon praten.

'En later?' vroeg hij. 'Kunnen we later praten?'

Een meisje dat zich al drie weken niet had laten zien stond voor mijn deur te wachten. Ik had de hele middag afspraken. En na het werk moest ik hardlopen.

'Ik zal het proberen,' zei ik. 'Maar waar jij bent is het dan al heel laat.'

'O,' zei hij, alsof hij was vergeten dat we in verschillende tijdzones woonden. 'Oké.'

We spraken elkaar minstens twee keer per week, maar dan in de avonduren of de weekends. Ik was verbaasd dat hij de naam van mijn bureau had weten te vinden om het nummer op te zoeken. Hij had iets onrustigs; hij belde om gerustgesteld te worden.

'Ik zal het proberen,' zei ik. 'Echt.'

'Zooo,' zei Jasper zodra ik had opgehangen, 'je vriendje is op reis, en hij is niet je man, want je draagt geen ring. Waar is hij? In Parijs, in Londen?'

Om een goede verstandhouding met hem op gang te brengen had ik bij onze eerste ontmoeting de vergissing begaan tegen hem te zeggen dat ik in Engeland had gewoond. Nu wilde hij over niets anders meer praten.

Ik stelde hem voor de computeruitdraai samen door te nemen. Er waren banen zoals inpakker bij de kassa van de Safeway-supermarkt bij de jachthaven, of als parttime chauffeur, waarvoor hij niet in aanmerking kwam omdat hij geen rijbewijs had, als assistent in een copyshop in Oakland, en verder het gebruikelijke vrijwilligerswerk zoals uitdelen van condooms of helpen in de keuken van Meals on Wheels, wat het uitzendbureau 'kansen tot het opbouwen van een netwerk in de dienstverlening' noemde.

Ik moest ervoor zorgen dat hij zich erop concentreerde en zich vóór onze volgende sessie zou toeleggen op het opstellen van drie sollicitatiebrieven. Als ik een uur de tijd voor hem zou hebben, had ik hem gevraagd met wie hij omging, of iemand in seksueel opzicht druk op hem uitoefende en hoe hij er fysiek en emotioneel aan toe was. Maar dat was mijn werk niet. Ik werd verondersteld te voorkomen dat hij dakloos zou worden (wat hij in feite al was), hem te helpen met het vinden van legaal werk en hem te begeleiden bij het in stand houden van zijn sociale vangnet voor zover dat bestond, wat er in zijn geval voornamelijk op neerkwam dat ik elke week informeerde of hij nog contact had gehad met zijn moeder. Mijn oudere collega's hielden zich vaak niet meer bezig met ouders als een cliënt niet langer minderjarig was, maar volgens Jasper was zijn moeder weg bij zijn stiefvader – degene om wie hij het huis uit was gegaan – dus het leek me voor hem gezien zijn mogelijkheden op z'n minst het proberen waard eens met haar te praten.

Hij ging bij het raam staan en keek het straatje in alsof hij over een romantisch ruwe zee uitkeek. 'Wat doet je vriendje in Londen? Doet hij zaken in het buitenland? Draagt hij van die opzichtige driedelige tweed kostuums? Of zo'n choker, draagt hij chokers?'

Ik zou niet weten met wie van mijn broers hij beter zou kunnen opschieten, met Michael of met Alec.

'Dat was mijn vriend niet,' zei ik.

'Je minnaar dan?'

'Jasper, als je nergens op solliciteert, zal ik dat ik in je dossier moeten zetten, en dan zullen ze over een paar weken vinden dat ik tegen je moet zeggen dat we je verder niet van dienst kunnen zijn.'

'Als je in Engeland hebt gewoond, waarom heb je dan geen Engels accent?'

'Luister eens...'

'Oké, ik zal solliciteren. Maar geef gewoon antwoord.'

'Ik heb langer hier gewoond.'

'Ben je opgegroeid in een huis met bedienden?'

'Hoe kom je daar nou bij?'

Hij pakte en bekeek de plakbandhouder op mijn bureau alsof hij de facetten van een kristallen vaas bewonderde. Ik zou hebben kunnen denken dat hij high was, maar daarvoor waren zijn manier van praten en zijn bewegingen te precies en zijn gevoelens te consistent. Hij was zich aan het oefenen, dat was het, hij was aan het repeteren voor een toekomstig leven.

'Mijn grootmoeder zei dat het volgens haar nergens zo chic was als daar en dat ik het er geweldig zou vinden. Ze had een videoband van de bruiloft van Diana. Daar keken we steeds naar. De mensen dachten dat ze het hoog in haar bol had en er daarom zo mee bezig was, maar ik begreep dat ze er iets in had gevonden en dat ze maling had aan die stommelingen. Ze liet me al die spullen zien, boeken en platen en bekers met de wapens erop, alles wat ze daar had gekocht en alle dingen die ze had verzameld. Het meeste ligt bij mijn moeder. Maar een paar dingen heb ik meegenomen.'

Ik zag hem daar al zitten met zijn grootmoeder op hun eilandje van goede omgangsvormen. Ik wilde hem erover uithoren, horen wat het voor hem betekende. En naar aanleiding daarvan misschien met hem praten over zijn jeugd en uiteindelijk wat zijn stiefvader nou eigenlijk gedaan had dat hij om hem van huis was weggelopen. Jasper was zo'n cliënt die graag over zichzelf vertelde, al was het maar omdat hij een publiek wilde hebben. Het merendeel van de jongeren die ik behandelde was nors en afwerend, en ze behandelden mij als de zoveelste feeks die het niet kon schelen wat ze voelden, net als alle andere volwassenen. Het ging er niet om dat ik hem nu wilde onderbreken, het was alleen dat ons halfuurtje voorbij was. Ik zei tegen hem dat hij mij moest bellen om te zeggen op welke drie banen op de uitdraai hij wilde solliciteren, en dat ik dan de sollicitatiegesprekken kon regelen en bij onze volgende afspraak kopieën van zijn sollicitatiebrieven wilde hebben.

'Het is toch waar, hè?' zei hij, 'dat ze daar in kastelen wonen?'

'Nou, misschien een stuk of tien mensen, Jasper. De meeste mensen zijn er normaal. Ze zijn niet zo heel veel anders dan de mensen hier. Echt niet.'

'Normaal, zoals jij? Studeren en naar Europa gaan en dan hier gaan werken, omdat het je zo'n goed gevoel geeft om domme mensen zoals mij te helpen? Op die manier normaal, bedoel je?'

'Jammer genoeg is onze tijd om,' zei ik. 'Er wacht iemand op me.'

'De mensen worden altijd boos als ik de waarheid zeg. Dat gebeurt me nou altijd.'

Onder de in pak geklede mannen in de N Judah-lightrail de stad uit op die winteravond waren er zoals gewoonlijk een paar die niet in de krant lazen die ze in de hand hadden, maar hun blik lieten gaan langs de lichamen van de jonge vrouwen, met name degenen in rok en met lippenstift op, en af en toe ook naar mij, nieuwsgierig maar ook onzeker en een beetje agressief, een beetje pissig, alsof ik ze niet meteen gaf wat van hen was.

Het beeld van Jasper liet me niet los. Dat van mijn vriend in driedelig tweed, zoals papa soms inderdaad had gedragen; Paul met andere mannen in pak zittend aan een grote vergadertafel, die me later vanuit zijn hotel opbelde, zoals papa naar ik aanneem mama belde. Ik heb nooit zo'n partner willen hebben of me zelfs maar kunnen voorstellen dat iemand dat zou willen. Toch vroeg ik me af, toen ik terug was in ons appartement en Paul daar liggend op de bank aantrof, waar hij onder een deken lag te lezen met een glas bourbon naast zich op de grond, hoe het zou zijn als die fantasie van Jasper zelfs maar een beetje bewaarheid zou worden.

Ik ergerde me aan die borrel. Die was niet goed voor zijn suikerspiegel. Die zou dan waarschijnlijk vannacht te laag zijn, zodat we er allebei wakker van zouden worden. Maar goed, als het er maar één was, of misschien twee, en als hij die niet te snel en met een ruime tussenpoos dronk, zou het nog goed kunnen gaan.

'Hoe is het?' vroeg hij. 'Hoe ging het vandaag?'

Dat hij op de bank lag, wekte het vermoeden dat er niet veel uit zijn handen was gekomen. Maar toen zag ik tussen de openstaande klapdeurtjes naar de keuken dat er geen borden in de gootsteen stonden en dat de cornflakes die gekocht hadden moeten worden op het aanrecht stonden. Hij had dus boodschappen gedaan. En dat betekende dat hij vanavond zou koken en zijn verplichtingen volgens onze afspraak zou nakomen: als hij parttime wilde gaan werken om daarnaast zijn scenario te schrijven, moest hij in het huishouden meer doen dan het vanzelfsprekende kwart van alles wat er te doen was.

'Zoals gewoonlijk,' zei ik. 'Thuisloze jongeren op de huid zitten om een beetje goed voor de dag te komen.'

Hij grinnikte en nam nog een slok. 'Nou, ik ben klaar met het tweede bedrijf,' zei hij.

Ik was op weg naar de slaapkamer om me om te kleden, maar bleef in de deuropening staan. 'Echt waar?' Hij grijnsde met een openheid en tevredenheid die ik lang niet bij hem had gezien.

'Wat fijn,' zei ik. 'Gefeliciteerd.'

'Het is nog maar de eerste versie. Maar evengoed bedankt.'

Hij liep achter me aan de slaapkamer in en keek hoe ik mijn

werkkleren uittrok. Hij had ook het bed opgemaakt en de schone was opgeborgen. Voor de verandering was er nu eens niets om teleurgesteld over te zijn. Zodat ik alleen nog met het gevoel van de teleurstelling zelf zat. Ik probeerde het los te laten terwijl ik op zoek ging naar mijn shorts en sneakers, probeerde de druk van me af te schudden, die bijna voortdurend sluimerende argwaan dat hij tekortschoot. Dat hij niet genoeg energie had. Dat alles op mij neerkwam. Dat ik hem dit kwalijk nam, wat hij verder ook deed, hoe goed hij ook zijn insuline in de gaten hield.

Hij stond bij de deur met een glimlach op zijn gezicht, alsof zijn goede humeur niets ongewoons was. Hij was al een tijdje niet naar de kapper geweest, zijn haar hing over zijn voorhoofd en zijn donkere krullen staken af tegen zijn bleke, bijna vlekkeloze huid. Dat hij zo jongensachtig was, maakte mede zijn aantrekkelijkheid uit. Hij was eenendertig, twee jaar ouder dan ik, maar kon doorgaan voor vijfentwintig. De knapste man met wie ik ooit een relatie had gehad. En de meest hartstochtelijke. In het begin. En dat had het verschil gemaakt – zijn zelfvertrouwen. *Ik wil jou.* Dat had hij luid en duidelijk kunnen zeggen voordat hij wist wat mijn reactie zou zijn. We stonden in de kou op het balkon van een oud houten appartementsgebouw in Somerville, terwijl binnen achter de beslagen ramen het feest in volle gang was. Voordat hij het zei, had hij zijn rode plastic beker neergezet, hij stond daar met zijn armen langs zijn lichaam, achteloos, en keek me recht in mijn gezicht. Ik had geen tijd om na te denken. Toen hij zich vooroverboog nam ik de kus in ontvangst en beantwoordde hem. Verleid worden was niet mijn ding. Om zo goedgelovig te kunnen zijn was ik te veel op mijn hoede. Maar Paul had me verleid.

Dat was drie jaar geleden, nog aan de oostkust, toen ik met mijn master bezig was en hij bij The Brattle werkte en 's ochtends aan zijn korte film. We zijn voornamelijk naar San Francisco gekomen om weg te zijn uit de omgeving waar we allebei waren opgegroeid. We hadden een betaalbaar appartement ver van het centrum gevonden en banen waarmee we onze huur, de boodschappen en de aflossing op onze studieleningen konden betalen. De eerste paar jaar leek dit alles een prestatie die op zich al voldoende was. Pauls studievrienden Laura en Kyle kwamen voor lange weekends vanuit Boulder langs en wij gingen 's zomers naar hen toe en verkenden delen van het land waar we nog nooit geweest waren. Voor onze tweede Thanksgiving wist ik mijn moeder, Michael en Alec over te halen het vliegtuig naar ons toe te nemen en slaagde ik erin om in ons kombuisachtige keukentje een uitgebreide maaltijd te bereiden, waardoor het appartement wat vertrouwder aanvoelde.

Als Paul meer dronk dan voor een diabeticus verantwoord was, of als we ruzieden over kleine huishoudelijke kwesties, zag ik die episode in het licht van een soort preëmptieve nostalgie als behorend tot 'de eerste jaren dat we samen waren.' De tijdssprong die nodig was voor deze ruimhartige terugblik op het hier en nu maakte onze momenten van woede en twijfel en de incidentele keren dat de frustraties en verwijten ons boven het hoofd groeiden vergeeflijker. Het hielp me ook om minder zwaar te tillen aan het gevoel dat ik me had vergist in mijn idee dat Paul me zou verlossen van mijn familie in plaats van zelf die rol op zich te nemen. En eigenlijk was het ook best goed, en vaak zelfs beter dan dat, ik voelde me het voorwerp van zijn verlangen en had het gevoel dat hij me nooit in de steek zou laten. Dat we veilig waren.

Als het langer licht was maakte ik gebruik van de baan in het park, bij het oude poloveld met de halfvergane tribunes en een met onkruid overdekte renbaan. Daar had ik in elk geval een afgebakend en overzichtelijke stukje. Maar 's winters nam ik genoegen met een doodlopend straatje in de buurt waar nauwelijks verkeer was. Het zou eenvoudiger zijn geweest om langere afstanden te lopen, maar daar was ik nooit aan gewend geraakt en het gaf me ook geen voldoening. Ik rende zo snel als ik kon tot ik echt niet meer harder kon, en dat niet één keer aan het einde van de af te leggen afstand, maar keer op keer, in een ritme van sprinten-ontspannen-joggen-naar-het-beginpunt en dan van voren af aan, totdat mijn benen niet meer wilden en ik pijn in mijn borst voelde. Ik had te lang op de stopwatch gelopen om dat zomaar te kunnen opgeven, maar ik rende niet meer om een bepaald resultaat te bereiken, ik kon er alleen wel aan aflezen waar ik nog toe in staat was. Er was geen publiek bij. Ik deed geen atletiekwedstrijden. Ik rende niet eens om mijn eigen beste tijd te verbeteren, al had dat wel gekund.

Ik hield het kort in de wetenschap dat Paul zou koken en spande me tot het uiterste in op sprintjes van honderd meter, waarna ik in minder tijd dan ik normaal nodig had om te herstellen terugliep naar het beginpunt. Hoe vermoeider ik werd, des te sneller rende ik, waarbij ik alleen af en toe inhield voor een passerende auto of mensen die op weg naar huis de straat overstaken, van wie er enkelen inmiddels aan me gewend waren en me toeknikten of zwaaiden. De straatlantaarns hoog op de palen zetten de straat in een helder geel licht, er waren geen bomen die het licht hadden kunnen blokkeren, alleen de geparkeerde auto's, de brede trottoirs, de niet helemaal verzonken stoepranden voor de garagedeuren met een parkeerverbodsbordje erop en de donkere ramen daarboven – een paar straten van Outer Sunset, waar het eigenlijk altijd zondags stil was.

Uiteindelijk konden mijn spieren het niet meer aan en voelde ik die diepe, het hele lichaam doortrekkende vermoeidheid die de pijn de moeite waard maakte.

Dat waren de momenten van de week waarop ik het helderst was. Waarop het innerlijke gezeur verdween, ik de lucht voelde en alles weer eenvoudig was.

Ik was niet gelukkig. Wat niet echt een grote openbaring voor me was. Maar die ongelukkigheid bleef steken in een routine die me het zicht benam op de voor de hand liggende keuze, die ik maar uit de weg bleef gaan. Ik moest mijn baan opzeggen. Jongeren zoals Jasper kwamen niet aan het werk omdat wij aan onze doelstellingen beantwoordden, zoals mijn baas zei: zoveel sollicitaties per cliënt, alsof we maand na maand een gewenste omzet haalden, zodat de overheid ons contract bleef verlengen. Als ze een baan vonden, dan was dat meestal doordat ze er zonder onze hulp in waren geslaagd zich lang genoeg niet te waardeloos te voelen om een goed leven te willen. En daar was het mij om te doen. Dat zij zich beter voelden.

San Francisco was vergeven van de therapeuten en maatschappelijk werkers, maar als ik me zou inschrijven bij Medi-Cal en het bureau zo ver kreeg dat ze me een deel van de verwijzingen te gunnen voor begeleiding waaraan ze zelf niet konden voldoen, kon ik precies zoveel cliënten accepteren als ik wilde, al was de vergoeding dan een schijntje. Dan kon ik zelfstandig zijn, als ik tenminste genoeg cliënten aannam. En als Paul weer fulltime ging werken.

Op weg naar huis verhulde de van de oceaan binnendrijvende mist de straatlantaarns al een paar straten voor me uit, en al snel liep ik in een koele motregen. Eenmaal boven ging ik meteen door naar de douche en bleef een tijdje onder de warme waterstraal staan.

Paul had een groenteroerbakschotel met pindasaus gemaakt met daarbij, in een zeldzaam gebaar van uitbundigheid, gebraden kip. Ik vroeg hem of hij een goede dag had gehad, hoeveel keer hij dacht nog door zijn tekst heen te moeten en wat zijn idee was hoe het verder moest, en ik luisterde hoe hij er hardop denkend over sprak, wat hij nuttig vond, wist ik, en waar hij vanavond zelfs van leek te genieten. Ik wou dat hij dit soort dingen meer met zijn vrienden zou bespreken, maar dat deed hij nooit graag en hij beschouwde mij meer dan wie ook als zijn klankbord. Ik luisterde behoorlijk lang en was blij te merken dat hij opgewekt was.

Op een gegeven moment zei ik, na een stilte, wat ik tijdens het hardlopen had bedacht.

Het eerste wat hij zei was: ‘Wanneer?’

Voordat ik antwoord kon geven, ging de telefoon in de huiskamer. Onze blikken kruisten elkaar, maar geen van beiden kwam in beweging. Zo bleven we ook zitten toen de telefoon voor een tweede en een derde keer overging, bevroren in weer zo’n incidentje in onze voortdurende strijd om de zeggenschap over onze onderlinge choreografie. De dagelijkse worsteling van twee mensen in een kleine ruimte, deuren open- en dichtdoen, langs elkaar heen lopen in keuken en badkamer, langs elkaar heen schuiven, voor de ander langs reiken en zachtjes duwen, vaak met genegenheid die soms aanleiding was tot gelach of seks, maar ook vaak tot dit soort kleingeestig verzet.

Nadat hij voor de derde keer was overgegaan, was het Paul die opstond en naar de andere kamer liep. Hij vroeg de beller om aan de lijn te blijven. Daarna kwam hij weer naar de keuken, ging op zijn stoel tegenover me zitten, pakte na zorgvuldige overweging zijn mes en vork, en zei: 'Michael.'

'Ik had je toch verteld van Bethany van die platenzaak, hè, met wie ik van de week wat was gaan drinken bij Middle East en die ik de dag daarop heb gebeld, waarna we een pizza zijn gaan eten bij Kenmore? Ik had je verteld dat we vijf uur bij elkaar zijn geweest en dat ze me van alles heeft verteld, dat ze net uit het ziekenhuis was ontslagen en dat haar ouders niet met haar wilden praten, maar dat haar moeder ziek was en dat ze terug moest naar Cleveland om haar te spreken, weet je nog?

Het was alsof we meteen een relatie met elkaar hadden, zo vertrouwde ze me, en ze zei dat ze dacht dat ze wel van me zou kunnen houden, en ik heb haar alles verteld van papa en Caleigh, en toen zei ze dat ze wou dat ik met haar mee kon gaan naar Cleveland, maar dat haar ouders denken dat iedereen die ze in Boston heeft ontmoet alleen maar bijdraagt aan haar probleem en dat ze gewoon daar moet gaan studeren. Nou, en daarna, nadat ik jou had gesproken, heb ik haar elke dag gezien behalve dinsdag – toen moest ik een klusje doen. Ze had gezegd dat ze niet meteen weg zou gaan, wat natuurlijk een enorme opluchting was, want ze moest eerst zorgen dat ze het geld voor de huur bij elkaar kreeg. Nou, ik was opgelucht dat we niet keihard op een soort deadline afstevenden.

Want op dat moment hadden we nog niet echt iets officieels tegen elkaar gezegd en we waren nog niet met elkaar naar bed geweest omdat ik haar niet onder druk wilde zetten, ze zit duidelijk in een soort overgangsfase. En ik wilde haar ook niet meteen meenemen naar het huis van Ben, want dan zou hij alleen maar vragen over haar gaan stellen en ik had helemaal geen zin in al dat gedoe. Maar toen heb ik haar toch naar huis gebracht, naar Allston, met de T, niet gisteravond, maar de avond daarvoor. Zonder bijbedoelingen. Maar toen we daar aankwamen, waren we nog druk in gesprek en toen heeft ze gevraagd of ik mee naar boven kwam en heb ik uiteindelijk toch de nacht daar doorgebracht, niet in haar bed maar op de vloer, op het luchtbed van haar kamergenoot, waardoor ik natuurlijk niet heb kunnen slapen, maar zo tegen de ochtend stak ze wel haar hand uit en heeft ze mijn hand vastgepakt en hebben we uiteindelijk toch de nacht bij elkaar doorgebracht. Of de ochtend. Ik had van tevoren geen idee dat het zou gebeuren, want haar relaties waren meestal met vrouwen, maar ze zei dat ik anders was en dat ze heel blij was dat ze me had ontmoet, dat nog nooit iemand zo naar had geluisterd als ik, en daarna zijn we de deur uit gegaan om bagels te kopen en hebben we de rest van de ochtend samen doorgebracht totdat ik naar huis ging voor mijn medicijnen. Dat was gisteren.

En toen hebben we afgesproken elkaar vanavond om zeven uur op Central Square te treffen, en ik heb nog opgebeld om het te bevestigen, maar ik kreeg geen gehoor. Urenlang niet. En toen ik eindelijk haar kamergenoot aan de lijn kreeg, zei die kamergenoot dat ze de deur uit was en dat ze niet wist waar naartoe. En toen heb ik jou op je werk gebeld. Nou ja, in elk geval ben ik natuurlijk naar de afgesproken plaats gegaan, waar ik twee uur op haar heb gewacht met het idee dat ze alleen te laat was, maar ze is gewoon niet komen opdagen. En als ik nu haar kamergenoot bel, krijg ik het antwoordapparaat – ik heb al drie boodschappen ingesproken – maar ik heb geen ander nummer van haar, dus ik denk erover om daar nu naartoe te gaan, maar het is al bijna middernacht, en tegen de tijd dat ik naar de T ben gelopen, daarnaartoe ben gereden en te weten ben gekomen wat er aan de hand is, ben ik natuurlijk te laat voor de laatste trein terug. Maar ik weet niet wat ik anders zou moeten doen. Wat moet ik doen?'

Aan de overkant van de straat liep een jong stel met een opzichtig wandelwagentje onder de straatlantaarn voorbij, op weg naar huis na een etentje bij een van de restaurants aan Irving Street, en ik bedenk dat onze moeder nooit met een baby zo laat nog buiten is geweest.

'Je moet haar gewoon even de ruimte geven,' zei ik. 'Je moet daar nu niet naartoe gaan. Ze heeft waarschijnlijk behoefte aan een dag voor zichzelf. Je moet naar bed.'

'Ik kan niet naar bed, er is iets gebeurd. Ze is weleens eerder te laat geweest, maar ze kwam wel altijd, en nu: niks, wat betekent dat ze ofwel in gevaar is, ofwel – en daar wil ik eigenlijk niet eens aan denken – dat ze heeft besloten om een einde te maken aan alles wat er tussen ons is, misschien omdat ik zonder het te beseffen iets heb gezegd waardoor ze zich gekwetst heeft gevoeld, of ze heeft gewoon tegen me gelogen en geeft helemaal niets om me, waar ik helemaal niet tegen zou kunnen, dat zou gewoon een nachtmerrie zijn, dus het is niet zo dat ik niet kan slapen, maar ik weet niet of ik daar nu wel of niet naartoe moet gaan, of dat alles daardoor alleen maar erger zou worden, zodat ik het maar het beste kan proberen uit te zingen tot morgenochtend. Daar probeer ik een besluit over te nemen.'

'Ik heb net tegen je gezegd dat je er beter niet naartoe kunt gaan.'

'Maar ik kan niet beslissen of ik het wel of niet ga doen.'

Ik hoorde Paul zijn bord in de gootsteen afspoelen. Hij had niet op mij gewacht, en ik nam het hem niet kwalijk.

'Michael.'

'Ja?'

'Dit heeft niks met haar te maken.'

'Hoe bedoel je?'

'We hebben het hierover gehad. Die paniek, die heeft niks met haar te maken.'

'Dat zou kunnen – ik ben geen tegenstander van die these – maar zij is de enige oplossing ervoor, er zijn geen andere oplossingen.'

'Je hebt haar een week geleden ontmoet.'

'Ja. Wat maakt dat uit? Ik ben nog nooit zo verliefd op iemand geweest als op haar.'

'Dat is absurd en dat weet je.'

'Goed dan. Oké. Ik dacht dat je in ieder geval met me mee zou voelen – dat ik zo in de steek gelaten ben.'

'Je bént niet in de steek gelaten. Ze heeft je één keer laten zitten. Ze heeft net een psychiatrische opname achter de rug, jullie zijn vannacht voor het eerst met elkaar naar bed geweest, en hoe oud is ze helemaal? Negentien? En jij bent eenendertig.'

'Twintig, ze is vorige maand twintig geworden.'

Als ik mijn ogen dichtdeed, zag ik hem voor me in zijn kamer bij Ben, met wild bonzend hart. Hij zou over dit alles al minstens een uur met Caleigh hebben gepraat, maar dat was niet genoeg. Zodra hij het telefoongesprek met haar had beëindigd, had hij mij gebeld.

Ik kon niets zeggen waar hij wat aan had. Maar wat hij er zelf ook van mocht vinden, hij had niet opgebeld om van mij advies te krijgen. Morgen zou mijn moeder opbellen en vragen of ik hem had gesproken, en dan zou ze vertellen dat ze bezorgd was om hem en om dat verhaal met die Bethany, dat hij zo boos was overgekomen, alsof het hier om een geheel nieuw en op zichzelf staand probleem ging. En later zouden Alec en ik onze ervaringen uitwisselen en proberen vast te stellen hoe ernstig deze episode was, wat slechts tot de constatering zou leiden dat dit afhing van de mate waarin wijzelf bestand waren tegen elke keer weer meer van hetzelfde.

'En bovendien kan het haar niet schelen hoe oud ik ben, dat heeft ze gezegd, ze zei dat ze nooit iemand had ontmoet die haar zo goed begreep als ik en dat ik veel meer naar haar luisterde dan wie ook. En mij kan het niet schelen dat ze twintig is. Zolang we elkaar echt goed begrijpen, doet dat er helemaal niet toe. We zouden met elkaar kunnen gaan samenwonen terwijl zij haar studie afmaakt, en dan kan ik haar helpen met haar werk en met de omgang met haar ouders. Volgens mij is dat het plan, al hebben we het nog niet helemaal doorgesproken, maar ik geloof dat zij ervoor in is en ik ben er op dit moment ook echt aan toe, ik kan niet langer wachten, wat misschien voor jou moeilijker te begrijpen is aangezien jij Paul hebt, maar Bethany is perfect – al weet ik heus wel dat jij denkt dat dat onmogelijk is – en dan bedoel ik niet dat ze een perfect mens is, maar ik vraag me af wanneer ik weer iemand zou ontmoeten die veel jonger is dan ik, die haar leven met mij wil delen en die James Baldwin leest. Afgezien van Caleigh dan. Ze heeft gezegd dat ze wil dat ik haar help met haar scriptie en haar dan help om toegelaten te worden tot de masterstudie. Maar als er nu iets gebeurd is of wanneer haar kamergenote of iemand anders – haar ouders misschien – op haar in is gaan praten en haar misschien tegen mij wil opzetten, moet ik haar spreken, dat is de enige manier. Ik denk dat ik, als ik de laatste trein mis, wel een taxi naar huis zou kunnen nemen, ja, ik kan zeker een taxi nemen. Maar jij vindt dat ik dat niet moet doen, hè? Dat ik gewoon moet wachten?'

Mijn eten zou inmiddels wel koud zijn geworden, maar ik had geen honger meer. Eigenlijk voelde ik helemaal niets, afgezien van de pijn in mijn dijen van het hardlopen. De inspanning die het me kostte om er voor hem te zijn, om zo dicht mogelijk bij hem te zijn, naast hem op de rand van zijn bed te zitten en mezelf in te leven in ieder zinsdeel, elk aspect van zijn bezorgdheid, liep op den duur bij mij uit in gevoel van leegheid.

Meestal zei ik in het begin een aantal keren: 'Hm-mmm' en was ik het met hem eens, om daar na een tijdje mee op te houden en mijn medeleven alleen nog te laten blijken door niet tegen hem in te gaan. Maar vanavond dreigde hij tegen middernacht de straat op te gaan in een paniekstemming die alleen maar zou verergeren als hij op haar adres niemand thuis zou aantreffen of wanneer haar kamergenote hem zou verzoeken om weg te gaan. Hij kon zich niet tegen zijn impuls te weer stellen, ook al was hij zich de wanhoop ervan bewust. Het enige wat ik kon doen, was wachten tot het overging, via de telefoon maar blijven praten over Bethany, hem nadere bijzonderheden vragen over de week dat ze samen waren geweest en al of niet met een half oor nog eens luisteren naar zijn angstfantasieën over de reden van haar verdwijning. En dat deed ik.

Lang nadat ik daar genoeg van had, werd het ook Michael te veel. Niet in die mate dat hij wilde ophouden met over haar te praten, maar wel een beetje, in elk geval zodanig dat het hem zo'n inspanning had gekost dat hij de fut niet meer had om de deur uit te gaan.

'Ik denk dat ik maar gewoon moet afwachten en haar morgenochtend weer moet proberen te bellen,' zei hij ten slotte.

Ik zei tegen hem dat me dat een goed idee leek en dat ik hoopte dat hij een beetje zou kunnen slapen.

'Problemen in het paradijs?'

Paul stond met zijn rug naar me toe bij de gootsteen de afwas te doen. De volgende keer als we ruzie hadden, zou hij dit misschien te berde brengen, dat hij had gekookt én de afwas had gedaan. Hij was in huishoudelijke zin krediet aan het opbouwen.

Het was een sarcastische opmerking, al was ze niet zo hatelijk bedoeld als ze klonk. Hij was op Michael gesteld. Hij stelde zijn gezelschap op prijs. Hij vond alleen dat ik hem verwende. Zijn eigen zus sprak hij maar eens in de drie of vier maanden. Ze had problemen, maar om de een of andere reden trok hij zich dat persoonlijk niet aan. Zo ging het ook met zijn ouders, die gescheiden waren en ieder alleen leefden. Je kreeg vooral de indruk dat men in zijn familie niet nieuwsgierig was naar hoe het de anderen verging. Alsof ze elkaar in het verleden goed hadden gekend, maar nu allemaal een eigen leven leidden en, zonder dat met zoveel woorden te zeggen, geen zin hadden om te doen alsof het anders was. Zo heel erg ongewoon was dat niet. En ziekelijk overigens ook niet. Maar ik kon het me gewoon niet voorstellen. Dat het je vrij stond om geen aandacht aan je familie te besteden.

'Hij was behoorlijk opgewonden,' zei ik. In de kast vond ik een schone doggybag, waar ik het restant van mijn maaltijd in deed voor de lunch van de volgende dag. 'Sorry dat ik zo lang wegbleef.'

'Geeft niks.'

'Wat ik daarstraks zei...'

'Dat je wilt dat ik weer fulltime ga werken.'

Hij zei het op vlakke toon, zonder boosheid of een schijn van instemming. Hij wist net zo goed als ik dat ik alleen maar kon proberen een eigen praktijk op te zetten als hij meer ging werken. In het begin in elk geval. Dat had hij altijd al geweten. Dat hadden we besproken.

'Ik bedoel niet volgende week,' zei ik.

Hij was de keukenvloer gaan vegen. Ik wou dat hij zich gewoon openlijk tegen me zou verzetten, in plaats van te zwijgen, waardoor zijn weerstand zich in zijn keel zou nestelen, afwachtend maar nooit naar buiten tredend. Maar dat deed ik ook. Altijd voorzichtig, zodat er maar geen ruzie zou ontstaan die we niet in de hand zouden kunnen houden.

Later liep hij met zijn boek naar de slaapkamer en ging daar liggen lezen. Hij keek niet op van de pagina toen ik binnenkwam en me uitkleedde. Pas toen ik op de rand van het bed kwam zitten en mijn hand op zijn borst zette, schoof hij het boek opzij en legde zijn hand op mijn hoofd.

'We kunnen er toch over praten? Het hoeft niet meteen te gebeuren.'

Hij knikte en streek met zijn hand losjes door mijn haar. Dit had ik tenminste wel, zo aan het einde van de dag, en Michael en Alec niet. Een maatje.

Ik streek met mijn hand over zijn buik totdat mijn vingers net onder het knoopje van zijn spijkerbroek waren.

'Ik dacht dat je voor vandaag je oefeningen al had gedaan,' zei hij, terwijl zijn ogen kleiner werden.

Dit hadden we eigenlijk nooit gedaan, elkaar zo plagen als inleiding op het vrijen, elkaar aanvallen op ons verlangen. Maar ik deed het nu ook als hij mij zover wilde krijgen. Ik testte zijn motivatie. Dat was een manier van omgaan met elkaar die we hadden bedacht om onze twijfels ter discussie te stellen zonder ze expliciet te benoemen. We bleven van elkaar eisen dat we zouden bewijzen dat we elkaar wilden. Juist op dat moment van openheid, als je niets wilt bewijzen.

'Wat moet dat nou weer betekenen?' zei ik terwijl ik mijn hand terugtrok. De meest effectieve manier om te reageren op het kleinzielige van het uitproberen was de ander zich daarvoor te laten schamen. Als hij zich even schuldig voelde, zou hij weer ontdooien, in elk geval zodanig dat we konden beginnen. En als we eenmaal begonnen waren, zou zijn schroom wegvallen en kon ik het, met het excuus van zijn verlangen, even vergeten.

'Niets,' zei hij, en hij pakte me bij mijn schouders en trok me naar zich toe. Op zijn tong proefde ik de avondmaaltijd die ik niet had opgegeten, en ineens had ik een verschrikkelijke honger.

Alec

Nog voordat de deuren helemaal open waren, stapte ik bij 34th Street uit de metro, rende naar de trap, arriveerde vóór de menigte bij het tourniquet en slingerde mijn koffer onder het lopen over het hek heen. Toen zette ik een spurt in, ik rende terwijl ik de massa's zoekend rondkijkende toeristen en de in afwachting van de aankomst van de Jersey Transit rondhangende mensen ontweek door de onderdoorgang met het lullige lage plafond en de kiosken en sapwinkeltjes aan weerszijden, blij dat het me zo goed lukte om op een haar na niet tegen iemand aan te botsen terwijl ik naar links en naar rechts uitweek en vervolgens met twee treden tegelijk de trap nam naar de toegang tot de perrons van Amtrak. Daar, onder het grote bord, drentelde een enorme kudde heen en weer, als schapen die ter gelegenheid van de feestdagen op weg waren naar de slachtbank en wachtten op het bericht bij welke trap ze zich moesten opstellen. Mijn trein stond er nog niet bij. Toch wurmde ik me tussen de mensen door naar de trap aan het einde, waar ik, door de lager gelegen toegangstrappen naar de perrons, de ergste drukte kon vermijden. Het was me gelukt. Ik zou niet genoegen hoeven nemen met een staplaats. Door de drukte gecombineerd met het gevoel van ontspanning dat ik ineens onderging, voelde ik me bijna high.

Dertig seconden nadat op het flapbord mijn perron werd getoond, stapte ik in de trein, ook al waren niet alle passagiers uit Washington al uitgestapt. Ik ging aan de rechterkant bij het raam zitten om een goed uitzicht over het water te hebben en legde mijn computertas op de zitting aan het gangpad om iedereen te ontmoedigen die naast me zou willen zitten. De kudde baande zich inmiddels een weg naar binnen en nam bezit van de lege tweepersoonsbankjes.

Enkele minuten later, toen de trein zich ten slotte schokkerig in beweging zette, voelde ik een stiekeme vreugde dat het me gelukt was het bankje voor mezelf alleen te hebben. Toen gleed de deur van het rijtuig open en kwam een achterblijver binnen, een blanke man van in de dertig gekleed in een kaki broek en een ski-jack die vroeg of de plaats vrij was. Als ik zou liegen, zou de vrouw aan de andere kant van het gangpad mijn leugentje al voor we bij 125th Street waren aan de grote klok hebben gehangen. Ik legde mijn computertas op mijn schoot, draaide mijn hoofd naar het raam en staarde door mijn spiegelbeeld heen naar de zwarte muur van de tunnel.

Terwijl we traag door de duisternis reden, zakte het energieniveau dat ik had ontwikkeld om de trein te halen langzaam weg, zodat de gebeurtenissen van de dag weer de aandacht kregen. Dat er een einde was gekomen aan mijn zoektocht naar een appartement, bijvoorbeeld. In de afgelopen twee weken had ik negentien appartementen bekeken – het laatste restje van het decemberaanbod –, het ene nog donkerder en benauwder dan het andere. Ten einde raad was ik, twee dagen voordat ik de stad uit moest, van makelaar gewisseld. En ook zij had met mij de ronde gemaakt langs een serie anonieme, treurig stemmende huurappartementen, om me vervolgens, zonder waarschuwing of trompetgeschal, mee te nemen naar een gebouw met een met veel chroom versierde lift en vervolgens naar een appartement met een geheel ingerichte ouderslaapkamer, een vaatwasser, ramen van vloer tot plafond met uitzicht op het zuiden op 19th Street. Het was alsof ik ontwaakte uit een nachtmerrie en ontdekte dat ik niet veroordeeld was tot levenslange opsluiting in een ondergrondse kerker. Hier kon ik mensen ontvangen, vrienden, collega's en zelfs dates, die zich, geconfronteerd met de schone, glimmend geboende vloeren, de vrijwel nieuwe keukenapparatuur en het royale stuk zichtbare hemel, zouden kunnen ontspannen in de veilige atmosfeer die dit alles opriep. Appartementen in New York herinnerden je er ofwel aan dat je in een van de drukste steden ter wereld woonde, ofwel ze zorgden ervoor dat je dat vergat.

Maar bij mij had ze beet, deze nieuwe makelaar. Het appartement was echter niet een klein beetje boven mijn budget, maar wel vijfhonderd dollar per maand erboven – nog afgezien van de hoge makelaarscourtage. Ik stond in de wonderlijk schone badkamer – wit tot aan het voegwerk toe – in een poging om tijd te winnen door te doen alsof ik de lichtarmaturen inspecteerde, toen ik de voordeur open hoorde gaan. Het was een andere makelaar. Hij had twee mannen bij zich en was bezig de vragen te beantwoorden die ze hem stelden over het beheer van het gebouw. Ik hoefde ze niet te zien, hun stemmen zeiden me genoeg. Ik zag meteen voor me wat er zou gebeuren. Hoe ze hier zouden intrekken met hun allegaartje van moderne meubels, hun teckel, hun dubbele inkomen, hun plannen om kinderen te nemen en over een paar jaar een groter huis, en ik had het gevoel dat ik door hen werd weggevaagd zoals een voetganger op een zebrapad door een door rood rijdende limousine. Uitverkorenen, zoals Michael hen noemde. Stellen met geld.

Maar zo hoefde het niet te gaan. Ik kon me verzetten. Als freelancer kon ik extra werk gaan doen, brood meenemen naar kantoor, de aflossingen van mijn studielening over langere tijd spreiden, iedere maand minder afbetalen op mijn creditcard, goedkoper boodschappen doen en goed letten op aanbiedingen in de uitverkoop bij Banana Republic. Het is waar, al deze dingen deed ik doorgaans al. Maar ik zou er gedisciplineerder in kunnen zijn.

Ik zou over vier uur vertrekken om Kerstmis te gaan vieren, en als ik weer terug was, zouden zelfs de slechtste appartementen die per 1 januari te huur waren al vergeven zijn. Dan zou ik mijn spullen in de opslag moeten doen en bij vrienden op de bank gaan slapen.

Ik haastte me de badkamer uit en zonder mijn concurrenten zelfs maar een blik waardig te keuren, voerde ik mijn makelaar mee naar de hal en zei tegen haar dat ik het nam. Ze glimlachte begrijpend en nam me haastig mee terug naar haar kantoor. Tegen de tijd dat ik de aanvraag had ingevuld en de lijst met gegadigden had bevroren met mijn aanbetaling, was ik ervan overtuigd dat ik de trein niet zou halen.

Nu ik in de avondschemering de rivier de Bronx oversteek, kan ik er alleen maar aan denken hoe impulsief en destructief ik in mijn inhaligheid ben geweest. Hoe ik in paniek was geraakt en het geld dat ik had gespaard voor de huur van de eerste en de laatste maand had geïnvesteerd in een appartement dat ik me niet kon veroorloven. Pas een half uur voorbij Stamford en met behulp van de clonazepampillen die ik van Michael had gekregen, kon ik mezelf ertoe brengen te beginnen met het leeswerk dat ik me had voorgenomen te doen. Eenmaal aan de gang, wist ik echter niet van ophouden. Ik ploegde het ene campagnedossier na het andere door, onderstreepte en omcirkelde van alles en typte een stroom notities in een tempo alsof het onderzoek vandaag al klaar moest zijn en niet pas over enkele dagen.

Toen we bij New London waren, was ik door de stapel heen en restte me niets anders dan maar wat uit het raam te kijken. De rijen auto's voor de pont naar Orient Point strekten zich over het hele parkeerterrein uit en liepen door tot aan de andere kant van het spoor, waar de mensen met draaiende motor de krant zaten te lezen en door op een kier geopende raampjes rook naar buiten bliezen, terwijl anderen een dutje deden of hun kinderen tot stilte maanden. Boven hun hoofd, aan de andere kant van de riviermonding, was de marinebasis te zien, die verlicht was vanaf de waterlijn tot en met de schoorsteen, met daarvoor een in de haven afgemeerde slanke, grijze onderzeeboot. Een eind uit de kust kwam de vollemaan op. Mijn moeder zou nu degenen die er al waren uitnodigen om daarnaar te komen kijken.

Terwijl we langzaam het station uit reden, zag ik dat de vrouw aan de andere kant van het gangpad weg was, net als enkele anderen om me heen, waardoor een aantal zitplaatsen was vrijgekomen. Ik keek opzij naar de man naast me in de verwachting dat hij misschien ergens anders zou gaan zitten. Maar hij zat een boek te lezen en leek niets te merken. In het donker was niet veel te zien. Alleen nu en dan de spaarzame lichten van de huisjes aan het water en af en toe de laagbouw van winkeltjes aan de spoorwegovergangen in het grensgebied van Connecticut en Rhode Island.

Als ik mijn hoofd naar achteren deed, kon ik in het raam de weerspiegeling van het profiel van mijn buurman zien. Hij zag er ongeveer zo uit als je zou verwachten van de gemiddelde stadsbewoner die voor de kerstdagen terugkeert naar het noordoosten, niet onaantrekkelijk maar met een iets te dik hoofd, wat misschien door het lichte baardje verdoezeld had moeten worden, en met een enigszins gedateerde ijzeren bril – met een iets te dik montuur – maar hij was onmiskenbaar een man en nog geen veertig.

Nu ik eraan dacht, herinnerde ik me dat hij, nog voordat hij had gevraagd of de plaats vrij was, mij even snel had bekeken. Iedereen zou dat gedaan hebben, al was het maar om te zien of de onbekende naast wie je van plan was te gaan zitten geen krankzinnige was. Maar hij had even iets opgewekter gekeken en me kort toegeknikt, wat best een teken van opluchting geweest kan zijn om het feit dat ik niet evident krankzinnig was, maar waarvan ik nu dacht dat het misschien iets vrolijkers was geweest.

Waar was zijn vrouw? Waar was zijn vriendin? Er waren geen kinderen. Ik verhardde ineens. Het was absurd, maar ik kon het niet helpen.

Hij had me willen versieren, dat was het. Hij had me willen versieren, maar ik had hem er niet de kans toe gegeven doordat ik zo gespannen was en zo fanatiek was gaan werken. Om dan nu vanuit het niets een praatje te beginnen zou raar zijn. Dat zou een uitwisseling van feiten worden, die het contact alleen maar zou bemoeilijken.

Ik vouwde mijn handen achter mijn hoofd en strekte mijn benen. Het was niet mijn bedoeling geweest om er daarbij voor te zorgen dat mijn shirt en trui tot boven de rand van mijn spijkerbroek omhoog zouden kruipen, zodat enkele centimeters van mijn buik ontbloot werden, maar toen ik me de lichte schaamteloosheid hiervan realiseerde, versnelde mijn hartslag (ik kon me niet beroemen op een sixpack, maar zag er in deze houding redelijk slank uit, en ten slotte was ik ook jonger). Met mijn gezicht naar het raam gekeerd kon ik naar hem kijken zonder het risico te lopen een verkeerde indruk te wekken.

Dat bleef ik de eerste paar minuten doen, en af en toe voelde ik de warme luchtstroom van het ventilatiesysteem in het rijtuig over mijn blote vlees gaan. Hij schoof een paar keer wat heen en weer in zijn stoel, sloeg zijn benen over elkaar en zette ze dan weer naast elkaar, hield zijn boek nu eens in de ene en dan weer in de andere hand, maar hij hield mij niet in de gaten, in elk geval niet voor zover ik het aan zijn spiegelbeeld kon zien, en leek geheel in beslag genomen door de sciencefictionroman die hij aan het lezen was. In staat gesteld door het feit dat mijn hoofd nog van hem was afgekeerd, zakte ik verder onderuit, en terwijl ik voelde dat mijn bloed sneller ging stromen, stak ik mijn hand in mijn zak omdat mijn broek knelde. Heel even natuurlijk maar, met alle bravoure van het studentikoze type dat ik niet was, en toch een paar seconden langer dan strikt noodzakelijk was.

En daar had je het – het schichtig heen en weer kijken, de gretige blik die elke illusie van onverschilligheid meteen logenstrafte. Al snel gevolgd door een verkennende kwartdraai van zijn hoofd om te zien hoe mijn hoofd en ogen stonden. En toen – en dat maakte het helemaal duidelijk – begon hij, in de waan dat ik niet wist wat hij deed terwijl ik uit het raam tuurde, me schaamteloos te bekijken, van hoofd tot de voeten, waarna zijn blik bleef rusten op de broekband van mijn jeans. Mijn ademhaling werd oppervlakkiger nu het gevaar als een pepmiddel door mijn aderen stroomde. Die ademhaling moest hem opvallen, het op en neer gaan van mijn buik en borst. Zowel voor als achter ons zat iemand, wat de spanning alleen maar groter maakte. Zonder hem ook maar enig teken te geven dat ik me van hem bewust was, liet ik mijn hand weer in mijn broek glijden en omklemde mijn stijve enkele seconden lang, waarna ik mijn handen weer achter mijn hoofd vouwde. Dat was het moment waarop hij eindelijk in het raam keek en mij daarin weerspiegeld zag.

Ik deed onmiddellijk mijn ogen dicht, het bloed steeg me naar het hoofd en ik probeerde na te gaan of het nu te laat was, of het nog zin had om mijn opzet om me slordig en onoplettend voor te doen te continueren. Zo leuk was hij tenslotte niet. Ik had het goed gezien, maar het voorwerp van mijn actie was geen lot uit de loterij. Dat was iets wat me in de ogen van leukere jongens beklagenswaardig zou maken – en uiteindelijk waren zij het die ertoe deden. Dit was een dubieuze en perfide redenering, dat wist ik, maar ik had die al zo lang aangehangen dat ik om deze kwalificaties heen kon door het mijzelf te vergeven en dan meteen ook overtuigd te zijn van de geldigheid ervan. Ik kon mijn eigen hoon en afkeuring terzijde schuiven en gewoon doorgaan – wat ik altijd deed –, maar toch waren dan de spanning en het plezier nooit zo groot dat de investering gerechtvaardigd leek. Mijn zelfhaat was op die manier een gierige aangelegenheid. Hij gaf niet terug wat hij je afnam. Maar dat deed er nu niet toe. Het gevaar had me in zijn ban. De geschiedenis moest zijn loop hebben.

Ik liet voor de derde keer mijn hand in mijn broek glijden en hield hem daar. Onze blikken kruisten elkaar even in het raam, maar het was moeilijk om in het halfduistere en bewegende spiegelbeeld zijn gelaatsuitdrukking te zien. Als ik me nu zou omdraaien en hem zou aankijken, zou van de hele ontwikkeling niets meer overblijven. En de Amtrak-wc was voor mij geen optie. We moesten het een beetje zien te rekken. Dus ik hield mijn hoofd afgewend en zag hoe hij zijn mond opensperde toen ik mijn stijve weer pakte en door met mijn pols tegen de band van mijn broek te duwen het topje van mijn lul toonde, waarmee ik de fantasie levend hield dat ik me slaapdronken uitrekte. Het raam was hoog en smal, zodat zijn spiegelbeeld ter hoogte van zijn borst werd afgesneden, maar uit de neerwaartse beweging van zijn schouders kon ik afleiden dat hij zichzelf ook beroerde. Het spel was begonnen. Ik drukte mijn pols harder tegen mijn spijkerbroek, en weer verhitte de adrenaline mijn gezicht. De passagiers voor en achter ons zaten te dichtbij om naar elkaar te kunnen fluisteren.

Toen ik me ten slotte naar hem toe draaide, vermeed ik het hem aan te kijken en staarde in plaats daarvan naar de hand die hij in zijn broek had gestoken. Ik had weer die jongen in Engeland kunnen zijn, die in de douches van Finton Hall een glimp probeerde op te vangen van de rugbyspelers uit de hoogste klas, doodsbang dat ik gesnapt zou worden, zo plooibaar was mijn tijdswaarneming onder de druk van het moment. Totdat we elkaar bevestigden in wat we wilden, waren we volstrekt anoniem.

Hij boog zich naar het gangpad om te kijken of er geen passagiers uit het restauratierijtuig op de terugweg naar hun zitplaats aan kwamen lopen. Toen hij er geen zag, legde hij zijn rechterhand op mijn dij. Ik deed mijn ogen weer dicht en zakte verder onderuit.

Ik hield van mannen. Duidelijk. Maar niet alleen om de seks. Er zeker van zijn dat een man aandacht voor me had, voor mij en voor niemand anders, wat kon je nog meer te wensen hebben? Ertoe doen, en weten dat je ertoe doet.

'Providence, dames en heren, Providence!'

We rukten onze hand uit onze broek en schoven van elkaar af. De conducteur liep slingerend langs. Ik had de lichten van de stad niet eens opgemerkt. We naderden het station al. De oude vrouw voor ons stond op en begon aan een worsteling om haar tas uit het rek te halen.

'Wacht, laat u mij dat maar even doen,' zei de man wiens gezicht ik nog steeds niet echt goed had gezien, terwijl hij opsprong om haar te helpen.

'O, dank u wel,' zei ze. 'Kleinkinderen! Al die cadeautjes!'

De trein remde af bij het perron en het rijtuig ontwaakte uit zijn sluimer. De mensen pakten hun bagage bij elkaar of stonden op om zich uit te rekken. Iemand zette een koptelefoon op en begon naar muziek te luisteren. Ik pakte een stapel papieren uit mijn tas en deed alsof ik las.

Die schijn hield ik op totdat we Providence helemaal door waren en het donkere, met struikgewas begroeide landschap van Massachusetts binnenreden. Ik had het gevoel dat ik de afgelopen twintig minuten had gehallucineerd en was me ervan bewust dat de man dat ook voelde, met zijn boek opengeslagen in de hand, maar zonder de bladzijden om te draaien. We hadden een onderbreking te verduren gehad en konden nu niet doorgaan zonder dat een van ons zich uitsprak.

Toen hoorden we eindelijk de conducteur door de luidspreker aankondigen dat we Route 128 naderden, een Amtrak-station aan de ringweg rond Boston.

'Hier moet ik eruit,' zei de man met kalme, beheerste stem. 'En jij?'

'Ja, ik ook,' zei ik, en meteen waren we weer in de ban van het spel en legde mijn minachting voor zijn middelmatigheid het af tegen de sensatie.

Toen we op het station aankwamen en de trein verlieten, liep ik een meter of drie, vier achter hem aan. De trap op naar het overdekte brug. De sporen over en naar beneden, naar de parkeerplaats. Toen langs alle auto's naar een van de achterste rijen, waar hij de portieren van een Mazda sedan openklikte en zijn koffer in de kofferbak legde, waarna hij achter het stuur plaatsnam. Ik zette mijn tas op de achterbank. Ik moest moeite doen om mijn hand niet te laten beven toen ik het portier aan de passagierskant opendeed en instapte. Hij startte de auto en zette de verwarming aan.

'Ik heet Gary,' zei hij.

'Alec,' zei ik.

En toen zette hij zijn bril af, boog zich over de handrem, ritste mijn gulp open en stopte mijn lul in zijn mond. Mijn hoofd ging naar achteren, tegen de hoofdsteun en toen snel naar voren. Hij had strepen grijs haar aan zijn slapen en een beginnende kale plek. Ik wendde mijn blik af en keek naar links. Aan de andere kant van de parkeerplaats liepen gezinnen over het perron, de reizigers die uitgestapt waren en op zoek naar hun auto door het licht van koplampen beschenen werden. Ik deed mijn ogen dicht, en toen duurde het nog maar een minuut. Hij slikte. Ik ritste mijn broek dicht, opende het portier, pakte mijn tas van de achterbank en liep in de richting van het stationsgebouw om een telefooncel te zoeken. Tegen de tijd dat mijn moeder opnam, was de verdoving bijna uitgewerkt.

Margaret

Als ze me bij de ingang van de bibliotheek op de bank ziet zitten, komt mijn collega Suzanne in haar minirok even bij me langs en rommelt in haar tas op zoek naar een sigaret. Ze heeft rode lippenstift op en is te dun gekleed voor dit weer. Een femme fatale van middelbare leeftijd.

'Wat ben ik toch een viespeuk,' roept ze, terwijl ze een Winston opsteekt en onder het gerinkel van al haar zilveren armbanden de rook wegwuift. Ze slaat haar ene blote been over het andere en drukt haar voet hard tegen haar kuit, waarna ze haar ruggengraat achterwaarts kromt en in de invallende schemering de rook schuin omhoog uitblaast. 'Nou, dat was het dan,' zegt ze met een loom soort norsheid, alsof we net het toneel van een Broadway-musical hebben ontruimd, terwijl er niet meer aan de hand is dan dat de werkweek is afgelopen.

Ze is een bibliothecaris zoals je die niet vaak ziet, iemand wier flair genegeerd zo niet geminacht wordt door iedereen behalve de jongens van de middelbare school en hun vaders. Ze had algauw besloten dat ik haar bondgenoot moest worden in haar strijd tegen verveling en kleingeestigheid, en ik was te vermoeid om me daartegen te verzetten. Ze was een van mijn eerste nieuwe vriendinnen na de dood van John, de andere was mijn buurvrouw Dorothy, en voor allebei ben ik nog steeds dankbaar. Suzanne en ik zijn inmiddels de twee oude vertrouwde krachten van de gemeentelijke bibliotheek van Walcott, de weduwe en de ouder wordende single lady.

Ze heeft altijd snel in de gaten hoe onevenredig enthousiast onze mannelijke collega's zijn tegenover onze jongere vrouwelijke collega's, en daar heeft ze een punt. Het gaat er niet om wat mannen tegen je zeggen of met je doen, het gaat erom wat ze tegen ándere vrouwen zeggen en met hén doen en niet met jou. Die vraagjes en complimentjes tussen neus en lippen door, die dagelijkse blijken van waardering. Het duurde even voordat ik de subtiliteit van het gebeuren in de gaten had en begreep dat je op mijn leeftijd in zekere zin onzichtbaar bent. Ik denk dat ik er niet verbaasd over had moeten zijn dat de echtparen met wie John en ik contact hadden zich na zijn dood niet meer zo vaak lieten zien, maar ik was het wel. Eerst dacht ik dat het lag aan de manier waarop hij was overleden, dat ze het moeilijk vonden om erover te praten, maar in feite voelden ze zich gewoon meer op hun gemak in het gezelschap van andere echtparen.

Die baan was goed voor me – ik ontmoette er andere mensen, voor wie ik gewoon een collega was, verder was er niets ingewikkelds aan.

'Ga nou eens een keer met mij mee naar Kanty,' zegt ze. 'Dat doe je nooit.'

Het is het restaurant waar ze op vrijdagavond de barman aangenaam bezig houdt en meer wijn drinkt dan goed voor haar is omdat ze nog naar huis moet rijden. Gelukkig heb ik nooit van drank gehouden, althans niet in grote hoeveelheden. Dan was het misschien een verleiding voor me geweest.

Ik zeg tegen haar dat ik zit te wachten tot ik opgehaald word. 'Celia en Alec zijn dit jaar speciaal vroeg naar huis gekomen – voor mijn verjaardag.'

Ze kijkt me aan, stampt met haar hoge hak zogenaamd verontwaardigd op de grond en geeft me dan een uitbrander omdat ik het haar niet had verteld. 'Dan had ik een kaart geregeld en gebak gehaald! Wat denk je wel? Maandag krijg je gebak, reken daar maar op.'

'Doe niet zo gek,' zeg ik, terwijl ik zie dat mijn auto de parkeerplaats op rijdt.

'Nee,' zegt ze. 'Protesteren heeft geen zin. We gaan het vieren, of je het leuk vindt of niet.'

Het is Celia die me komt ophalen. Ik had een van de jongens verwacht. Zij is pas vanmiddag ingevlogen. Zodra ik het portier heb dichtgeslagen en naar Suzanne gezwaaid heb, schakelt Celia de versnelling in en rijden we weg. Een vluchtige kus over de handrem heen zit er niet meer in, nu ze op de weg moet letten.

'Het spijt me dat ik te laat ben,' zegt ze. 'Michael wist niet meer hoe laat we je moesten ophalen.'

'O, maakt niet uit. Hoe was je vlucht? Is Paul nu met Michael thuis?'

'Nee. Hij komt over een paar dagen.'

'Ik dacht dat jullie twee samen zouden komen.'

'Nou, kennelijk niet dus.'

Er wordt niet van me verwacht dat ik dit soort dingen vraag. Dat was altijd al zo.

Ze ziet er ouder uit dan een jaar geleden, nog serieuzer. Ze heeft haar haar kort laten knippen en zoals gewoonlijk draagt ze geen sieraden of make-up. Niet dat ik dat zelf vaak doe of haar daarin zou aanmoedigen, maar bij haar heeft het ontbreken ervan het effect dat ze strenger lijkt. Ik vraag me soms af of ze op die manier probeert te voorkomen dat mannen aandacht aan haar besteden. Maar als ik iets dergelijks zou zeggen, zou ze alleen haar schouders ophalen en zuchten. Zuchten doen ze allemaal, die kinderen van mij. Die reactie op mij zie ik bij hen het vaakst.

Ze vraagt hoe het op mijn werk was. Ik zeg dat ik blij ben er nu even vanaf te zijn en de feestdagen vrij te hebben. 'Ik zou graag willen dat je wat langer bleef,' zeg ik.

'Ik heb je toch verteld dat het zelfs in deze periode al moeilijk genoeg was om iemand te vinden die voor me kon invallen.'

De mensen die zij behandelt hebben zulke problemen dat ik bezorgd ben om haar, omdat ik bang ben dat al hun problemen op haar schouders terechtkomen. Maar ze wordt al kriegelig als ik dat over de telefoon tegen haar zeg. Ze had allerlei andere dingen kunnen gaan doen, maar ik heb me nooit aangematigd haar een beroepskeuzeadvies te geven. Zoals haar vader wel gedaan zou hebben. Daar heeft ze ook nooit om gevraagd.

In het voorjaar en de herfst is het op deze achterafweggetjes naar ons huis altijd vol kleur en licht, maar in deze tijd van het jaar is de grond modderig of met sneeuw bedekt en valt de avond al vroeg in. In januari zal het twaalf jaar geleden zijn sinds ik deze route begon te rijden. En dat was in het begin ook de plek waar ik huilde – in de auto. Waarschijnlijk omdat ik wist dat ik niet eeuwig zou kunnen blijven huilen en dat ik, zodra ik thuis was, tegenover Alec en Celia moest tonen dat ik mezelf in de hand had. Het was een periode waarin ik van alles vergat – sleutels, rekeningen, wat ik in de supermarkt moest kopen. En ook veel van wat er toen gebeurde blijkbaar, want mijn herinneringen aan die jaren zijn nog altijd wazig.

Iedereen zei toen tegen me dat ik niet meteen grote beslissingen moest nemen. Continuïteit, dat hadden de kinderen nodig, en ik zou misschien spijt krijgen van overhaaste beslissingen. Dat begreep ik. Maar we zaten met de hypotheek, de gemeentebelastingen en de schulden op creditcards die we tijdens zijn ziekte hadden opgebouwd. Het was een wonder dat de gemeente Walcott me aannam, twintig jaar nadat ik voor het laatst in een bibliotheek had gewerkt. Toch hadden we het huis gekocht op basis van het salaris van John, niet dat van mij. Mijn moeder had aan mijn zus en mij een kleine erfenis nagelaten en Penny schoot af en toe te hulp, maar ik was vaak aan het eind van mijn Latijn en wist niet zeker of ik genoeg geld op mijn rekening had om nog een cheque uit te schrijven. Celia was een goede organisator, dat was ze altijd geweest. Ze bekeek alle rekeningen, belde met de creditcardmaatschappij als ik achter was met mijn betalingen en regelde het zo dat ik langer over de afbetaling kon doen. Het leek vanzelfsprekend dat zij het naar zich toe trok, zonder dat ze het er met mij over had gehad. Maar het was niet in de haak dat ik me zo op haar verliet, dat ben ik me bewust. Ik weet nu dat ze het me kwalijk nam dat ze voor mij moest zorgen terwijl we allemaal nog aan het bijkomen waren van de schok. Ik weet dat dit niet de reden is waarom ze naar Californië is gegaan, maar zij is wel de enige die zo ver uit de buurt is gaan wonen.

'Dus je hebt Michael gezien,' zeg ik. 'Wat voor indruk maakte hij op jou?'

'Ik wist niet dat hij een baard had.'

'Ja. Ik weet niet of die bij hem past.'

'Het leek redelijk met hem te gaan. Niet slechter.'

'Nog steeds geen bericht van Bethany.'

'Ja, ik weet het.'

'Jammer van Caleigh.'

'Mam, ze is lesbisch. En dat was jaren geleden.'

'Bij wijze van spreken dan. Ze zijn nog steeds erg op elkaar gesteld.'

Ik denk dat iedereen wel een beetje biseksueel is, en het lijkt me niet goed als je er te strikt in bent als mensen goed met elkaar kunnen opschieten. Maar dat zal wel naïef zijn. Ze zijn allemaal heel modern, mijn kinderen, en ze wijzen me snel terecht als ik het niet ben.

'Heb je gisteravond Mercurius gezien?' vraag ik. 'Het was hier helemaal onbewolkt en zo helder. Hij heeft in dertig jaar niet zo dicht bij de aarde gestaan. We moeten straks maar eens kijken, want je ziet hem in de stad waarschijnlijk niet zo goed. We zouden vanavond sneeuw krijgen, maar daarna moet het opklaren. Ik hoop dat we de zevenentwintigste naar de Allens kunnen gaan, ze hebben ons allemaal uitgenodigd, en ik weet dat ze jou graag willen zien. Drew is terug – ik had je toch verteld dat hij verloofd is, hè? Ze hebben elkaar op een soort voettocht in Peru ontmoet. Samantha heet ze. Het is allemaal wel heel plotseling, vind ik, maar in elk geval zal zij er ook bij zijn. Je wilt toch wel mee, hè?'

'Waarnaartoe?'

'Naar de Allens'

'Misschien. Ik zal wel zien.'

Als zij en Alec naar huis komen, zijn ze nog niet binnen of ze gaan telefoneren en plannen maken om ergens anders naartoe te gaan, naar vrienden. Zo gaat het al jaren. Het heeft geen zin om erover te klagen, maar ja, ze zijn hier maar zo zelden.

'Nou, ik weet in elk geval wel dat ze jou graag willen zien.'

'Wat voor dag is dat? Wij hebben op dinsdag afgesproken.'

'Daar heb je me anders niks van verteld.'

'Ik had je toch gezegd dat we een afspraak zouden maken, en op die dag kon hij het doen.'

'Nou, dat zou ik graag hebben willen weten.'

In de bocht naar Garnet drukt ze het gaspedaal in, waardoor ik tegen het portier gedrukt word.

'Ik wist niet dat we zo'n uitgebreid programma hadden,' zegt ze.

Het is een idee van Celia – een inschatting vanuit haar beroep, denk ik – dat wij met ons vieren met iemand moeten gaan praten. Ik heb niet zo heel veel te vertellen, maar als zij drieën er iets aan hebben, heb ik er geen bezwaar tegen. Ik ga gewoon mee en zal alle kritiek op mezelf wel incasseren. Het is alleen jammer dat dit meteen na Kerstmis moet.

***

Ze hebben het nieuwe restaurant even voorbij het hotel uitgekozen, en dat is natuurlijk veel te duur. Acht dollar voor een salade. Zestien voor een pasta. Ik had thuis een uitstekende maaltijd kunnen maken. Het had helemaal niet zo uitbundig hoeven zijn. Michael heeft geen geld voor dit soort dingen, wat betekent dat het allemaal op de andere twee aankomt, en dat kan ik niet goedvinden. 'A New Traditional Grill', zo heet het restaurant. Glimmende eikenhouten bankjes met koperen lampen erboven, de keuken zichtbaar achter een glazen wand, geen enkel stukje textiel dat de stemmen van de gasten boven de muziek en het gekletter van de pannen uit zou kunnen dempen.

Ik probeer mezelf in al het lawaai verstaanbaar te maken en zeg tegen de serveerster dat ik soep wil, wat aan de anderen een collectief gezucht ontlokt.

'Het is je verjaardag!' schreeuwt Alec bijna.

'Ik heb uitgebreid geluncht, ik neem wel wat hapjes van jullie.'

De serveerster en ik wisselen een glimlach. Ze lijkt me een aardige jonge vrouw.

'Neem dan een voorgerecht,' zegt Alec, 'dan bestellen wij een fles wijn. Wat voor soort wijn wil je?'

'Een fles?' zeg ik.

Michael doet zijn hoofd achterover en rolt het heen en weer, alsof hij een schietgebed doet, wat zeker niet het geval zal zijn.

'We hebben nog even nodig,' zegt Celia.

Het is zo fijn dat ik ze nu allemaal bij me heb en ik wil geen ruzie maken, maar het heeft geen zin om eten te bestellen dat ik niet wil.

'Je houdt van vis,' zegt Alec. 'Neem de zeebaars.'

Achttien dollar. Hij is net als zijn vader: geld uitgeven alsof hij er recht op heeft om nu te leven zoals hij later van plan is.

'Ik ben helemaal tevreden. Misschien neem ik straks een toetje.'

'Je kunt haar niet dwingen om te eten,' zegt Celia met koele vastberadenheid.

'Versterven heet dat,' zegt Michael. 'Is al heel lang bekend.'

'Doe niet zo belachelijk. Ik heb gewoon niet zo'n honger. Laten we de stemming nou niet bederven en gewoon gaan eten, ja?'

We richten onze aandacht weer op de menu's, het lastige moment verstrijkt en Michael vraagt aan Alec of hij niet denkt dat hij zich, nu hij werkt voor een landelijk nieuwsblad, vereenzelvigt met de machtsstructuren gebaseerd op de privileges van de blanke man. 'Puur qua psychologie,' voegt Michael er ter verduidelijking aan toe. 'Ik zeg niet dat je reactionair bent. Als zodanig.'

'Ik verzamel achtergrondinformatie en doe de eindredactie van de nieuwsberichten,' zegt Alec. 'En mijn baas is een vrouw.'

'Oké,' zegt Michael. 'Maar is ze een radicale feministe?'

'Ze redigeert de achtergrondartikelen. Ze is in geen enkel opzicht radicaal.'

Als de serveerster langs een omweg weer naar ons toe komt, mag ik soep bestellen.

'Maar zou je niet zeggen – en ook nu weer psychologisch gezien – dat de leefwereld van de mensen met wie je samenwerkt niet op z'n minst ten dele bepaald wordt door de identificatie met de structuren van rijkdom en macht waarvan ze verslag doen?'

'Ik zou zeggen dat ze onderbetaald worden en verward zijn, en dat de meesten verslaafd zijn aan politiek.'

'Ik heb het niet over landelijke politiek.'

'Waarom niet? Omdat je denkt dat die irrelevant is?'

'Irrelevant zou ik niet zeggen. Die neemt natuurlijk een centrale positie in de fantasie van het nationalisme...'

'Ik neem de gevulde kip,' zegt Alec.

'Ik had je toch verteld dat Alice Jolly met je peettante op Smith heeft gezeten, hè?' zeg ik tegen Alec, omdat ik niet zeker weet of ik eraan had gedacht om het hem te vertellen. Met stomheid geslagen kijken ze me alle drie aan, alsof ze al hadden verwacht dat het Thanksgiving-diner verstoord zou worden door een uitbarsting van een of ander krankzinnig familielid. 'Alice Jolly, die getrouwd is met Arthur Jolly, de hoofdredacteur van jouw blad. Die heeft samen met Ursula op Smith gezeten. Had ik je dat niet verteld?'

'Waar slaat dát nou weer op?' zegt Michael.

'Ik vond het wel heel toevallig.'

'Dat is het nou juist níét,' zegt hij, en dan geef ik het op. Zoals gebruikelijk in dit soort zaken zijn de porties obsceen groot. Met Michaels karbonade zou je een heel dorp te eten kunnen geven. Mijn soep wordt geserveerd in een kom van wel dertig centimeter doorsnee en met een extra mandje brood, dat ik niet wil en waar ik niet om heb gevraagd.

Alec verorbert zijn eten met een soort wellust, lijkt het, en heeft het binnen een paar minuten naar binnen gewerkt. Zijn dierlijke manier van eten is sinds zijn jongensjaren niet veranderd, maar springt nu meer in het oog doordat hij volwassen is, wat een zekere spanning geeft. Het is alsof hij nog net zo licht ontvlambaar is als in zijn adolescentie, maar dat hij er alles aan doet om dat te verbergen. Hij zou graag wat aangepaster willen zijn en doet daar veel moeite voor. Daardoor kan hij wat kribbig zijn. Het valt soms niet mee om niet te denken dat het iets te maken heeft met zijn homoseksualiteit – dat hij zoveel moeite doet om te willen bepalen wat anderen van hem denken.

Hij was nog maar zeventien, nog een jongen, toen hij het mij vertelde, en toch deed hij dat met een enorme ernst en zekerheid. Toen ik opperde dat hij het nog een tijdje open zou kunnen houden, dat het vaak een fase is, vroeg hij of ik dat ook tegen Michael en Celia had gezegd toen duidelijk werd dat zij hetero waren. Dat moest ik natuurlijk ontkennen. Hij gaf de indruk erg tevreden te zijn dat hij me met dit argument de mond had gesnoerd. Ik weet nu dat ik bij hem niet moet aankomen met angst voor aids.

'Oké,' zegt Celia, 'dus iedereen weet nu dat we dinsdag die afspraak hebben.'

'Is het een lacaniaan?' vraagt Michael.

'Hij doet gezinstherapie,' zegt Celia. 'We gaan daar niet op de bank liggen om na vijf minuten te horen dat we weg kunnen. We gaan geen theorie doen.'

'Dat heb jij toch ook gestudeerd?' zeg ik tegen Celia.

'Mam, ik heb een diploma sociaal werk. Michael heeft het over literaire kritiek.'

'Niet literair,' zegt hij. 'Sterker nog, ik denk dat we onze aandacht moeten verplaatsen van de tekst naar het domein van de pure emotie.'

'Hij is psychotherapeut, oké? Hij gaat met ons praten over de onderlinge dynamiek die we door de jaren heen hebben opgebouwd.'

'Onderlinge dynamiek?' zeg ik.

'Interactiepatronen,' zegt Celia.

'Zijn die niet goed dan?'

'Als je er niet naartoe wilt,' zegt ze, 'dan hoeft het niet, hoor.'

'Nee, nee,' zeg ik. Ik wil haar niet van streek maken. 'Die zijn er vast en zeker, interactiepatronen. En ik twijfel er niet aan dat ze allemaal aan mij te wijten zijn.'

'Wie de schoen past,' zegt Alec.

'Wat bedoel je daarmee?' vraag ik, wat weer een vertwijfeld schouderophalen uitlokt, alsof dat toch zonneklaar is.

'Ik twijfel er niet aan dat ik een slechte moeder ben geweest,' zeg ik. 'En dat ik jullie heb belast met van alles, wat ik niet had moeten doen.'

'Ach mam, kom nou,' zegt Michael, 'alsjeblíéft zeg.'

'Wat dan?' zeg ik. 'Dat denken jullie toch, nietwaar?'

De gezichten staan uitdrukkingsloos van geduld.

'Ik had het huis moeten verkopen en met jullie ergens moeten gaan wonen waar jullie niet aan het verleden herinnerd zouden worden. Een huis waar jullie meer dan twee keer per jaar langs zouden willen komen.'

'Nee, dat had je niet moeten doen,' zegt Alec. 'Jij houdt van het huis.'

Hij heeft me altijd het meest in bescherming willen nemen, op zijn manier. Al sinds hij nog klein was. Ik herinner me nog dat ik, toen hij nog maar vijf of zes jaar was, met hem aan de hand ergens liep, en dat hij naar me opkeek en heel ernstig tegen me zei: 'Ik zou er mijn leven voor willen geven als jij maar niet dood hoefde.' Het was zo'n bovennatuurlijke uitspraak die kinderen soms kunnen doen als ze beginnen te vermoeden dat het leven niet eeuwig duurt. Maar deze is me altijd bijgebleven. Hij mag dan een hyperactief kind zijn geweest en nog steeds koppig zijn en makkelijk opgewonden raken, in zijn liefde is hij heel eenvoudig.

Wat het huis betreft heeft hij gelijk. Het heeft lang geduurd, maar ik voel me er nu op mijn gemak. Mijn eerste impuls was om daar weg te gaan. Elke ochtend schrok ik wakker van de wekker, en dan dacht ik: hij zal te laat op zijn werk komen, je moet zorgen dat hij opstaat. En dan zag ik het rimpelloze beddengoed naast me en voelde me weer ziek, net als in het begin – John. Nooit weer. Maar dat soort dingen houd je niet vol. Het put je uit. Celia en Alec moesten de middelbare school nog afmaken. Michael had een thuis waar hij naartoe kon. Toen Alec vertrok om te gaan studeren – Celia had tegen hem gezegd dat hij haar voorbeeld moest volgen en zich alleen moest opgeven voor instellingen waar je ongeacht je financiële situatie kon worden toegelaten – en vóórdat Michael ermee ophield, heb ik er weer over gedacht om te verhuizen, omdat ik me afvroeg of ik het wel aankon om daar in mijn eentje te wonen. Maar er waren ook dingen die ik op prijs stelde. De stille straat zonder huizen aan de overkant, alleen gras tot aan het pad langs de beek, de open haard, die ik in herfst en winter 's avonds meestal aanstak, de oude schuiframen precies zoals die uit mijn jeugd, en de twee gezonde perenbomen in de voortuin.

Heel lang heb ik de energie niet gehad om iets aan de tuin te doen. Maar uiteindelijk heb ik de oude, uitgebloeide bloembedden omgespit en achter in de tuin een groter bed gezaaid en beplant. Ik heb de onderste takken van de bomen die het zonlicht wegnamen afgezaagd en de groenblijvende struiken die boven de vensterbanken uit waren gegroeid tot vlak boven de grond gesnoeid. Het is geen weelderige tuin – narcissen, tulpen, een paar rozenstruiken, wat tomaten en kruiden. Maar hij schenkt me voldoening.

Alec, wiens kip verbazend lekker is, legt Michael uit hoe een hypotheek van dertig jaar werkt en spreekt hem daarbij toe als een leraar die zich ergert aan zijn domme leerling. Hij probeert zijn broer aan het verstand te brengen dat ik nog steeds betaal voor het huis en dat ook de eerstkomende jaren zal moeten doen, zodat, zegt hij, Michael er niet van uit kan gaan dat ik maar door zal gaan met het afbetalen van zijn studieleningen.

'Wat heb jij daar nou mee te maken?' zegt Celia in een instinctieve poging Michael te beschermen, die zijn blik op de tafel gericht houdt. 'Ze kan doen wat ze wil. Geld is een obsessie voor jou.'

Ik neig ertoe het met haar eens te zijn, maar hou mijn mond, omdat ik daarmee Alec tekort zou doen.

'Ik heb van de week een sollicitatiegesprek gehad,' zegt Michael, op een ander onderwerp overgaand. Dit is een verrassing. Daar wist ik niets van. Hij vertelt me meestal alles tot in de details. 'Bij een platengroothandel. Ze weten alleen nog niet zeker of ze het geld er wel voor hebben. Ze zei dat ze het me snel zou laten weten.'

'O, mooi,' zegt Alec, zachter nu hij het goede nieuws hoort.

Hij ergert zich altijd zo aan Michael. Ze denken dat ik die dingen niet zie, dat ik aan andere dingen denk of moe ben. Maar ik zie ze net zo duidelijk als toen ze nog klein waren en elkaar joelend achternazaten in de tuin rond dat achthoekige huis en Alec altijd de aandacht van zijn broer wilde hebben. Ze waren destijds al grotendeels degenen die ze nu zijn. Zijzelf volgen het spoor niet verder terug dan tot hun adolescentie, want dat was de tijd dat hun ideeën vorm begonnen te krijgen. Maar zo'n groot deel van wie ze zijn heeft met dat alles niets te maken. Ze zijn hun natuur. Maar ze zouden me de mantel uitvegen als ik dat zou zeggen.

Bij het dessert is Michael zo vriendelijk om een stuk bessentaart met mij te delen, waarbij hij mij het meeste van de vulling gunt en ik hem het grootste deel van de korst.

Als de rekening komt, pak ik hem als eerste op, en ik ben verbijsterd door wat ik zie. Michael en Alec hebben elk een biertje gehad, we hadden drie voorgerechten, een soep en twee desserts, maar je zou denken dat we de hele kelder en keuken geplunderd hadden. Toen ik het waagde lucht te geven aan mijn verbazing zuchtten ze eenstemmig.

Het probleem is dat mijn salaris pas over twee dagen overgemaakt wordt en dat ik vanwege Kerstmis geen cheques kan uitschrijven. Ze hadden me ook gewoon moeten laten koken. Michael heeft zijn karbonade niet eens helemaal opgegeten. Ik pak mijn handtas en haal mijn creditcard tevoorschijn, maar Alec zegt: 'Jij gaat niet betalen, hoor.'

'Doe niet zo gek, er is geen reden dat jullie het allemaal zouden moeten betalen. Het is te veel, echt waar.'

Hij telt de biljetten na die Celia hem uit haar portemonnee heeft aangereikt. Michael haalt een tientje tevoorschijn dat hij schaapachtig voor zijn broer ophoudt. Alec pakt het zonder op te kijken aan en voegt het bij de al getelde biljetten, daarbij door Celia vanaf de andere kant van de tafel gadegeslagen. Hij stopt het geld in zijn portemonnee en legt een Visa-card op de rekening, waarna hij het plastic mapje dichtklapt en het geheel naar de rand van de tafel schuift. Ik hou mijn creditcard nog omhoog, maar hij negeert het. Waren we maar naar een wat simpeler gelegenheid gegaan, denk ik onwillekeurig. Ik waardeer het dat ze me wilden trakteren, maar ik zou me thuis echt veel meer op mijn gemak hebben gevoeld.

We wachten in ons eigen kleine stiltegebied terwijl de aardige jonge serveerster met onze rekening naar de kassa loopt. Even later staat ze weer bij ons.

'Deze werd geweigerd,' zegt ze. 'Wilt u misschien een andere card proberen? Cash is ook goed.'

'Ja, een andere creditcard,' zeg ik, terwijl ik de mijne weer omhoogsteek, maar Alec heeft de rekening al gepakt en zegt tegen haar dat we nog een minuutje nodig hebben. 'Kom op nou,' zeg ik, 'doe niet zo belachelijk,' maar hij is al van tafel opgestaan en loopt met de rekening in zijn hand de deur van het restaurant uit, de beginnende sneeuwbui in.

'Er zijn natuurlijk best wel zaken te vinden waar het niet zo duur is als hier,' zeg ik tegen de andere twee.

Celia werpt me een blik toe die een duidelijke waarschuwing inhoudt dat ze boos zou kunnen worden. Zij is de enige die me zo vernietigend kan aankijken, die me zo makkelijk kan confronteren met mijn tekortkomingen. Alles waarvoor ik haar niet heb kunnen behoeden treedt nu aan de oppervlakte, die kille glinstering in haar glanzende zwarte ogen.

'Het was niet mijn idee,' zegt ze. 'Alec wilde het.'

'Is hij geld gaan pinnen?' vraagt Michael, alsof hij net aan tafel is komen zitten en geen idee heeft wat er aan de hand is.

'Ja,' zegt Celia.

Een vrouw die met haar gezin bij de deur staat te wachten op een vrije tafel werpt boze blikken in onze richting, alsof we alleen om haar dwars te zitten treuzelen met betalen. Ik kijk de andere kant op, naar een stel van achter in de vijftig dat één tafeltje verderop zit te eten met een jongeman in een blauwe blazer en een jonge, zwangere vrouw die wel hun dochter of schoondochter zal zijn. Doordat ze hetzelfde grove gezicht heeft als de oudere vrouw neem ik aan dat ze de dochter is. Ik had de man al eerder opgemerkt, toen we binnenkwamen en hij met de serveerster overlegde over de wijnkaart. John was geen expert, maar hij koos altijd de wijn, en dat deed hij met veel zorg, wat ik waardeerde en wat me ongetwijfeld ouderwets maakte.

Alec loopt met de rekening rechtstreeks naar de balie van de kassier en regelt het daar. We halen onze jassen op en lopen achter hem aan de parkeerplaats op.

De sneeuwvlokken zijn klein en droog en rollen als paardenbloemzaden over de auto's. Het blijft nog niet liggen, en tijdens de rit naar huis zijn de vlokken nog maar nauwelijks zichtbaar, zelfs als ik er vanaf de achterbank op let, uitkijkend over de in het donker gehulde sportvelden van de openbare school, waar alleen Celia vaak sportte, over de tuinen voor de huizen en het grasveld bij het stadhuis, plekken waar ik anders nooit naar kijk en nu alleen omdat ik zelf niet achter het stuur zit.

Ik kom er niet onderuit om me schuldig te voelen dat ik ze hier weer naartoe heb gehaald, denk ik, terwijl ik weet dat ze liever hun eigen leven leiden, los van mij en deze plek, en toch is hun aanwezigheid zo'n troost, nu ik ze in elk geval onderdak kan verschaffen en te eten kan geven, hoe machteloos ik verder ook ben om hen te helpen in het leven. Zelfs het feit dat ze zo groot zijn is een troost, dat ze zoveel meer ruimte innemen dan vroeger, dat hun lijven zo warm en vol zijn, op zichzelf al iets goeds en bij lange na niet zo vluchtig als al hun zorgen.

Ik heb het huis gestofzuigd en het opgeruimd en afgestoft in de hoop dat Michael en Alec zo min mogelijk hinder zullen hebben van wat het ook is dat in de lucht hangt en waar ze last van hebben. Ze lijken nog niets te merken, maar ze zijn nog maar net hier, dus daar zou dan ook geen reden voor zijn, lijkt me.

Michael is degene die er de grootste afkeer van heeft om hier te zijn, al woont hij het dichtstbij en is hij hier het vaakst. En dat is al zo sinds we hier kwamen wonen.

Vanuit de keuken hoor ik Alec niezen, gevolgd door het lopen van de kraan en het openen van een bierflesje door Michael. Celia's koffer stoot tegen de spijlen van de trap als ze ermee naar boven loopt.

Pas als ze hier weer zijn en ik deze kamers door hun ogen zie, realiseer ik me hoe weinig ik in het interieur heb veranderd. Wel heb ik het behang van gedroogd gras in de studeerkamer van de muur gehaald en de sombere groene muren in de eetkamer overgeschilderd met een paar dikke lagen wit, maar het meeste heb ik gelaten zoals het was: een aquarel met een landschap die we bij onze bruiloft hadden gekregen hangt nog steeds boven de bank, de bijzettafeltjes die ik tientallen jaren geleden op een markt in Chelsea heb gevonden staan aan weerszijden ervan, met daarop de lampen van gegroefd glas die mijn ouders ons bij ons trouwen hadden gegeven en die we in Samoset in onze huiskamer hadden staan. Als ze er niet zijn, zie ik dwars door deze dingen heen de tijd dat we hier met z'n vijven woonden.

Het is al laat, maar als ik meteen doorloop naar boven om in bad te gaan, laat ik de kans lopen om nog even bij hen te kunnen zitten, dus sla ik de krant open bij het kruiswoordraadsel, neem plaats op een lege stoel bij de open haard en wacht tot ze ook komen zitten.

Celia

Mama draaide zich in de keuken naar ons toe en riep: 'Nee! Nee!'

We zaten aan het ontbijt. Achter haar op het aanrecht stond, bleek en bol, de opgebonden kalkoen.

'Wat is er aan de hand?' vroeg ik.

'Een úí! Ik ben vergeten een úí te kopen!'

Michaels borst en schouders zakten wat ineen, uit opluchting over de onbenullige aanleiding tot deze paniek op kerstochtend.

'We kopen er alsnog wel een,' zei ik.

'Waar, in hemelsnaam!'

'In de supermarkt,' zei ik. 'Ik ga er na het ontbijt wel even heen.'

'Maar de vulling dan!' zei ze. 'De vulling!'

'Het is maar een ui,' zei Michael geruststellend, 'het doet er niet toe.'

'Natuurlijk doet het er wel toe!' riep ze, met een klap op haar bovenbeen.

'Ik dacht dat we er nog wat hadden,' zei Alec door het witte mondkapje heen dat hij droeg om geen last te hebben van de lucht in het huis. Hij wees onder de tafel, waar naast het vogelzaad in een terracotta plantenbak een rood net met uien lag.

'Ah!' riep mama. 'Ah! Godzijdank! Maar wanneer heb ik die dan gekocht? Wat dom van me.' Ze bukte zich, tilde het net met de uien op en pakte een schaar om het open te knippen.

'Jezus,' zei Michael, 'dat kost me een week van mijn leven.'

'Alsjeblieft Michael, hou nou eens op met overdrijven,' zei mama.

Ik liep met mijn kom muesli naar de eetkamer. Alec, nog in zijn badjas, was daar snel naartoe gegaan en had het eerste katern van de krant al voor zich op tafel opengeslagen. Hij had om te kunnen eten de neuskegel van zijn masker omhooggedaan, zodat die nu als het begin van een hoorn op zijn voorhoofd rustte. Door het plafond heen hoorden we Pauls voetstappen. Hij was de vorige avond gearriveerd en was zich nu in mijn kamer aan het aankleden. Door de jetlag en de onregelmatige etenstijden zou zijn bloedsuiker wel verstoord zijn. Hij moest snel iets eten.

'Is er iets aan de hand?' vroeg tante Penny, die in de deuropening verscheen. Ze droeg een zwarte wollen broek, een zwarte coltrui, een zwart vest en een grijze sjaal.

'Nee,' zei Alec zonder van de krant op te kijken. 'Alles is in orde.'

Ze zette haar leesbril op en boog zich voorover om de thermostaat te bekijken. 'Het lijkt hier de Noordpool wel,' zei ze. 'Ik snap niet hoe jullie moeder dat uithoudt – ik zet 'm ietsje hoger.' Ze was gewend aan het klimaat in haar New Yorkse appartement, waar de radiatoren zo hoog stonden afgesteld dat ze zelfs in januari de ramen open moest houden. Ze kwam elk jaar hiernaartoe met een koffer vol wollen kleding, gegord voor de strijd om warmte.

'Hebben jullie twee het dan niet koud?' vroeg ze.

'Niet echt,' zei ik.

'Christus te paard!' riep Michael, die de eetkamer binnenkwam met een beker koffie en een handvol pillen. 'Waar komt die vandaan?'

Een cyperse poes wreef met haar zij tegen de radiator aan de voorkant.

'Mama,' zei Alec terwijl hij het masker over zijn mond en neus trok, 'er is hier een kat.'

'Dat is Nelly!' zei mama vanuit de keuken. 'Ik heb haar vanochtend binnengelaten. Het is de poes van Dorothy van hiernaast, ze is heel lief.'

Tante Penny boog zich voorover en begon het beest te aaien. 'Ze zoekt gewoon wat warmte, net als wij allemaal, hè poesje?'

'Zijn jullie al aan het éten?' riep mama uit, terwijl ze ontsteld haar hoofd om de hoek van de deur stak. 'En de kousen dan?'

'Mam,' zei Michael, 'ik probeer volwassen te zijn.'

'Hè, toe nou,' zei mijn moeder, nu met een lief stemmetje. 'Ik ben er tot middernacht mee bezig geweest.'

Die kerstkousen, dat was iets wat we al die jaren zonder onderbreking hadden gedaan. Ieder jaar weer. Als er een scheur in zat, naaide mama die dicht.

'Ja, eerst de kousen,' bevestigde tante Penny.

En dus gingen wij drieën naast elkaar op de bank zitten om onze gevulde rode kousen in ontvangst te nemen. In elk daarvan zaten potloden, miniatuurzeepjes, KitKats, lippenbalsem, pepermuntjes en meer van dat soort dingen. Deodorant voor Michael, een paar oorbellen voor mij, pure chocola voor Alec, en in de teen altijd een mandarijn. Mam liep naar de kast in de andere kamer en haalde voor elk van ons een schoenendoos om onze presentjes in te doen. Bij elk cadeautje bedankten we haar als we het hadden uitgepakt. Ze keek glimlachend toe, zei dat het allemaal niet veel om het lijf had, maar dat het dingen waren die we wel konden gebruiken of waarvan ze wist dat we ze leuk vonden.

'Ah, daar ben je,' zei tante Penny, toen Paul met een slaperig hoofd en gekleed in zijn nette overhemd, trui met V-hals en ribbroek de huiskamer binnenkwam, grijnzend toen hij ons drieën daar als kleuters naast elkaar zag zitten.

We waren van plan geweest samen het vliegtuig te nemen, maar de avond daarvoor was hij van gedachten veranderd. Hij wilde die twee dagen gebruiken om te schrijven, zei hij. Het was een argument waar ik niet tegen kon protesteren, aangezien ik hem had gevraagd om veel meer dan die twee dagen op te offeren, zodat ik mijn baan kon opzeggen. Geen speld tussen te krijgen. Maar het was ook een provocatie. Want moest ik nu werkelijk geloven dat het plotseling uitstellen van zijn bezoek aan mijn familie helemaal niets te maken had met het feit dat ik hem tien dagen geleden had verteld dat ik zwanger was? Dat het niets te maken had met het feit dat hij er sindsdien nauwelijks een woord over had gezegd? Maar het was al laat, en ik was aan het inpakken – ik wilde, enkele uren voor vertrek, niet op de provocatie ingaan en alles op tafel gooien.

Hij was hier nu in elk geval meer uit vrije wil. Dat zag ik aan de ontspannen uitdrukking op zijn gezicht, net als wanneer hij een productieve dag achter zijn bureau had gehad en zijn altijd aanwezige spanning voor die avond enigszins geluwd was. Hij had nu die twee dagen voor zichzelf gehad en had zijn punt gemaakt, voor zover het hem daarom te doen was geweest. Nu kon hij zonder bezwaar meedoen aan de festiviteiten, accepteren dat mijn tante hem beschouwde als een knappe, huwbare man, met en om Michael en Alec lachen en met licht ironische afstandelijkheid het reilen en zeilen van onze familie gadeslaan. Ik wilde eigenlijk dat hij langs de anderen heen zou lopen om mij een ochtendkus te geven, maar hij ging bij het raam zitten en bekeek ons van daaraf.

'O, dat is de Messiah,' zei mama, van haar stoel opspringend om de radio harder te zetten. 'King's College,' voegde ze eraan toe, 'het is een directe uitzending.' Dat zei ze elk jaar op diezelfde opgewonden toon. Achter haar in het raam hing de Venetiaanse adventskalender die vroeger toen we klein waren van een van ons was geweest, en waarvan ze nog steeds iedere ochtend een raampje opendeed totdat wij arriveerden, waarna ze zei dat wij dat verder moesten doen, omdat het zo leuk was.

Na de kerstkousen kregen we de rituele bacon-koffiecake. Daarna moesten we terug naar de huiskamer voor de cadeautjes onder de boom. Terwijl wij de cadeautjes uitpakten, rende mama heen en weer, naaide de kalkoen dicht, haalde de mooie borden tevoorschijn en legde het zilverwerk vast klaar. Tante Penny voorzag ons zoals elk jaar van truien, mutsen, handschoenen en sjaals. Alec klaagde dat hij ondanks zijn masker moeite had met ademhalen. Het lag niet aan de kat, zei hij, maar aan de schimmel in de kelder. De sporen daarvan hingen overal in huis in de lucht.

Michaels cadeaus aan ons waren cd's met muziekcompilaties die hij zelf had gebrand, Mahler voor tante Penny, Ella Fitzgerald voor mijn moeder, muziek waarnaar wij zouden moeten luisteren voor

Alec en mij, en een alt-rock-mix voor Paul. Hij deed zijn best om aan elk van ons aandacht te besteden als we ze uitpakten, maar elke keer liep hij weer de gang in naar de telefoon, in afwachting van het moment dat die over zou gaan; Bethany moest hem bellen. Ze had uiteindelijk een reden gegeven waarom ze zich niet had laten zien op de avond dat hij van plan was geweest de deur uit te gaan om haar te zoeken, en sindsdien spraken ze weer af, maar het was zo onduidelijk wat Michael nu voor haar betekende dat hij voortdurend geagiteerd was. Nu is ze teruggegaan naar Cleveland en heeft ze vier dagen lang geen contact met hem gezocht, terwijl ze hem heeft verboden om haar daar te bellen, omdat haar ouders daar kwaad over zouden kunnen worden. En weer werd hij gemarteld door haar stilzwijgen.

Het duurde niet lang voordat iedereen, op Paul en Michael na, betrokken was bij het keukengebeuren. Elke keer als mijn moeder de oven opendeed, kwam tante Penny naast haar staan om te vragen of het vet helder was, omdat het heel gevaarlijk zou kunnen zijn als dat niet het geval was. Toen het zover was, maakte Alec de aardappelpuree, terwijl ik de bonen met amandelen bakte en zoals elk jaar mijn notentaart maakte. In de laatste fase klaagde mama dat het zo bloedheet in huis was, waarna ze onder de verbijsterde blik van tante Penny de achterdeur wijd opengooide.

Bij het invallen van de avondschemering was het voorbij en was Michael aan de afwas begonnen. Ik zei tegen Paul dat ik een wandeling wilde maken, en hij stemde daarmee in. De koude lucht wekte me bijna onmiddellijk uit de verdoving die in huis heerste. Ik voelde de gevoelloosheid wegebben. Ik wilde dat hij zijn arm om me heen zou slaan, maar hij liep een paar meter van me af. Het ijs op straat en de sneeuw in de tuinen leken blauw in het schemerlicht. Er reden geen auto's. Er was geen geluid dat niet werd gedempt door de sneeuw. Ik stak mijn arm uit en pakte zijn gehandschoende hand in de mijne.

'Wat denk je?' zei ik. 'Vind je niet dat we eens moeten praten?'

'Nu?' vroeg hij.

Alsof mijn zwangerschap voor de feestdagen was opgeschort.

'Vind je het zo vervelend? Om er gewoon eens over te praten?'

'Nee,' zei hij, alsof hij elke suggestie wilde vermijden dat hij het onderwerp uit de weg ging.

Geen van ons beiden had dit verwacht en we hadden het zeker niet gepland. Mijn spiraaltje had tot dusver altijd gewerkt. Ik moest nog steeds aan het idee wennen. Ik had niet verwacht dat hij dolenthousiast zou zijn, maar dacht dat hij misschien toch wel een beetje benieuwd zou zijn hoe het verder zou gaan. Of er op zijn minst enigszins op vooruit zou willen lopen. Maar integendeel, hij leek af te wachten totdat ik zou zeggen dat ik een abortus wilde. Dat was niet onlogisch. Ik had geen zin om thuis te blijven met een baby, en zelfs als ik dat zou willen, kon hij het zich niet veroorloven in zijn eentje een gezin te onderhouden. Met wat wij ieder voor onszelf nastreefden, was er nu geen ruimte voor een kind.

'Ik weet het niet,' zei hij terwijl hij mijn hand losliet. 'Ik denk... ik bedoel, je hebt er niet veel over gezegd. Ik weet eigenlijk niet eens wat je denkt. Misschien is het omdat ik je niet wil beïnvloeden.'

'Nou, doordat je er niks over zegt, is het wel duidelijk wat je wilt, hè?'

Hij liep iets voorovergebogen met zijn handen in de zakken van zijn parka. Op momenten dat hij zich passief opstelde, leek hij meer een derde broer van me dan mijn vriend. Iemand die zorg nodig had. Zelfs nu, nu er iets aan de hand was wat mij veel meer aanging dan hem, was hij op de een of andere manier degene om wie alles draaide.

Het was nu bijna helemaal donker, en we liepen langs de zwart-witte huizen in koloniale stijl, de houten huizen in de sneeuw, de met stucwerk beklede half vrijstaande villa's met de dichte gordijnen. Ik zag hier bijna nooit licht branden of mensen op de oprit. Het lijkt wel alsof de buurt ontvolkt was, ook al woonden er mensen. Ik zou hier nooit meer willen wonen, en evenmin in een soortgelijke omgeving.

Ik begon te huilen. Zo ging het nu al een paar weken. Vanuit het niets stonden mijn ogen ineens vol tranen die dan over mijn wangen stroomden, alsof ik een glas was dat tot de rand gevuld was en bij de geringste beweging overstroomde. Ik had de pest in over mijn toestand: mijn borsten deden pijn, het eten stonk en ik had rugpijn en last van kramp. Paul piekerde over de vrijheid die hij kwijt zou zijn in een denkbeeldige toekomst, terwijl mijn lichaam aanspraak maakte op al mijn aandacht.

De tranenvloed bracht hem weer aan mijn zijde. Hij sloeg zijn arm om me heen, en al was ik woedend dat ik hem zo nodig had, ik vlijde mijn hoofd tegen zijn borst.

'Het spijt me,' zei hij. 'Ik had erover moeten beginnen. Maar het leek alsof jij het ook uit de weg ging.'

'Ik kan het niet uit de weg gaan.'

'Dat weet ik, ik wil alleen maar zeggen dat ik niet kan geloven dat het mijn keuze is, ook als ik wel een kind zou willen, en misschien wil ik dat ook wel, dat weet ik niet. Maar wat voor verschil zou dat maken? Ik ga er niet over.'

'Wat betekent dat?' zei ik, terwijl ik mijn rug rechtte en me van hem losmaakte.

'Wat voor keus heb ik? Wat dit betreft. Of als het gaat over meer uren gaan werken, of eigenlijk wat betreft alles wat met ons leven te maken heeft? Als ik van je hou, moet ik het met je eens zijn. En zo is het altijd geweest. Ik zie het bij Alec. Hij is net zo. Hij denkt dat hij niets in te brengen heeft, maar ondertussen verloopt alles zoals hij het wil.'

'Dat is een dooddoener. Bullshit. Denk je dat ik je vraag om een kind te accepteren? Het spijt me dat ik zwanger geworden ben, maar dat heb ik niet in mijn eentje gedaan.'

'Ik wil echt geen ruzie,' zei hij.

'Nadat je net tegen me hebt gezegd dat alles in je leven door mij bepaald wordt.' We waren midden op straat blijven staan en keken elkaar aan. 'Werd je leven door mij bepaald toen je iedere ochtend voor jezelf had en kon werken? Echt?'

'Nee,' zei hij, 'daar ben ik je dankbaar voor. Dat heb ik tegen je gezegd.'

Hij had zo'n onverzettelijke blik in zijn ogen, alsof hij bezig was de luiken vast te zetten met het oog op een naderende storm van irrationaliteit. In de drie jaren met Paul ben ik meer in staat geweest met mijn moeder mee te voelen. Ik had tegenover haar altijd mijn vader verdedigd, mijn vader die nooit wilde vechten. Ik had hem verdedigd omdat hij zwak leek. En moest ik dat nu weer doen? Paul verdedigen tegen mezelf? *Alle stellen maken ruzie*. Daarmee probeerde mijn moeder haar geschreeuw weg te redeneren. Het verschil was dat ik geen kind had die dit uit mijn mond kon horen. En misschien zou het er ook nooit komen.

'Ik wil ook geen ruzie,' zei ik. 'Maar ik heb vanochtend weer overgegeven. Jij bent niet de enige die niet veel slaap krijgt. Ik heb het nog aan niemand verteld, alleen aan jou. Daarom moeten we praten. En dan niet volgende week of volgende maand.'

'Ik snap het,' zei hij, nu hij, na door mij in het nauw gedreven te zijn, maar al te graag bereid was om vrede te sluiten en door te gaan.

Boven zijn schouder zag ik het in namaak-tudorstijl opgetrokken huis waar mijn oude vriendin Jill Brantley vroeger met haar gescheiden moeder woonde en waar zij en ik op zolder zaten te blowen, als eigenzinnige meisjes die als in een opvoedkundige documentaire de eerste tekenen vertonen dat ze het verkeerde pad op zullen gaan. Deze straat – deze hele buurt – was me zo vertrouwd dat ik er dwars doorheen keek, alsof het niet iets was wat in de realiteit bestond, maar slechts een opening was naar het verleden. En dat ik niet meegezogen werd door de getijdenstroom van dat verleden, niet meer dat huis in werd getrokken dat we net hadden verlaten, dat gezin met alle herhalingen, kwam alleen maar door Paul – iemand die losstond van dit alles, die hier nooit had bestaan. Er niet bij betrokken was. Die in het heden leefde. Die het moeilijk maakte en hier op allerlei manieren niet paste, maar die ook zorgzaam en lief was. Die nog steeds bij mij leek te willen horen.

'We zullen het allemaal morgen bespreken,' zei hij. 'Ik beloof het. Kunnen we het dan nu even laten rusten?' zei hij met een licht dringende blik.

Toen deed hij een stap naar voren en sloeg zijn armen om me heen zonder dat ik erom had hoeven vragen.

Wat kon ik anders dan hem geloven?

Toen we in de hal bezig waren onze laarzen en jassen uit te trekken, schoot Alec met opgetrokken wenkbrauwen boven zijn mondkapje langs ons heen om ons stilzwijgend te laten weten dat zich een drama had afgespeeld. Michael bleek het tijdens onze afwezigheid niet meer te hebben kunnen bolwerken en had Bethany's ouderlijk huis gebeld. Haar vader had de telefoon aangenomen en Michael had Bethany te spreken gevraagd. Ze was aan de lijn gekomen en had tegen hem gezegd dat hij alles nog erger maakte, en vervolgens had ze gezegd dat het uit was, dat ze hem nooit meer wilde spreken.

'Misschien zou je naar boven kunnen gaan,' zei mama tegen me. 'Hij zit op zijn kamer.'

'Hadden jullie hem niet kunnen tegenhouden?'

'Je hoeft niet zo te schreeuwen,' zei ze. 'Wij zaten hier gewoon te lezen. Hij heeft de andere telefoon gebruikt.'

We waren nu al bijna drie dagen met zijn allen samen hier in huis, en ik was maar twintig minuten weg geweest. Paul had meteen afstand genomen van de commotie, zijn roman van de salontafel gepakt en zich teruggetrokken in de orenstoel aan de andere kant van de huiskamer. 'Ze leek me toch al niet zo erg geschikt voor hem,' zei tante Penny, die met een pook in de hand voor de open haard stond.

Ik trof Alec in de keuken aan, waar hij de inhoud van een blik chocoladekoekjes naar binnen stond te werken alsof we niet al twee toetjes ophadden.

'Wat is er?' zei hij. 'Ik heb honger.'

'Dus hij is zonder het tegen iemand zeggen gewoon naar boven gegaan en heeft haar gebeld?'

'Daar kwam het op neer, ja. Daarna was hij in diepe rouw gedompeld en is mama tegen hem uitgevallen. Ze zei dat hij zich aanstelde. Ze kan het niet aan als hij zo begint. Dat zul je wel gemerkt hebben,' zei hij, 'door de jaren heen.'

Boven luisterde ik even aan de deur voordat ik aanklopte.

'Ja?' riep Michael met bevende stem, alsof hij daar maanden opgesloten had gezeten en ik de cipier was die hem kwam bevrijden.

Hij zat in het schemerige lamplicht rechtop op zijn bed. In de halfdonkere hoeken van de kamer stonden kratten met platen waarvoor hij bij Ben geen plaats had. Hoe dringender hij om geld verlegen zat, hoe meer Alec er bij hem op aandrong om een gedeelte van zijn vinylverzameling te verkopen. Maar hoeveel rekeningen hij ook betalen moest, dat kon hij niet opbrengen. De platen betekenden te veel voor hem. De waardevolste waren de promo's en de testpersingen van de muzikanten die beroemd waren geworden, van wie enkele dankzij Michaels eerste recensies. Maar juist aan deze hechtte hij bijzonder veel, vooral als hij vond dat de artiesten later te commercieel waren geworden. Hij weigerde te profiteren van wat hij de hypes van de platenmaatschappijen noemde, alsof hij door het betere werk niet uit handen te geven de integriteit ervan in stand kon houden. Ik kon het hem niet kwalijk nemen, zoals Alec wel deed. Ik had sympathie voor zijn neiging om er anders over te denken, om, hoe futiel het ook mocht zijn, niet alles in geld uitgedrukt te willen zien. Zoals Michael het zag, was het kapitalisme wreed geweest voor onze vader door hem nog geen kwartje te gunnen toen hij aan de grond zat en hij onder de druk van geldgebrek en te veel verantwoordelijkheden ten onder was gegaan. Wat niet betekende dat hij niet ziek was geweest, maar wel dat er voor hem geen ruimte was geweest om ziek te zijn. Ik was het daar niet mee oneens. Maar ik had zo graag gewild dat Michael zou beseffen hoe kwaad hij daarover was. Hij leek blind te zijn voor zijn eigen woede, en bewust. Als ik dit een doodenkele keer tegen hem zei, hield hij zijn hoofd een beetje schuin en keek me vragend aan, alsof dat wat ik gezegd had hem volkomen vreemd in de oren klonk.

'Ik moet daarnaartoe,' zei hij. 'Ik moet haar spreken. Ik zou morgen het vliegtuig naar Cleveland kunnen nemen. Ze zegt alleen maar dat we niet kunnen praten omdat haar ouders dat tegen haar zeggen. Als ik haar spreek, komt het wel goed.'

Op zijn schoot lag een opengevouwen vel gekreukeld briefpapier.

'Wat is dat?' vroeg ik.

'Haar laatste voicemail aan mij voor haar vertrek. Die heb ik uitgeschreven. Wil je het horen?'

'Nee, dat wil ik niet.'

'Waarom niet?'

Onder zijn argeloosheid ging, bewust of niet, de beschuldiging schuil dat ook ik, als ik niet zou luisteren, hem in de steek zou laten. Dit was de loochening: zijn woede kon hem niet aangerekend worden zolang hij beschikte over een manier om die, hoe indirect ook, via ons af te voeren. 'Omdat je geobsedeerd bent,' zei ik. 'Je praat over niets anders. Ze is onvolwassen. Ze manipuleert je. Ik snap dat je daar boos om bent. Maar je kunt niet je hele leven aan haar ophangen.'

'Ik kan het niet helpen, ik heb geen keus.'

Ik had kunnen zeggen dat dit een onmogelijke fantasie was, maar dan zouden de citaten van Proust en de tirades tegen samenleven zonder passie me om de oren vliegen. Liefde was een aandoening, iets anders was niet mogelijk. In dat geval hadden Paul en ik geen betekenis. Ik had het jaren geleden al opgegeven om met Michael te praten over datgene wat ik zelf meemaakte in het leven dat ik dag in dag uit met iemand anders deelde, dat ik moeite moest doen om niet in elkaar te krimpen bij de liefdesbetuigingen van Paul omdat ik ervan overtuigd was dat wat daarin werd beloofd zonder waarschuwing kon worden ingetrokken, waarna ik weer teruggeworpen zou zijn op de realiteit van mijn eenzaamheid. Moest ik Michael vertellen dat ik zwanger was en dat ik niet wist wat ik moest doen? Dat kon ik beter vergeten. Hem daarvan in onwetendheid laten zou minder erg zijn dan zijn klungelige, angstige reactie af te wachten, waardoor ik het alleen maar nodig zou vinden tegen hem te zeggen dat met mij alles in orde was.

Hij ging maar door over Cleveland, niet helemaal alsof ik niets had gezegd, maar wel alsof het geen verschil maakte, en hij vertelde net zo goed tegen zichzelf als tegen mij dat hij een taxi zou nemen op de luchthaven, die hem naar een motel zou brengen, van waar hij een bus zou nemen naar de plek waar Bethany uiteindelijk had afgesproken hem te zullen ontmoeten, en daarbij ontwikkelde hij gaandeweg de argumenten die hij zou gebruiken om haar ervan te overtuigen dat ze samen moesten zijn, dat niets anders ertoe deed. Hij klonk als een kind dat eist te mogen leven in een fantasiewereld.

Deze keer kon ik, toen hij uitgesproken was of in elk geval even zweeg, niets meer bedenken om te zeggen.

'Iedereen zit in de huiskamer,' zei ik. 'Kom mee naar beneden. Dan gaan we een film kijken.'

'Maar stel nou dat ik de rest van mijn leven alleen blijf?' zei hij.

Ik keek weg, keek naar zijn voeten, naar zijn blauwe Converse-sneakers op het oude dennengroene tapijt. Toen Michael was teruggegaan naar Engeland en ik hier in huis in mijn eentje voor Alec en mijn moeder probeerde te zorgen, ging ik weleens naar deze kamer. Dan was ik van alles het verst verwijderd en toch nog thuis. Michael heeft me pas jaren later verteld over het voorgevoel dat hij in het bos had gehad en dat voor hem een reden was geweest om weg te gaan. Maar toen leek het alsof hij er toevallig precies de juiste tijd voor had gekozen.

Door mijn opleiding wist ik dat mijn inschatting hoe iemands leven verder zou verlopen niet pertinent waar hoeft te zijn. En wat Michael betreft had ik niet eens een idee hoe het hem verder zou vergaan. Ik kan niet in de toekomst kijken. Als therapeut had ik tot taak ruimte te scheppen zodat iemand zijn angsten kan uiten, waardoor die opgelost kunnen worden. Dat was de professionele aanpak. En ook een aardige aanpak. Ik was er nu meer dan ooit aan toe om Michael op die manier te behandelen, als een geval, voorbijgaand aan alles wat nog restte van de relatie tussen broer en zus. Maar ik kon het niet. Ik kon hem niet op die manier afmaken. Voor zijn bestwil noch het mijne.

'Je zult niet alleen blijven,' zei ik. 'Er zijn veel vrouwen die zich tot je aangetrokken voelen. Je vindt heus wel iemand.'

Hij las het papier in zijn hand nog eens over, vouwde het toen op en stak het in zijn zak.

'We kunnen erover praten – tijdens die afspraak die we hebben,' zei ik. 'Dat zou voor ons allemaal goed zijn.'

Hij leek iets opgewekter te worden bij dit idee. 'Zou dat goed zijn?' vroeg hij.

'Het is maar wat we ervan willen. Ieder van ons.'

'O,' zei hij, 'oké.' Hij pakte zijn biertje van het nachtkastje. 'Bedankt dat je naar boven bent gekomen,' zei hij.

Alec keek in de huiskamer naar een herhaling van *Brideshead Revisited.* Een jonge Jeremy Irons zat onder een boom met een blonde aristocraat aardbeien te eten. Mama keek af en toe op van haar kruiswoordraadsel om te zien hoe ver het verhaal gevorderd was. Haar kerstcadeau aan haar zus dit jaar was een deel van de verzamelde correspondentie van de zusters Mitford, waarin tante Penny nu bij de open haard zat te lezen met een deken over haar benen. Paul was onderuitgezakt op de bank nog steeds bezig met zijn trektocht door het boek van Dostojewski, met in zijn andere hand een glas whisky.

De familie ontspant zich.

'Is het goed met hem?' vroeg mama, zonder op antwoord te wachten. 'Ik ben zo blij dat je met hem bent gaan praten. Het was allemaal zo naar.'

'Het is niet geweldig,' zei ik.

'Gaat het om dat Indiase meisje?' vroeg tante Penny.

'Nee,' zei Alec, luider dan nodig was en zonder op te kijken. 'Ze is een Afro-Amerikaanse met een borderline-persoonlijkheidsstoornis.'

'Ach, schei nou toch uit, wie zegt dat?' zei mama.

'Zijzelf, dacht ik,' zei Alec.

'Zijn er dan geen vrouwen van zijn leeftijd?' vroeg tante Penny. 'Vrouwen met wie hij heeft gestudeerd?'

'De fase van de kennismakingspartijtjes is voorbij,' zei Alec.

'Het is niet nodig om daar hatelijk over te doen,' zei mijn moeder.

'Dat doe ik niet. Dat geldt voor ons allen, geloof mij maar.'

Paul lachte, maar hield daar ineens mee op toen het tot hem doordrong dat hij de enige was.

'Nou,' zei mijn moeder, terwijl ze opstond om haar spullen bij elkaar te zoeken voordat ze naar boven ging voor haar bad, 'hopelijk slaapt hij vannacht goed en voelt hij zich morgenochtend beter.'

Onderweg naar de kamerdeur wierp ze een snelle blik op haar zus, en toen ze zeker wist dat die niet keek, draaide ze de thermostaat een beetje omlaag. Ik ging in de stoel zitten waaruit zij net was opgestaan, en mijn lichaam zakte weg in de springveren.

Na een paar minuten waarin er niets gebeurde, stond ook tante Penny op en zei dat ze zich 'op de nacht' moest gaan voorbereiden. Ook zij hield onderweg even halt bij de thermostaat en draaide die iets omhoog.

'Jullie zijn gek,' zei Paul.

'Bedankt,' antwoordde ik, blij met zijn bijval. Na de belofte die hij eerder had gedaan, had hij blijmoedig zijn rol van passieve waarnemer weer op zich genomen. Hij voelde mijn ongenoegen, besloot zich terug te trekken en zei dat hij in bed ging lezen en mij zo meteen wel zou zien verschijnen.

Zo zaten Alec en ik dan met z'n tweeën bij de al zachter brandende open haard. Hij had de televisie uitgezet en draaide de orenstoel weer naar de kamer.

'Hoe gaat het met je?' vroeg hij.

'Ik kan niet met je praten als je dat masker op hebt. Het is belachelijk.'

'Jij bent niet allergisch voor dit huis.'

'Jij ook niet. Zet het af, wil je?'

Hij schoof het op zijn voorhoofd en snoof de lucht op als een das. Hij droeg nu tenminste papa's stropdassen niet meer, zoals op de middelbare school, of die wollen broeken en vesten die hem zo'n opgeblazen uiterlijk gaven en waarmee hij volwassener wilde lijken dan hij was. Ik had mezelf er nooit toe kunnen brengen tegen hem te zeggen dat hij er daarmee als een homo uitzag. Dat zou wreed van me zijn geweest op dat moment, toen hij die kleren alleen maar droeg om zich beter te voelen. Nu droeg hij nauwsluitende pullovers en vale spijkerbroeken waarin hij er ook uitzag als een homo, maar niet als een zonderling.

'Het zit niet goed met mama's pensioenzekerheid,' zei hij.

'Waar heb je het verdomme over? Ze is niet met pensioen.'

'Pensioenzekerheid is wat anders. Wat ik wil zeggen, is dat ze in de komende vijf jaar met pensioen zal gaan, en als ze dat doet, zijn haar inkomsten net genoeg om haar rekeningen mee te betalen, maar is er geen marge. En ze heeft nog steeds de kosten van de hypotheek. Daarom zit het niet goed met haar pensioenzekerheid.'

'Ik kan hier niet over praten. Ik kan het gewoon niet.'

'Dan kunnen jullie mekaar een hand geven, want dat is precies wat zij ook altijd zegt als ik erover begin. Het is net alsof niemand ook maar één gedachte aan de toekomst wil wijden. En dus moet ik in mijn eentje daarover tobben.'

'We hadden naar de bioscoop moeten gaan,' zei ik. 'Waarom zijn we niet naar de bioscoop gegaan?'

Alec pulkte in zijn neus, waarbij het label van zijn nieuwe trui aan zijn pols bungelde als een prullerig versiersel. Ik had hem vanaf zijn late adolescentie de meest elementaire psychologische kennis bijgebracht en kon dus met hem over zo'n beetje elk willekeurig onderwerp praten, en dus ook over de ups en downs van mijn relaties door de jaren heen. Al met al hadden we zo ongeveer de beste verstandhouding die je als broer en zus kunt hebben. Dat betekende dat we goed in de gaten hielden hoe wij beiden omgingen met de verantwoordelijkheid voor de familie, met een waakzaam oog voor alles wat erop zou kunnen wijzen dat de ander tekortschoot, alsof we samen op een onbewoond eiland zaten en elk stiekem bezig was met het bouwen van een vlot om te kunnen ontsnappen, dat door de ander op gezette tijden in brand werd gestoken. Mijn doodzonde was om te beginnen al geweest dat ik vriendjes had, omdat het de goden verzoeken was om een andere familie-eenheid te laten ontstaan die de hegemonie van de met uitsterven bedreigde kolonie bedreigde. Hij is de jongste van ons tweeën, en doordat ik voor hem heb gezorgd toen niemand anders dat deed, staat hij bij mij in het krijt vanwege die dienstbaarheid. Nu stelt hij zich de laatste tijd op als de actuaris van het gezin. Het is een poging van hem om zich er tegen de geringste emotionele kosten mee te bemoeien.

Omdat hij wel besefte dat hij van mij geen steun hoefde te verwachten als het om mama's pensioen gaat, begon hij weer over Michael en hij vertelde me dat Ben hem had laten weten dat onze broer deze maand de huur niet had betaald. Michael woonde nu al jaren bij Ben en vervolgens bij Ben en Christine, een arrangement dat was begonnen als een lapmiddel na zijn breuk met Caleigh en inmiddels een van de meest constante aspecten van zijn volwassen leven was geworden, wat vanzelfsprekend zonder enige planning of discussie zijn beloop kreeg. Banen, dokters en verbroken relaties kwamen en gingen, maar hij bleef wonen in dat kamertje aan de voorzijde van het huis met uitzicht op Shawmut Avenue, aan de rand van de South End. Ik was daar al lang blij mee, want hoewel ik zou overdrijven als ik zei dat Michael de beschermeling was van Ben en Christine, ze vonden het wel goed dat hij deel bleef uitmaken van hun huishouden, waardoor hij niet vereenzaamde en af en toe een warme maaltijd kreeg die hij anders zou hebben moeten ontberen. Dat Alec contact met hen bleef houden, betekende dat hij min of meer collectief in de gaten gehouden werd, voor zo goed als dat ging tenminste.

'Maar toen, wat een verrassing!' zei Alec. 'Ben kreeg een cheque opgestuurd van... mama. Dus nu betaalt ze niet alleen zijn studieleningen af, maar ook zijn huur. En ze kan het zich absoluut niet veroorloven dat te blijven doen. Maar wat maakt het ook uit! Volgens mij is iedereen tevreden zolang het zo door hobbelt.'

Ik verbreedde mijn blik even door naar de gloeiende sintels in de open haard te kijken, en hij hield op met zijn gekef. Maar niet voor lang.

'Had ik je al verteld dat ik op reis hiernaartoe ben versierd door een man?'

Ik schudde mijn hoofd.

'De man zat naast me in de trein. Echt waar. Op de parkeerplaats van 128 heeft hij me gepijpt. We hebben niet meer dan drie woorden of zo met elkaar gewisseld.'

'Walgelijk.'

'Mijn hemel,' zei hij. 'Wat ben jíj homofoob.'

'Ach, alsjeblieft. Hij had je wel kunnen vermoorden.'

'En is het daardoor wálgelijk?'

'Het is gewoon een beetje raar,' zei ik. 'Het is psychodrama.'

'Ik dacht dat jij werkte met dakloze jongeren in San Francisco. Hoezo is dit raar?'

'Jij hoeft niet de hoer te spelen om je huur te betalen.'

'Dat zou weleens kunnen veranderen,' zei hij.

'Nou, hoe dan ook, waar het mij om gaat, is de vraag wat jij met je leven wilt. Zou je niet liever een vriend hebben?'

Hij staarde me ongelovig aan. Ik was zo aan het eind van mijn Latijn dat ik er met open ogen in getuind was en opgewekt getuigenis had afgelegd van mijn bevoorrechte positie als hetero door te suggereren dat zoiets makkelijk geregeld kon worden, al wist ik genoeg om te beseffen dat het dat niet was. Maar hij had een baan en hij was zo aantrekkelijk en welbespraakt dat ik niet begreep waarom hij in de hele stad New York niet net zo iemand zou kunnen vinden. Dat was deels ook de reden geweest waarom hij daar was gaan wonen. Dus waarom zou hij het risico aangaan van dit soort willekeurige ontmoetingen?

'Het spijt me,' zei ik. 'Dus je hebt op het ogenblik geen relatie, neem ik aan?'

'Nee,' zei hij terwijl hij aan zijn nagelriemen frunnikte.

'Kun je niet eens ophouden met dat gepulk?' zei ik.

'Oké... Er is bij jou duidelijk iets aan de hand. Wat is het? Paul?'

'Nee. Ik ben zwanger.'

Hij sloeg zijn blik op van zijn handen en keek me recht in de ogen om te zien of het waar was. Toen hij besefte dat dit het geval was, zakte zijn mond open. 'Je neemt me in de maling,' zei hij. 'Wat ga je doen?'

'Weet ik niet.'

'Je weet het niet? Bedoel je dat je misschien een kínd gaat krijgen?'

'Nou, ik zal geen hért krijgen. Je spreekt het woord "kind" uit alsof het een ziekte is. Je lijkt Michael wel.'

'Oké, laten we het er dan maar op houden dat het alles op losse schroeven zou zetten. Je gaat je voortplanten?'

Toen ik zijn reactie zag, voelde ik een duizeling, alsof het vlot waarop ik mijn ontsnapping had gepland ineens af was en ik zee had gekozen en eindelijk vrij was. Hoe kon je beter afstand nemen van je plicht als kind dan door zelf een kind te krijgen?

Officieel concurreerden Alec en ik niet meer met elkaar. Het zou triviaal zijn om dat met zoveel woorden te zeggen. Maar op dit soort momenten kroop het er toch weer in en dan werd het weer een elementaire strijd en worstelden we met elkaar, trokken elkaar naar onszelf toe omdat we dat altijd hadden gedaan en duwden we elkaar weg om onszelf er telkens weer van te overtuigen dat we meer waren dan alleen afgeleiden van een verlies.

'Ik heb er nog geen besluit over genomen,' zei ik welwillend, om hem niet nog meer op de kast te jagen. 'Maar wie weet? Misschien zou het voor ons allemaal goed zijn. Jij zegt immers dat we niet genoeg aan de toekomst denken.'

Dit moest hij even verwerken.

Op de tafel naast hem, naast de geribbelde schemerlamp met de zeshoekige kap met watervogels, keek onze nog jeugdige vader ons aan van achter het glas voor een portretfoto. Die moest hij hebben laten maken voor de een of andere zakelijke aangelegenheid. Mama had hem aangetroffen tussen zijn papieren en had hem laten inlijsten. Bij ons geen familiefoto's op de schoorsteenmantel of aan de muur. Alleen deze. Het was me niet eerder overkomen, maar nu schoot het me ineens te binnen dat mijn vader Paul wel zou hebben gemogen. Ze zouden het met elkaar hebben kunnen vinden. Paul zou hem gerust hebben kunnen stellen dat hij wel degelijk betrouwbaar was, een sociaal denkend mens op wie je kon bouwen. Het zou geen moeizame relatie zijn geweest. Als hij zich zo goed had gevoeld dat hij erover had kunnen nadenken, zou hij blij zijn geweest met het vooruitzicht van een kleinkind.

'Nou, dat is de klap op de vuurpijl,' zei Alec.

Hij was opgehouden met zijn gefriemel en dacht niet aan die rare hoorn van het masker dat nog steeds op zijn voorhoofd zat. Het was stil geworden in het huis.

'Ik hou van je,' zei hij. 'Voor wat het waard is.'

Michael

VERSLAG ACHTERAF VAN HET GEBEUREN

Activiteit: gezinstherapie
Doel: verbetering communicatie, resp. goede relaties binnen gezin
Resultaat: nog te bezien

1. Na op Massachusetts Avenue onder vuur te hebben gelegen van een gestrand slagschip op twee muisklikken ten oosten van Central Square (nationaliteit en herkomst onbekend), slaagde mama erin onze met dons gepantserde Honda op lager dan de toegestane snelheid op koers te houden en gaf ze bevel tot de aanvang van een routinematige parkeer-en-vernietigingsmissie. De gehele eenheid diende waakzaamheid te betrachten. Verscheidene buitenaardse waarnemingen bleken onjuist te zijn. We veranderden van koers en trokken in zuidelijke richting Cambridgeport binnen, waar we de zijstraten aanhielden. Weersomstandigheden: winters. Vogels: slechts af en toe. Achttien minuten voor rendez-vous werd voor een broodjeszaak een gepaste plek geïdentificeerd. Mama had haar bedenkingen maar manoeuvreerde het voertuig in de juiste positie. Toen we achteruit wilden inparkeren, dook een vw-personenwagen bestuurd door een guerrillastrijder achter ons in de aangewezen plek. Mama gelastte in overeenstemming met de bepalingen omtrent maximale paraatheid onmiddellijk een verbaal spervuur, dat echter stuitte op gesloten raampjes en verscheidene slachtoffers eiste. Celia werd ten behoeve van een laparoscopische frontale-kwabtransplantatie door de geneeskundige troepen snel geëvacueerd naar luchtmachtbasis Ramstein en keerde vier minuten later terug in actieve dienst. Anderen zochten psychische dekking, maar

konden slechts constateren dat het terrein in brand stond. Fog of War. Na de schermutselingen namen de spanningen in de kleine eenheid toe. Bij pogingen tot hergroepering begon Alec een psyop bedoeld om mama ervan te overtuigen dat tussen een vrije strook stoeprand benedenwinds van een wasserette en de dichtstbijzijnde brandkraan zeker nog drie meter ruimte was. De operatie mislukte. Mama gelastte meer waakzaamheid. Celia merkte op dat die al tien jaar van kracht was. Toen nog elf minuten resteerden, stelde Alec voor te overwegen om te BETALEN voor een parkeergarage. Op dat moment begonnen gezag en leiding te haperen. Mama siste hardop: Wie zijn al die mensen? Ik opperde dat het mensen zouden kunnen zijn die in de buurt woonden. Zeven minuten voor rendez-vous, nadat mama had gedreigd ons af te zullen zetten en alleen verder te gaan, ontruimde een vijandelijke SUV voorzien van een Dole/Kemp-verkiezingssticker een plek bij een parkeermeter voor de vestiging van Crate and Barrel. Alec sprong uit de auto om de omgeving veilig te stellen, en mama zette ons voertuig op de daarvoor bestemde plaats.

2. De eenheid bereikte de trainingsfaciliteit tijdig. Het decor was dat van het South by Southwest-festival (met kunstleer beklede bank, Sierra-plaid). Verwijzingen naar vagina's ontdekt in wandbedekking. Wachtkamer doorzocht op oorlogsbuit; niets gevonden. Ik stelde mama voor om ter overbrugging van de resterende minuut en dertig seconden te gaan lezen in *Field and Stream*. Mama reageerde niet. Mortiervuur gehoord vanuit de richting van de rivier de Charles; geen vijandelijk vuur verondersteld. Vijf minuten na gepland rendez-vous verliet een vrouw, naar veronderstelling vijandelijk, gekleed in het uniform van een Geiger-jasje en parels de trainingsruimte, geen zichtbare verwondingen. Alec ging eenzijdig tot actie over en brak haar knieschijf met een bronzen Navajosculptuur. Lichaam opgeborgen in kast. Besnorde trainingsofficier, kalend, naar veronderstelling neutraal, begeleidde de eenheid ver-

volgens naar in een halve cirkel opgestelde modernistische zitmeubelen. Op de salontafel, naar vermoeden origineel, een op leer gelijkende, naar veronderstelling kunstleren doos Kleenex. De leden van de eenheid maakten zich bekend met rang en serienummer. Diploma's van de trainingsofficier waren te ver weg om te kunnen lezen; naar vermoeden geldig. Trainingsofficier, glimlachend, stelde zich voor en vroeg ons hem Gus te noemen. Stilte. Gus verzocht om rapport van elk lid van de eenheid aangaande datgene wat wij als onze missie beschouwen. Schout-bij-nacht Celia leek depressief en uitgeput tijdens deze eerste minuten van de bijeenkomst. PTSS als gevolg van parkeer-en-vernietigingsmissie wordt niet uitgesloten.

3. Ze deed niettemin verslag van haar inschatting van onze situatie:

(1) onderlinge samenhang in de eenheid en gevoelens van de individuele soldaten (ik) zijn jaren nadat de co-commandant zich heeft teruggetrokken nog steeds onduidelijk. Olifant nog in de kamer. Spook nog in de kelder;

(2) training nodig om prestaties over de hele linie te verbeteren. Alec stemde er over het algemeen mee in. Mama gaf aan niets te hebben tegen praten. In een poging haar over te halen zich te verduidelijken, verwees Gus naar papa als naar haar 'levenspartner'. Man, wat een vergissing! De zinsnede veroorzaakte tumult bij de leiding van de eenheid, bij wie onmiddellijk het vermoeden rees dat de trainingsofficier begrippen hanteerde die ontleend waren aan de bedrijfskunde, waardoor hij niet tegen mama's oordeel opgewassen zou zijn en dus ook niet in staat zou zijn ons te helpen. Gus vroeg wat er zo grappig was. Niets, zei mama, ik zou alleen zelf nooit zo over John spreken.

4. Mama door Gus verwezen naar heropvoedingskamp Worcester teneinde zich disciplinaire normen voor therapeutische zelfomschrijving eigen te maken. Junior leden van de eenheid hadden

hiertegen geen bezwaar. In weerwil van de opdracht gelastte mama echter een aanval met kruisraketten vanaf torpedobootjager Passief Verzet, die op dat moment onder haar bevel actief was in de wateren voor de kust van Cape Cod. Kamp Worcester naar verluidt met de grond gelijkgemaakt.

5. Volwassenenacne bij iedereen. Verspreide meldingen van voedselinfectie, stressfracturen en haaruitval.

6. Tijdens de eerste ondervraging stelde Alec Gus ervan op de hoogte dat hij homo was. Celia reageerde met de opmerking dat we hier waren om die dingen te bespreken die we nog niet wisten. De hieruit voortvloeiende beschietingen tussen bondgenoten veroorzaakten geringe schade aan decor en raampartijen. Mama zichtbaar huiverig voor verlies van privacy in gezin. Gus vroeg of Alec over dit onderwerp iets tegen het gezin in het algemeen wilde zeggen. De soldaat eersteklas meldde dat dit inderdaad het geval was, dat hij deze strijd grotendeels vóór zich had gehouden uit stilzwijgende eerbied voor het feit dat de ernstigste van alle in de strijd opgelopen verwondingen nog steeds het afzwaaien van papa was.

7. De archiefstukken geven aan dat de kleine hijger op enig tijdstip tijdens de opiumoorlog midden in zijn adolescentie ondercommandant Celia als eerste in vertrouwen had genomen. Volgens later verslagen zou hij haar hebben gezegd dat hij overwoog in de kast te blijven in het licht van zijn ambitie om een senaatszetel te bemachtigen (dat hem dit vergeven moge worden). De tweede aan wie hij het onthulde was mama (hoe minder men zich een voorstelling kan maken van de loop van dit gesprek, hoe beter). Pas nadat hij was gaan studeren heeft hij het mij verteld. Het was op een zomeravond, ik zat achter het stuur van de Cutlass en we waren op weg naar de Cineplex. Hij vroeg of ik op Boston College

meisjes had leren kennen en of Caleigh mijn vriendin was. Dit was een verrassing voor me, aangezien hij en ik nooit over zulke dingen praatten – hij omdat hij zo'n larveachtige jonge knaap was, een jongen die zich opwierp als troonpretendent, en ik omdat ik me voor alles schaamde. Hij was single, zei hij, zich dapper werend in dit moeilijke gesprek hierover met mij. En het bleek, zei hij, terwijl hij zijn blik van mij afwendde en uit zijn raampje naar buiten keek, dat hij zich tot mannen aangetrokken voelde. We hadden net het huis gepasseerd van een van zijn middelbare-schoolvrienden, een voorloper als liefhebber van Stüssy-kleding, mooi op een Duran Duran-achtige manier, van wie ik me herinner dat ik hem heel graag mocht en verdrietig werd bij het idee dat die kleine zenuwlijer eenzaam was. Ik zei dat ik homoseksualiteit goedkeurde als standpunt tegen de heersende hegemonie. Dat het een van de belangrijkste terreinen was waarop weerstand geboden werd tegen het patriarchaat en dat het gezien zou moeten worden als een revolutionaire houding. Achteraf had ik er misschien een wat persoonlijker tintje aan moeten geven. Het kan zijn dat hij wat meer van mij verwacht zou hebben, gezien het ontbreken van de vaderrol.

8. Toen we verder gingen, merkte Gus op dat ik nog niet had gezegd wat ik van de missie van onze eenheid vond. Ik zocht dekking, maar tevergeefs. De vorige avond, nadat *commodore* Celia me toestemming had verleend om het in onze sessie over Bethany te hebben, had ik in mijn oude kamer geluisterd naar haar favoriete Aphex Twin-nummers en geprobeerd wat Althusser te lezen. Na verscheidene pogingen had Caleigh eindelijk de telefoon opgenomen in het huis van haar ouders, waar ze voor de kerstdagen naartoe was gegaan. Tot mijn teleurstelling had ze instructie om het advies van Celia op te volgen: erkenning van de ongefundeerdheid van de fantasie dat een romance redding kon brengen, erkennen dat dat een kinderlijke fantasie was. En om

ter harte te nemen wat Celia bleef benadrukken: dat mijn klaagzangen misplaatst waren, dat het kwijtraken van Bethany stond voor een eerder verdriet, een verlies dat ik moest herhalen totdat ik het echte object ervan naar boven zou laten komen. Dit was natuurlijk een freudiaanse gedachtegang die rechtstreeks afkomstig was uit de basisvorming en iets wat ik in principe makkelijk kon accepteren. Het probleem is alleen dat de basisvorming zo weinig te maken had met de strijd zoals die in de realiteit wordt gevoerd. Met mijn verstand kon ik mijn situatie wel begrijpen, maar dat begrip beklijfde niet. Het leven glipte er telkens weer doorheen. En in mijn leven had ik Bethany nodig. Omdat zij mij van haar kon laten houden, nu, in het heden. En misschien beweerde de officiële leer dat ik in deze liefde niet alles terug zou krijgen wat ik had verloren, maar stel dat het wel gebeurde. Toen Caleigh moe werd van mijn tegenwerpingen en we elkaar welterusten hadden gewenst, had ik mijn medicijnen genomen en was ik in een van dromen doordrenkte slaap gevallen. Ik was op een veiling, merkte ik. Achter een Christian Dior-boetiek in het oude Charleston was een podium of stellage opgericht, en daar op dat podium stond Bethany, naakt en glimmend in het licht van de schijnwerpers. Sommige bieders maakten kiekjes. Anderen liepen naar haar toe om na te gaan hoe de spankracht van de spieren was. Blanke vrouwen in fraai gesneden jurken maakten minachtende opmerkingen over haar haar. Ondertussen bloedde, tussen twee vitrines met couturejurken, een achter haar aan de muur hangende, bleke Jezus uit de hoge gotiek met een uitgeteerd lichaam uit zijn handpalmen. Niemand leek hem op te merken. Ik probeerde kleren van de rekken te halen om Bethany mee te bedekken, haar te verbergen voor de omstanders, maar de verkoopster zei tegen me dat ik die kleren eerst moest betalen als ik ze wilde gebruiken. Op dat moment ging er een gat in mijn borst open en ik braakte in dat gat, waarna de hete vloeistof terugstroomde door mijn hart, hals en hoofd. Bethany viel voor het voetlicht op haar knieën, boog en zweeg. Ik kon niets anders doen dan daar blijven staan, niet in staat om haar te helpen.

9. Toen ik had besloten dat ik er maar het beste aan deed om niks over mijn reeks dromen te vertellen, zei ik tegen Gus dat ik het met Celia eens was. Het was veel te laat om nu nog lucht te kunnen geven aan de uitvloeisels van wat er in het verleden was gebeurd. Zoals Marx ons leert, drukken de tradities van alle generaties die ons voorgingen als een nachtmerrie op de gedachtewereld van hen die nu leven. Ik was er een groot voorstander van om alle spookbeelden die zich door de generaties heen voortzetten te bespreken. Het was alleen moeilijk om me daar nu op te concentreren, wat te maken had met een vrouw in Ohio die ik moest spreken.

10. Door met een geestige opmerking iets vleiends te zeggen introduceerde de trainingsofficier het begrip 'vrouwentrubbels'. Spraakverwarring. Geen tolken in zicht. Ik zou eerder een origami-haas hebben kunnen maken van het gesmolten goud van zijn trouwring dan hem duidelijk maken dat hij me volkomen verkeerd had begrepen. *Vrouwentrubbels?* Die etters van dames die er zo moeilijk van af te houden zijn je aan je kop te zeuren? Feminisme van trainingsofficier vermist en vermoedelijk dood.

11. Nadat hij ons heeft bedankt voor onze standvastigheid deelt Gus ons de regels mee die in de strijd in acht genomen dienen te worden: Het is hier geen schiet-er-maar-op-losgebied, wij dienden nevenschade zo veel mogelijk te beperken en niemand aan zijn lot over te laten. Daarvan uitgaande wilde hij vervolgens weten wat nu de omstandigheden waren. Mama meldde dat ze gewoon blij was dat we allemaal thuis waren. En dat ze zou willen dat ik niet zoveel pillen zou hoeven slikken. Dus daar hadden we wat aan. Bovendien was ze te weten gekomen dat Gus was afgestudeerd

aan Bowdoin College, waardoor ze zich afvroeg of hij samen had gestudeerd met Maureen Durant-Draper, de archeologe die een jaargenoot van haar was geweest op Smith College. Ze heeft zich intensief beziggehouden met Constantinopel, zei mama, heb je ooit met haar te maken gehad? De junioren van de eenheid zakten verslagen onderuit in hun stoel. Zoals je ziet, zei mam tegen Gus, maken mijn kinderen zich graag kwaad. Gus sprak de mopperaars aan en vroeg wat ons dwarszat ten aanzien van de onderzoeksvraag van het moederschip. Ik moet serieuzer zijn, zei mama, de vraag voor ons beantwoordend. Maar we zijn hier niet om het over mij te hebben, vervolgde ze, alleen wat zíj te zeggen hebben is van belang.

12. Toen ze inzag dat de operatie haar doel miste, richtte Celia de aandacht weer op de kern van onze missie. Dit had tot gevolg dat er gesproken werd over de lange halfwaardetijd van papa. Ik had hiertegen geen bezwaar, of het moest zijn dat ik me vrijwel niets herinnerde van zijn personage. Dat mama zich haar man goed kon herinneren leek me zinnig. Maar ik zou niet kunnen zeggen waarom hij bij Celia en zelfs bij Alec de Jongere zo levendig in het geheugen voortleeft, terwijl ik, die hem het langst heb gekend, zelfs moeite heb om me zijn gezicht voor de geest halen. Alle drie leken geëmotioneerd door pijnlijke herinneringen. Het was fascinerend om naar hen te luisteren. Ze huilden precies zoals toen ik na papa's dood met Peter Lorian uit Engeland terugkeerde naar Walcott en keek hoe ze daar samen op de bank zaten, overmand door een verdriet dat kennelijk nog groter werd toen ze mij zagen. Toen ik hen op de kamer van Gus weer zo zag huilen, dacht ik dat de intensiteit van hun gevoelens misschien voor mij de mogelijkheid van een weg terug inhield. Terug naar de tijd voordat ik het huis was ontvlucht, voordat ik hen had achtergelaten, blind als ze waren voor het naderende kwaad dat alleen ik had gezien. Misschien lag hier een kans om op de een of andere manier mijn

lafheid goed te maken door me nu bij hen aan te sluiten. Maar hoe fascinerend hun geëmotioneerdheid ook was, ze klonk me in de oren als het geluid van een zachtjes spelende grammofoon in een andere kamer: een wereld vol betekenis die me wenkte tot voor een dichte deur.

13. Als ik die ochtend nu maar wat eerder wakker was geworden, hoor ik Alec tegen Gus zeggen, had ik met papa kunnen praten en had hij ons misschien niet verlaten. Lieverd, zei mama, zo moet je niet denken. En toen, zonder waarschuwing, begon Alec over mij te praten en zei dat hij zich zoveel zorgen maakt over mij, dat hij graag zou willen dat het leven makkelijker voor me zou zijn, waarin hij stilzwijgend werd bijgevallen door Celia, die met haar hele lijf heen en weer wiegde, op haar onderlip beet en probeerde niet opnieuw te gaan huilen. Mama legde haar hand op mijn knie. Het leven is moeilijk voor Michael, zei ze tegen Gus. En voor ons is het moeilijk om te weten wat we moeten doen. Gus keek me over de salontafel aan. Ze lijken erg bezorgd over je, zei hij. Hoe voelt dat?

14. In alle uitputtingsslagen komt er een moment waarop de strijders beginnen te vermoeden dat ze helemaal niet vechten voor het doel dat ze voor ogen hadden, maar dat de oorlog eigenlijk een zelfstandig organisme is, waarvan zij slechts de cellen uitmaken, en dat het enige doel is de strijd voor altijd voort te zetten. Afhankelijk van het tijdstip waarop het gebeurt, drijft dit inzicht je tot waanzin of tot verlichting, zodat je tot wanhoop vervalt of juist alles in een helder licht ziet omdat je bevrijd bent van alle hoop.

15. De tijd was omgevlogen. Onze sessie kwam ten einde. In zijn afsluitende opmerkingen maakte Gus de indruk oprecht enthousiast te zijn over de complexiteit van de problemen van de eenheid. Hij zei dat er veel materiaal was om mee aan de gang te gaan en dat zijn

bureau graag de training zou voltooien indien wij daartoe bereid en in staat waren. Na afloop gingen we naar een Japans restaurant. Mama vroeg ons wat sashimi was. Ik dronk pils. Het bevel om in te rukken bleef achterwege. Later, onder dekking van de duisternis, begonnen we aan onze aftocht.

III

Alec

Er hingen geen gordijnen voor zijn ramen. Als ik op zijn bed lag, kon ik de daken van de panden aan de overkant van de straat zien, met hun waterbekkens en schoorstenen die zich in het maanlicht tegen de wolken aftekenden als in een beeld van oud New York, een filmdecor, alsof we elkaar op een ouderwetse manier hadden ontmoet, in een bar, en op boemeltocht hier waren aanbeland.

Zijn bed had hij in de hoek gezet, tegen de vensterbank aan, waardoor er net genoeg ruimte was om de kastdeur te openen. Boven het IKEA-dressoir waren ansichtkaarten van minimalistische schilderijen en geometrische tegels op de muur geprikt. Hij was naar de enige andere kamer van het appartement gegaan om zijn computer te halen. Het was al twee 's nachts. Als het een uur vroeger was geweest had ik de volgende dag nog kunnen redden, maar dat kon ik nu waarschijnlijk vergeten. Seth heette hij.

'Wat ga je doen?' vroeg ik, toen hij met zijn laptop weer in bed stapte.

'Ik wil je een song laten horen,' zei hij.

Een song? Wat een goedgelovigheid, dacht ik, in dit stadium. We hadden gezoend en elkaar laten klaarkomen met de gebruikelijke porno-imitatie – een soort opwarmingsoefening om te proberen de hinderlijke anonimiteit op te heffen en te zien of een gesprek mogelijk was. We hadden al een tijdje in bed liggen kletsen, wat me verbaasde – dat geen van beiden er nog geen genoeg van had gehad.

Zijn foto's waren minder bedrieglijk geweest dan doorgaans het geval was. Hij had gezegd dat hij achtentwintig was, en zo zag hij er ook wel uit. Voor zijn portretfoto had hij, zoals gebruikelijk, een boos gezicht getrokken dat lome onverschilligheid moest uitstralen, een poging tot intimidatie en tegelijkertijd de geruststelling dat contact maken geen verwikkelingen inhield aangezien hij op niets anders uit was dan alleen dat en zich verder heel goed in zijn eentje kon redden, of misschien zelfs al wel een vriend had. Het was de veiligste manier om dit soort dingen aan te pakken, van geen enkel ander verlangen blijkgeven dan van dat van het moment zelf. De opwinding die ontstaat bij het vluchtig doorkijken van foto's en persoonsbeschrijvingen en het uiteindelijke orgasme – met iemand anders of in je eentje als je daarmee nokte en in plaats daarvan klaarkwam op een videoclip – waren bedwelmend genoeg om je over de nare momenten van regelrechte misleiding en de al bij de voordeur afgekapte contacten heen te helpen.

'Het is een song van Vanessa Smythe,' zei hij terwijl hij door een afspeellijst scrolde.

Zijdelings, in het licht van het scherm, was zijn gezicht zachter dan op de foto die me op hem had doen dubbelklikken. Zijn ogen en mond straalden een soort onbepaaldheid uit, een buigzaamheid die me bij het klaarkomen had afgeleid. Hij had eigenlijk niets intimiderends. En heel even haatte ik hem daar om, dat hij in feite zachter was dan in zijn tekst duidelijk was geweest. Al maakte het me tegelijkertijd nieuwsgierig. Zijn fijne zwart haar moest nodig geknipt worden. Hij was ongeschoren, maar niet, zo leek het, omdat dat in de mode was. Hij had iets bijzonders over zich, een tekort aan de normale zelfbescherming. Ik was al langer gebleven dan ik van plan was geweest, maar ik had nog steeds geen behoefte om weg te gaan.

'Ken je dingen van haar?' vroeg hij.

'Nee,' zei ik. Mijn muziek was altijd via Michael gekomen. Ik had nooit zelf de gewoonte ontwikkeld om nieuwe muziek te ontdekken. Als hij me iets niet liet horen of er niet over sprak, ging het langs me heen. Hij had me steeds bandjes, daarna cd's en vervolgens mp3's gestuurd van de dingen waar hij naar luisterde, waardoor ik lange tijd moeiteloos tot de voorhoede had behoord, maar dat was hij minder gaan doen sinds de episode met Bethany, wat nu al vijf jaar geleden is, zodat mijn verzameling inmiddels enigszins gedateerd is.

'Luister maar eens,' zei Seth.

De eerste tonen van een bekende jazzcompositie vulden de kleine kamer. Een liveopname van een in mineur voortkabbelende piano begeleid door een hoorn, wat het beeld opriep van een gemakkelijk zittend fluwelen bankje in een nachtclub in de jaren veertig. Toen klonk een lage, voorzichtige vrouwenstem, die af en toe een regel zong die zich voegde in de cadans van de muzikanten, alsof ze aarzelde om die te onderbreken. Ik was geen grote jazz-fan, maar het nummer was prettig melancholiek. Ik probeerde te vergeten hoe laat het was en de dag van morgen maar alvast af te schrijven, en de muziek was daarbij behulpzaam. Een trage beat mengde zich in het geheel, een kleine trom, dan een bas en ten slotte een paar strijkers die met elkaar een wervelende sound voortbrachten. Het was een bewerking van een bekende compositie, geen klassieke uitvoering. Toen de piano zijn bereik vergrootte, leek de zangeres dit als toestemming op te vatten om meer gevoel toe te laten en een toon in te voegen in de laatste woorden van een regel die even iets langer werd aangehouden dan de regel ervoor.

Seth had zijn computer opzijgelegd en was weer naast me komen liggen. De song kabbelde zo een tijdje voort, balancerend tussen terughoudendheid en ontspanning. Ik had ofwel een ironisch bedoelde vulgaire hit ofwel een geliefde serieuze band van hem verwacht, maar dit was geen van beide. Hoe langer het nummer doorging, hoe meer ik dacht dat Michael het zou waarderen. Het kon hem niet schelen wie het had gemaakt, zolang er maar zo'n typische pijn uit sprak. En dat was hier het geval. Alle veilige, aan de oude wereld refererende elementen die er in het begin misschien in hadden gezeten, werden nu opgedoekt. De aanvankelijke verlegenheid van de zangeres was maar schijn geweest. Ze had een krachtige stem, en dat wist ze.

Je bent niet ergens anders, leek ze te zeggen. Je bent nu hier, bij mij, in deze kamer.

Terwijl we daar samen lagen te luisteren, stak Seth, als een nerveuze jongen bij zijn eerste date, zijn arm naar me uit en pakte mijn hand. Het was zo'n onverwacht en teder gebaar dat het me deed huiveren. Een paar minuten geleden hadden we elkaars lul in onze mond gehad. We hadden gezoend en getongd. Maar dat was allemaal routine geweest. Dit was anders, en riskanter. Dit had met intimiteit te maken. Hij raakte me echt aan. En ik liet het hem doen.

De spieren in mijn nek ontspanden, en mijn hoofd zonk dieper weg in het kussen.

Hand in hand luisteren naar een favoriete song? Alsof we elkaar niet nog maar twee uur geleden hadden ontmoet? Alsof we niet al wie weet hoe vaak met onbekenden waren klaargekomen? Dacht hij dat hij kon toveren, dat hij de anonimiteit gewoon weg kon wensen?

Wat de zangeres nu ook aan het doen was, cool was het niet meer. Haar stem had zich nu helemaal geopend, en het scheelde maar weinig of hij sloeg over, waardoor duidelijk werd dat ze niet maar deed alsof, dat de ellende in de song haar eigen ellende was, dat ze op de een of andere manier echt in gevaar was, waaruit geen producer haar kon redden door de opname te bewerken en glad te strijken. Niet dat ze gek was. Zo makkelijk liet ze haar publiek niet ontsnappen, door het de veiligheid van een afstandelijkheid aan te bieden waarvan sprake zou zijn als ze van zichzelf een spektakel maakte. Ze bleef dicht bij zichzelf, bleef het allemaal zelf dragen.

Zonder erbij na te denken liet ik mijn vingers die van Seth strakker omstrengelen. Alsof ik was teruggekeerd naar een jongere fase van mezelf, een met meer zelfvertrouwen. Toen hij in mijn hand kneep, verviel ik tot pure nostalgie. Een scherpe herinnering aan iets wat ik nooit had gehad. Een nostalgie naar een moment als dit. Alsof ik, toen ik een tiener was en er zo pijnlijk naar had verlangd, een jongen had ontmoet en we verliefd waren geworden en samen met elkaar die extase hadden beleefd. En alsof ik eindelijk kon rouwen om het verlies van dat ingebeelde geluk.

De stem was nu in volle vlucht en sprong op en uit welke wereld dan ook die zou kunnen beklijven naar de pure gelukzaligheid, die in mij de belachelijke hoop wekte dat Seth en ik zouden kunnen samenleven. Dat hij me terug zou kunnen geven wat ik verloren had. Terwijl ik zo naast hem lag, bad ik daarvoor.

***

Toen ik de volgende ochtend wegging, gaf hij me zijn telefoonnummer en e-mailadres, en ik gaf hem de mijne. Ik liep de straat op, die ik alleen in het donker van de afgelopen nacht had gezien. Vuilnisbakken waren in rijen langs de stoep opgesteld en auto's stonden dubbel geparkeerd, het plaveisel was nat van de eerste winterse sneeuw. Mannen in broekpak en ski-jacks met laptoptassen over hun schouder en vrouwen in kantoorkleding en knielange winterjassen waren zwijgend onderweg naar de metro. Als een eerstejaarsstudent die voor het eerst seks had gehad bestudeerde ik de gezichten om te zien of ik kon ontdekken wie van hen zich kort tevoren had losgemaakt uit de warmte van een slaperige ochtendvrijage, wie van hen tot de uitverkorenen behoorden, zoals Michael ze noemde, en wie alleen geslapen en ontbeten had en de ochtend had doorgebracht met eenzame taakjes. Een absurd verwaande manier van kijken van mij op basis van maar één nacht, alsof ik nu ook tot de uitverkorenen behoorde, een wel erg ambitieuze veronderstelling, maar toen ik me in de stroom voetgangers voegde en gelijk met de anderen in de richting van de metro liep, maakte dat toch het verschil uit: de betovering van de afgelopen nacht bleek nu eens een keer wel op te wegen tegen het idee dat de wereld nog precies hetzelfde was.

Ik had dit wel eerder meegemaakt, maar alleen als ik nog dronken was. Als mijn geluksgevoel maar langzaam genoeg wegebde, haalde ik soms mijn douche en bed nog voordat de pijn weer bezit van me nam. Maar een onenightstand kwam er meestal op neer dat je de volgende ochtend je hoop zag vervliegen. De genoegens van enkele uren tevoren werden weggewist. En dat ontkrachtte mijn gebruikelijk pantser – het geloof dat het alledaagse de moeite waard was –, waardoor alles in mij schuurde en ik me verzette tegen dat schuren. Maar vanochtend niet. Het leek alsof er een vernislaag van mijn zintuigen was verwijderd, waardoor het geluid van het verkeer op straat helderder klonk en ik de pneumatische remmen van de bus gescheiden hoorde van het tuffen, als van een bas, van de motoren van bestelwagens en het zoeven en brommen van voorbijglijdende taxi's.

In de metro had ik niets te lezen en ik wilde geen muziek luisteren die de naklank van de song die Seth me had laten horen zou kunnen verdringen. In plaats daarvan bekeek ik mijn medepassagiers en registreerde hun uitdrukkingsloze of argwanende gezichten, het streven naar een ongestoord niet-aanwezig-zijn bewaakt met kranten, spelletjesapparaten, boeken en koptelefoons. Ze vermeden mijn open blik zoals ze dat bij een bedelaar of gek zouden doen. Normaal gesproken zou ik voortdurend momenten van lichte afkeer of afgunst voelen jegens andere mensen. Doordat dit alles er nu niet was, voelde ik me gedesoriënteerd. Dat ik daar met de bewegingen van de trein mee kon schommelen, veel te laat voor mijn werk, maar met een kalmte waarin ieder mens zijn waarde had en ik bijna genegenheid voelde voor mijn medereizigers – wat sentimenteel! Maar zelfs mijn cynisme was een halte later alweer gezakt. Die nonchalante welwillendheid behield ik de hele weg naar huis.

Tegen lunchtijd had Seth een sms gestuurd en hadden we plannen gemaakt om de volgende avond samen te eten. Ik had het niet gedroomd. Er was iets gebeurd.

De volgende avond verscheen hij gekleed voor een date in het restaurant. Hij had zich geschoren en strakke, donkere jeans en een getailleerd blauw overhemd aangetrokken. Ik stond op van achter het tafeltje en stak onhandig mijn arm uit om hem de hand te schudden. Zijn overduidelijke nervositeit verminderde de mijne. Dat we elkaar hier weer zagen deed hem zichtbaar genoegen. En ik wilde het liefst alle uitwisseling van verhalen over het leven in de stad overslaan en meteen doorgaan vanaf het punt waar we waren opgehouden. Maar dan liep ik het risico dat hij het niet zou begrijpen, wat een aanwijzing zou zijn dat ik in feite alleen was geweest op het moment dat ik dacht dat we dat deelden. Dat ík de banale, in zijn verliefdheid verblinde figuur was die nodig volwassen moest worden en niet zo moeilijk moest doen. Ik had het restaurant uitgekozen omdat het er rustig was, maar dat betreurde ik nu en ik verlangde naar de afleiding van stemmen en muziek en obers die zich langs je heen wurmen.

Algauw had ik hakkelend geïnformeerd naar het soort dingen dat hij ontwierp, waarmee ik regelrecht terechtkwam in het scenario van de internetdate dat ik had willen vermijden, zo'n gesprek dat gespeend is van iedere context en alle meegevoel en dat op niets anders is gebaseerd dan op een verondersteld gemeenschappelijke eenzaamheid, een wijze van contact maken waarvan ik altijd heb gedacht dat die voorbestemd was om te mislukken. Het kon me niet schelen wat hij ontwierp, zolang hij na het eten maar met me mee naar huis ging.

Hij praatte over grafisch ontwerpen en websites. Ik wilde hem daarmee laten ophouden en tegen hem zeggen: Wacht even, nu nog niet. Maar ik zei niets, en hij ging door en praatte over platenhoezen, werken als freelancer en zijn eigen projecten. Nu de trein eenmaal in beweging was gezet, stelde ik meer vragen en realiseerde ik me terwijl ik met een half oor naar zijn antwoorden luisterde, dat de opluchting die ik dankzij zijn nervositeit had kunnen voelen plaatsmaakte voor een gevoel van ontgoocheling. Hij had een soort gel in zijn haar gesmeerd om een wat verfomfaaide indruk te blijven maken. De met lichte sproeten bezaaide huid was schoongewassen en gehydrateerd. Hij had zich op de avond voorbereid, had zorgvuldig overwogen wat hij zou aantrekken, had verschillende kledingstukken uitgeprobeerd en in de spiegel gekeken hoe hij eruitzag omdat hij graag een goede indruk wilde maken. Hoe kon deze persoon, die tevoren volstrekt geen blijk had gegeven zo met zichzelf gepreoccupeerd te zijn, ons terugvoeren naar het punt waarvan ik dacht dat we in ons contact terecht waren gekomen? Was het gewoon een gelukstreffer van hem geweest dat hij die song opzette die mij zo getroffen had? Was hij zichzelf zelfs wel bewust van het verschil tussen dit moment en dat andere?

Hij vroeg of we een aperitief zouden nemen en welke wijn ik graag dronk. Hij raakte verstrikt in een beleefdheid waarin ik meeging en die ik spiegelde, en ik ging over op de automatische piloot.

Ik wilde de avond opnieuw laten beginnen. Ik wilde hem bij zijn aankomst iets opwindends in het oor fluisteren en het mysterie in stand houden door ons achter het gordijn terug te voeren naar de vagere, vollere wereld van de romantiek. Niets van al dat rampzalige gepraat over jezelf, die ontdekkingen verkregen door het afvinken van 'dingen die we gemeen hebben'.

Hij vroeg naar mijn journalistieke werk, en ik vertelde omstandig een paar verhalen over kleurrijke personages en de excessen bij fondsenwerving in de politiek waar ik verslag van deed. Het was gemakkelijk om buitenstaanders te imponeren met verhalen over deze extreme zaken en prat te gaan op mijn vertrouwdheid met een wereld die ik in mijn verslaggeving juist aan de kaak moest stellen.

Al keuvelend aten we onze voorgerechten, en ik legde me al neer bij de gedachte dat dit het dan zou zijn: wéér een valse hoop gekoesterd, een date waar niets op aan te merken was gevolgd door een langzaam verminderende uitwisseling van e-mails. En toen, vanuit het niets, terwijl we samen aan een stuk amandeltaart zaten en de date praktisch al voorbij was, zei hij dat hij de manier waarop ik praatte zo waardeerde.

'De manier waarop je de woorden gebruikt,' zei hij, 'die bevalt me.'

Weer van mijn stuk gebracht door zijn argeloosheid, wist ik niet wat ik moest zeggen.

Zijn ogen waren groen. Ik zag zelden welke kleur ogen mensen hadden en vond het ongeloofwaardig als dat in een artikel over iemand werd opgevoerd als een van de eerste kenmerken van de persoon, alsof mensen op meters afstand van elkaar de kleur van twee stippen in het hoofd konden benoemen. Maar onze gezichten waren nauwelijks meer dan een halve meter van elkaar verwijderd, hij keek me aan met zenuwslopende openhartigheid, en ik zag dat zijn ogen beslist donkergroen waren.

'Heb ik iets verkeerds gezegd?' vroeg hij.

'Nee.'

Hij legde zijn vork neer en zette zijn ellebogen op tafel. 'Ik weet dat het te vroeg is om het te vragen,' zei hij, 'maar heb jij een vriend?'

Meteen hield het gebeuzel in mijn hoofd op. 'Op het moment niet,' zei ik, zijn gelaatsuitdrukking in de gaten houdend en me afvragend of mijn nonchalance het volledige antwoord goed genoeg verborgen hield, namelijk dat ik die eigenlijk nooit had gehad, althans niet langer dan een paar maanden.

'En jij?' vroeg ik.

'Op het moment niet,' zei hij me na, met een glimlach, alsof hij me misschien doorhad maar dat het hem niets kon schelen.

Het laatste wat ik wilde was doorgaan op het onderwerp van vroegere relaties. Ik weet dan ook niet waarom ik zei: 'Maar wel gehad, toch?'

'We studeerden samen voor onze master,' zei hij.

Wat met het meest verafschuwde in mijn jaloezie op het verleden van anderen was dat het me zo aan Michael verbond. In zijn eenzame jaren na Bethany was hij ongemerkt wat verbitterd geworden. Ik was vastbesloten dat dat mij niet zou overkomen. Toch kon ik niet anders dan me voorstellen hoe Seth en zijn vriend met andere vrienden tijdens feestjes in hun studentenflat hand in hand op de vloer zaten, zonder erover na te hoeven denken wetend dat ze straks naakt bij elkaar in bed zouden liggen en dat de flow van de seks zich ook tot in hun werk voortzette, wat ze ook gedeeld zouden hebben. Voor Seth was dit nu een herinnering, en daarom ook des te bekoorlijker – iets wat je toevalt, zoals rijkdom aan een erfgenaam.

'Maar dat was wel een tijdje geleden,' zei hij. 'En bij jou?'

'Ook al een tijdje geleden,' zei ik.

Hij glimlachte weer, breder deze keer, alsof we nu al met elkaar samenzwoeren, alsof mijn reactie als verleiding bedoeld was, niet als dekmantel. Hij deed het nu weer, intimiteit creëren op basis van niets anders dan het vluchtige genoegen dat hij er zelf aan beleefde. En meteen had hij me ermee te pakken.

'Ik zou het je waarschijnlijk niet moeten vertellen,' zei ik, 'maar ik heb die song die je me liet horen gedownload. En ik zou je waarschijnlijk ook niet moeten vertellen hoe vaak ik ernaar heb geluisterd.'

Hij bloosde. 'Dat kun je me best vertellen,' zei hij.

Hij schoof zijn hand over tafel en opende hem voor me.

De huid van zijn hand was vochtig.

'Nou,' zei ik. 'Ik heb een appartement...'

'Echt waar? Wat raar.'

'Ik bedoel...'

'Ja,' zei hij.

Ik was eraan gewend geraakt om seks te beschouwen als een korte eruptie, iets eenmaligs waarin het genot afgestemd is op gevaar, maar ingeperkt wordt door angst. Het was gemakkelijk als iedereen hetzelfde deed en zich blootgaf ter wille van het snelle orgasme. Alsof een beheerst lichaam een incidentele toeval ondergaat, schandelijk maar van korte duur. Maar het had niets schandelijks dat ik met de lichten nog aan doodstil in mijn slaapkamer stond, terwijl Seth zonder enige haast mijn shirt losknoopte, of dat ik met mijn vingertoppen de warme contouren van zijn ribben aftastte. Het scenario vroeg om snelheid en grofheid, om pornografische opschepperij en de vernedering van sportjongens die in de kleedkamer zichzelf en elkaar aftrekken, om die gefantaseerde bravoure die bedoeld is om juist de verwarring af te weren waaraan ik nu ten prooi was, omdat ik niet wist wat ik moest doen en mijn best deed om niet te beven.

Seth boog zich onverschrokken naar me toe en kuste me op de mond. Alsof ik hem wilde beschermen tegen zijn eigen openhartigheid trok ik hem naar me toe, en we omhelsden elkaar. Nog was er eigenlijk niets aan de hand. Hij had iedereen kunnen zijn, iemand die morgen weer zou vertrekken. Ik wist dat ik me waarschijnlijk het beste laconiek kon opstellen. Maar zo speelde hij het niet. Om de een of andere onkenbare en misschien zelfs gestoorde reden hield hij zich niet aan zijn script. Het was vreemd om te bedenken dat we aan het zoenen waren en elkaar half hadden ontkleed, maar dat het nog niet duidelijk was waar we op afstevenden, dat we nog geen aanstalten maakten om klaar te komen. Als ik hem aanraakte, voelde ik ook echt wat ik aanraakte. Deze keer werd nu eens niet alles aan hem – de kleine kromming onder aan zijn ruggengraat, de ronding van zijn schouders – door de camera in mijn oog afgezonderd, omgezet in pornografie en gewaardeerd naar de mate van geilheid die het beeld opriep.

Ik spoorde ons voortdurend aan tot een sprong voorwaarts, om op te schieten, maar hij liet me voortdurend weten dat het zo goed was, dat we geen haast hadden. Toen hij me tegenhield op het moment dat ik mijn hand in zijn broek stak, had ik de neiging om te zeggen: Oké, laten we het niet te eerbiedig aanpakken, maar toen streek hij met zijn andere hand over mijn rug en huiverde ik.

Ik bedacht dat hij weleens minder neurotisch zou kunnen zijn dan ik. Dat hij zichzelf misschien tamelijk goed kende. En toen bedacht ik dat als we vanavond de eerste keer gingen neuken, ik het zou moeten doen, zodat de verhoudingen niet al te scheef zouden komen te liggen.

Uiteindelijk had hij ons zover gekregen dat we samen naakt onder de lakens lagen. En nog steeds deden we niets anders dan zoenen en elkaar liefkozen. Als ik nu dat derde glas maar wel had genomen of een joint had gerookt, zou ik misschien in staat zijn geweest gewoon mijn gang te gaan. Maar ik zat vast in het moment. Hij begon mijn billen te kneden, maar ik trok me terug, maakte me los uit zijn omhelzing en ging op mijn rug liggen.

Hij wachtte een paar tellen en vroeg toen of alles in orde was.

'Ja, fantastisch,' zei ik.

'Meer hoeven we niet te doen. Zo is het al goed.'

'Ik moet alleen zorgen dat ik de boel een beetje bij elkaar hou,' fluisterde ik. Het was niet mijn bedoeling geweest dit hardop te zeggen, maar ik kon de woorden niet meer terughalen.

Hij draaide zich op zijn zij, keek me aan en legde een hand op mijn buik. 'Wat moet je bij elkaar houden?' vroeg hij.

Hij was geen vertrouwde vriend van me. Ik kon niet doen alsof we daarvoor een goede basis hadden. 'Ach, niks,' zei ik. 'Dit is fijn.'

'Ja. Dat is het. Net als praten met jou... Wat is er?'

'Meestal ben ik niet zo. En eigenlijk heb ik er de pest aan als mannen zo doen.'

'Hoe doen?'

'Laat maar,' zei ik. 'Ik ben niet gewend dat het zo langzaam gaat.'

'Het kan best wat sneller,' zei hij. 'Maar ik geniet er gewoon van.'

Een ingelijste poster van Ansel Adams hing tegenover me aan de verder kale muur. Ik had de ladekast daaronder opgeruimd voordat ik de deur uit was gegaan, en mijn bureau ook. Dit was het meubilair dat ik om me heen had sinds het jaar na mijn afstuderen en tijdens al die jaren dat ik me nu dit appartement kon veroorloven. Vrienden en dates waren gekomen en gegaan, en hadden het licht en het uitzicht bewonderd. Ik was blij geweest met de geruststelling van hun bewondering. Maar nu ik het appartement door de ogen van Seth zag, werd ik eraan herinnerd hoe weinig ik had gedaan om er echt mijn thuis van te maken. Ik had de fraaie rechte lijnen niet willen verstoren of de open ruimte willen vullen met van alles en nog wat. Daardoor was het steriel gebleven. Een van de duizenden slaapkamers in Manhattan waar hoogopgeleide kinderen hun idee van volwassen-zijn uitleefden.

'Het is belachelijk dat ik je dit vertel,' zei ik. 'Ik ken je niet. Maar verdomme, ik voel me al sinds de eerste keer niet normaal meer. Sinds we elkaar hebben ontmoet. Jij weet niets van mij. Maar ik heb een broer – een oudere broer – en hij heeft al heel lang niemand. Doorgaans ben ik daar niet zo ondersteboven van, maar hij is alleen – en ik ben hier. En ik voel me schuldig. Maar heus, doorgaans ben ik niet zo. Ik ben er niet voortdurend mee bezig, echt niet. Sorry. Ik maak er een puinhoop van, hè?'

'Nee,' zei Seth. 'Eigenlijk een beetje het tegenovergestelde.'

Ik kreeg weer een stijve toen hij dat zei. Ik dacht niet aan seks, maar ik had een sterkere erectie dan eerder op de avond.

'Ook hiervoor is het te vroeg om het al te zeggen,' zei hij, 'maar ik vind je heel mooi.'

Hij strekte zijn arm naar me uit, legde zijn hand onder mijn rug en trok me boven op zich totdat we borst tegen borst lagen.

'Ik wil blijven praten,' zei hij. 'Maar eerst wil ik je neuken. Is dat goed?'

Even dacht ik dat hij ons probeerde terug te voeren naar de veiligheid van de porno, zich het uniform aanmat van de macho om ons uit deze knoop te bevrijden. Maar daarvoor was snelheid nodig – de handeling een impuls geven en aan de gang houden – maar hij versnelde niets. Hij ging net zo langzaam als voorheen te werk en zoende en masseerde me alsof hij uit een soort paradijselijke tijd afkomstig was, waar niemand zich zelf maar van het begrip tijd bewust was. Hij nam me op mijn rug en bleef me ondertussen kussen, terwijl hij zich in zo'n kalm tempo bewoog dat elke associatie met dominantie of overwicht of zelfs orgasme er vreemd aan was. Er was alleen de ervaring zelf.

Een plotselinge, hevige pijn schoot door mijn slapen en liet toen los.

Ik voerde er bijna altijd een rollenspel bij op en speelde de dekhengst die de jongen nam of was zelf de schaamteloze jongen. Maar Seth speelde niet. Hij mompelde niets in mijn oor, hij verhardde niet in eigenliefde. Hij hield zijn ogen open, zijn lul zat stevig in me, maar de rest van zijn lichaam was bijna slap, alsof we aan het knuffelen waren. Eigenlijk had ik er genoeg van moeten krijgen – dat geen van beiden de leiding had – maar het ontbreken van een scenario gaf me een licht gevoel in het hoofd, ik had het gevoel te drijven en was bijna blij.

De eerste paar maanden hielden we de schijn op dat we afspraken wanneer we elkaar zouden treffen. Het was een manier om te flirten en terughoudend te zijn, alsof een van ons nog nee zou kunnen zeggen. Dan kozen we een restaurant of spraken we af om uit eten te gaan, en aan het eind van de avond vroeg Seth of ik bij hem kwam slapen, en deed ik alsof ik dat in overweging nam.

Ik bleef wachten totdat hij me een keer teleur zou stellen door niet te bellen of te sms'en, of door te vaak te bellen of te sms'en, maar dat deed hij niet. Dan restte nog de mogelijkheid om hem op andere gronden af te keuren: omdat zijn appartement te netjes gay was, omdat er te weinig boeken stonden, omdat hij niet aan politiek verslaafd was, omdat hij nichterig praatte tegen zijn vrienden, omdat hij naar komisch bedoelde tv-series keek, omdat hij van tekenfilms hield of een poes had die Penelope heette. Maar ik vond het geruststellend dat het bij hem thuis netjes was en hij volgde wel degelijk het nieuws, zo niet alle opiniepeilingen. En als hij met zijn vrienden een dolle bui had, leek hij daar plezier in te hebben.

Ik had me mezelf altijd voorgesteld in een relatie met een bedachtzaam en sober levend mens. Iemand die in beslag werd genomen door zijn belangrijke werk. Wiens afstandelijkheid me zou boeien. Hij zou natuurlijk knap zijn, maar daar niet mee pronken. En hij zou zonder er ophef over te maken van me houden, met een nuchter soort zekerheid. En nu was er Seth, die in het openbaar mijn hand vastpakte, me zoende waar zijn vrienden bij waren en vond dat ik sprekender kleuren moet dragen. Ik was op zoek geweest naar een man die op mannen viel, niet naar iemand die van het leven genoot.

Ik bedacht dat de manier waarop we elkaar hadden ontmoet in ons nadeel zou werken. Dat een van ons zich zou gaan vervelen, het internet op zou gaan om iemand anders te versieren, voor de lol, waarna een moeizame koffiedate zou volgen en de langzaam verminderende uitwisseling van e-mails die ik de eerste avond in het restaurant al had voorzien. Het zou een soort opluchting zijn. Alles weer normaal. Maar de maanden verstreken en het gebeurde maar niet.

De journalisten en politieke assistenten in wier gezelschap ik mijn dagen doorbracht waren doorgaans vrijgezel of gescheiden. Ze sliepen ofwel met elkaar ofwel hadden een of ander ingewikkeld verhaal over iemand in een andere stad met wie ze iets wilden opzetten. Als we van huis waren, dronken we met elkaar in hotelbars. Vier jaar geleden had ik gehoopt tot te kunnen treden tot die gemeenschap van toffe jongens en meisjes, zodat ik te maken zou krijgen met de campagnes van Bush en Gore, en nu had ik opdracht me in die gelederen te scharen, juist op het moment dat het innemen van uitgangsposities en de fondsenwerving voorafgaand aan de voorverkiezingen op gang kwamen. Toch merkte ik dat ik, als ik nu op reis moest, uitvluchten zocht om vroeg naar mijn kamer te gaan en Seth te bellen.

'Volgens mij heb jij een vriend,' zei hij toen ik hem de vierde avond op rij belde vanuit Des Moines.

Ik zag hem voor me, hoe hij daar in bed naar een film lag te kijken onder dat strakke grenenhouten kastje dat hij zelf had gemaakt en opgehangen, zijn knieën opgetrokken onder de dekens, de laptop erop balancerend, al zijn wasgoed opgevouwen en weggeborgen. Ik was nooit lang genoeg met een man samen geweest om niet alleen naar seks te verlangen, of zelfs helemaal niet naar seks, maar louter naar zijn aanwezigheid.

'Ik wil stoppen met condooms,' zei ik.

'Je klinkt alsof je een hartaanval hebt gehad.'

'Ik meen het serieus,' zei ik.

'Dat hoor ik, ja.'

Iets in zijn gelijkmoedige karakter maakte dat ik me als een kind voelde, wat me furieus maakte en wat betekende dat ik bij hem moest blijven om te bewijzen dat ik het niet was.

'Ben je alleen?' vroeg ik.

'Nee, mijn andere vriend is hier, maar hij is erg begripvol.'

'Wat zou je zeggen als ik zei dat ik dacht dat ik misschien wel van je hou?'

'Dat is nog eens een vraag, zeg,' zei hij. 'Wat zou ik zeggen in het hypothetische geval dat jij dacht dat er een mogelijkheid bestond dat je van me zou kunnen houden? Is dat wat je vraagt? Zoiets als: wat zou mijn advies zijn?'

'Sorry, nou ben je onredelijk.'

'Het zit ergens tussen onredelijk en schertsend in, maar we kunnen het wat mij betreft op schertsend houden.'

Ik wist niet waarom ik me steeds weer belaagd voelde als hij dat soort dingen zei, maar zo was het wel. Ik wilde hem slaan.

'Ik denk dat ik van je hou,' zei ik.

'Ben je dronken?'

'Nee! Ik ben niet dronken. Ik hou van je.' Nou, nu weet je het, dacht ik terwijl ik wachtte op zijn repliek.

Even bleef het stil, en toen zei hij: 'Mag ik je een gunst vragen? Zou je dat nog een keer willen zeggen als je weer thuis bent?'

'Oké,' zei ik met tegenzin.

'Mooi. Want ik hou ook van jou.'

Ik registreerde nauwelijks wat hij had gezegd, zo graag wilde ik zelf aan het woord blijven, bekennen dat dit de eerste keer was dat ik dit ooit had gezegd tegen een man, dat ik me schaamde dat ik eenendertig was en daar nooit aan toe was gekomen, dat ik bang was dat mijn eenzaamheid een soort melaatsheid was, een mismaaktheid, en dat hij het, als hij het ooit zou zien, afstotelijk zou vinden.

'Wat een bofkont ben ik,' zei ik in plaats daarvan. 'Hoe zal je andere vriend dat bericht opvatten?'

'Hij redt het wel. Ik zal het voorzichtig brengen.'

Wat een lichtheid. Ik werd er duizelig van. Maar daar, achter op die golf van blijheid, kwam de gedachte aan Michael. Ik zag hem achter zijn computer zitten en weer eens een vragenlijst van een datingsite invullen, hij probeerde een foto uit te kiezen maar vond eigenlijk niemand leuk. Mijn broer – de perfecte dodemansknop. Uiterst betrouwbaar. Dezelfde knop die elke keer ingedrukt wordt als ik op het punt sta mezelf los te laten.

Ik had Michael nog niet van Seth verteld, hoewel het al een half jaar duurde. Het vrijgezel-zijn was iets wat hij en ik lang gemeen hadden gehad. Iets om medelijden mee te hebben. Celia was iemand die altijd relaties had. Michael en ik wilden van elkaar niet dat we alleen waren, maar dat we het wel waren had door de jaren heen geleid tot een vorm van solidariteit. Dat was voor ons een manier om elkaar nabij te zijn. En om op de een of andere manier trouw te blijven aan het verleden. Ergens wist ik wel dat dit bedrog was, dat dit gevoel gevoed werd door wanhoop. Maar ik wist niet hoe ik ervan af kon zien. Wat ik met Seth had zou ik kunnen afzwakken, suggereren dat het nog iets voorlopigs was en dat niemand kon zeggen hoe het verder zou gaan. Ik zou zelfs tegen Michael kunnen zeggen dat ik verliefd was. Hij zou zo'n uitspraak met graagte aanhoren, als hij tenminste lang genoeg zijn mond kon houden over zijn eigen situatie om mij te laten uitpraten. Maar dat Seth ook van mij hield? Dat hij van ons tweeën zelfs de meest aanhankelijke was? Michael zou er natuurlijk nooit iets onaardigs over zeggen. Hij zou zeggen dat hij blij was, en toch zou ik hem ermee opzijschuiven, zodat hij nog geïsoleerder zou zijn dan hij al was. En waarom zou ik dat doen, als ik het ook gewoon wat kon afzwakken, waardoor hij het gevoel zou hebben dat er eigenlijk niets was veranderd?

Een van de dingen die het sinds kort makkelijker maakten om me voor te stellen dat ik Michael op z'n minst iets over Seth zou kunnen vertellen, was dat hij eindelijk aan de studie voor zijn master kon beginnen, al was hij al op de gevorderde leeftijd van zesendertig. We hadden gedacht dat het er nooit van zou komen. Mijn moeder had zich er bij Celia en mij over beklaagd dat hij zichzelf alleen maar dwarszat door zich elk jaar in de herfst weer aan te melden, om dan in het daaropvolgende voorjaar weer een serie afwijzingsberichten te ontvangen. Maar op de een of andere manier was het hem gelukt om het vol te houden, en nu was het zover. Hij zei dat hij geen ambitie had voor een academische carrière, maar alleen wel zijn werk moest kunnen doen en graag les zou geven op een middelbare school als er op de universiteit geen banen waren. Dat was in elk geval een vooruitzicht, zo kon hij zijn eigen boontjes doppen. Mijn moeder steunde hem nog met de huur en schreef cheques uit voor zijn therapie en knabbelde daarmee steeds meer af van het kleine beetje spaargeld dat ze bezat. Dit was eindelijk een uitweg. Alleen bleek zijn beurs niet alles te dekken. Hij zou erbij moeten werken en weer leningen moeten afsluiten. En omdat hij als debiteur een slechte naam had, moest er iemand garant staan.

'Hij zal het heus wel terugbetalen,' zei mijn moeder, toen ze me vertelde dat ze al had toegezegd.

'En als hij dat niet doet?' vroeg ik.

'Wat moet ik anders? Tegen hem zeggen dat het niet doorgaat?'

Ze had zich iedere dag zorgen over hem gemaakt. En nu had hij eindelijk goed nieuws te melden. Die kans mocht ze hem niet ontnemen. Nu restte alleen nog de vraag hoe hij vanuit Boston naar Michigan zou verhuizen. Dat Michael in zijn eentje achter het stuur van een verhuiswagen van U-haul een reis van twee dagen zou ondernemen naar een leegstaand appartement in een stad waar hij nog nooit was geweest, leek ons allemaal een slecht idee.

'Hij zou het je nooit vragen,' zei mijn moeder. 'En natuurlijk heb je het druk... maar je zou hem er zó mee helpen.'

Voordat ze dit voorstelde, had Seth me uitgenodigd om in hetzelfde weekend in augustus waarin Michael in Lansing werd verwacht, kennis te maken met zijn familie in Denver. Ik had gefantaseerd hoe het zou zijn om een schoonfamilie te hebben. Een welgesteld, open echtpaar dat blij zou zijn dat hun zoon een nette levensgezel met een goede baan had gevonden die ze in de familie welkom wilden heten. In hun bemiddelde, intacte gezin. Seths oudere zus Valerie en haar man Rick woonden met hun zoontje een paar straten van Seths ouders. Rick werkte bij het bouwbedrijf van Seths vader. Blijkbaar wilden ze allemaal graag kennis met me maken. Ik wilde heel graag met hem meegaan, maar als ik ervoor kon zorgen dat Michael alles geregeld had in zijn appartement, kon hij een nieuwe start maken. Toen ik Seth vertelde wat mijn moeder me had gevraagd, zei hij dat hij het begreep. Er zou wel een andere gelegenheid komen, zei hij. Ik moest doen wat gedaan moest worden.

Het was een snikhete dag midden in augustus toen Michael en ik van het appartement van Ben en Christine wegreden in de verhuiswagen waar we de oude Grand Am die hij jaren geleden van mij had gekregen aan hadden gekoppeld.

Hij was er slecht aan toe. De voorbereidingen voor de verhuizing en het vooruitzicht de plek te zullen verlaten waar hij het grootste deel van zijn leven als volwassene had doorgebracht, hadden hem in verwarring gebracht. Ik moest de eenvoudigste routeaanwijzingen twee of drie keer herhalen voordat hij doorhad wat ik had gezegd. Welke medicijnen hij ook slikte, ze werkten kennelijk niet erg goed. Ik had niet bijgehouden welke combinaties hij allemaal had geprobeerd. Hij praatte er wel over als we elkaar spraken, maar die informatie had ik niet goed geregistreerd.

Op de snelweg moest ik hem eraan herinneren dat hij heuvelopwaarts zijn snelheid moest aanpassen en wanneer hij de richtingaanwijzers moest gebruiken. Hij had altijd al een slecht richtinggevoel gehad, maar nadat we bij Albany waren gestopt om te tanken, kon hij niet eens de weg terug naar de snelweg vinden. Toen ben ik mijn geduld verloren en heb hem gezegd dat hij moest stoppen en mij verder moest laten rijden.

We hadden er nog eens vijf uur met af en toe een regenbui voor nodig om Niagara Falls te bereiken. De snelste route naar Lansing was door Ontario en dan bij Port Huron weer terug de grens over. Niagara was een voor de hand liggende plaats om te overnachten. We waren er geen van beiden ooit geweest. Ik vond een motel aan de Canadese kant met een parkeerplaats die groot genoeg was voor de verhuiswagen en de aangekoppelde auto en boekte de kamer op mijn creditcard. Het begon al aardig donker te worden, en ik wilde naar de waterkant om te zien of we een boot konden vinden die naar de watervallen ging.

'Ik moet eigenlijk hier blijven,' aldus Michael.

We waren allebei moe van de reis, maar ik kon het idee niet verdragen dat we niet even een wandeling zouden maken.

'Stel dat er iemand belt, wat dan?' zei hij terneergeslagen. Hij zat op de rand van een van de bedden en staarde naar de telefoon van het motel.

'Hoe bedoel je?'

'Ik heb geen bereik,' zei hij. 'Misschien proberen ze de vaste telefoon.'

'Ze? Wie zijn "ze"?'

Hij keek me in paniek aan, alsof ik tegen hem had gezegd dat een wake voor de vermisten maar zonder hem moest doorgaan.

'Er is trouwens niemand die weet dat we hier zijn,' zei ik. 'Niemand heeft dat nummer.'

Hij hoorde wat ik zei, maar leek het niet te geloven. 'Ga jij maar,' zei hij. 'Ik blijf hier.'

'Die telefoon gaat heus niet over,' zei ik. 'Pak je jas.'

Gekweld door zijn dilemma aarzelde hij even, maar toen deed hij wat ik had gezegd. Ik weet niet wat ik meer verafschuwde: zijn onwil of zijn capitulatie. Ze maakten me allebei woedend.

Op straat bleef hij een paar passen achter me, en ik moest langzamer gaan lopen zodat hij me bij kon houden. We liepen tussen hordes toeristen die rondhingen bij de bakken van souvenirwinkels en als herten staarden in de krochten van de cafés met sport op tv.

Ik had niet veel het stadje verwacht, maar ik had nooit gedacht dat het zo lelijk zou zijn.

Toen we bij de gang kwamen die onder de weg door naar het water leidde, voegden we ons bij de andere laatkomers in de rij tussen de hekken. Het duurde niet lang voordat we de kassa waren gepasseerd en op een boot stonden.

Toen die zich van de steiger losmaakte, klommen we naar het bovendek en werd de steile rotswand zichtbaar, met daarachter de hoteltorens. Ik liep naar de voorplecht en was blij dat het hier wat koeler was. Een paar minuten later, toen we bij de watervallen kwamen en de boot zijn weg vervolgde door een nevel van waterdruppels, trokken de mensen doorzichtige plastic poncho's aan en dobberden we aan de rand van het spatwater op en neer. We hadden dit uitzicht van verre al gezien, toen we aan de Amerikaanse kant de brug overstaken, en ik had toen gedacht: ja, daar heb je het, het is net zoals op de foto's. Maar nu het perspectief ontbrak dat ik op afstand wel had gezien, was de vertrouwdheid ineens weg. Een golvende witte wolk omgaf ons, zoiets als de witte leegte zonder diepte die mensen beweren te zien bij het naderen van de dood. En hoog boven die wolk de gigantische lip van water die tegen de achtergrond van de donker wordende hemel naar beneden tuimelde.

Ik had weleens gehoord hoe iemand vertelde dat hij de Himalaya voor het eerst zag en dat het hem had geleken alsof die de begrenzing van de aarde was, dat het gebergte een rand was waarboven niets anders dan lege ruimte zou bestaan. Tot nu toe had ik nooit begrepen waar hij het over had, maar nu wel. Ik wist wat ik zag – wat ik verondersteld werd te zien –, maar op dat schommelende dek met dat gebulder in mijn oren en al het wit om me heen raakte ik alle oriëntatie kwijt en leek het alsof ik in de leegte keek.

Het is de moeite waard, dacht ik. Alleen hiervoor al, voor die paar momenten van dit bijna sublieme schouwspel, ook al zou ik er veel omhaal van woorden voor nodig hebben en mezelf de clichéuitspraak moeten toestaan dat ik onder de indruk was van de Niagara-watervallen. Ik was ervan onder de indruk. In die uitgestrektheid werden de frustraties van de dag weggewist, en ik vergaf Michael zijn zorgen en zijn angst.

Toen ik me omdraaide, zag ik hem op de achtersteven staan, waar hij door zijn brillenglazen vol waterdruppels niet naar boven keek, maar langs de zijkant van de boot naar beneden. Iedereen had de capuchon van zijn poncho over zijn hoofd getrokken, maar op de een of andere manier was hij niet op dit idee gekomen. Zijn zwarte haar was kletsnat en zat tegen zijn hoofd geplakt, en hij stond daar met opgetrokken schouders, alsof hij zich zo tegen de elementen kon beschermen.

Kijk nou toch, jezus man, kijk nou! wilde ik roepen, maar hij zou me niet hebben gehoord.

Toen begon de boot achteruit te tuffen, en doemde de voorsteven weer op uit de mist. Ik liep terug om me bij Michael te voegen. De andere passagiers stonden nu met elkaar te praten en bekeken de foto's op hun camera om te zien welke kiekjes ze hadden gemaakt.

'Geweldig, hè?' zei ik.

Hij knikte meteen, in een automatisme, alsof ik het in een vreemde taal had gezegd en het voor hem het simpelste was om gewoon maar te laten merken dat hij het ermee eens was.

'Je bent kletsnat,' zei ik.

'O,' zei hij. 'Ja, dat geloof ik ook.'

Halverwege de ochtend van de volgende dag kwamen we bij de grensovergang van Port Huron, en vroeg in de middag arriveerden we in East Lansing. Zijn appartement bevond zich een paar kilometer ten zuiden van de campus, in een van de studentenflats die daar aan een doodlopende weg in bosachtig terrein lagen. Het was een twee verdiepingen hoog betonnen gebouw, zo te zien uit het begin van de jaren zestig, met trappenhuizen aan weerszijden van een galerij op de bovenverdieping. Zijn flat had twee kamers, een keukentje en een badkamer met witte stenen muren en linoleum op de vloer. Vijfhonderd dollar per maand, gas, licht en internet inbegrepen. Celia had het online bekeken, en zij en ik waren het erover eens geweest dat een betere aanbieding er voor hem niet in zat, zelfs al zou hij er van tevoren naartoe zijn gegaan. Het was voor hem de eerste woning waar hij in zijn eentje zou wonen. Ik wou dat het een mooiere was geweest.

'Het is schoon,' zei ik, en hij beaamde het.

We moesten de dozen uitladen en de verhuiswagen afleveren als we niet nog een dag extra wilden betalen. Met de grammofoonplaten waren we bijna een uur bezig, en met de boeken nog eens een uur, hoewel hij het meeste van de beide verzamelingen bij onze moeder in de kelder had achtergelaten. Hij had een futon, een ladekastje, een bureau, boekenkasten, een paar lampen, en een van de oude orenfauteuils uit de huiskamer waarop mijn moeder een lap stof over het gescheurde textiel had genaaid. Ik vroeg hoe hij de meubels opgesteld wilde hebben, en hij zei dat hij het niet wist. Ik stelde voor het bureau bij het raam te zetten en de boekenkasten langs de achterwand, en daar was hij het mee eens. De dozen stonden nog bij de deur en in de slaapkamer opgestapeld. Toen we klaar waren, reed ik in de Grand Am achter hem aan naar de vestiging van het autoverhuurbedrijf aan de andere kant van de stad. Ik had hem er voordat we wegreden aan herinnerd dat we moesten tanken voordat we de verhuiswagen afleverden, maar hij passeerde het ene tankstation na het andere totdat ik hem op zijn mobiele telefoon belde om het nog eens tegen hem te zeggen.

Hij reed een Speedway-tankstation binnen, en ik parkeerde aan de rand van het terrein om op hem te wachten. Hij had moeite met de tankdop en slaagde er niet in die te openen. Er verstreek een minuut, en toen nog een, maar nog steeds lukte het hem niet. Hij schopte niet uit frustratie tegen de wagen. Hij toonde geen enkel teken van ongeduld. Hij stond daar maar, en het lukte hem niet. Totdat hij zich uiteindelijk omdraaide en zijn blik over het tankstation liet gaan. Toen hij me zag, zwaaide hij niet en riep hij me ook niet. Hij bleef hulpeloos bij de afgesloten tankdop staan, hij had het opgegeven. Kun jij het niet voor me doen? vroeg zijn gelaatsuitdrukking.

'Nou vraag ik me toch iets af,' zei ik later in een Thais restaurant in een winkelstraat in de buurt van de campus. 'Wat zou je hebben gedaan als ik er niet was geweest?'

'Ik denk dat ik er wel achter zou zijn gekomen,' zei hij schaapachtig.

'En als Caleigh bij je was geweest, zou je er zeker achter zijn gekomen, hè? Dan zou je het niet zomaar hebben opgegeven. Wat is dat eigenlijk? Waarom doe je dat met mij?' Zijn hyperactieve bezorgdheid was overgegaan in een soort dissociatieve schemertoestand, en hij was bang voor het menu, voor de kelner en voor het eten. 'Waarom is dat anders?' drong ik aan, omdat ik hem hieruit wilde trekken.

'Ik weet het niet,' zei hij. 'Het spijt me.'

Mijn telefoon ging – Seth belde vanuit Denver. Ik zei tegen Michael dat ik zo terug zou zijn en was blij met het excuus om op te staan en naar buiten te lopen, ook al was het buiten nog snikheet.

'Het is een soort babysitten,' zei ik toen Seth me vroeg hoe het ging. 'Alsof ik een oud kind aan het verzorgen ben.'

'Maar hij zal toch wel blij zijn dat je er bent,' zei Seth.

'Dat zal wel. Het blijkt nergens uit, maar ja.'

Ik vroeg hoe hij het bij zijn ouders had. Hij had 's ochtends zitten gamen en de middag in het winkelcentrum doorgebracht. Toen we elkaar pas kenden, was elke nieuwe ontdekking – dat ik geen plannen hoefde te maken om in het weekend 's avonds niet alleen te hoeven zijn, dat ik aan het einde van de dag iemand had om mee te praten – een openbaring voor me geweest. Die ontdekkingen waren nu anders. Ik had al na één of twee zinnen in de gaten hoe zijn stemming was. Ik wist wanneer hij zich zorgen over mij maakte en voelde me daar schuldig om. Dit waren wonderen op zichzelf, die me vreemd genoeg geruststelden – ik zag er het bewijs in dat

Seth en ik echt iets met elkaar hadden. Ik ontspande me alleen al als ik hoorde hoe hij de dag met zijn familie beschreef. Ik was achtenveertig uur alleen met Michael geweest, en het leek alsof ik zelf geen leven meer had. Ik had telefoontjes onbeantwoord gelaten en zelfs niet gereageerd op e-mails van mijn hoofdredacteur. Door de etalageruit van het restaurant zag ik hoe mijn broer zat te wachten met het eten dat inmiddels was gebracht. Even zag ik hem zoals ik een onbekende zou waarnemen: een magere, ongeschoren man in een zwartkatoenen werkbroek en een net grijs overhemd met vochtplekken onder de oksels. Bleke huid, haar al dunner aan het worden, nu al van middelbare leeftijd.

Seth vertelde over een feestje volgend weekend waar hij met mij naartoe wilde gaan en over een vriend met wie hij me kennis wilde laten maken, en ik zei dat het me allemaal leuk leek, maar zonder echt te luisteren en in plaats daarvan te denken aan de foto van Bethany die ik op het bureaublad van Michaels computer had gezien toen hij die in zijn appartement openklapte – nu nog, na al die jaren.

'Je hebt een lange dag achter de rug,' zei Seth. 'Ik laat je gaan.'

'Spreken we elkaar nog voor het slapengaan?'

'Ja, gekkie. Natuurlijk.'

Zodra ik bij de tafel kwam vroeg Michael wat er mis was.

'Niets,' zei ik. 'Waarom zou er iets mis zijn?'

'Ik dacht dat er iets aan de hand zou kunnen zijn.'

'Nee,' zei ik, terwijl ik rijst op mijn bord schepte en ineens een razende honger had. 'Het was Seth. De man met wie ik bevriend ben. Ik heb je van hem verteld.'

'Is het goed met hem?'

'Jazeker,' zei ik. 'Alles is in orde.'

'Zien jullie elkaar vaak?'

'Ja.'

'Dat is goed,' zei Michael. 'Hoe gaat het?'

'Eigenlijk gaat het heel goed,' zei ik. Daar had ik het bij kunnen laten. Maar hij had het nu eenmaal gevraagd. 'Eerlijk gezegd denk ik dat we misschien verliefd zijn.' Zijn hoofd ging een heel klein beetje omhoog en naar achteren, alsof hij een vuistslag ontweek.

'Dat is goed,' zei hij weer, maar deze keer ernstiger. 'Het verbaast me dat je er niet over hebt gepraat. Ik kan me niet voorstellen dat je er niet over móét praten. Omdat het zo beangstigend is. Je zult wel bang zijn dat hij je verlaat.'

'Niet echt. Ik geloof dat we het goed kunnen vinden samen.'

Hij staarde me aan in een poging om te snappen wat ik had gezegd. 'Waar hebben jullie elkaar ontmoet?'

'Op het internet. Afgelopen winter. Hij komt uit Colorado. Zijn ouders wonen daar nog en zijn nog samen. Het schijnt dat ze kennis met me willen maken, wat me een goed teken lijkt.'

'Heel bijzonder,' zei Michael. 'Is hij in therapie?'

'Ik dacht het niet.'

'Waar praten jullie over?'

'O, wat er maar bij ons opkomt, zeg maar. Hij heeft een goede smaak wat muziek betreft. Jij zou de dingen die hij me laat horen ook wel goed vinden.'

Dat ik hem dit vertelde vond ik eigenlijk wreder dan dat ik hem had gezegd dat ik verliefd was. Michaels verliefdheden hadden altijd te maken gehad met muziek. Dit zou het voor hem pas reëel maken.

'Hij snapt mijn werk ook,' zei ik. 'Als zich ineens iets voordoet of als ik de stad uit moet, vat hij dat goed op. Je zou eens kennis met hem moeten maken.'

'Natuurlijk,' zei Michael, starend naar de curryschotels die hij nog niet had aangeraakt. Het ontbrak hem niet aan eetlust. Hij leek gewoon te zijn vergeten hoe hij zijn bord moest opscheppen.

'Hier,' zei ik, en ik reikte hem een bord aan. 'Eten.'

En dat deden we, in stilte.

'Welke colleges ga je volgen?' vroeg ik ten slotte.

Deze vraag kon hij wel uitvoerig beantwoorden, en hij noemde een serie onderwerpen en boeken en vertelde over de kritische houding van verschillende docenten en of hun meningen al of niet aansloten bij de theorieën die hij zelf aanhing. 'Ik heb het grootste deel van de teksten van de eerste twee jaar al gelezen,' zei hij. 'Ik zou morgen kunnen beginnen met mijn proefschrift als ze dat goed zouden vinden.'

Hij zag zijn kans schoon en begon over het onderwerp waar hij zelf altijd en eeuwig mee bezig was, de slavernij en het trauma daarvan. Ik wist nooit of hij meende dat hij me dit voor het eerst allemaal vertelde, in welk geval hij door zijn medicijnen enigszins dementeerde, of – en dat leek me veel waarschijnlijker – dat het hem niet uitmaakte aan wie hij het vertelde, maar het gewoon nodig had om erover te praten, telkens weer.

Eerder die zomer was mijn eerste grote artikel sinds maanden in het blad waar ik voor werkte geplaatst. Ik had een verhaal geschreven over het feit dat Wall Street bij donaties aan verkiezingsfondsen een voorkeur begon te krijgen voor de Democraten. Mijn eindredacteur had de sfeerbeschrijving waar ik zoveel moeite voor had gedaan gedeeltelijk geschrapt, maar bijvoorbeeld niet de impliciete kritiek. Het had een hoop reacties opgeleverd op de website, het was vele keren overgenomen en de marketingafdeling reageerde opgewonden. Michael stond op mijn lijstje van vrienden en familieleden aan wie ik de link had opgestuurd, mensen die het blad niet lazen en anders nooit mijn werk onder ogen zouden krijgen. Hij stond al jaren op dat lijstje. Mijn moeder had natuurlijk een abonnement, omdat ze mijn artikelen in druk wilde zien. Celia stuurde meestal snel een e-mailtje met haar reactie, zoals ze ook deze keer had gedaan. Maar van Michael had ik zoals gewoonlijk niets gehoord. Als ik met Thanksgiving of Kerstmis thuis was, luisterde hij wel aandachtig als ik over een klus vertelde, maar ik had geen idee of hij ooit las wat ik schreef, en zo ja, wat hij ervan vond.

Toen de ober kwam om onze borden weg te halen, vroeg ik het aan Michael. Misschien omdat ik hem nu eindelijk ook van Seth had verteld. Of omdat ik de volgende ochtend terug naar New York zou vliegen en niet wist wanneer ik hem weer zou zien. Of gewoon omdat wij tweeën sinds ik weet niet hoe lang niet op deze manier met elkaar hadden gepraat en ik het wilde weten.

Hij leek in verwarring gebracht door mijn vraag en nam de tijd om hem te beantwoorden.

'Jou heeft het meegezeten,' zei hij. 'Met de netwerken die jij hebt, vrienden die je je banen hebben bezorgd.' Hoe wist hij dat vrienden me banen hadden bezorgd? Had ik hem dat verteld? Of Celia? 'Dat hebben de meeste zwarte mensen niet,' voegde hij eraan toe.

Ik had me op mijn stoel voorovergebogen omdat ik benieuwd was naar zijn antwoord, maar nu leunde ik verwonderd achterover. Ik had niet gedacht dat hij zich ooit had beziggehouden met mijn journalistieke werk, maar hij bleek heel goed op de hoogte te zijn.

'Dus daardoor is wat ik doe immoreel?'

'Niet immoreel. Je moet het in z'n context zien. Er zijn niet veel zwarte vrouwen die in de landelijke bladen over politiek schrijven.'

'Ach, kom op. Zijn we dan echt niks opgeschoten? Is dat niet iets wat jij weleens "bureaucratisch multiculturalisme" hebt genoemd? Het kruisje zetten bij een gezicht met een kleurtje?'

'Dat is een risico, inderdaad. Maar wat misschien meer zegt, is dat jij suggereert dat we hier niet te maken hebben met een pure meritocratie. Alsof daardoor je prestaties naar beneden gehaald zouden worden.'

'En dat is niet het geval?'

'Nou, als je dat vindt, bedenk dan maar eens wat het betekent: alle mensen die iets goed kunnen, zijn toevallig blanken uit de upper middle class. En dat is dan wel een toevalligheid die al driehonderd jaar duurt.'

'Ik had je iets gevraagd over het werk dat ik doe, en dan kom jij met een verhaal over positieve discriminatie?'

Zijn uitdrukkingsloze blik gaf hem het aanzien van een ideoloog die probeert een principe niet op te offeren ter wille van het gevoel.

'Ik heb je stuk gelezen,' zei hij. 'Het was goed geschreven.'

Misschien omdat ik moe was, of anders omdat het zo lang geleden was dat hij iets waarderends tegen me had gezegd, maar zelfs bij dit aarzelende compliment welde mijn zelfmedelijden op in een warm, zoet gevoel van treurnis. Ik werkte me voor een karige beloning uit de naad voor artikelen en korte stukjes en webteasers, die bijna op hetzelfde moment dat ze werden gepubliceerd door de ether verspreid werden, maar genegeerd werden ten gunste van de kletsmajoors die de nieuwsuitzendingen van de kabelmaatschappijen presenteerden, en toch bleek ik te bevoorrecht te zijn en te veel tot de gevestigde macht te behoren om genade te vinden in de ogen van mijn broer.

'Bedankt,' zei ik, en ik wenkte de ober voor de rekening. 'Blij te horen dat je het goed vond.'

Toen we terug waren in de flat hielp hij me bij het in elkaar zetten van zijn futon, en we openden de dozen met de lakens die onze moeder samen met de kussens en dekens had ingepakt. Hij maakte het bed op, terwijl ik de borden en kommen opborg en het bestek afspoelde. Toen pakten we zijn koffers uit en richtten we zijn kast in. Ik wou dat we wat muziek konden draaien, iets wat de kamer wat vertrouwder zou maken voordat ik wegging, maar hij was de luidsprekerkabels vergeten, dus werkten we door bij het geluid van de ventilator in het raam.

Tegen de tijd dat we al zijn bezittingen behalve de boeken en platen hadden opgeborgen, was het bijna elf uur. Ik zou een vroege vlucht vanuit Detroit nemen, en we zouden er morgenochtend anderhalf uur voor nodig hebben om naar de luchthaven te rijden. Ik had voor mezelf een motel geboekt, en daar reed ik met hem in de Grand Am door de verlaten straten naartoe. Ik verlangde ernaar dat hij iets grappigs zou zeggen terwijl we langs de benzinestations en de in het donker gehulde winkelcentra reden, iets absurds dat even verlichting zou brengen en voor ons beiden een opluchting zou zijn.

Toen ik hem op de parkeerplaats de autosleutel overhandigde, bedacht ik dat ik eigenlijk voor ons beiden een kamer had moeten boeken, zodat hij niet in zijn eentje in dat appartement zonder airconditioning zou hoeven slapen. Maar het was al laat. Hij moest nog helemaal terugrijden en zijn pillen nemen, en ik was uitgeput.

Michael

Ik had het me voorgesteld als een leesgroep zoals met Caleigh en Myra: vanuit kameraadschap geboren uit toewijding aan een radicale wetenschap onderzoek verrichten naar de historische determinanten die van invloed zijn geweest op het leven van zwarten, waarbij misschien ook wat vrijwilligers voor de beweging voor herstelbetalingen aanwezig zouden zijn. Maar tot mijn schrik bleken de meesten van mijn medestudenten een abonnement op kabeltelevisie te hebben en gingen ze naar de sportschool, terwijl ze nog niet goed wisten waar ze voldoende in geïnteresseerd waren om erover te willen schrijven. Het is niet dat ze bezwaar maakten tegen mijn werk of niet wilden horen over overerving van spookbeelden door de generaties heen, maar het boeide hen niet. Het was mijn ding, wat ze prima vonden, maar het was niet iets waar zij zich druk over maakten. Ze zullen me, omdat ik de enige blanke was in deze studierichting en bovendien zelfs ouder was dan veel van de jongere docenten, wel een vreemde eend in de bijt hebben gevonden. Dat wil niet zeggen dat ik onvriendelijk bejegend werd, maar als ze weleens een etentje hadden georganiseerd, werd ik daarvoor niet uitgenodigd. Het maakt niks uit, dacht ik dan bij mezelf, je bent hier om je werk te doen.

Dat zou voldoende zijn geweest als ik de boeken en artikelen net zo snel had kunnen doorwerken als destijds, vele jaren geleden, toen ik voor het eerst clonazepam kreeg. Maar ik had nu de indruk dat de pagina's tekst in de was waren gezet, dat ze bedekt waren met een laagje afleiding. Tegen de middag had ik dan slechts een schamel aantal aantekeningen op papier staan en buikpijn bij de gedachte aan alles wat nog ongelezen was. Ik stelde de saaiere opdrachten telkens uit om aan mijn eigen werk toe te komen, maar raakte toen met allebei achterop. 's Avonds aan de telefoon probeerde Caleigh me ervan te overtuigen dat het beter zou gaan, dat ik me alleen even moest aanpassen, terwijl mama opperde dat ik beter zou slapen als ik de verwarming lager zette.

Het was niet bij me opgekomen dat alleen leven anders zou zijn dan leven met Ben en Christine. Ik was Bens aankondiging HET IS DONDERDAG gaan vrezen, de dag die ik doorbracht in angst dat ik zou vergeten de vuilnisbak buiten te zetten of de badkamer goed schoon te maken (als ik het verkeerde schoonmaakmiddel gebruikte, kon ik de tegels beschadigen of ik zou een schimmelvlekje over het hoofd kunnen zien, wat me op zijn onuitgesproken wrok zou komen te staan). Daar had ik allemaal geen last meer van nu ik in Spartan Village op mezelf woonde. Ik zette de vuilnisbak buiten wanneer ik daar zin in had. Maar ik had geen huisgenoot die in de andere kamer televisie zat te kijken en langzaam gegaarde peultjes at. Niemand die liefdevol spottende opmerkingen maakte over mijn diepvries-enchilada's, zoals Christine jarenlang had gedaan. Ik had me niet gerealiseerd dat haar lach ze verteerbaar had gemaakt. Ik had het grootste deel van mijn leven als volwassene bij Ben in huis gewoond, en later bij hem en Christine, zonder dat eigenlijk te merken, en toch had ik nooit gedacht dat het feit dat ik door gesloten deuren hun op gedempte toon gevoerde gesprekken kon horen of het doorspoelen van de wc boven, zo belangrijk was geweest voor mijn bewustzijn dat andere mensen echt bestonden. In mijn nieuwe appartement werden alle geluiden van de buren tegengehouden door de tufstenen muren.

Op de galerij maakte ik weleens een praatje met de nette student medicijnen die naast me woont, een kinderlijke man uit Delaware met een zachte huid die een coschap liep bij een pijnkliniek en zich erover beklaagde dat hij alleen moeilijke patiënten te behandelen kreeg. Zoals de vrouw die na de derde operatie aan haar ruggengraat op familiebezoek naar Chicago was gegaan maar daar tijdens een uitverkoopdrukte in het gangpad van een vestiging van Costco onder de voet was gelopen, waardoor hij zich tegen beter weten in genoodzaakt had gezien haar per FedEx een recept voor fentanyl-pleisters toe te sturen, die ze evenwel allemaal tegelijk had aangebracht, zodat ze tijdens haar thuisreis de bushalte in Detroit had gemist en pas in Toronto wakker was geworden. Het zijn hopeloze gevallen, zei hij, andere instellingen willen niets met ze te maken hebben, en daarom schuiven ze hen af naar ons. Waardoor ik me natuurlijk afvroeg wat voor medicijnen hij in zíjn appartement allemaal opgeslagen zou hebben.

Zoals die dingen gaan, ontkwam ik er niet aan om meer clonazepam te nemen om de dagen te komen. Dokter Bennet had me een recept gegeven voor een fatsoenlijk voorraadje voor de overgangsperiode, maar daar was ik in een handomdraai doorheen. Vervolgens maakte ik in één maand tijd de voorraad op die me was voorgeschreven door dokter Greenman, mijn nieuwe psychiater van de afdeling geestelijke gezondheidszorg aan de universiteit. De eerste keer gaf ze me zonder meer een herhaalrecept, en een paar weken daarna nog eens, zoals elk sociaalvoelend mens gedaan zou hebben. Maar toen ik het voor de derde keer vroeg, werd ze wat moralistisch en suggereerde ze dat ik meer discipline zou moeten opbrengen.

Omstreeks die tijd is het zweten begonnen. Nachtelijk zweten was tot daaraan toe. Ik werd doorgaans wakker in doorweekte lakens, maar beddengoed kan gewassen worden, en dan hoeft de dag niet verloren te zijn. Maar dat mijn overhemd al doorweekt was voordat ik bij de bushalte was, was echt vervelend. Daar had de temperatuur niets mee te maken. Ook al woei er een wind uit de steppen van

Michigan, mijn poriën leken wijd open te staan en mijn huid was zo glad als die van een afgebeulde ezel in juli. Tijdens werkcolleges durfde ik nauwelijks mijn hand op te steken uit angst dat de stank van onder mijn oksels over tafel heen zou golven. Maar ik had lang moeten wachten voordat ik hier naartoe kon, en ik wilde mijn steentje bijdragen, dus nam ik elke dag een washandje en een extra stel kleren mee naar de campus, zodat ik me voor de les kon verschonen.

In het studieprogramma was een regeling opgenomen die de mogelijkheid bood huiswerkbegeleiding te geven aan middelbare-schoolleerlingen uit de minderheidsgroepen, en aangemoedigd door Caleigh gaf ik me als vrijwilliger op voor twee middagen per week. Ze koppelden me aan een leerling uit het tweede jaar die Jaylen heette. Onze eerste taak was een boek met recensies doorwerken voor het staatsexamen Engels. Maar toen ik, nadat we tien minuten hadden doorgemodderd over een gedicht van Marge Piercy, iets zei over zijn Juicy J-T-shirt, raakten we verzeild in een discussie over de vraag of crunk wortels had in Memphis. Ik was het eens met zijn mening dat 'It's Hard Out Here for a Pimp' van Three 6 Mafia een totaal gemainstreamde puinhoop was van een overigens ook weinig originele band, en dat dit Juicy J aan te rekenen was, gezien zijn ambities om zijn muziek te promoten. Dit was omstreeks de tijd dat Oris Jay (ook bekend onder de naam Darqwan) eindelijk nog een Sheffield bass-plaat produceerde op het door hemzelf opgerichte Texture-label, en ik zei dat als Jaylen zijn hele lijf eens wilde laten shaken, hij te rade moest gaan bij Britse dubstep. Blij dat ik kan zeggen dat hij dat gedaan heeft. De derde keer dat we elkaar spraken was het duidelijk dat ik meer gemeen had met hem dan met mijn medestudenten. Ten eerste waren we allebei vijftien (psychisch gesproken dan), we beluisterden buitensporige hoeveelheden dancemuziek en voor zover ik kon nagaan vonden we allebei zijn lerares Engels leuk.

Ik deed mijn best om hem door de correspondentie van Abigail Adams en de stukken over paragliden in *Newsweek* heen te slepen, maar als onze sessies ten einde liepen, ging het altijd weer over de muziek waar we naar luisterden. Toen ik zei dat ik in de kofferbak van mijn auto een subwoofer had, vroeg hij of hij die eens mocht horen, en uiteindelijk heb ik hem toen naar huis gereden op het ritme van een Torsten Pröfrock/Monolake-work-out uit Berlijn. Terwijl ik met hem door de straten van Lansing reed, realiseerde ik me dat ik sinds mijn komst naar Michigan niemand anders naast me in de auto had gehad, en zeker niet iemand met wie ik naar muziek luisterde. Ik stelde zijn gezelschap nogal op prijs. Anders dan mijn familieleden vroeg hij me nooit om de muziek zachter te zetten. En wat zou ik eigenlijk al die jaren hebben moeten doen zonder zo'n monsterachtige geluidsinstallatie in mijn auto? Waar kun je, buiten de muren van een club, anders de bassen hard genoeg laten klinken om, zonder dat je buren erover klagen, je hoofd leeg te maken? Mét geluidsinstallatie wordt een auto een ontsnappingsmogelijkheid, ook al wist je niet waar je heen zou moeten. Een ritje naar de supermarkt betekent vijf minuten lang die storm uit het paradijs. Daar heb ik bij de stoplichten graag de hoon van ouwe lullen die ieder moment een schietincident verwachten voor over. De ontspanning die je voelt is te zeldzaam om op te geven ten gunste van goede omgangsvormen.

Het was te begrijpen dat Jaylen op zijn hoede was in de omgang met mij, maar hij vond het wel tof dat hij ineens een bron van pre-releases werd voor zijn vrienden, die niet konden geloven dat hij de hand had kunnen leggen op een bak vol door de mangel gehaalde en gehackte nummers van lui waar ze niet eens van hadden gehoord. Ik schreef niet veel recensies meer (omdat ik niet wilde schrijven dat Moby eens een keer aangeklaagd zou moeten worden wegens wanprestatie), maar de platen en persberichten arriveerden nog in grote hoeveelheden, waardoor de stapels waarvan Alec vond dat ik ze op eBay moest zetten alleen maar hoger werden. Ik begon het grootste deel van wat geen afval was weg te geven aan Jaylen. Ik had een tas met cd's en een enkele elpee gevuld, en die gaf ik aan hem toen ik hem afzette. Ik was natuurlijk te lang doorgegaan over een stukje van Wordsworth of een citaat van James Baldwin waar we toevallig over te spreken kwamen, maar dat leek hij niet erg te vinden. Jij bent raar, zei hij. Hoe komt het dat je geen professor bent? Ik vertelde hem dat ik normaal gesproken in opleiding was om er een te worden, maar dat ik niet zeker wist of de tegenwoordige universiteit voor mij voldoende gepolitiseerd was. Je zou kennis moeten maken met mijn moeder, zei hij, zij gaat altijd stemmen. Ik had zijn moeder een paar maal bij hen op de oprit gezien, en ze had een keer naar me gezwaaid. Gelukkig was haar uiterlijk niet van dien aard dat ik er meteen voor viel, maar ik had zeker geen bezwaar tegen zijn voorstel om kennis met haar te maken.

Ik waardeer het dat je Jaylen helpt, zei ze toen ik hem op een middag thuisbracht. Ik hoop niet dat hij gevraagd heeft om al die dingen die je hem hebt gegeven. Dat kind wordt al te veel verwend. Ik krijg het voor niks, zei ik, geen probleem. Dus jij studeert aan de MSU, zei ze. Ik ben daar nog bezig met mijn bachelor. Ik zeg altijd maar dat ik zal zorgen dat ik op tijd klaar ben, zodat als hij van school komt, we allebei tegelijk kunnen afstuderen, maar we zullen zien of het me lukt.

Godzijdank maakte ze ook van dichtbij niet die dwangmatige bedwelming in mij los waardoor ik buikpijn zou krijgen of tegen haar zou zeggen dat ik van haar hield. De kennismaking was wat zachtaardiger. Buiten mijn werkcolleges sprak ik niet veel mensen. In de weekends had ik niets omhanden afgezien van de telefoongesprekken, en altijd weer was er die stilte in de flat als ik had opgehangen. Toch voelde ik niet de noodzaak om deze vrouw het hof te maken.

Het enige wat ik wilde, was met hen tweeën mee naar binnen gaan en samen met hen eten. Maar toen hoorde ik Caleighs stem zeggen: Flipper, wees niet zo'n engerd. Dus hield ik het bij wat beleefdheden en nam afscheid.

Toen ik dat overmatige zweten bij dokter Greenman ter sprake bracht, vroeg ze of er iets was, of ik op het moment ergens speciaal ongerust over was. Zou ze bijvoorbeeld bedoelen dat de FBI zou proberen wegens achterstallige belastingen beslag te leggen op mijn beurs? Of dat zij zou weigeren nog een recept voor me uit te schrijven om te zorgen dat ik voldoende medicijnen had om het te redden? Of dat ik zo lang heb gewacht op deze kans om alles rond te krijgen, van George Clinton tot het Finland Station, van slavenschepen tot Holocaust-studies tot de echo van snelheidsverlies in een hihat, om uiteindelijk te merken dat ik mijn concentratie kwijt was? Maar ik wilde niet onbeleefd zijn. Ze was in principe een sympathieke vrouw met haar grove ribfluwelen broek en haar kabeltruien. Ik geloofde dat haar bezorgdheid om mij oprecht was, ook al was ze door haar rechtschapenheid inzake het voorschrijven van medicijnen blind voor het feit dat mijn behoefte daaraan op het moment niets meer of minder was dan de wens om alleen al het eerstvolgende uur door te komen.

Wat kon ik doen? Ik begon naar equivalenten voor de benzo's te zoeken op het internet, waar men het erover eens leek dat je wat had aan kratom, een min of meer opiumachtige thee die Thaise veldwerkers dronken en die blijkbaar een dempende werking had. De overheid was er nog niet toe gekomen om het te verbieden, dus bestelde ik een pond en begon ermee. Het spul zou niet te pas komen in een aromatherapie, maar die was ook niet bestemd voor mensen met echte problemen. Het effect was vergelijkbaar met dat van sterke koffie gekruid met grote hoeveelheden benadryl. Ik nam het iedere ochtend. Zo begon ik de dag: meer clonazepam dan de dokter had voorgeschreven, een thermoskan koffie, een beker kratom, drie of vier rustgevende pillen, een paar honderd milligram van de medicijnen die dokter Greenman me aansmeerde, gevolgd door een warme douche. Toen het november werd, was ik al opgehouden met het lezen van de voorgeschreven teksten en natuurlijk ook met het uitvoeren van opdrachten, waardoor bijwonen van de werkcolleges minder relevant en zelfs ongepast was geworden. Mijn moeder zou zich alleen maar zorgen maken als ik het haar vertelde, evenals Celia en Alec. Ik heb er met Caleigh over gesproken, maar ze veegde me de mantel uit en zei dat ik, ook al waren mijn werkstukken niet briljant, toch moest doorzetten. Dit was mijn kans, zei ze. Hiermee zou ik een baan kunnen vinden.

Op dinsdag- en donderdagmiddag deed ik mijn best om mezelf op te peppen met een schoon overhemd en een extra kopje kratom, voordat ik naar de school reed om Jaylen op te halen. Het idee was dat we elkaar de eerste maand in de veilige omgeving van school zouden spreken, waarna we, als de relatie eenmaal vertrouwd was, ook elders konden afspreken. Aan de mentors was gevraagd de voortgang van hun pupillen bij te houden, maar we waren niet verplicht om ons daartoe te beperken. Meestal reden Jaylen en ik met de subwoofer aan een beetje rond in Lansing.

Ik was dingen uit de oude doos voor hem gaan draaien, muziek waarvan ik vond dat hij die moest kennen en waar ik in geen jaren naar had geluisterd, garagemixes van Larry Levan, Afrika Bambaataa, Neil Young, alles waar de pijn van de realiteit in doorklonk. Maar toen ik met Donna Summer aankwam, moest hij daar niks van hebben. Je wilt gewoon wat met me uithalen, zei hij. Dit is flikkermuziek. Tot dan toe had ik hem beschouwd als een aardige jongen. En wat zijn moeder betreft, die was in het politieke spectrum van wat kon doorgaan voor fatsoenlijk zwart zo ongeveer in het midden te situeren, van een welstand die gering genoeg was om te voorkomen dat ze een klasse-vooroordeel zou ontwikkelen, maar voldoende bezorgd om haar zoon om te willen dat hij in een gareel zou blijven, wat voor haar niet weggelegd was geweest. Muziek leek voor hen het compromis te zijn, iets waar zij geen zeggenschap over wilde hebben. Hij kon zijn blanke klasgenoten bang maken door te zinspelen op het idee dat zwarten de wereldheerschappij zouden veroveren, maar kon toch ook de muziek uitzetten en moeite doen om vooruit te komen in de wereld. In die mannenfantasie was echter geen plaats voor Donna Summer of Diana Ross, of wat dat aangaat Nina Simone en David Bowie. Die maakten het allemaal te flikkerachtig. Tegen hem zeggen dat mijn jongere broer een keurig nette middle-class homoseksueel was leek daar geen verandering in te kunnen brengen. In plaats daarvan draaide ik voor hem de laatste twintig seconden van 'Our Love' van Summer en Moroder, het gedeelte waar de synth begint te pulseren en over de beat heen druipt als chemicaliën die aan het dansen slaan, en ik heb tegen hem gezegd: Zonder dit geen techno. Waar jij nu van houdt komt daaruit voort.

Toen we bij zijn huis arriveerden, kwam zijn moeder Trish net aanrijden. Als je wilt kan ik je een kop koffie aanbieden, zei ze. Ze woonden in een bungalow met een voorkamer die alleen werd gebruikt als er visite was. De bank en de stoelen waren bedekt met doorzichtig plastic om de stof mooi te houden, waar ik blij om was omdat mijn zweet dan geen vlek zou vormen. Op de glazen salontafel stond een vaas met roodbruine en oudroze droogbloemen. Jaylen ging ongemakkelijk zo ver mogelijk van mij af op de bank zitten en haalde zijn schouders op toen zijn moeder zei dat ze het fantastisch zou vinden als hij aan MSU zou gaan studeren nadat hij eindexamen had gedaan. Hij is nu al een fan van de Spartans, zei ze, dus waarom niet? Omdat ik niet hier wil blijven, zei hij. Ze keek hem bestraffend aan en glimlachte toen naar mij.

Heb jij zelf ook kinderen? vroeg ze verwachtingsvol. Ja, zei ik, ik heb een zoon en een dochter. Ze zijn zes en acht. O, dat is ideaal, zei ze, en ze lachte. Tegen de tijd dat ze zo oud zijn als hij is het een en al problemen. Al gaat het met hem beter dan met zijn zus. Die woont al bij haar vriend; het had geen zin om te proberen haar tegen te houden. Je zal het wel razend druk hebben met die twee, zei ze, en dan heb je ook nog tijd om Jaylen hier te helpen.

Ze wonen niet bij mij, zei ik, ze zijn bij hun moeder in Chicago. Ik zie ze daar als ik er op bezoek ga. Ik voelde dat Jaylen me aankeek, maar hij zei niets. Nou ja, jij doet dat tenminste, zei ze filosofisch, je doet het tenminste. Het zweet liep over mijn lijf, en ik kon alleen maar hopen dat ze niks zou ruiken. Het is Jaylens beurt om het eten klaar te maken, zei ze, hij maakt taco's. Als je wilt blijven eten, ben je welkom.

Na een paar extra clonazepams in de badkamer leek alles daar in huis heel gewoon: de plafondlamp in de keuken, de geraspte fabriekskaas, Jaylens gevit op zijn moeder, die hem aanspoorde niet zo snel te eten. Zelfs het gesprek over mijn studie, waarvan de meeste mensen in de war raakten, verliep heel gewoon. Als je doorgaans in je eentje bent in een kamer waar een sarrende tijger rondloopt, is het bijna een teken van barmhartigheid als je alleen al een glas Pepsi krijgt aangeboden. Het leek me ook volkomen normaal dat ik desgevraagd vertelde dat ik aan de zuidkant van Chicago was opgegroeid in een multiraciaal, multigenerationeel gezin. O Flipper, zou Caleigh later zeggen, en vervolgens zouden we ruzie krijgen. Maar daar zat ik, met hen beiden te eten, en we waren vrolijk.

Ondanks mijn herhaald aandringen wilden ze me niet de afwas laten doen. Ze dachten dat ik dat een soort corvee zou vinden. Ze wisten niet wat een genoegen ik eraan zou beleven of wat dat genoegen voor me zou betekenen. Maar ik was hun gast, dus ik legde me erbij neer. Het was al donker buiten, de duisternis viel op winteravonden vroeg in, en dan lijkt het om zes uur al middernacht. Jaylens moeder deed het buitenlicht aan, en terwijl ik naar buiten liep, naar mijn auto, bedankte ik haar. Wel thuis, zei ze.

Terugrijdend naar mijn flat vroeg ik me af of de angst-onderdrukkende middelen mijn verlangen met voldoende watten hadden bedekt om in staat te zijn tot een begin van menselijk contact zonder verwondingen of koortstoestanden, of dat het een beetje loslaten van de waarheid me geholpen had om zo opgeruimd te kunnen zijn.

Waar ben je bang voor als je bang bent voor alles? Dat de tijd verstrijkt en niet verstrijkt. Dood en leven. Ik zou kunnen zeggen dat mijn longen nooit genoeg lucht bevatten, hoe hard ik ook zuig aan mijn inhalator. Of dat mijn gedachten te snel gaan om ze af te maken, en dat ze afgekapt worden door een plotseling opkomende waakzaamheid. Maar zelfs door dit te zeggen zou ik medeplichtig zijn aan de leugen dat die angst beschreven zou kunnen worden, terwijl iedereen die haar ooit heeft meegemaakt, weet dat ze geen componenten heeft maar altijd overal in je aanwezig is, totdat je zover bent dat je jezelf alleen nog herkent aan de spanningen die zich van de ene minuut tot de volgende aaneenrijgen. En toch blijf ik liegen door te omschrijven, want hoe kan ik anders aan deze seconde ontkomen, en aan die die daarop volgt? Dit is het wezen van de aandoening zelf: de niet-aflatende behoefte om te ontkomen aan een moment dat nooit eindigt.

Ik werd de volgende ochtend om vijf uur in doorweekte lakens en in paniek wakker. Met het water op het nachtkastje nam ik mijn laatste clonazepam in en liep meteen naar het fornuis om water op te zetten voor de kratom. Ik deed de yoga-strekoefeningen die

Celia me had geleerd en daarna ging ik rechtop op een stoel met een harde rugleuning zitten en probeerde vijf minuten lang bewust adem te halen, zoals dat werd aangeraden in de folder over jezelf kalmeren die ze me hadden gegeven. Om de een of andere reden was ik, toen ik klaar was, nog steeds zesendertig, single en op sterven na dood. Ik belde dokter Greenman voor een herhaalrecept, maar de GGZ-secretaresse zei dat ze de hele dag weg was. Ik had alles gedaan wat ik 's ochtends altijd doe, maar de angst regeerde nog steeds. Op dat moment keek ik of er e-mail was en zag toen dat er bericht was van de universiteit, waarin stond dat ze op grond van een brief van het ministerie van Onderwijs betreffende een eerdere, niet nader toegelichte wanbetaling beslag legden op mijn beurs, die ik nodig had om mijn huur en eten te betalen.

Toen ik erin slaagde om me weer op het scherm te concentreren, zocht ik het dokter Greenmans adres op en reed naar haar huis. Het was een zwart-wit negentiende-eeuws pand met opzichtige versieringen en tot in de puntjes verzorgde heggen. Ze deed open gekleed in een sweatshirt van de universiteit van Wisconsin en een oranjebruine ribfluwelen broek. Haar brillenglazen waren groot genoeg om er kopjes koffie op te serveren. Michael, zei ze, ik ontvang thuis geen patiënten. Je moet een afspraak maken via de kliniek. Ik hoef alleen maar een herhaalrecept, zei ik, om het weekend door te komen, en dan kom ik volgende week bij u langs. We hebben het erover gehad, zei ze, ik kan geen recepten op verzoek uitschrijven, en zeker niet thuis. En als ik ze me nou een kogel door het lijf hadden geschoten, zou u dan ook tegen me zeggen dat ik later maar terug moest komen? Laat me maar gerust doodbloeden onder die mooie heggen van u, dan zeggen we wel dat u een inzinking had. Maar ik wilde niet onbeleefd of onaardig tegen haar zijn. Ze bleef een warmvoelend mens, ook al dreigde ze het touw waaraan ik hing door te knippen. Je denkt er toch niet aan jezelf iets aan te doen? vroeg ze. Want als dat het geval is, moet je naar de eerste hulp gaan en zeggen dat ik je gestuurd heb. De temperatuur lag rond het vriespunt, maar gezien de rivier van zweet die over mijn rug stroomde, had je ook kunnen denken dat ik in Lagos in training was als gewichtheffer. Michael, zei ze terwijl ze haar hand op mijn onderarm legde, alsof ik op dat moment een mens was in plaats van een zenuwlijer, ik wil je helpen, maar op deze manier kan het niet. Als het slecht met je gaat, zei ze. Het gaat erg slecht, zei ik. Ik snap het, zei ze. Maar als het erger wordt, en je denkt dat het gevaarlijk kan worden, moet je naar het ziekenhuis gaan. Ik kan je nu geen herhaalrecept geven, maar ik wil maandagochtend wel met je afspreken om dit alles te bespreken. Dan kunnen we een traject uitzetten. Op het ogenblik heb ik mijn dochter op bezoek, dus ik moet nu weer naar binnen.

Caleigh was aan het werk, en nadat ze me een half uur lang had gesmeekt om gewoon in bed te gaan liggen en naar herhalingen van *X-Files* te kijken, zei ze dat ze nu echt moest ophangen. Celia nam niet op. Alec ook niet. Ik kreeg het antwoordapparaat van mijn moeder, maar ik wilde geen bericht inspreken dat haar ongerust zou kunnen maken.

Ik weet niet hoe lang ik naar de foto van Bethany op mijn scherm heb zitten staren voordat ik haar nummer intoetste. Misschien wel een vol uur. Ik inspecteerde de pixels van haar tanden terwijl ik luisterde hoe haar telefoon overging. Het was een wonder dat ze, nadat we elkaar al die jaren niet hadden gesproken, gewoon opnam. Ze zei hallo. Met Michael, zei ik, en nadat ik had gevraagd hoe het met haar ging, hadden we een gesprek. Eindelijk, eindelijk. Ze was naar Houston verhuisd en had daar haar studie afgemaakt. Ze had een baan bij een fitnessclub. Ik kon me niet voorstellen dat ze daar werkte, maar ze klonk niet alsof ze maar wat zei. Ze vroeg hoe het met mij was, en ik zei dat het goed ging, dat ik nu eindelijk aan mijn master werkte en probeerde te schrijven. Heb je een relatie? vroeg ik, wat ik natuurlijk niet had moeten doen, punt, en zeker niet vrijwel meteen, maar ik móést het weten, want als ze niemand had en toch de telefoon had opgenomen, zou dat gemene motortje in mijn borst dat nu als een razende stationair draaide daar misschien even mee ophouden om me een beetje rust te gunnen. Je belde me toch niet om dat te vragen, hè? vroeg ze. Nee, nee, zei ik, ik ben gewoon nieuwsgierig, ik wil gewoon weten hoe het met je gaat. Oké dan, zei ze, als jij het zegt. Ik ben verloofd, kan ik je zeggen. Ik denk dat je haar aardig zult vinden.

De slijterij accepteerde mijn creditcard met vlag en wimpel. Met als kleuren voornamelijk het oranje van Cutty Sark en het bibberige blauw van mijn handtekening. Toen ik zeker wist dat niemand keek, nam ik op de parkeerplaats een slok uit de fles en zette Norma Frasers 'The First Cut is the Deepest' op (is het zelfmedelijden als het geen troost biedt?). Op de een of andere manier was ik nooit een alcoholist geworden. Dom geluk. Maar als belangrijke regulator van de processen in het centraal zenuwstelsel heeft drank zo zijn voordelen. Precies goed voor mijn reptielenbrein. Drank – al vanouds de balsem voor angst en verdriet. De oma van alle psychoactieve medicijnen, een botte, oude heks die vanuit de bergen wankelend naar beneden komt met een zwakzinnige glimlach op de lippen en een knuppel in de hand. Wereld? zegt ze met een grijns. Welke wereld? En ze laat haar knuppel op je schedel neerkomen.

Uiteindelijk kwamen we tot een detente. De vreselijke precisie van alles zakte langzaam weg. Ik reed omgeven door een muur van geluid een tijdje rond. Over de muziek waar ik sinds ik een kind was naar luisterde, had mijn vader nooit veel gezegd. Waar hijzelf van hield was een allegaartje, klassieken die hij kende van de anglicaanse kerk, Elgar en de fade-out van het wereldrijk met ook nog wat Sinatra en Frankie Laine. Maar als 'Bridge Over Troubled Water' op de autoradio werd gespeeld, herinnerde mijn moeder ons eraan dat dit een van zijn favoriete songs was geweest, en ik had vaak gedacht dat hij juist dat had gedaan, zich neerleggen bij het woelige water dat hij was geworden, zodat wij konden doorgaan met ons leven. Ik vroeg me af of een van hen – Celia, Alec of mijn moeder – er überhaupt in kon slagen om ergens anders dan op de rand van dat graf te leven en te proberen niet met opengesperde ogen weg te kijken. Hoe het kon dat zij niet koud bleven onder de aanraking van wie dan ook, behalve van hen die, net als mijn vader, net als Bethany, een einde maakten aan wie je was en je herschiepen naar hun beeltenis?

Die ene reeks gebeurtenissen, anders niet: op de terminal van Logan uitstappen in de gloeiend hete middag toen ik met Peter Lorian terugkwam uit Engeland, mijn overhemd al doorweekt voordat we de parkeerplaats waren overgestoken, de schittering van de zon op de autodaken, de blauwe lucht en het gesmolten asfalt, alles volkomen onwerkelijk en ongelooflijk scherp afgetekend. Aankomen bij ons huis, mijn moeder zien met de armen gespreid om me te omhelzen, haar geknuffel, het feit dat ik niets voelde bij haar aanraking. Dan kijken hoe ze met z'n drieën in de huiskamer zitten te huilen, hen willen troosten, maar niet weten hoe, toen niet en nu niet, in mezelf opgesloten en alleen dit weten: ik had ze achtergelaten om te lijden, en nu was hij weg. Die ene reeks. Als een groef in een plaat die zo diep is dat de naald er niet meer uit kan komen. Wat er verder ook nog speelt, dít speelt altijd. Daar gaat dat volume om – dat het luider is dan die ene groef. Het volume van de luidsprekers, of van de obsessie. De dosis moet op de taak berekend zijn.

De motregen en de koplampen, de etalages en de reclames – ze liepen allemaal door elkaar en verzachtten alles. Toen ik aan de voordeur aanklopte, deed Jaylen open. Hoi, zei hij. We hebben vandaag toch niet afgesproken, hè? Nee, dat hebben we niet, zei ik. En toen ik me realiseerde dat ik het daar niet bij kon laten, voegde ik eraan toe: Ik wilde jullie alleen maar bedanken voor het eten van gisteravond, ik was blij dat ik hier was. Geen probleem, zei hij terwijl hij me enigszins bezorgd aankeek. Mijn moeder is nog niet thuis, als je voor haar kwam. Nee, nee, zei ik, ik dacht, ik ga gewoon even langs. Misschien was het dan toch waar dat ik nooit een liefdesrelatie zou krijgen. Dat mijn angst, die een tijdje toegespitst was geweest op de liefde, nu weer onlosmakelijk verbonden was met de rest van het leven. In dat geval zou de bevrijding misschien van elders moeten komen. Jaylen, die daar voor me in de gang stond, wist niet goed hoe het verder moest. Het spijt me dat ik vandaag geen platen voor je heb, zei ik. Geeft niet, zei hij, je hebt me er al een hele hoop gegeven. Ik kan je meer geven, zei ik, veel meer. Je zou een capuchon moeten hebben, zei hij. Toen ik opkeek, voelde ik de regen op mijn gezicht. Je hebt gelijk, zei ik, dat is zo. Is het goed als ik binnenkom?

Hij had een Technics-draaitafel op zijn kamer, op een melkkrat vol vinyl. Er hing de obligate Tupac-poster en die van Run-DMC's eerste album, die ik hem had gegeven, met Simmons en Smith met gleufhoed en trainingspak tegen een bakstenen muur. Hij had nog rode Mickey Mouse-lakens. Zijn schoolboeken en schriften lagen op zijn ladekastje en zijn kleren op een zitzak, die hij voor mij ontruimde, zodat ik kon gaan zitten. Ik heb gisteren iets op de kop getikt dat je misschien leuk vindt, wil je het horen? vroeg hij. Graag, zei ik, zet maar op. Het was een Indochina-remix van Kaci Browns 'Unbelievable'. Het origineel (eigenlijk niet het goede woord) was een boeiend, te dik aangezet staaltje Nashville-hit-productie, het soort nummer dat nog R&B wordt genoemd, al wordt het gezongen door een blanke tiener uit Sulphur Springs, Texas, en is het geen van beide. Maar Indochina (alias Brian Morse en A. Fiend) hadden de lipgloss-piano en de muzakgitaar eruitgehaald, de vocals op een basis gezet van een four-to-the-floor-beat rechtstreeks afkomstig uit 1979, maar iets versneld tot het tempo van een Rotterdams homofeest. Ik kon het niet helpen, maar ik begon met mijn hoofd op en neer te knikken, net als Jaylen, terwijl we luisterden naar deze totaal onopvallende stem, tot aan het verdwijnpunt gesampeld, maar die toch, als hij voortgedreven werd door de strakke beat, de ruimte in werd geslingerd op de golven van de synth, de toon wist te treffen waar het hart naar smacht.

It's unbelievable but I believed you
Unforgivable but I forgave you
Insane what love can do
That keeps me coming back to you.

Het is een beetje flikkerachtig, zei hij. Ik zou het niet draaien op school, maar het heeft een kick, hè? Een beetje flikkerachtig? wilde ik zeggen. Heb je enig idee hoeveel homo's zich op de dansvloer in het zweet gewerkt hebben om dit stuk de pan uitrijzende afgeleide shit mogelijk te maken? Hoeveel er zijn overleden aan aids of een overdosis of failliet zijn gegaan toen ze op weg waren naar dat meisje uit Texas die een deal zou hebben met Interscope om een nummer op te nemen dat zijn ideale vorm pas zou krijgen als het zo'n beetje kaal was gestript door de mensen die het echt nodig hadden? Enig idee hoeveel welsprekendheid er nodig was om die types te betalen? Maar het leek erop dat dit een beetje veel was om nu op in te gaan, en ik voelde me rustiger dan ik me sinds heel lang had gevoeld, terwijl ik daar met Jaylen op zijn kamer zat, met de draaitafel en de platen erbij, en we over muziek praatten. Alsof hij mijn vriend was en ik de zijne. Yeah, was alles wat ik kon uitbrengen, het heeft zeker een kick.

Hij zette het nummer van Darqwan op die ik hem op de dag dat we elkaar hadden ontmoet had aangeraden, de lange versie van 'Rob One 7', een spelonk vol vervormde bassen en het gejammer van een drummachine, nu en dan getreiterd door een kapotte snaar uit een laserachtig keyboard. Een beter geluidsportret van het postindustriële tijdperk – of althans van de werkloosheid in Sheffield – was waarschijnlijk niet te vinden. Omdat hij wist dat zijn luidsprekers er niet op berekend waren, plugde Jaylen zijn koptelefoon in en reikte die mij aan, terwijl hij in de krat met platen op zoek ging naar wat hij hierna zou draaien. Ik liet me in de spelonk zakken en verdween.

Hier kon ik eindelijk de geesten op het gehoor volgen door te luisteren naar hoe ze dansten, hoe de verlorenen weer tot leven kwamen in de vibraties in mijn schedel en mijn hele lichaam, dat nu beschikbaar was om slechts een tunnel te zijn, een doorgang waardoor de vermisten terug konden keren en door de muziek thuisgebracht werden.

Mag ik je een vraag stellen? zei Jaylen toen het nummer afgelopen was. Natuurlijk, zei ik. Waarom heb je tegen mijn ma gezegd dat je kinderen hebt? Je hebt toch geen kinderen? zei hij. Nee, die heb ik niet, zei ik. Ik denk dat ik haar gewoon niet wilde teleurstellen, omdat ze dat wel een leuk idee leek te vinden. Maar maak je geen zorgen, zei ik, het is niet dat ik iets met je moeder zou willen, ik voelde me gewoon thuis. Het spijt me als ik je teleurgesteld heb. De muur van de drank begon af te brokkelen. Ik voelde hoe hij weggespoeld werd en hoe de angst erachteraan kwam golven en om de uiteinden van mijn zenuwen klotste.

Je bent een rare, zei hij, terwijl hij nog een dubstep-plaat opzette, minder luid deze keer. Hij ging op een stoel aan zijn bureau zitten en scrolde door iets op zijn telefoon. Ik moet gaan, dacht ik. Maar het idee op te staan en het huis uit te gaan joeg me angst aan. Als ik hier bleef, in zijn gezelschap, zou ik me er misschien doorheen slaan. Ze zouden eten klaarmaken, en ik zou bij hen blijven eten. Met de plafondlamp en de geraspte kaas. Heel gewoon. Mijn oogleden begonnen te trillen, alsof ik wakend droomde. Bij de eerste hulp zouden ze denken dat ik alleen op drugs uit was.

Toen ging de deur open en kwam Jaylens moeder binnen. Ze keek vanaf de andere kant van de kamer naar mij, hoe ik daar voorovergebogen op de zitzak zat en over mijn hele lijf begon te beven. Ik kon aan de geschrokken uitdrukking op haar gezicht zien dat het al laat werd, dat ik al ver heen was en hun hulp nodig zou hebben.

Margaret

Het is vreselijk hoe droog de grond is geworden. De beek is nog maar een klein straaltje water en de distels en varens langs de oevers zien er bijna winters uit. In heel juli en augustus heeft het nauwelijks geregend, zelfs niet op de dagen dat het drukkend warm was en er 's middags onweerswolken kwamen opzetten en je het in de verte zag bliksemen. De meeste avonden moest ik sproeien. Het is nu half oktober en ik sproei nog steeds om de bloembedden vochtig te houden en te voorkomen dat de struiken verwelken. Maar afgezien hiervan is het de afgelopen weken uitzonderlijk mooi geweest, met wolkeloze luchten en niet al te heet, fantastisch weer om buiten te zijn, zoals nu en doordeweeks vroeg in de avond als ik thuiskom van mijn werk. Je hebt van dat heldere licht in de herfst.

In de wei aan het einde van de straat hebben de laatbloeiende asters het ondanks de droogte goed gedaan. De laatste hagelwitte plukjes lopen helemaal door, de helling op tot aan de rand van het bos. Als je met je rug naar de weg staat, krijg je een beetje het idee van een wildernis, van hoe het zou zijn als niemand van ons hier ooit was geweest. Ik was gewend om dit deel van mijn rondje te vermijden, omdat het waarschijnlijk het pad is geweest dat John nam. Maar uiteindelijk werd de vermijding de herinnering en nu is het alweer sinds lang meer een eenheid, deze omgeving waarin hij rondliep en waar ik nog steeds rondloop, de straat en het landschap waarin de seizoenen zich zo duidelijk manifesteren.

In de tuin heb ik de laatste tijd de bloeiende takken van de kardinaalsmuts gesnoeid, die over de oprit dreigden heen te groeien. Er moeten bloembollen geplant worden en op de bloembedden moet nieuwe aarde worden gestort, en ook moet er geharkt worden en het gras gemaaid, waar Michael zo goed bij helpt. Ik hoef het hem niet vragen, hij biedt het zelf aan. We hebben van alles naar de afvalverwerking gebracht wat mij in mijn eentje nooit gelukt zou zijn: de theekisten waarin we onze boeken over de Atlantische Oceaan heen en weer verscheepten en die vol oude tijdschriften lagen, de schoolspullen van Alec en Celia, meubels die Caleigh tijden geleden bij ons heeft achtergelaten en waarmee je een hele slaapzaal zou hebben kunnen inrichten. Goed om dat alles op te ruimen, gezien de situatie.

De meeste dagen ontbijten we samen. Hij gaat dan naar boven, naar zijn computer, terwijl ik naar mijn werk ga, en hij is thuis om me te begroeten als ik thuiskom. Ik maak het avondeten klaar, hij doet de afwas en vaak kijken we voor het slapengaan nog naar een film. Eigenlijk vind ik het fijn om hem weer bij me te hebben. Hij is zorgzaam, dat was hij altijd al. Wel praat hij graag over de problemen waar hij tegenaan loopt, dat betekent dat hij niet altijd een goede luisteraar is, maar in elk geval houden we elkaar gezelschap.

Mijn vriendin Suzanne was degene die de makelaar heeft aanbevolen. Ze zei dat Veronica een heel plezierig en praktisch mens was, helemaal niet zoals ze doorgaans zijn, en dat ze, als ik dat wilde, graag bereid was om eens langs te komen en een kijkje te nemen, gewoon om te zien wat de mogelijkheden waren. Ik zou het niet hebben overwogen als het door al mijn andere schulden niet zo moeilijk zou zijn om de hypotheek af te lossen. De incassobureaus die op betaling van de ziekenhuisrekeningen aandringen zijn meedogenloos. Ze bellen op de onmogelijkste tijden. En ze kunnen heel onaangenaam zijn over de telefoon, alsof we criminelen zijn. En nu Michael zijn studie heeft afgebroken, zijn de studieleningen waarvoor ik garant sta invorderbaar, en daar wordt ook over gebeld. Ik wou dat ze het gewoon schriftelijk zouden doen. Dan zou ik de hele papierwinkel kunnen ordenen en de balans opmaken. Ik vind het echt heel naar dat ik ertegen op zie om mijn eigen telefoon op te nemen als er gebeld wordt.

Ik kan tegen Alec niets zeggen over mijn contact met Veronica of over het verkoopcontract dat op mijn bureau ligt en dat ze ondertekend terug wil krijgen. Hij zou me tegenhouden. En ik wil Celia met dit alles niet lastigvallen, nog niet. Het schijnt dat er zo'n zeventigduizend of zo over zal blijven als alles is afbetaald, wat beslist meer geld is dan ik ooit bij elkaar heb gezien en ruim voldoende om een appartement voor ons te huren. Al zal ik de tuin natuurlijk wel missen. Ik zou niet kunnen doen alsof dat niet het geval is.

Het is bijna tien maanden geleden dat ik een telefoontje kreeg van Michaels dokter aan de universiteit. Michael had tegenover mij haar naam weleens genoemd, dokter Greenman, en hij had gezegd dat hij haar sympathiek vond, en zo kwam ze aan de telefoon ook over. Ze zei dat hij te snel met een medicijn was gestopt en daar in het ziekenhuis was opgenomen. Het zou het beste zijn dat hij zijn studie tijdelijk onderbrak, zei ze, en overgebracht zou worden naar een ziekenhuis dichter bij huis. Celia heeft haar teruggebeld en alles geregeld. Alec had me opgedragen om in het ziekenhuis niets te ondertekenen, maar te wachten totdat hij de papieren had gezien, maar nadat ik Michael van de luchthaven had opgehaald en naar het ziekenhuis op North Shore had gebracht, gebeurde alles heel snel. Ze wilden hem niet opnemen tenzij ik tekende, dus dat heb ik toen gedaan, en daarom worden al die rekeningen nu aan mij geadresseerd.

Ik reed er bijna elke dag naartoe om hem te bezoeken, en dan bracht ik zakken pistachenoten voor hem mee, waar hij altijd van had gehouden, en muziekbladen en toiletartikelen voor zover hij ze nodig had. Hij had een kamergenoot die jonger was dan hij, begin twintig, en die lijkbleek zag. Hij leek niet veel bezoek te krijgen, dus bracht ik ook voor hem noten en peren mee, waarvoor hij me op fluistertoon bedankte. Ik heb geen idee waar zijn ouders waren.

Soms lag Michael te slapen als ik aankwam, en omdat ik hem niet wilde storen, ging ik dan met de krant bij het raam zitten. Hij lag dan op zijn buik en op zijn zij, en zijn schouders gingen iets op en neer bij elke ademhaling. Ik had hem niet meer zien slapen sinds hij nog een jongen was. Hij had nog steeds van die kleine zenuwtrekjes in zijn handen en voeten, en als hij slikte, bewoog zijn hele hals. Toen Celia en Alec nog niet geboren waren, had ik de gewoonte om bij zijn bed te gaan staan en me over hem te verwonderen: het mysterie dat hij sliep, dat hij een leven had los van het mijne en nu in de droom verzonken was. Het was een warm gevoel, maar ook eenzaam, want ik hield meer van hem dan ik ooit van iemand anders had gehouden, en als hij sliep zou hij me ook kunnen verlaten, wat natuurlijk uiteindelijk daadwerkelijk zou gebeuren, begreep ik. Als hij sliep, was hij in elk geval verlost van die fysieke spanningen waarvan hij al sinds zijn geboorte last had en waarbij ik hem altijd maar heel kort en in geringe mate had kunnen helpen.

Ik was toen jonger dan hij nu is. Hij zou nu eigenlijk aan mijn ziekbed moeten zitten, in plaats van ik aan het zijne.

Geen van de kinderen, Michael nog het minst van allemaal, zou willen horen dat het nu toevallig bijna veertig jaar geleden was dat ik de bus naar Lambeth nam om hun vader te bezoeken in een ziekenhuiskamer die ook op het noorden uitkeek. Wat doen datums ertoe? Ik kon het ze horen vragen, en ik zou er geen voor hen bevredigend antwoord op hebben gehad. Ze vinden me een beetje simpel, dat ik alles zo in het perspectief van de tijd plaats. Maar ik schrijf er geen bijzonder diepe waarheden aan toe en ik zeg niet dat het voor mij een speciale betekenis heeft, behalve dan dat ik weet dat ik te veel tijd besteed aan gedachten over het verleden. Maar het is wel een manier om met elkaar verbonden te blijven. Net als bij hen op bezoek gaan als ze weer eens verhuizen, zodat ik me voor de geest kan halen waar ze op dat moment zijn, wat ik elke avond als ik ga slapen doe, en dan overbrug ik met die beelden de afstanden. Met datums is het net zo. Als ik me bewust ben van de verstreken maanden en jaren, leg ik een verbinding tussen mezelf en hen, en vervolgens terug naar de tijd dat ze kinderen waren, of nog eerder, toen John en ik voor ons trouwen samenwoonden en alles nog maar net begonnen was.

Dat Michael in het ziekenhuis zoveel sliep, bleek te komen doordat ze hem een nieuw medicijn hadden voorgeschreven. Ik kan me de naam ervan niet herinneren, het begint met een z. Dokter Bennet zei dat het een antipsychoticum was, maar dat ik me daar niet ongerust over hoefde te maken. Michael was helemaal niet psychotisch, zei hij, het middel bleek ook te werken bij angststoornissen, dat was het enige.

Toen Michael pas weer thuis was, leek hij inderdaad rustiger geworden, en na een maand of zo merkte ik dat hij begon aan te komen. Dat is goed, dacht ik. Hij was altijd graatmager geweest, en dit leek een teken van gezondheid. Maar het ging door. Niet dat hij grote hoeveelheden at – ik kook geen grote hoeveelheden –, maar hij werd steeds dikker. In de afgelopen negen maanden is hij minstens twintig kilo aangekomen. Vroeger had hij absoluut geen buik, maar nu wel. Hij was altijd vel over been, maar nu is hij rond als een tonnetje. En zijn ogen liggen dieper in zijn oogkassen nu ze omgeven zijn door een extra laag vlees. Dat is niet goed. Daar is zijn skelet niet op berekend. En dat door een medicijn dat ze iemand geven die meer zelfvertrouwen moet krijgen? In combinatie met alle andere drugs wordt hij er traag van begrip door. Als hij praat, onderbreekt hij zichzelf of stopt of hij dwaalt af.

Ik doe mijn best om hem ertoe te brengen met mij te gaan wandelen, vooral als hij nog thuis is als ik van mijn werk kom. Al is het maar een kwartier of twintig minuten in een redelijk tempo door de buurt, om hem wat beweging te laten krijgen, niet vanwege zijn gewicht, maar het is niet goed om zo'n zittend leven te leiden. Meestal zegt hij dat hij niet zoveel zin heeft, en dan moet ik hem overtuigen. En dan moet ik hem er ook nog eens van overtuigen dat het niet nodig is om die tas mee te nemen, die zwarte tas waar hij niet zonder kan. Daar zit een halve apotheek in, met daarbij boeken en papieren. Hij ziet het als een soort survivalkit. Wat moet ik als ik onderweg iets nodig heb? zal hij dan zeggen. Tijdens een wandelingetje? vraag ik. In de supermarkt? Het slaat nergens op. Maar elke keer als ik erover begin, is het alsof ik er nooit eerder iets over heb gezegd, alsof hij er nog nooit over heeft nagedacht de tas thuis te laten en het risico maar te nemen. Als ik aandring, haalt hij bakzeil, maar dat doe ik niet altijd, en soms loopt hij met die overvolle tas over zijn schouder naast me als een jongen van de supermarkt die mijn boodschappen draagt, en dan vraag ik me af wat de mensen denken als ze ons zo zien lopen.

Als ik thuiskom heeft Michael al koffie gezet.

Een paar weken nadat hij uit het ziekenhuis kwam en bij mij introk, begon ik hartkloppingen te krijgen. Ik ben naar de dokter gegaan in de veronderstelling dat die werden veroorzaakt door de spanning sinds hij weer thuis is. Maar de eerste vraag die hij stelde was of ik meer koffie dronk dan gewoonlijk. Ik had er niet bij stilgestaan dat de koffie zoals Michael die zet drie keer zoveel cafeïne bevat. Dus nu beperk ik me tot een derde van een beker en leng die aan met water uit de waterkoker.

Ik vertel hem dat ik straks een lunchafspraak heb met Suzanne, wat ik op zaterdag wel vaker met haar doe. Omdat mijn auto bij de garage staat, moet ik de zijne lenen. 'Je kan eventueel wel meerijden,' zeg ik erbij, in de hoop dat hij mee de stad in gaat. Hij komt er één keer per week of zo, om vrienden op te zoeken, denk ik graag, maar ik vraag hem er niet naar.

'Ja, ja,' zegt hij, dus hij heeft de vraag op zijn minst geregistreerd.

Als we bijna klaar zijn met het ontbijt, zien we Dorothy van hiernaast met haar hond Tilly aan de lijn op de stoep staan, wat me eraan herinnert dat ik haar nog een krantenknipsel wil geven. Ze glimlacht en zwaait als ze me er door de tuin mee ziet aankomen.

'Dit is wel gek,' zeg ik. 'Ik had het bij je in de bus willen doen. Ik dacht dat je het wel leuk zou vinden.'

Ze bedankt me en steekt het knipsel in de zak van haar windjack, waarna we tegen elkaar zeggen wat een heerlijk weer het toch is. Ik heb niets tegen haar gezegd over de mogelijkheid dat ik hier weg zal gaan. Ik wil niet van alles in gang zetten voordat het echt nodig is.

'Hoe is het met Michael?' vraagt ze op haar gebruikelijke opgewekte manier, waarmee ze me de kans geeft om te zeggen wat ik wil, maar het anderzijds wel zo luchtig houdt dat ik niet op dingen hoef in te gaan die ik liever voor me houd. Dat heb ik altijd bij haar gewaardeerd, vanaf het moment dat ze hier met haar twee kinderen kwam wonen, kort na de dood van John. Ze is niet bang om over de dingen te praten, maar ze zal nooit aandringen.

Als ik haar vertel dat we vanmiddag naar de stad zijn, vraagt ze of we vanavond stoofpot bij haar komen eten. Ik heb talloze keren bij haar gegeten, en zij bij mij, maar om de een of andere reden ben ik nu dolblij met haar aanbod.

'Dat lijkt me geweldig,' zeg ik.

'Klop maar gewoon aan, ik ben thuis.'

Als ik de oprit op loop word ik weer geconfronteerd met Michaels afschuwelijke bumpersticker: IK HAAT MIJN LEVEN, in grote zwarte letters op een witte rechthoek. Hij heeft geen andere bumperstickers, geen vlaggen, politieke slogans of vervelende grappen, alleen het roestige Pontiac-logo en die idiote, schrille tekst, IK HAAT MIJN LEVEN, waar Dorothy en iedereen die hier langskomt aanstoot aan kunnen nemen. Ik zet de auto soms andersom, zodat de sticker aan de kant van de garagedeur zit. Michael lijkt het nooit te merken, maar ik kan dat niet iedere avond doen.

Ik moest gisteren in zijn auto het dorp door met die tekst achterop, zodat iedereen wel gedacht zal hebben dat ik degene ben die dat vind. Op de parkeerplaats van de supermarkt kon de jongen die mijn boodschappen droeg zijn lachen nauwelijks inhouden. Het is absurd. En nu zou ik daarmee naar Boston moeten rijden?

Daar bedank ik voor. Ik loop de garage in, pak de minst oude ijskrabber van de plank en ga aan de slag. Het valt niet mee, en ik moet flink kracht zetten, maar beetje bij beetje krab ik de sticker eraf. Ik ben bijna klaar met HAAT als Michael me door het raam van de eetkamer ziet en naar buiten loopt om te vragen wat ik aan het doen ben.

'Nou, wat denk je? Ik ben dat afschuwelijke ding aan het afkrabben.'

'Maar het is mijn auto.'

'Dat kan wel zijn, maar ik moet erin rijden. En dat doe ik niet met dat idiote ding erop. Het is beláchelijk, Michael. Zo negatíéf.'

'Het is een song. Van de Pernice Brothers.'

'Het is schandelijk, dat is het. Waarom wil je in hemelsnaam zoiets uitdragen?'

'Je maakt je zorgen over wie het allemaal zullen zien?' vraagt hij, alsof dat een bizarre bezorgdheid is.

'Jij haat je leven niet, Michael. Niemand haat alles in zijn leven. Het is kinderachtig.'

Hij loopt ernaartoe en kijkt naar het gerimpeld plastic dat omlaagbungelt van het MIJN LEVEN dat nog op het metaal geplakt zit. En dan pakt hij zonder een woord te zeggen de schraper uit mijn hand.

Zijn zelfbewuste optreden verbaast me, choqueert me zelfs. Ik kan het bijna niet geloven. Dat soort dingen doet hij nooit. Ik voel bijna dankbaarheid. Maar wat kan ik anders doen dan mijn teleurstelling verbijten als hij langs me heen reikt en het restant begint weg te schrapen.

Op de tolweg blijft hij hangen op de rechter rijstrook achter een melkwagen van de firma Hood, die maar tachtig kilometer per uur rijdt. Alec zou het gaspedaal indrukken en erlangs schieten als in de een of andere spionagefilm, zodat ik me aan de handgreep zou moeten vasthouden, Celia zou de middelste rijstrook aanhouden, en Michael zou zich tien jaar geleden niet hebben gerealiseerd hoe hard hij reed, maar nu blijven we onverstoorbaar achter de vrachtwagen rijden, en ik zeg niets.

We parkeren op Boylston Street in de buurt van Copley Square, en hij geeft me de sleutels en zegt dat hij de T terug zal nemen en dan vanaf het station de bus naar huis. Ik zeg dat als hij me laat weten waar hij is, ik wel even langs kan rijden om hem op te halen als hij klaar is. Hij zegt dat hij misschien bij de platenzaak op Massachusetts Avenue zal zijn, maar dat ik me over hem geen zorgen hoef te maken, waarna hij wegloopt met de capuchon van zijn sweatshirt over zijn hoofd, ook al schijnt de zon volop.

Suzanne heeft zich in het restaurant al geïnstalleerd aan een tafeltje en nipt van een glas witte wijn. Ze draagt een bloes met een laag uitgesneden hals en een halssnoer van rode jade, en haar volle zwartgeverfde haar hangt los over haar schouders. In al die jaren dat we samenwerken is ze weinig veranderd. En ze is nog altijd niet waar ze wezen wil.

Zodra ik zit, reikt ze me de wijnkaart aan. 'Wat neem je?' zegt ze. 'Vandaag trakteer ik. Ik heb wat te vieren. Vraag niet wat, ik heb gewoon iets te vieren.'

De ober, een conventionele, knappe jongen van in de twintig, komt naar ons toe.

'Doet u dat weleens?' vraagt ze aan hem. 'Zonder reden iets vieren?'

'Natuurlijk,' zegt hij met een enthousiaste glimlach.

Ze begint meteen met roddelverhalen. Het salaris van de nieuwe directeur van de bibliotheek staat blijkbaar in geen verhouding tot wat de rest van het personeel verdient, een lid van de raad van bestuur wordt ervan verdacht met de vrouw van een Argentijnse zakenman te hebben geflirt en de jongen die gepakt is wegens vernielingen in het herentoilet blijkt een jongere broer te zijn van degene die al eerder vernielingen heeft aangericht. Ik had dat al gehoord, maar het onderstreept weer eens het feit dat de stinkend rijke ouders van dit soort jongens hun kinderen verwaarlozen. Ik heb nooit Suzannes talent gehad om me te kunnen ergeren. Het is toch een soort gave om jezelf op die manier aangenaam bezig te kunnen houden. Vooral als het om dit soort dingen moet gaan.

Ze is al aan haar tweede glas wijn als we onze salades bijna ophebben, terwijl ik mijn eerste glas nog nauwelijks heb aangeraakt. Op het werk fluistert ze altijd en houdt ze haar gezicht zorgvuldig in de plooi, maar in dit halflege restaurant praat ze met brede armgebaren en spert ze haar ogen open bij de nieuwtjes die ze zelf vertelt.

Uiteindelijk, in de stilte die valt wanneer ze zich bezighoudt met haar forel, slaagt ze erin om te vragen naar Michael en de verkoop van het huis, alsof het een babbeltje tussendoor betreft. 'Wat zeggen zijn artsen?'

'Als ze horen hoe het met John is gegaan, weten ze al genoeg. Ze zijn ervan overtuigd dat het in de genen zit. Wat voor een deel zeker waar zal zijn. Maar ze hebben hen niet allebei gekend. Michael is anders dan zijn vader. Zijn vader besteedde niet zoveel tijd aan het lijden van anderen zoals Michael, die er van alles over wil lezen.'

'Wie het moeilijk heeft, heeft een houvast nodig.'

'Hoe bedoel je?'

'Ik ben alcoholist,' zegt Suzanne. 'Ik denk dat ik het nooit met zoveel woorden tegen je heb gezegd, maar een verrassing zal het niet voor je zijn, toch? Sommige mensen nemen pillen. Anderen gaan naar de kerk. Ik drink. Zo heeft iedereen wel wat. Ik ken Michael al lang. Hij is gespannen. Hij heeft niet veel mogelijkheden om zich te uiten. Hij lijdt. Wat ik wil zeggen, is dat al dat lezen van hem een poging is om zich met anderen te identificeren. Dat zeggen we toch ook tegen die schoolklassen als ze een roman gaan lezen: probeer jezelf in een ander te verplaatsen. Ja toch? En slavernij is hartstikke duidelijk. Een en al ellende.'

En dan haalt ze haar schouders op, alsof ze wil zeggen: *C'est la vie.*

Als de ober langskomt om te kijken of alles in orde is, legt ze haar hand op zijn arm en zegt: 'Wees eens lief, wil je, deze sancerre is echt heerlijk.'

Ik had honger toen ik ging zitten, maar nu niet meer. 'Het punt is,' zeg ik, 'dat het huis te groot voor me is, en dat het makkelijker zou zijn als we kleiner gingen wonen. En dan is het ook afgelopen met dat bekvechten met Alec over geld en zijn geschreeuw tegen Michael, wat het enige lijkt te zijn dat we nog doen als we samen zijn.'

'Je bent een goede moeder,' zegt ze. 'Beter dan de mijne ooit was. Jij hebt alles voor die kinderen over.'

'Ik weet niet of zij het ook zo zien.'

'Ze zouden het wel moeten zien. Of zeg je dat voor de grap? Je zou eraan onderdoor hebben kunnen gaan, daar zou niemand vreemd van hebben opgekeken.'

Ondanks mijn tegenwerpingen wil ze niet dat we de rekening delen. Ik ben nog bezig te proberen haar het geld te geven als we Dartmouth Street in lopen, waar de wind opsteekt.

'Ik wil geen geld van je,' zegt ze. 'Ga even met me winkelen.'

Dat kan ik haar niet weigeren, en dan heeft Michael ook meer tijd voordat ik naar hem op zoek ga. Ik moet me een paar keer verzetten tegen haar advies om een jurk of een sieraad te kopen, waarna ze uiteindelijk inbindt en voor zichzelf rondkijkt. Als we ten slotte bij haar auto afscheid van elkaar nemen, moet ik haar bezweren dat ik me echt niet heb verveeld en dat we dit gauw weer zullen doen.

'En wat al die andere dingen betreft: ik vond jouw huis altijd al een beetje saai,' zegt ze, nog praatziek van de wijn en weer eens blijk gevend van haar gebrek aan tact. Ik zou eigenlijk niet goed moeten vinden dat ze nu achter het stuur kruipt. 'Dus maak je daar geen zorgen om. Jij maakt vast de juiste keuzes.'

Het regent bladeren op de brede grindstrook in het midden van Commonwealth Avenue. In het mooie herfstweer passeer ik vrouwen met kinderwagens en joggers. Altijd als het mooi weer was, ging ik hier zitten lezen nadat ik John had afgezet voor zijn afspraak met dokter Gregory in Marlborough Street. Als het koud was of regende, wachtte ik in de auto. In de hoop dat hij ook eens van een ander te horen zou krijgen dat het zo niet door kon gaan.

Ik ben hem een keer tegengekomen, dokter Gregory. In de bioscoop in het gezelschap van zijn vrouw, een paar maanden na Johns dood. Ik had hem wel wat aan willen doen. Maar we hebben elkaar een hand gegeven, en hij vroeg vriendelijk hoe het met me ging. Pas veel later is Michael bij hem in behandeling gegaan. Ik zou me kunnen voorstellen dat hij daar nog steeds zit, in die grote spreekkamer.

Als ik bij Massachusetts Avenue ben, sla ik links af en ga op zoek naar de deur die toegang geeft tot de trap naar de kleine platenzaak. Ik ben hier weleens eerder geweest, maar ben vergeten welke ingang het is. Verderop in de straat, op de hoek van Newbury Street, is de Virgin Store, en daar voor de deur staat Michael. Hij staat op de hoek met zijn tas over zijn schouder folders uit te delen aan de mensen die zich langs hem heen haasten. Hij houdt de folders voor zich uit, zodat de mensen wel moeten reageren als ze erlangs willen. Alsof hij reclame staat te maken voor een kledingzaak of een religieuze sekte. Ik schrik als ik hem zie. Er is iets aan de hand. Hij ziet er op de een of andere manier verward uit, van zijn ankers losgeraakt. Ofwel hij is hier door anderen toe aangezet, ofwel, erger nog, hij weet niet wat hij doet.

Ik ben enkele tientallen meters van hem verwijderd, maar hij heeft me nog niet gezien. Ik loop op hem af om hem te verlossen van wat het ook is dat hem dwarszit, en dan herinner ik me de pamfletten – de pamfletten die hij in zijn tas bewaart, met de afbeelding van de zwarte boer die het land bewerkt. Dat is wat hij nu doet, pamfletten over herstelbetalingen uitdelen. Hij geeft het winkelende zaterdagmiddagpubliek boekjes over de geschiedenis van de slavenhandel, terwijl de mensen denken dat hij waardebonnen staat uit te delen en hem zonder meer negeren.

Hij glimlacht hierbij tegen iedereen in een poging tot contact, al is het nog zo kort. Hij doet het met dat zelfbewuste, beleefde hoofdknikje van hem, waarmee hij zich verontschuldigt voor het ongemak dat hij veroorzaakt, terwijl hij zich toch aan hen opdringt.

Ik kan geen voet meer verzetten. Ik wil hem hiermee laten ophouden, hem besparen te worden aangezien voor een malloot die niets beters te doen heeft dan op een straathoek bekeerlingen te maken. Maar ik ben waarschijnlijk wel de laatste die hij hier wil zien. In verlegenheid gebracht worden door zijn moeder, die hem in het openbaar terechtwijst, zou alles alleen maar erger maken. Ik sta op het punt om weg te gaan, maar hij heeft me inmiddels gezien en verstijft, staat er met zijn handen langs zijn zij bij, terwijl de glimlach abrupt verdwenen is. Hij kijkt me strak aan, alsof er behalve ons tweeën niemand op straat is. Ik moet niet huilen. Dat zou tegenover hem niet fair zijn. Ik zwaai, glimlach en roep: 'Ik zie je straks,' en dan ben ik weg, ik draai mijn rug naar hem toe en keer op mijn schreden terug.

Later, 's avonds, nadat hij thuis is gekomen en we met z'n tweeën naar Dorothy zijn gegaan om stoofpot te eten, gaat het regenen. Het begint met een bui, maar al snel barst de hemel open en klettert het op het dak en tegen de ruiten. Haastig loop ik door het huis om ramen dicht te doen voordat de vensterbanken drijfnat worden. Op deze oktoberavond stroomt warme lucht door de hordeuren van de vestibule en de veranda naar binnen, als in een onweersbui aan het einde van de zomer. Dit soort buien hadden we in augustus moeten hebben, toen het zo droog was. Als het water op de droge grond valt, stroomt het direct door naar de goten en wordt het verspild. We hebben langdurige regenbuien nodig, geen slagregens. Twintig minuten later is het voorbij, de bui is weggedreven naar het oosten en er is alleen nog het geluid van het water dat van de takken druipt en het donker omhult het licht op de veranda.

Op een van de kabelkanalen wordt *The Philadelphia Story* vertoond, die ik in geen jaren gezien heb. Ik vraag Michael of hij er samen met mij naar wil kijken, maar dat wil hij niet, en hij zegt dat hij naar boven gaat. Het is zo'n leuke film, zo stijlvol en licht. Of je het wilt of niet, je hoopt zo dat de dronken Cary Grant Hepburn terugkrijgt. Ze zijn voor elkaar bestemd. Ik blijf even kijken, en dan nog wat langer, en al snel ga ik helemaal op in die vriendelijke absurditeit. Als hij afgelopen is, is het al middernacht. Op weg naar bed zie ik onder Michaels slaapkamerdeur dat bij hem het licht nog brandt. Ik kan hem maar beter niet storen voor het geval hij al lezend in slaap is gevallen, denk ik, en dus loop ik zijn kamer voorbij zonder hem welterusten te zeggen.

In de kleine uurtjes schrik ik wakker doordat er op mijn deur wordt geklopt, en als de deur opengaat, staat Michael daar scherp afgetekend tegen het licht op de overloop.

'Wat ís er, wat ís er?'

'Ik krijg geen lucht,' zegt hij. 'Ik stik.'

In het licht van mijn bedlampje zie ik de uitdrukking van pure angst op zijn gezicht. Hij loopt met zijn handen op zijn borst naar het voeteneinde van mijn bed.

'Heb je je verslikt?'

'Nee, nee, ik krijg geen lucht, ik kan niet ademen.'

'Nou, ga zitten,' zeg ik tegen hem. Dat doet hij, en zijn gewicht rust op mijn benen. Zijn hele lijf deint op en neer. 'Is het je astma? Heb je je inhalator bij de hand?'

'Het is geen hijgen. Ik moet naar het ziekenhuis, je moet een ambulance bellen.'

Ik stap uit bed en trek mijn badjas aan. 'Het is oké,' zeg ik. 'Je had een aanval, hè? Je bent bezorgd. Het is in orde. Gewoon blijven ademen. Was je in bad geweest? Zal ik het bad voor je laten vollopen?'

'Nee!' zegt hij. 'Je moet een ambulance bellen.'

'Michael! Kom op nou. Bedaar een beetje. We gaan midden in de nacht geen ambulance bellen. We kunnen morgenochtend bij dokter Bennet langsgaan. Je gaat niet naar het ziekenhuis.'

Hij staart me aan alsof ik hem in een vliegende storm de deur uit zet. Maar wat moet ik in godsnaam doen? Met hem de nacht in rijden? Om vier uur 's ochtends loeiende sirenes en zwaailichten voor de deur krijgen?

'Met een van die pillen moet je vast wel kunnen slapen. Zal ik ze voor je halen?'

Hij schudt zijn hoofd, ik heb hem nog nooit zo ellendig en ten einde raad gezien.

'Kom hier,' zeg ik, en ik laat hem naast me op het bed zitten en probeer mijn armen om hem heen te slaan, maar zijn lijf is zo stijf als een plank.

'Ga je me niet helpen?' vraagt hij.

'Dat zei ik niet. Sta op. We gaan naar beneden.'

Hij volgt me naar beneden, de keuken in. Ik doe de lampen aan, laat de ketel vollopen, pak een citroen en de honingpot en haal uit de kast in de eetkamer de scotch die ik nooit drink.

'Ik word vermorzeld,' zegt hij.

Ik pak een beker van de plank boven de gootsteen en maak een warme grog.

'Waarom wil je de ambulance niet bellen?' zegt hij.

Ik zet de beker voor hem neer en ga dan op de stoel naast hem zitten, ik buig me naar hem toe en probeer hem weer te omarmen terwijl ik luister hoe hij vertelt waarom dit drankje niet zal helpen. Ik zeg dat hij er toch maar wat slokjes van moet nemen. Hij zegt dat hij doodgaat. Ik zeg dat hij niet doodgaat. Ten slotte pakt hij de beker.

Hij heeft rust nodig. Heel veel rust. En ik ook.

Celia

Op de terugweg, de heuvel op, liep Paul voorop met Laura en de hond, en achter hen volgden Kyle en ik. Het was een mooie, onbewolkte dag. Tussen de cipressen door kon je voorbij de monding van de baai de Golden Gate zien, met aan de andere kant van het water de heuvels van de Marin Headlands. Het was druk op het water op deze warme, aangename zondag: witte zeilbootjes voeren kriskras door de monding en dichter naar de kust toe zag je kajakkers peddelen.

Laura en Kyle waren vrijdagmiddag uit LA hier aangekomen. Haar ouders pasten op hun baby van negen maanden, zodat zij voor het eerst sinds haar geboorte een weekend vrij hadden. Ze waren dankbare gasten, die blij waren om in een gewoon restaurant te eten of naar een film te kijken. Dat ze op bezoek waren was fijn voor Paul. Het waren zijn oudste vrienden, en ik kende ze inmiddels ook goed dankzij onze bezoeken over en weer, eerst toen ze in Boulder woonden en later ook in Zuid-Californië. Het was prettig dat ze geen van beiden iets te maken hadden met de wereld van de vrije filmproducties, wat voor Paul betekende dat hij kon uitweiden over het wel en wee van zijn losse opdrachten zonder de dwang om altijd maar positief te zijn en over te lopen van enthousiasme voor de spannende projecten waar hij mee bezig was. Het had me een paar jaar gekost om een eigen praktijk op te bouwen, maar toen dat gebeurd was, ging hij weer scenario's schrijven en films produceren, en met genoeg succes om ermee bezig te blijven, al was het nog steeds een bedrijfstak die geen zekerheid bood. Nu zijn oude studievrienden hier waren, viel het hem allemaal wat lichter.

'Ik vergeet altijd hoe mooi het hier is,' zegt Kyle als we even stil blijven staan bij een van de fraaie uitzichten op de landtongen en de oceaan die zich voor ons openen. In de bijna tien jaar dat ik hem nu ken, is hij uiterlijk weinig veranderd. Hij draagt nog steeds een oude spijkerbroek, een verschoten T-shirt en een baseballpetje op zijn woeste, donkerblonde haardos, alsof hij net uit zijn bed in het studentenhuis is gestapt, een beetje wazig maar goedgehumeurd. 'Je zou ook kunnen zeggen dat we aan de kust wonen, maar zelf merk je daar niets van.'

Ik had niet veel oog meer voor het landschap. En als ik het wel had, was dat meestal als ik me afvroeg hoe lang we het ons nog zouden kunnen veroorloven in San Francisco te blijven wonen. Het overheersende gevoel leek te zijn dat we niet erg aan de stad gebonden waren. Maar in elk geval genoten we meer van het buitenleven. Dat was een van de redenen geweest om de hond te nemen, zodat we vaker wandeltochten zouden ondernemen, zoals toen we hier pas woonden. Vaker dan we in jaren hadden gedaan, waren we in de afgelopen acht maanden op aandrang van Wendells gedrein de stad uit gereden. Het was voor ons alle drie goed. Ik ervoer er een ander soort ontspanning bij dan bij het sprinten, en Paul was na thuiskomst veel ontspannener dan hij na een bezoek aan de sportschool ooit geweest was. Hij had dan ook meer zin in seks, merkte ik. En dat kwam meer dan alleen ons liefdesleven ten goede. Het dempte de bezorgdheid die ik nooit helemaal was kwijtgeraakt dat er iets in onze relatie ontbrak. Dat we minder ontspannen waren als gevolg van een gebrek aan vertrouwen. Dat drukte niet meer zo zwaar op me als vroeger. Maar het was er nog wel – het idee dat we misschien niet altijd bij elkaar zouden blijven. En dat als we uit elkaar zouden gaan, ik degene zou zijn die een einde aan de relatie maakte. Ik wist wel dat het niet zo eenvoudig lag en dat deze gedachte op zich al een functie had, namelijk om een oudere, meer elementaire angst bij me weg te nemen dat Paul, net als mijn vader, op een gegeven moment gewoon zou verdwijnen. De seks verdreef dit soort abstracties. Voor een tijdje in elk geval.

'Hoe gaat het tussen jullie?' vroeg ik aan Kyle. 'Sinds de baby.'

'Goed,' zei hij. 'Ik dacht dat ik het vreselijk zou vinden dat Laura's ouders zo op onze lip zitten, maar het is eigenlijk heel fijn. Die hele angstpsychose van ze – dat het hele leven één grote bron van gevaar is en dat Laura een miskraam zou krijgen als ze zou gaan joggen – hebben ze gewoon opzijgezet toen het kind geboren was, en daardoor zijn ze een stuk evenwichtiger geworden. En voor ons is het fantastisch, toch, dat we hiernaartoe konden?'

Evenwichtiger. Dat was precies wat ik van Kyle vond. Laura en hij waren een paar jaar nadat ze samen met Paul waren afgestudeerd getrouwd. Ze waren naar Colorado verhuisd omdat ze allebei van skiën en bergwandelingen hielden. Zij had een paar jaar bij een bakkerij gewerkt, en hij was weer gaan studeren om zich te specialiseren in het ontwerpen van videospelletjes, wat hen uiteindelijk naar LA had gevoerd. Nu werkte hij bij een bedrijf waar hij minder joints rookte dan de meesten van zijn collega's en verdiende hij zoveel dat zij niet hoefde te werken, in elk geval voor een tijdje. Ik wist van Paul dat ze net als iedereen hun ups en downs hadden, maar door de manier waarop ze in de wereld stonden, voelden ze zich zo op hun gemak bij elkaar en waren ze zo optimistisch dat ik me niet kon voorstellen dat ze ooit uit elkaar zouden gaan. In dat opzicht leken ze wel Canadezen. Tijdens het eten gisteravond had Laura me gevraagd hoe het met mijn praktijk ging. Kyle had naar mijn antwoord geluisterd alsof ik een zoöloog was die het gedrag van primaten beschrijft. Het idee dat iemand in therapie zou kunnen gaan was zelfs nooit bij hem opgekomen. Dat was iets uit een parallel universum. Dat kan weleens de reden zijn geweest waarom ik met hem altijd meer heb gelachen dan met wie ook. De dingen waarmee ik gepreoccupeerd was kwamen niet bij hem op, en ik vatte dat op als toestemming om ze dan maar los te laten.

'En hoe is dat bij jullie?' zei hij. 'Denken jullie nog steeds aan kinderen?'

Gezien alle weekends die we door de jaren heen bij elkaar doorbrachten en al die andere dingen in het leven die we met elkaar wilden delen, leek het achteraf vreemd dat wij hem of Laura nooit hadden verteld van mijn abortus. Toen Paul en ik terug waren na de 'Bethany-Kerst' in Walcott, hadden we daar nog steeds ruzie over, niet omdat we het niet met elkaar eens waren over wat er moest gebeuren, maar omdat ik, voordat ik het zou laten doen, van hem de erkenning wilde dat het effect op mijn lichaam van het mislukken van de anticonceptie zo onvergelijkelijk veel groter was dan het voor hem was. Maar een paar weken nadat ik de procedure had doorlopen werd de hele gebeurtenis voorwerp van een soort gezamenlijk vergeten, wat makkelijker was doordat ik het maar aan zo weinig mensen had verteld – afgezien van Alec misschien maar aan een of twee vriendinnen, die het zelf zelden of nooit ter sprake brachten. Als het onderwerp kinderen krijgen nu aan de orde kwam, was dat meestal doordat vrienden een baby kregen, wat voor ons vóór alles een reden was om weer te bedenken hoe ongelegen dat voor ons zou komen. En mij herinnerde het er ook aan dat het me onmogelijk leek om, meer dan ik al deed, zorg te besteden aan de mensen om me heen.

'Ik denk dat we eerst maar eens moesten proberen te trouwen,' zei ik tot mijn verbazing.

'Dat is daarvoor niet echt nodig.'

'Nee, maar misschien zou het goed voor ons zijn om zo het een en ander duidelijker te krijgen.' Kyle wendde zich af van het uitzicht over het water en keek me aan met de vriendelijke, open uitdrukking op zijn gezicht die ik me bij hem altijd voorstel en die mij een gevoel van opluchting gaf maar ook van verwarring, omdat er daardoor geen sprake meer kon zijn van een probleem dat houvast kon geven. 'Ik klaag niet, hoor,' zei ik. 'Ik zou niet willen dat het zo overkwam.'

'Je mag over Paul zoveel klagen als je wilt. Je bent lang genoeg bij hem. Hij kan humeurig zijn. Vroeger dacht ik dat hij het contact met mij zou laten versloffen omdat ik een skifanaat ben en niet genoeg lees. Maar hij is trouw.'

'Je hebt gelijk,' zei ik, terwijl we het pad weer insloegen dat naar de parkeerplaats voerde. 'Dat is hij.'

Naast de fontein voor het Legion of Honor had Paul Wendell water gegeven in het kommetje dat we daarvoor in de kofferbak van de auto hebben liggen. Laura stond ernaast in haar windjack, het haar in een paardenstaart, en keek tevreden uit over de stad en de baai.

'Kunnen we geen week blijven?' vroeg ze, toen Kyle en ik aan kwamen lopen.

Ze had altijd net zo'n ontspannenheid uitgestraald als haar man, maar ik had me weleens afgevraagd of zij niet wat meer moeite had met die relaxte houding, omdat ze die niet van nature had maar zich die in navolging van Kyle had aangewend. Maar op een gegeven moment maakte dat niet meer uit. Navolging was overgegaan in authenticiteit.

'Prima wat ons betreft,' zei Paul.

Ik boog me voorover om stukjes schors en gras uit Wendells vacht te plukken. Hij was een middelgrote zwarte bastaard-collie en net zo onstuimig als Kelsey was geweest, wat voor mij wel een reden zal zijn geweest om een voorkeur voor hem te hebben toen ik hem in het asiel zag – ik voelde me ineens vrolijk bij de herinnering aan Kelsey in de tuin. Hij had hetzelfde soort enthousiasme.

Zodra ik Wendell in de auto hadden gelaten, gingen wij met z'n vieren naar het museum midden in het park. Op zondag naar een museum gaan was nooit iets voor mij geweest. Er hing een depressieve sfeer, het riep herinneringen op aan geestdodende uitstapjes in mijn kindertijd, te horen krijgen dat je stil moest zijn en kijken naar saaie, zogenaamd belangrijke dingen – zo'n vreemde eenzaamheid in het samenzijn met je familie. Ik was een heilige geweest vergeleken bij mijn broers, die bij dat soort gedwongen exercities grappen maakten en jengelden alsof ze een clownsnummer opvoerden. Maar goed, als volwassene had ik er in elk geval geen last van als ik niet aan elk werk de vereiste twee minuten serieuze aandacht schonk, en ik voelde me vrij om daar gewoon wat rond te lopen.

Ik had de collectie al eens gezien en liet het aan Paul over om Laura en Kyle rond te leiden, terwijl ik afdwaalde naar een tijdelijke tentoonstelling van een achttiende-eeuwse Duitse kunstenaar van wie ik nog nooit had gehoord. Het begon met een zaal met dramatische Bijbelse taferelen. In de lucht zwevende cherubijnen, lange gewaden, een lijkbleke Christus bij het graf omringd door rouwende vrouwen, God aan de hemel bij de annunciatie. Geen enkel schilderij zei me wat. Toen mijn telefoon overging, schonk een rijk uitziende oudere dame, de enige andere bezoeker in de galerij, me een afkeurende blik alvorens haar aandacht weer te richten op een in gebed neergeknielde monnik.

In Massachusetts, aan de andere kant van het land, was het drie uur in de middag, anders dan veel andere momenten voor Michael geen gebruikelijk tijdstip om mij te bellen. Ik zou kunnen doen wat ik tot zeven of acht maanden geleden altijd had gedaan. Ophouden met dat waar ik op het moment mee bezig was en ingaan op de jongste noodsituatie. Iets anders doen gaf me nog steeds het gevoel dat ik wreed was. Maar in het voorjaar had ik afspraken afgezegd met patiënten die mij nodig hadden en wier bijdragen ik nodig had, en het vliegtuig genomen om hem in het ziekenhuis op te zoeken. Ik was zelfs twee dagen langer gebleven om mijn moeder die hem dagelijks opzocht te ontlasten en was teruggekomen met een verkoudheid die weken had geduurd. Na die reis lukte het me niet meer om voor Michael te doen wat ik altijd had gedaan, als bij een spier waarvan je te veel hebt gevergd.

Ik heb het mijn eigen therapeut verteld. Ik heb het Paul en Alec en zelfs mijn moeder verteld. Ik heb gezegd dat ik het niet meer kon. Twee of drie keer per week een halfuur met hem praten, over hem en alleen maar over hem – in naam geen patiënt maar in alle andere opzichten wel –, luisteren naar die afstompende herhalingen, ook al begreep ik wel, wat hij ook telkens weer zei, dat de mogelijkheid om zijn toestand op het moment te omschrijven voor hem betekende dat zijn ergste paniek binnen de perken bleef.

Ik ben niet opgehouden te reageren op zijn telefoontjes. Ik wachtte alleen een paar dagen voordat ik terugbelde. Ik stortte me er niet meer meteen helemaal in. Al wist ik heel goed dat hij er nog nooit zo slecht aan toe was geweest. Maar dat was ook een van de redenen – het extreme van zijn situatie. Waar hield het op? Hoe erg moest het worden voordat hij het opgaf? Hoezeer ik me tot dan toe zijn lot ook had aangetrokken, ik had altijd het besef gehad dat het mijn verantwoordelijkheid niet was. Ik had mijn eigen patiënten altijd gestimuleerd om de grenzen van hun verplichtingen aan hun familieleden in de gaten te houden, maar had dat zelf niet gedaan. Ik wist ook heel goed dat de belasting voor mijn moeder groter werd als ik maar één keer per week of per tien dagen met hem praatte. Alec, die net als ik en omstreeks dezelfde tijd een stapje terug had gedaan en Michael minder vaak sprak, was zich daar ook van bewust. We hadden veel moeite gedaan om hem de kans te geven zijn master te halen, met als enige resultaat dat hij weer afhankelijk van ons was geworden, meer nog dan voorheen. Niemand kan dat onbeperkt aan. Ik had dat tegen mijn eigen patiënten elke week wel een keer gezegd. Nu pas geloofde ik het echt.

De schilderijen in de volgende galerij handelden over klassieke thema's: in tuniek gehulde goden met lauwerkransen in een tableau op de Parnassus, een bijna naakte Perseus die een paard leidt, een voorstelling van de School van Athene met in kleurige gewaden geklede filosofen die zich over hun boeken en tabletten buigen. Wezenloos bleef ik een tijdje naar de laatste van deze voorstellingen kijken, in elk geval geboeid door de levendige kleuren. De tentoonstelling trok weinig bezoekers, zelfs voor een zondag, en het was me duidelijk dat dat aan de hoogdravende onderwerpen en de antieke stijl lag. Maar mij stemde tevreden, op dat moment, dat er niets werd gevraagd van me.

In de laatste en kleinste zaal hingen portretten van vorsten en aristocraten. Mannen in kleurige zijde en brokaat met plooikragen en medailles op de borst. Complimenteuze portretten voor de mannen die er opdracht toe hadden gegeven.

Ik ging op de bank zitten om even uit te rusten voordat ik weer naar de anderen zou gaan.

Het portret voor me benadrukte een ander aspect dan de overige: een man van begin vijftig, simpel gekleed in een roodbruine jas met een effen zwarte kraag en een bruine halsdoek. Zijn golvende zwarte haar hing tot op zijn schouders, geen pruik en geen met juwelen bezette gesp om het haar op zijn plaats te houden. Op de achtergrond geen tapijten of fraaie meubels, maar alleen een soort grijsbruin vlak, waardoor alle aandacht van de kijker naar het gezicht werd getrokken. Het leek gemaakt door een heel andere schilder. Niet vanwege het donkere palet en het ontbreken van opsmuk, en evenmin omdat het veel realistischer leek. Het lag aan iets wat moeilijker onder woorden te brengen was. Ik had het gevoel dat deze man echt geleefd had. Niet alleen in historische zin, zoals de andere personages hier, maar in de zin dat hij het leven echt had ondergaan. Hij had de dingen die hem kenmerkten en die hun sporen bij hem hadden achtergelaten, werkelijk beleefd. Wanhoop, zou ik kunnen zeggen, gezien de donkere manier waarop de ogen waren weergegeven en de lippen zonder een spoor van een glimlach, maar dat was het niet alleen. Zo eenvoudig was het niet. Gekweldheid, dacht ik, maar dat was het ook niet. Gepreoccupeerdheid was het eerder, in beslag genomen door een idee dat niet het zijne was, een kracht waarvoor hij niet zelf had gekozen, iets wat hij in de loop der jaren had moeten doorstaan. Toen ik opstond om het van dichtbij te bekijken, zag ik het bordje met de titel ZELFPORTRET.

In het schilderij viel het licht op zijn brede voorhoofd en zijn neus, waardoor de rechterkant van zijn gezicht deels in de schaduw viel. Hij had zijn wenkbrauwen iets opgetrokken, niet uit verrassing maar in een soort openheid. Alsof de spanning van de toekomstverwachting van hem was afgegleden. Hij was geen oude man, maar ook niet jong meer. De ogen zelf waren groot, zwart en volstrekt rustig. Ze keken naar mij en naar het verleden, naar wat het ook geweest mocht zijn dat hem tot zo'n onsentimenteel zelfbegrip had gebracht. Een illusieloos begrijpen van de dingen zoals ze waren. Hij was bang noch heldhaftig.

Hoe langer ik naar hem keek, des te vertrouwder werd hij me: het voorhoofd, de volle lippen, de dubbele kin. En het meest nog de gelaatsuitdrukking zelf, de persoonlijke bepaaldheid door een onontkoombaar lot. Iets essentieels van mijn vader was in het schilderij uitgebeeld, alsof hij me aankeek en op het punt leek iets te gaan zeggen, alsof de woorden zich al vormden in de licht geopende mond. Het was nu voor mij luisteren evenzeer als kijken. En wat er gezegd werd was niet vanuit bewegingen in het beeld, als in een film, maar vloeide rechtstreeks van hem in mij over. Hij en ik waren weer samen, de feiten deden er uiteindelijk niet toe: dat wij hem niet hadden gered, dat hij ons niet had gered. Hij wist dat het niet afgelopen was, dat hij nog voortleefde in Michael. Ik kon niets terugzeggen. Er was alleen zijn aanwezigheid.

We reden terug door de Presidio naar de jachthaven, waar we een restaurant vonden waar je buiten kon zitten, en Kyle bestelde voor ons margarita's. Ik dronk er een voor het eten, en erna nog een. Kyle, aan de andere kant van de tafel, had zijn arm om de schouders van Laura gelegd, en zij had haar hoofd tegen hem aan gevlijd en keek door haar zonnebril uit over het water. Paul schoof, blijkbaar geïnspireerd door de stemming – en de zon en het drankje – zijn stoel dichter naar de mijne toe en deed, aanminniger dan hij ooit in het openbaar was, hetzelfde. Ik liet me een tijdje meedrijven in het goede leven dat we daar met z'n vieren samen hadden, gedachteloos.

Daarna slenterden we over de weg naar het pad dat achter langs het strand liep. Toen mijn telefoon weer ging, was het Alec. Ik zei tegen de anderen dat ze met Wendell vast vooruit moesten gaan.

'Hoi,' zei hij met gespannen klinkende stem, waarmee hij me meteen naar zich toe trok. Hij vertelde hoe mama hem die ochtend in alle staten had gebeld, dat ze midden in de nacht was opgestaan voor Michael, dat hij had gewild dat ze een ambulance zou bellen en dat ze hem kalmerend had moeten toespreken. 'En weet je wat er nog meer aan de hand is?' zei hij. 'Ze heeft een makelaar in de arm genomen. Ze gaat proberen het huis te verkopen. Ze zegt dat ze niet weet wat ze anders moet.'

Er zat geen ruimte tussen de gebeurtenissen en Alecs reactie erop. Ze waren aaneengeklonken.

'Je bent het toch zeker wel met me eens dat we dit niet kunnen laten gebeuren, hè?' zei hij, en hij klonk als een gokker met een pistool tegen zijn hoofd. 'Dit kunnen we haar niet laten doen.'

Michael had een aanval gehad. Daarom had mama gebeld. En nu flitste de vonk die was opgewekt door het familiecircuit.

'Nou,' zei ik, 'je zou kunnen beginnen met jouw bezorgdheid om mama's geld los te zien van haar eigen zorgen daarover.'

'Wauw,' zei hij. 'Oké dan. Dan kun jij de kosten van haar verpleeghuiszorg zeker wel opbrengen uit jouw trustfonds? Het is je misschien ter ore gekomen dat ik in de bladenbusiness zit? Nou, ik zal binnenkort onbetaald verlof moeten opnemen. Dus inderdaad: we kunnen mijn zorgen om geld zeker even vergeten, maar vind je echt dat ze het huis moet verkopen om Michael te blijven financieren?'

Toneelspelen zat hem nog steeds in het bloed, net als op school. Dat was wat hem zo had aangetrokken tot de politiek, het acteren en de retoriek, een uitvloeisel van het kinderlijke enthousiasme waar Michael en ik hem om bespot hadden. De diepgewortelde vertrouwdheid die ik hierbij voelde deed de geografische afstand tussen ons teniet. Hij had evengoed naast me kunnen staan.

'We moeten met haar praten,' zei ik. 'Je hebt het me nog maar net verteld. Ik weet nog niet wat ik ervan vind.'

'Goed,' zei hij. 'Praat met haar. Maar jij weet net zo goed als ik dat het niet alleen om het huis gaat. De hele situatie moet veranderen. Hij moet afkicken van die medicijnen. Dat is de enige oplossing. Hij moet terug naar een minimale onderhoudsdosis, want anders zal hij nooit beter worden en nooit in staat zijn om voor zichzelf te zorgen. Hij verdrinkt in dat spul.'

Alec en ik hadden hierover al vaker gediscussieerd, soms met Michael erbij. Wanneer ging de wal het schip keren bij het gebruik van al die medicijnen? Ik was het niet oneens met Alec dat we dit punt misschien al gepasseerd waren. Maar Michael had het nog nooit zo gezien.

'Ik heb er de hele dag over nagedacht,' zei Alec. 'En ik heb Bill Mitchell gebeld...'

'Bill Mitchell?'

'Ja, van dat huis in Maine. Ik wist niet eens of ze het nog hadden, maar mama heeft me zijn nummer gegeven. Het was een beetje typisch, uiteraard, maar wat kan het schelen. Dat is de aangewezen plek om naartoe te gaan. Volgens mij was hij nogal verbaasd dat ik het vroeg, maar ik ben niet op alle details ingegaan. Ik heb het afgezwakt en gezegd dat we even tot onszelf moesten komen, en hij begreep waar het om ging. Hij aarzelde een tijdje, maar uiteindelijk zei hij dat er op het ogenblik niemand gebruik van maakte. De hut op het eiland is dicht, maar het huis is beschikbaar. Hij was ermee akkoord. Hij zei alleen dat we het propaan moeten bijvullen voordat we weggaan.'

'Waarmee was hij akkoord? Waar heb je het over?'

Ik was stil blijven staan op het pad en keek hoe ze met z'n drieën het pad verlieten en het zand op liepen, diagonaal op het water af.

'Ik heb het erover hoe we hem van die medicijnen af krijgen,' zei hij. 'Met hem daarnaartoe gaan. Weg uit zijn kamer, weg van huis. Een beetje helderheid scheppen in zijn hoofd. Wat kunnen we anders doen? Wat is het alternatief? Haar maar failliet laten gaan?'

Ik had hem vaak genoeg tekeer horen gaan over onze moeder en haar geld, maar nu was het anders. Zijn ergernis had ook iets zachts. Hij klonk niet zozeer boos, als wel van streek.

'En bovendien mis ik hem,' zei hij. 'Zoals hij vroeger was. Heb jij dat niet?'

'Dat lukt je niet in een weekend,' zei ik. 'Je kunt hem niet zomaar van alles losrukken. Dat kost tijd.'

'Weet ik. En daarom moet het ook snel gebeuren. Ik krijg tegen mijn zin een maand vakantie. De helft van het personeel krijgt arbeidstijdverkorting. Angstig, eigenlijk. Maar ja, niets aan te doen – een maand niet werken, plus alle vakantiedagen die ik nooit heb opgenomen. Wanneer zal ik ooit weer zoveel tijd voor mezelf hebben?'

Een knap stel in lycra shorts en bijpassende hemdjes jogde langs, oordopjes in, het haar bijna precies op zijn plaats, de spieren getraind en soepel. Het soort mensen dat Michael in zijn verbittering zou verachten.

'En als hij niet wil?' vroeg ik. Ik begon me er een voorstelling van te maken.

'Volgens mij wil hij het eigenlijk wel, ergens. Hij is alleen bang.'

Ik wist wat hij bedoelde. En hij had gelijk. Ik wou dat ik geld genoeg had om Michael naar een kliniek te sturen in een lommerrijke omgeving, met verpleegkundigen, masseurs en weldadige yoga. Het soort kuur waar ik in mijn dagdromen mijn eigen patiënten weleens naartoe zou willen sturen. Maine buiten het seizoen paste daar eigenlijk niet bij. Maar hij zou er een tijdje uit zijn. Even los van het onontkoombare, los van die voortdurende crisissituatie.

Misschien kwam het door de margarita's bij de lunch of het ongewone van deze dag, of misschien zelfs alleen maar door het verlangen dat ik op dat moment voelde om bij Paul en Kyle en Laura te zijn, die daar met opgerolde broekspijpen in het water met de hond aan het spelen waren, maar op de een of andere manier was ik in staat me voor te stellen dat alles wat Alec had gezegd inderdaad bewaarheid kon worden en kon ik voelen wat een opluchting dat zou zijn.

***

Nadat we die avond de slaapbank in Pauls werkkamer voor onze gasten hadden uitgeklapt en ze welterusten hadden gewenst, gingen we naar bed, waar Paul tegen mijn rug aan kroop en me knuffelde zoals hij niet vaak doet.

'Ze hebben zich wel vermaakt,' zei hij. 'Denk je ook niet?'

Ik leunde met mijn hoofd achterover in de kromming van zijn schouder en trok zijn armen om me heen. 'Het is goed om ze hier te hebben,' zei ik. 'Als zij bij ons zijn, hebben wij het ook fijn.'

'O, en niet als ze er niet zijn?'

'Je weet best wat ik bedoel,' zei ik, terwijl ik hem dichter naar me toe trok.

Wendell, de volmaakt conflictvrije hedonist, had vanaf de andere kant van de kamer onze genegenheid opgemerkt en drentelde naar ons toe om daarin te delen. Hij klom op het bed en probeerde tussen ons in te gaan liggen. We grinnikten en kronkelden heen en weer om hem af te weren, maar hij slaagde erin onze verdediging te doorbreken, zette zijn voorpoten in Pauls kruis en liet zich met een zacht gejank op ons vallen. Hij nam uiteindelijk genoegen met een plek naast mij, waar ik hem in zijn flank kon aaien, en daar kwam hij tot rust.

'Heb jij altijd gedacht dat je zou trouwen?' vroeg ik.

'Hoe bedoel je?'

Ik wachtte totdat hij weg zou rollen om op zijn rug te gaan liggen, maar dat deed hij niet. 'Dacht je niet dat het gewoon zou gebeuren?'

'Ga je me ten huwelijk vragen?'

'Je moet me niet plagen.'

'Dat doe ik niet,' zei hij, terwijl hij zijn hand langs mijn dijbeen naar beneden liet gaan.

'Ja, dat doe je wel.'

'Je wilt je niet binden,' zei hij. 'We hebben het er elke keer over als we naar een bruiloft gaan, en dan begin jij over de rampzalige relaties van je patiënten en zeg je dat we nog aan dingen moeten werken. En dan gaan we met Kerstmis naar je familie en citeert Michael voor ons wat Kafka zegt over het huwelijk.'

'Is dat de reden waarom je me nooit ten huwelijk hebt gevraagd?'

'Zegt de feministe.'

'Doe niet zo gemeen.'

Hij drukte zijn lippen in mijn hals en reikte toen over me heen om Wendell over zijn snuit te aaien. 'Ik heb nooit gedacht dat je ja zou zeggen,' zei hij. 'En ik denk dat het voor mij niet zoveel uitmaakt als voor sommige anderen, zoals het ook voor jou niet zoveel uitmaakt.'

'Ik hou van je,' zei ik.

'Hetzelfde. Wil je trouwen?'

'Nou plaag je me weer,' zei ik.

Hij liet zijn hoofd dalen langs mijn schouder, hield zijn gezicht tegen mijn rug. En toen, nauwelijks hoorbaar, fluisterde hij: 'Nee, dat doe ik niet.'

Michael

AANVRAAG VAN COULANCEREGELING

Geachte lener,

Als u problemen ondervindt met de aflossingen van uw lening en alle aanvragen voor uitstel en vrijstelling op niets zijn uitgelopen, hebt u wellicht iets aan een coulanceregeling. Bij een coulanceregeling worden de aflossingen op uw lening tijdelijk uitgesteld. Bedenkt u daarbij wel dat alle niet-betaalde rente zal worden gekapitaliseerd en toegevoegd aan uw uitstaande saldo. Als u op het moment achterstallig bent met uw aflossingen, vult u dan zo spoedig mogelijk dit formulier in, maar houd er rekening mee dat alleen de indiening van de aanvraag geen garantie biedt dat de regeling ook zal worden toegewezen.

Deel I. Lener

Ik vraag een coulanceregeling aan ter dekking van het bedrag van mijn uitstaande schuld ten bedrage van:
$ 68.281,11

Aanvang:
twaalf jaar geleden

Beëindiging:
na de dood van mijn erfgenamen

Ik ben tijdelijk niet in staat tot het doen van aflossingen aangezien:

> 'Ik vernam dat er die dag een sterfgeval had plaatsgevonden waar ik diepbedroefd om was, dat van Bergotte. Naar men weet duurde zijn ziekte al lange tijd. Niet die, vanzelfsprekend, die hij eerst had gehad, en die van natuurlijke aard was. De natuur lijkt vrijwel alleen in staat korte ziekten teweeg te brengen. Maar de wetenschap heeft zich de kunst om ze te verlengen toegeëigend. De medicamenten, de remissie die erdoor wordt verkregen, het onwelzijn dat bij onderbreking ervan weer optreedt, creëren een schijnziekte die door de gewenning van de patiënt vaste voet krijgt, vorm aanneemt, net zoals kinderen bij vlagen blijven hoesten lang nadat zij genezen zijn van hun kinkhoest. Nu gaan de medicamenten minder werken, men verhoogt de dosis, ze doen geen goed meer, maar zijn begonnen kwaad te doen dank zij die durende ongesteldheid. De natuur zou ze zo'n lange tijdsduur niet hebben gegund. Het is een waar wonder dat de medische wetenschap, de natuur haast evenarend, ertoe dwingen kan het bed te houden en op straffe des doods het gebruik van een medicijn voort te zetten. Vanaf dat ogenblik heeft de kunstmatig ingeplante ziekte wortel geschoten, is een secundaire maar echte ziekte geworden, met dit ene verschil dat natuurlijke ziekten genezen, maar die door de medische wetenschap zijn verwekt nooit, want het geheim van genezing kent zij niet.'
> - M. Proust, deel 5, *De gevangene*

Mijn plan voor de hervatting van de betalingen luidt:
Zoals u uit onze correspondentie bekend is, werd ik na jarenlange voorbereiding in de jaren negentig door het ministerie van Onderwijs uitgekozen om met hun eerste studieleningssonde als een

van de vier debetnauten te worden uitgezonden naar Jupiter. We waren jarenlang onderweg en doorkruisten nevels van stages en kletspraat, de nasleep van een imploderende technologieboom en de ringen van het faillissement, voordat we uiteindelijk op het gasachtige oppervlak van de planeet arriveerden. Wij hadden gehoopt het contact te kunnen herstellen met de verloren geraakte kolonie van hen die te weinig werk hebben. Wat we aantroffen was teleurstellend. Gedurende de eerste jaren hadden ze hun goedmoedigheid kunnen behouden dankzij onderlinge adviesgesprekken en een nostalgische verandering van de merknaam van Amerikaans bier in blik. Hun geboortecijfer was echter ingezakt en bij een niet-aflatende angststorm vanaf het begin van de jaren nul waren hun lijntrekkers, hun priesterlijke kaste, gedood, waarna ze het moesten doen zonder een kosmologie. De hoop ooit nog eens van de planeet af te kunnen raken was verdwenen, en de kolonie had zichzelf hernoemd tot de Dwazen van de Geesteswetenschappen. De grootste verrassing was echter hun gewicht. We hadden een dieet van burrito's en helium verwacht, maar tot onze verbazing had een van de bevoorraders, Eli Lilly, steeds radiocontact met hen onderhouden en hun vanaf een lanceerinrichting in Kazachstan pallets met het atypische antipsychoticum zyprexa gestuurd. De kolonisten namen het medicijn al jaren. Hun gemiddelde gewicht was max. 125. Diabetes en dyskinesie waren endemisch. Zoals een bachelor kunstgeschiedenis me zei: Toen Christus aan het kruis om water vroeg, gaven ze hem azijn (waarna hij, zou ze erbij hebben kunnen zeggen, de geest gaf). Maar, vroeg een andere kolonist, wie zou eigenlijk géén maximale gewichtstoename en een tic in je gezicht willen als je oud wordt en single bent? Hij zei het, moet ik erkennen, met enige woede. Hij was ooit mager geweest, maar zelfs toen was het hem moeilijk gevallen zichzelf aantrekkelijk te vinden. Daar leek nu weinig kans op. Blijkbaar had het bedrijf de transporten van het geneesmiddel opgevoerd vlak voordat het patent zou aflopen. Hun vertegenwoordigers waren begonnen het bij artsen op te dringen als een merkloos medicijn tegen van alles, variërend van oorlogstrauma tot stotteren, en pas enkele jaren later was men zich bewust geworden van de desastreuze bijwerkingen ervan. Verscheidene kolonisten hadden een proces willen aanspannen, maar het rakettenverkeer was slechts eenrichtingsverkeer. Omdat ik met hen meeleefde, zou ik ze graag hebben willen helpen, maar wij hadden alleen aanvraagformulieren voor coulanceregelingen meegekregen om aan hen uit te delen, die ze snel verbrandden om het wat warmer te krijgen. Toen ik terugkwam, was ik precies dezelfde.

Afgezien van de hierboven genoemde leningen sta ik in de schuld:
Wegens het onvervreemdbare voorrecht van mijn ras, bij de slachtoffers van de slavenhandel, een schuld waarvan de terugbetaling moeilijk te regelen blijkt te zijn, gezien het eindeloze uitstel, zo niet de coulanceregelingen, en de wijze waarop het bloed van de slavernij vrijuit pleegt te stromen in de tranen van progressieven.

De totale som van mijn huidige activa:
De wetenschap dat het psychotisch geweld waarmee zwarte mensen zwart worden gemaakt opdat blanke mensen blank kunnen zijn doordringt mij even beslist als alle gevangenbewaarders en gevangenen.

Deel II. Algemene voorwaarden

Ik begrijp (1) dat ik samenwoon met mijn moeder; (2) dat ze op het punt staat haar huis te verkopen om mijn schulden te betalen; en (3), dat mijn verzoek om een coulanceregeling nooit zal worden gehonoreerd.

Ik begrijp voorts: (a) dat in het najaar van 1803, langs de kust van Mozambique, een Portugees fregat, de Joaquin, met een lading van driehonderd ontvoerde Afrikanen in het ruim op weg was naar het zuiden, in de richting van de Kaap de Goede Hoop. (b) Dat een paar dagen na vertrek de mensen die benedendeks werden gehouden begonnen dood te gaan. Het sterven ging aanvankelijk langzaam, in het weinig opzienbarende tempo van één per dag, maar toen het schip na anderhalve maand de punt van het continent rondde en aan de oversteek over de Atlantische Oceaan begon, werd er al frequenter gestorven. Gedurende de volgende vier maanden lagen de gevangenen in een bedompte, donkere ruimte vastgeketend en op elkaar geperst op een bed van hun eigen uitwerpselen, braaksel, pus en bloed en waren hun lichamen glad van het in de tropische warmte rottende afval als ze bij het wakker worden vastgeketend bleken te zijn aan de lijken van vreemden of van hun ouders of kinderen, die door de bemanning uiteindelijk verwijderd en overboord gegooid werden voor de haaien die het schip volgden. (c) Dat tegen de tijd dat de Joaquin de Spaanse haven Montevideo bereikte, 270 van de oorspronkelijke driehonderd waren overleden. Uit angst voor besmetting stuurde de stadschirurgijn het schip terug naar zee. Omdat er vanaf de pampa's een storm woedde, weigerde de kapitein dat eerst. Maar toen de havenmeester hem dreigde met arrestatie en inbeslagname van zijn schip, gaf hij toe en koos zee. In de harde wind knakten al snel drie masten en bijna zonk het schip. In een poging om de haven weer te bereiken, strandde het schip in de ondiepe wateren van de Río de la Plata, waar het enkele weken bleef liggen totdat men wist wat er moest gebeuren. (d) Dat de Spaanse koopman die de eigenaar was van het schip en die de overlevenden wilde veilen om zijn verliezen te dekken, tegen de stadschirurgijn een klacht indiende wegens incompetentie en eiste zijn lading aan land te mogen brengen. Om het geschil op te lossen riepen gemeenteambtenaren een onderzoekscommissie in het leven en stelden vijf artsen met ervaring in de behandeling van zieke slaven aan. (e) Dat op grond van de constatering dat geen van de officieren of matrozen van de Joaquin was gestorven, de commissie tot bijna ieders verbazing concludeerde dat de slaven niet waren overleden aan een infectie, maar gestorven waren door uitdroging en van wat de dokters *melancolía* noemden. In de woorden van Carlos Joseph Guezzi, een Zwitsers-Italiaanse arts, had het verlies van huis en familie in combinatie met de omstandigheden van hun reis een 'totale onverschilligheid jegens het leven', een *cisma* of verscheurdheid veroorzaakt, uitlopende in een 'opgave van de eigen persoon'. (f) Dat, omdat deze toestand niet-overdraagbaar werd geacht, het de handelaar vrij stond om zijn roerende goederen aan wal te brengen en in het openbaar te verkopen. En ten slotte, (g) dat de gevangenen aan boord van de Joaquin tijdens hun overtocht naar verluidt vaak zongen.

Ten slotte verklaar ik hierbij dat ik niet de pretentie heb om met zekerheid te kunnen zeggen waarom ik deze beelden telkens weer voor me zie en me inleef in deze mannen, vrouwen en kinderen, in het donker geketend in het deinende schip. Hoewel het heel duidelijk en zelfs aanvaardbaar zou zijn om vierhonderd jaar diefstal van arbeidskracht te vergoeden, evenals de winsten van de handel die door bedrijfsopvolging rechtstreeks ten goede zijn gekomen aan de bank die mij het geld leende ten behoeve van de studie naar de geschiedenis van hun eigen barbaarsheid, is het niet het economische argument of de gerechtigheid die mij preoccupeert. Het zijn de rottende lichamen, de kreten van de stervenden, de met bloed doordrenkte scheepsdekken, dat feest van het kwaad dat ik elke ochtend met medicijnen probeer te onderdrukken. Het is een feit dat ik, als ik het verhaal van de Joaquin lees, me begrepen voel. Niet in enige letterlijke betekenis – de vergelijking van mijn angst met de hunne zou grotesk zijn – maar wel wanneer het gaat om de niet-aflatende angst, die innerlijke verscheurdheid. Zo ben ik te weten gekomen dat de obsessie met dode generaties niet langs keurige raciale lijnen loopt, als zoiets al zou kunnen. We delen de psychose. Ik ben ter wereld gekomen in de fantasie van suprematie. Anderen komen ter wereld aan de kostenzijde van die fantasie. Maar de bron van het geweld is hetzelfde. Het werk dat ik doe, doe ik in geen enkel ander belang dan het mijne.

Alec

Het houten huis van de Mitchells keek uit op een inham onder aan St. George, een kilometer voorbij Port Clyde, het laatste dorp op het schiereiland. Mijn broer kon niet geloven dat ik zonder kaart nog wist hoe je er moest komen: rechtsaf bij de baptistenkerk, dan het weggetje op dat de kustlijn volgt, bij een rotsig strand naar omlaag en dan weer omhoog tot waar de huizen spaarzamer werden.

Het was niet blauw zoals ik me meende te herinneren, maar lichtgrijs met een witte rand. De rest bleek min of meer zoals ik het in mijn verbeelding zag: de schuin aflopende tuin die nu met sneeuw bedekt was, de hoop rotsblokken bij het pad, de aluminium loopplank die naar beneden leidde, naar de kleine haven, de vlaggenmast en de bosbessenstruiken.

Aan de overkant, hoger op de helling boven het water, stond een witte hut met op het erf een stapel kreeftenvallen. Verderop in de verte waren nog een paar huizen, waarna de weg in het bos verdween.

In het snel vervagende licht droegen we de boodschappen die we onderweg hadden gekocht en onze bagage naar de keuken. Michael ging met zijn koerierstas tegen zijn borst midden in het vertrek staan, terwijl ik op zoek ging naar de hoofdkranen van water en gas om ze open te draaien. Toen ik terugkwam stond hij daar nog net zo, alsof we hier alleen maar iets kwamen afgeven en zo meteen weer in de auto zouden gaan zitten. Mijn vraag of hij zin had om het eten in de koelkast te zetten leek de betovering te verbreken, en hij pakte de zakken uit terwijl ik vanuit de schuur hout naar binnen droeg.

'Weet je hoe je vuur moet maken?' vroeg hij.

'Ja, jij ook. Dat heb je wel honderd keer gedaan.'

'O ja?'

Tijdens de rit hiernaartoe had ik een zijdelingse opmerking gemaakt dat wij ergens in de toekomst nog maar met z'n drieën zouden zijn, als mama er niet meer was, en toen had hij me geschokt aangekeken, alsof de gedachte dat hij haar zou kunnen overleven nooit bij hem was opgekomen. Ik heb bijna de auto aan de kant gezet om hem uit te foeteren omdat hij zo wereldvreemd was en zo vasthield aan een vertekend beeld van de realiteit, maar ik wilde niet dat ons samenzijn op die manier zou beginnen en hield mijn mond, net als nu.

Voor zover ik kon zien was het huis niet gerenoveerd, maar wel goed onderhouden. De donkere houten vloerdelen waren ongelijk maar stonden in de was, de oude meubels met het bloemmotief waren vervangen door solide witte en bruine. Op de boekenkastjes aan weerszijden van de open haard stonden familiefoto's van de Mitchells: hun twee dochters toen ze net zo oud waren als wij in de tijd dat we hier voor het eerst kwamen, in badpak en met zwemvesten, de ogen half dichtgeknepen tegen de zon, en later als tieners en volwassenen met hun vriendjes of echtgenoten.

Ik zei tegen Michael dat hij de grootste van de drie slaapkamers onder het schuine dak moest nemen, de kamer die mama en papa hadden gebruikt, waar hij de meeste ruimte had, en dat hij maar vast naar boven moest gaan om zijn spullen uit te pakken en zich te installeren.

In de afgelopen weken had Michael gaandeweg, zij het aarzelend, ingestemd met wat ik had voorgesteld, het enige wat hij niet wilde, was stoppen met de clonazepam. Hij zei dat hij met alles wilde stoppen, behalve daarmee. Caleigh had hem aangemoedigd, wat hielp. Evenals mijn moeder, die meer dan wie ook wilde dat dit zou lukken, maar vreesde dat het voor Michael moeilijk zou zijn. Ze had gemberkoekjes gebakken voor onze reis en had ons op de valreep ook appels en pindakaas meegegeven en een zak met

Michaels favoriete chips, die hij met een biertje erbij opat terwijl ik ons avondeten klaarmaakte.

De avond tevoren hadden Seth en ik onze eerste serieuze ruzie gehad. We gingen nu anderhalf jaar met elkaar, en al die tijd waren we omzichtig met elkaar omgegaan en hadden we ervoor gewaakt de ander te irriteren of in verwarring te brengen. Het leek er vooral op dat we voor elkaar wilden zorgen en veilig wilden stellen wat we begonnen waren.

Hij had mijn reisschema voor lief genomen, tot en met de somber stemmende uitkomst van de verkiezingen. Ik was soms weken achter elkaar weg geweest, en hij had niet geklaagd. En als hij in de weekends dat het me wel lukte om naar huis te komen aan een project moest werken, viel ik hem daarover niet lastig. Hij was er zelfs niet over gevallen dat mij door het tijdschrift werktijdverkorting was aangezegd en had geopperd dat we misschien maar eens moesten praten over samenwonen. En toen mijn moeder had gebeld en me had ingelicht over haar contact met een makelaar en het verkoopcontract, en ik vrijwel meteen nadat ik had opgehangen tegen Seth zei dat Michael en ik er samen op uit moesten, zei hij: Natuurlijk, ik snap het.

Maar toen ik bij mij thuis mijn spullen bij elkaar zocht om weer weg te gaan en hem had gevraagd of hij me een plezier wilde doen en online een treinticket naar Boston voor me wilde boeken, had hij verbaasd opgekeken van zijn computer.

Op een toon die ik nooit eerder van hem had gehoord, zei hij: 'Kun je je dan helemaal niet herinneren hoe vaak je hebt gezegd dat we er deze week samen op uit zouden trekken? Als je eindelijk klaar was. Maakt het je dan helemaal niets uit dat je nu praktisch al je vrije tijd aan Michael gaat besteden en geen moment aan mij?'

'Vind je dat ik het gewoon maar moet afzeggen?' zei ik. 'Nadat ik alles heb geregeld en hem ervan heb overtuigd dat hij het moet doen?' Hij sloeg zijn computer dicht en liep naar de slaapkamer.

Maar ik liep achter hem aan en eiste een antwoord. 'Vind je dat echt? Dat ik Michael gewoon moet opbellen en tegen hem moet zeggen dat ik besloten heb dat ik liever met mijn vriend op vakantie ga?'

'Alsjeblieft niet,' zei hij. 'Maar maak je geen zorgen, ik snap het – jouw problemen zijn belangrijker dan die van andere mensen. Dat heb je wel duidelijk gemaakt. En nu ga je daar de bossen in, in het voetspoor van Robert Bly, om hem helemaal in je eentje te redden. Je bent niet zo slim als je denkt.'

Toen we later in de badkamer de tandpasta aan elkaar doorgaven, ontweken we elkaars blik. En nadat we zonder een woord te zeggen de lichten hadden uitgedaan, neukte hij me heel hard. We wisten allebei dat het niet goed zou zijn om zo lang uit elkaar te gaan zonder elkaar te hebben aangeraakt. De volgende ochtend beloofde ik hem te zullen bellen.

Zoals ik al vermoedde hadden we geen mobiel bereik in het huis. Maar de Mitchells hadden een vaste lijn die het deed, en via die lijn belde mijn moeder ons na het avondeten. Ze zei dat ze alleen maar wilde weten of we goed waren aangekomen en of de verwarming het deed. Ze praatte even met Michael en wenste ons welterusten.

Behalve alle boeken die hij in zijn koerierstas had gepropt, had Michael ook een stel dvd's meegebracht. We bekeken samen twee afleveringen van *24*, en ik was blij met die afleiding. Hij had geen geduld meer voor alles wat trager ging dan een Bruce Willis-film. Het moest actie zijn: achtervolgingen, intergalactische oorlogen, slachtpartijen van criminele bendes. Gelukkig had ik gezien dat er naast de supermarkt aan Route 1 een zaak was die nog video's verhuurde, dus ik wist dat we niet zonder zouden komen te zitten.

Voor het slapengaan zei ik tegen hem dat hij moest doen wat we hadden besproken. Hij ging naar boven en kwam terug met zijn toilettas, waarmee hij op de bank in de huiskamer ging zitten, hij rommelde erin en zette de oranje potjes met medicijnen op een rij op de salontafel, zo te zien vastbesloten er afstand van te nemen. Het waren er in totaal vijf, waaronder de pot met kratomthee.

Jarenlang had hij bij hoog en laag volgehouden, als een kind, dat een arts hem ooit een pil zou voorschrijven die hem hetzelfde soort bevrijding zou schenken die hij ervaren had toen hij voor het eerst een medicijn had genomen. We hadden tegen hem gezegd dat hij daar niet in moest geloven, dat hij een genezing eiste die helemaal van buitenaf moest komen, maar toch hadden wij precies hetzelfde gewenst, omdat dat voor hem het beste was, en voor ons ook. Dat het probleem gewoon opgelost zou zijn. Die fantasie hadden we niet meer. Die genezing bestond niet. Elke therapie, elk medicijn, alles wat we hadden gedaan om hem te helpen – het had allemaal geen baat gehad. Nu was er dus geen andere keuze. Hij moest voor zichzelf kunnen zorgen. Hij moest beter worden. Toen mijn moeder die zondag vorige maand opbelde en me vertelde dat ze het huis moest verkopen, moest ze hebben geweten dat ik haar dat niet zou laten doen. Dit tegen mij zeggen was eigenlijk hetzelfde als zeggen dat ze wilde dat ik haar zou tegengehouden. En dus hád ik haar ook tegengehouden.

'Daar doe je goed aan,' zei ik terwijl ik met beide handen zijn flesjes oppakte.

'Ik weet het eigenlijk niet,' zei hij, 'ik weet het niet.'

Gedurende de eerste paar dagen was het ontbreken van internet voor ons het moeilijkste. Ik was in geen jaren zo lang achter elkaar niet online geweest. En Michael ook niet. Doordat deze prikkel er niet was, ergerden en verveelden we ons. Maar dat hoorde bij het plan dat ik had bedacht en waarvoor we hier waren: hem bevrijden van de betovering die uitging van die voortdurende prikkeling die zijn angst alleen maar voedde. Om hem terug te brengen naar een soort hier en nu.

En na al die talloze uren dat ik mezelf had volgepropt met gegevens van kiezersonderzoeken en campagneroddels en geprobeerd had in die baaierd van informatie een zinnig standpunt te vormen, had ook ik de behoefte om mezelf te reinigen. Toch kon ik de eerste twee avonden de drang niet weerstaan om een eindje de weg op te lopen naar die ene plek waar ik wel bereik had, waar ik rillend bleef staan terwijl de krantenkoppen een voor een gedownload werden. Michael had zijn laptop meegebracht, maar nu hij geen nieuwe mails of updates van zijn talloze nieuwsbrieven ontving, die hij anders voortdurend zou hebben moeten bijhouden en controleren, nam hij nauwelijks nog de moeite om hem open te klappen.

Op onze derde ochtend werd ik beter uitgerust wakker dan ik in een lange tijd had meegemaakt. Michael vertoonde nog geen teken van leven. Ik kleedde me aan en ging in de ijskoude lucht naar buiten, de tuin in. Ik liep de steiger af naar de ligplaats, van waar we altijd naar het eiland voeren.

Achter de weinige boten die nog in het water lagen kwam vanuit zee een mistbank opzetten. Ik keek hoe hij langzaam over de landtong bij de monding van de inham trok, de sparren en de granieten kust aan het zicht onttrok, en vervolgens ook het hele einde van de baai en de met mosselen bedekte uitgestulpte aardlagen waar de aalscholvers landden en de zeeleeuwen zich 's zomers koesterden in de zon. Langzaam zag ik hem over het water naar me toe komen, totdat ik zag dat het geen mist was, maar sneeuw. Dikke vlokken tuimelden in stilte uit de allesomvattende wolk, en ik herinnerde me weer hoe het hier was geweest toen we nog kinderen waren, dat we het weer in de verte zagen naderen, een onweer aan de horizon, regenvlagen die als een gordijn over het water op ons af kwamen, en hoe spannend ik dat had gevonden, die grootsheid en die oerkrachten waar wij niet aan te pas kwamen. Ik had weer een vermoeden van die stemming van toen, zo open in de tijd, niet als iets om gebruik van te maken of om te verspillen, maar als een op zichzelf staande gemoedsbeweging, een ongeschondenheid die je niet kon zien maar die zich liet kennen in de veranderingen om ons heen.

Tegen de tijd dat de sneeuwbui me bereikte, kon ik niet meer dan twintig meter voor me uit zien en waren de rotsen, het water en de boten allemaal verdwenen. Toen ik het huis weer in liep en mijn telefoon op het werkblad zag liggen, zette ik hem uit en borg hem op in een keukenla.

Na het ontbijt met Michael zorgde ik ervoor dat hij die ene kilometer met me meeliep naar de winkel. Dit werd onze vaste gewoonte, waarmee hij minder moeite had toen hij eenmaal wist dat ze er ook donuts verkochten. 's Middags brachten we meer tijd dan eigenlijk nodig was door langs Route 1, waar we onze voedselvoorraad aanvulden en elk gangpad van de videotheek verkenden, en 's avonds bekeken we de ene actiefilm na de andere. Toch bleef er veel tijd over, waarin we niets deden, en toen Michael problemen begon te krijgen met slapen, wat waarschijnlijk de eerste tekenen van ontwenning waren, begon het nietsdoen aan hem te knagen.

'Wanneer houdt hij daar nou eens mee op?' vroeg hij me een keer aan het einde van de middag toen onze eerste week er bijna op zat. Hij stond bij het raam en tuurde over de vitrage heen naar buiten.

De hele ochtend was de kreeftenman op zijn erf aan de overkant al aan het houthakken. Hij hakte in een regelmatig tempo, en na elke slag volgde een stilte die zo lang duurde dat je dacht dat hij klaar was. Totdat je de volgende bijlslag hoorde gevolgd door het versplinteren van het hout.

'Als hij klaar is, denk ik.'

'Hoe oud denk je dat hij is?'

Een beladen vraag voor Michael, die zichzelf ontzettend oud vond. Hij sprak al van de 'wintertijd' van zijn leven. Op het eerste gehoor absurd voor een man van zevenendertig, en zelfs nog grappig als je het opvatte als klagen over het feit dat hij nu al op middelbare leeftijd was, al moest je dan voorbijgaan aan de toon waarop hij het zei, met grimmige overtuiging.

En wat de man aan de overkant aangaat: hij was me een paar keer opgevallen als hij aan het einde van de middag thuiskwam en ik zag hoe hij de beschadigde kreeftenvallen in de laadbak van zijn pick-up verving door exemplaren van de stapel op het erf. Hij was de zoon van de visser, niet de oude man zelf. Een jaar of dertig, met een lichaamsbouw die zich aftekende onder zijn thermo-werkhemd en donkerblonde stekeltjeshaar. Omdat Seth er niet was en ik geen porno bij me had, had ik de vorige avond mijn ogen dichtgedaan en me voorgesteld hoe hij me over de motorkap van zijn Ford heen liet buigen.

'Ik weet het niet, veertig?' zei ik ter wille van Michael.

'Nee, nee. Zo oud is hij niet.'

'Achtendertig?'

Michael schudde zijn hoofd. 'Ik heb altijd gedacht dat ik jonger was dan mannen zoals hij. Zoals je je ook altijd voorstelt dat je jonger bent dan je tandarts. Maar dat ben ik niet meer. Hij is getrouwd met die vrouw die in die Bronco rijdt. Zij is misschien achter in de twintig. En ze wonen in dat huis. Te gek.'

'Nou, het is toch eigenlijk een heel gewoon huis?'

'Ik bedoel niet het pand. Ik bedoel dat hij hier in dit poolklimaat woont met niets anders om zich heen dan herten en een paar verstrooid wonende blanken, en dat hij een seksueel aantrekkelijke vrouw heeft gevonden die het hele jaar bij hem is. Ik vind dat schokkend.'

Ik moest glimlachen. Hij had zijn stem terug. Zijn snelheid en scherpzinnigheid. Hij had het zelf niet opgemerkt. Maar zijn aarzelingen en vergeetachtigheid waren verdwenen. Hij klonk bijna weer als degene die hij echt was. Hij leek zelfs meer kleur in zijn gezicht te hebben.

'Ik heb wel waardering voor zijn bumpersticker, moet ik zeggen,' zei hij. "Het is toeristenseizoen. Dus waarom mogen we ze niet afschieten?" Dat vind ik leuk. Hij zal in zijn vrije tijd heus wel lobbyen voor de uitbreiding van de verzorgingsstaat, en dat past hem ook. Maar ik wou dat hij een einde maakte aan dat gehak. Het geluid gaat je door merg en been.'

Hij liep terug naar de huiskamer, waar ik een oud nummer van *Vanity Fair* zat te lezen, en liet zijn blik rondgaan in de kamer alsof hij indringers verwachtte.

'Hoe voel je je?' vroeg ik.

'Ellendig.'

Omdat er geen wellnesscentrum in de buurt was om de spanningen een beetje te laten afvloeien, nam ik Michael mee naar een sportschool die ik even voorbij de supermarkt had gezien. Ze was gevestigd in het pand van een ter ziele gegane autodealer, met drie glazen wanden en een betonnen muur aan de achterkant die een klein terrein met tweedehands Nautilus-fitnessapparaten omsloot. Daar hadden we buiten het seizoen zo ongeveer de meeste kans een vast programma te volgen anders dan op de televisie.

Toen we de gelegenheid voor het eerst bekeken – een vrouw in een badstof trainingspak die op een StairMaster *US Weekly* zat te lezen en een randgroepjongere die bij de toestellen voor gewichtheffen rondhing – vroeg Michael: 'En waar zijn nou al die gespierde nichten?'

Door de muziek had hij lang vóór mij al gehoord van de homocultuur. Waar het bij de Village People om ging, is mij als kind misschien ontgaan, hem ontging het geen moment. Dat ik tegenover hem niet eerder uit de kast ben gekomen, was niet uit vrees om afgewezen te worden. Gay-zijn maakte mij in zijn ogen tot een beter mens, omdat hij me daardoor op z'n minst een trede lager kon plaatsen in de hiërarchie van het patriarchaat, waarvan hij zelf zo effectief afstand had genomen. Ik had alleen niet het vooruitzicht willen hebben lastige gesprekken over seks met mijn broer te moeten voeren.

Destijds ging hij onberispelijk gekleed. Al die modieuze Engelse shirts van hem, de broeken met smal toelopende pijpen en de donkere colbertjes die hem zo goed stonden en waarin hij eruitzag als een jonge Jeremy Irons, perfect in new wave-stijl uitgedost. Na zijn terugkeer uit Londen heb ik hem nooit meer kunnen bijbenen.

En nu stond hij hier in een oud sportbroekje en een onderhemd met een V-hals en vlekken onder de oksels op de loopband en moest hij zich erg inspannen vanwege zijn toegenomen gewicht. Hij had tegen mij niet geklaagd over zijn gewicht. Hij had alleen op een manier die ik niet van hem kende gezegd hoe mager ik was, en ik voelde hoe hij ermee zat dat hij zich zijn hele leven zorgen had gemaakt dat hij te mager was, waarna hij ineens een ander, zwaarder lijf had gekregen, niet vanwege zijn spieren, maar door vet. Het had iets pervers. Toen ik keek hoe hij daar op de band stond te ploeteren was het alsof ik mezelf ineens als oude, ongezonde man zag. Maar in elk geval konden we hier wat overtollige calorieën verbranden, plus nog een uurtje van de verder lege dagen.

Michael was daarentegen vast van mening dat hij geen baat had bij de oefeningen.

'Nee,' zei hij botweg, toen ik hem op de terugweg van een van onze uitstapjes vroeg of hij niet het gevoel had dat hij wat meer ontspannen was.

'Oké,' zei ik. 'Maar het is wel een feit dat je nu maar één pil neemt, in plaats van zes. En die thee drink je niet meer. Je bent er echt beter aan toe dan toen we hier kwamen. Je bent opgeleefd.'

'Zou kunnen,' zei hij. 'Ik weet het niet. Alles staat op losse schroeven.'

'Ongetwijfeld. Je bent wakker aan het worden.'

'Je weet dat het niet zo eenvoudig ligt. Mijn toestand wordt er niet anders door.'

'Daar hoef je op dit moment niet over na te denken. Dat laten we een tijdje rusten. Het zal er allemaal heel anders uitzien als je wat helderder bent. Dat is ook de reden dat ik vind dat je moet stoppen met die clonazepam.'

'Dat kan ik niet doen,' zei hij.

'Ja, dat kun je wel.'

'Dat is niet wat we hebben afgesproken.'

'Maar het is wel wat je wilt. Als het erop aankomt, ja toch? Dat heb je zelf gezegd.'

'Door daarmee te stoppen moest ik juist opgenomen worden.'

'Toen was je alleen. Dat ben je nu niet.'

We waren goed bezig. Hij hoefde alleen maar dat laatste verband te verwijderen. Zoals Celia had gezegd, hadden die kalmerende middelen een muur om zijn gevoelens heen gezet. En hoe hoger die muur werd, hoe banger hij werd voor datgene waar die hem tegen beschermde.

Maar ik drong op dat moment niet verder aan. Ik moest het laten bezinken en wachtte totdat we die avond zaten te eten.

'Dat zou maanden duren,' zei hij.

'Ik snap dat het beangstigend is – het idee dat je dat specifieke medicijn niet meer neemt.'

'Het gaat niet om het idee, het gaat om de chemie.'

Toen we hier net waren, zou hij hier niet eens over na hebben kunnen denken. Maar nu wel, nu dacht hij erover na.

'Ben je er nu beter aan toe dan op de dag dat je het voor het eerst nam?'

'Natuurlijk niet,' zei hij. Hij keek verschrikt. Maar hij had iets vragends in zijn blik. 'Denk je echt dat ik het zou kunnen?'

'Ja. Ik denk dat je het kunt.'

Ik had als toetje ijs voor ons gekocht. We aten het terwijl we naar *The Bourne Identity* keken. In de laatste scène jaagt Matt Damon op sluipschutters in de bossen en velden rondom het landhuis waar hij met de vrouw uit *Lola rennt* naartoe is gevlucht. De Mitchells hadden een flatscreentelevisie met uitstekende luidsprekers, en de knal van het geweer waarmee Damon zijn aanvallers beschoot klonk ons beiden goed in de oren. Michael glimlachte zelfs.

De volgende ochtend vroeg hij of we de drank in huis niet weg zouden moeten doen. Hij was bang dat hij daar zijn toevlucht toe zou nemen als hij stopte met zijn medicijnen.

Zonder iets te zeggen haalde ik alle bier en wijn die we meegebracht hadden uit de koelkast en goot onder zijn toeziende blik alle flessen leeg in de gootsteen. Ik spoelde ze na en liep ermee naar de afvalbakken buiten, waarna ik een doos zocht en die vulde met alle drankflessen van de Mitchells en daarmee ook naar de gootsteen liep. Ik stond op het punt die flessen leeg te gieten toen ik bedacht dat ik waarschijnlijk zou moeten opdraaien voor een drankrekening van honderden dollars. Michael zat aan de keukentafel nog steeds naar me te kijken.

'Ik regel dit wel,' zei ik. 'Jij moet maar eens even naar muziek gaan luisteren, dat heb je tot nu toe niet veel gedaan.'

Ik wachtte tot ik hem zijn laptop hoorde openen, waarna uit zijn koptelefoon het blikkerige geluid van synthesizers weerklonk. Toen liep ik met de doos met flessen naar de schuur en zet die achter de opgevouwen tuinstoelen.

'Het is weg,' zei ik toen ik terugkwam. 'Je kunt me nu die pillen geven.'

'Je weet dat ik een reden heb om ze te nemen,' zei hij. 'Ik ben er niet aan verslaafd. Het is niet zo dat het daarvóór goed met me ging.'

'Ik weet het.'

'Het is een ziekte,' zei hij. 'Ik ben geen simulant.'

'Ik heb nooit gezegd dat je dat was.'

'Dokter Bennet zei dat hij denkt dat ik in aanmerking kan komen voor een arbeidsongeschiktheidsuitkering. Hij zei dat hij daar bij de meesten van zijn patiënten niet voor is, maar in mijn geval wel – dat mijn toestand ernstig is.'

'Is dat wat je wil? Het voor altijd vastleggen? Er subsidie voor krijgen? Als je dat wilde, waarom doen we dit dan? Als het precies hetzelfde is als insuline voor een diabeet, waarom was je het er dan mee eens om hiernaartoe te gaan?'

'Jij zei dat ik het moest doen.'

'Nee, ik heb het je aangeboden. En jij was het ermee eens.'

'Jij wilt niet dat mama het huis verkoopt. Je vindt dat ze moet ophouden mij te steunen.'

'Dat is waar,' zei ik. 'Maar denk je echt dat ik je niet wil helpen? Je zegt altijd dat praten over je angst de scherpe kantjes eraf haalt en dat je daarom zo vaak met Caleigh telefoneert. Nou, nu ben ik er. Nou heb je geen telefoon nodig en kun je zoveel praten als je wilt. Ik ga niet weg.'

Hij deed zijn best om me te geloven.

Mijn moeder had beloofd dat ze niet te vaak zou bellen, maar toen de telefoon op dat moment ging, wist ik dat zij het zou zijn.

'Het is daar érg koud,' zei ze. 'En jullie krijgen vannacht nog tien centimeter sneeuw.'

Waar ik ook was, zij wist altijd meer van de weersomstandigheden ter plaatse dan ik.

'Ik stuur jullie vandaag nog wat cranberrycake, en ik doe er ook wat cranberrysaus bij. Ik weet wel dat je zei dat jullie niet een heel Thanksgiving-diner organiseren, maar voor het geval dat. Jullie zouden van gedachten kunnen veranderen. Hoe lang denken jullie daar nog te blijven?'

Ze wilde dat ik haar zou geruststellen dat alles goed was met Michael. Wat ze ook vroeg, daar was het haar om te doen. Ik zei haar, zoals ik meteen al had gemeld, dat ik niet wist hoe lang het zou duren, maar dat zij gerust haar pakket mocht opsturen.

Michael praatte langer met haar en vertelde haar hoe hij sliep en over zijn misselijkheid 's ochtends, maar zei erbij dat ze zich geen zorgen moest maken. Hij was nooit zo los van haar geweest als in de tijd dat hij in Engeland woonde. Dat hij nu alles wat hem overkwam met haar deelde, zou hem geen goed doen, maar ik had niet in de hand wat ze tegen elkaar zeiden.

Voordat Michael die avond naar bed ging, gaf ik hem driekwart van de dosis clonazepam die hij anders 's avonds innam, twee pillen. Ik wist dat het bij dit medicijn anders moest. Er te snel mee ophouden kon gevaarlijk zijn. Het zou tijd vergen. Maar we hadden geen maanden de tijd, en dat betekende dat we er maar het beste van moesten zien te maken.

'Het is goed als je me wakker wilt maken,' zei ik. 'Klop maar gewoon op mijn deur.'

Hij slikte de anderhalve pil in waar ik bij was en legde zijn hand plat tegen zijn borstbeen, alsof hij zijn ademhaling wilde controleren.

Ik verwachtte min of meer dat hij meteen in de stress zou schieten en zijn pillen zou terugvragen, maar hij sliep die nacht en de paar nachten daarop redelijk goed, tot het einde van onze tweede week, en hij stemde met enige tegenzin in met mijn suggestie dat we zijn ochtenddosis ook zouden terugbrengen. Ik hield het medicijnflesje op mijn kamer en deelde de pillen aan hem uit zoals een verpleegkundige dat aan een patiënt doet.

Als ik van huis was, spraken Seth en ik elkaar doorgaans iedere avond, maar ik had hem ditmaal tot nu toe maar twee keer gebeld, waar hij kwaad over was. Maar de manier waarop we uit elkaar waren gegaan in aanmerking nemend lag het niet voor de hand dat hij me het genoegen zou gunnen dat te tonen. De derde keer dat ik hem belde, de avond voordat hij voor Thanksgiving naar Denver zou vliegen, was hij afstandelijker dan ooit, hij stelde vragen die van wellevendheid getuigden en luisterde naar mijn even wellevende antwoorden. Toch voelde ik zelfs bij dit minimale contact mijn stekels overeind schieten. Ik had me met Michael teruggetrokken om een speciale reden. Zo moest het.

'Ik heb gewoon tijd nodig,' zei ik. 'Het duurt geen eeuwen.'

'Jij was degene die belde,' zei hij.

'Ik wil met jou ergens naartoe en ik wil kennismaken met je familie. Maar dit moet ik eerst doen.'

'Weet ik.'

Ik kon hem zijn vlakke toon of zijn gevoel van teleurstelling niet kwalijk nemen. Ik informeerde plichtsgetrouw hoe het hem de afgelopen week was vergaan en wie er nog meer in Denver zouden zijn, maar toen stokte ons gesprek. Geen van beiden probeerde het nieuw leven in te blazen.

Die nacht hoorde ik Michael verschillende keren opstaan en naar de wc gaan, en toen ik zelf ging zag ik onder zijn deur dat er bij hem licht brandde. Hij moest me gehoord hebben, moest hebben geweten dat ik wakker was, maar hij riep me niet, en ik klopte niet bij hem aan. De volgende ochtend was hij in paniek. Hij had nauwelijks geslapen en zei dat zijn hart klopte als dat van een prairiehaas.

'Je moet me dat flesje teruggeven,' zei hij.

Ik ben niet gaan schreeuwen en ik heb niet tegen hem gezegd dat dat onlogisch was, ik zei alleen dat het begin in mentaal opzicht het moeilijkste zou zijn, en dat hij, als hij 's nachts niet kon slapen, overdag dutjes kon doen, zo vaak als hij wilde. Maar hij luisterde niet naar me. Hij was te veel in zichzelf gekeerd. Ik reikte hem zijn jas aan en zei dat hij meteen met mij naar buiten moest komen, nog voor het ontbijt, omdat de kou hem in elk geval zou afleiden.

Op het voetpad merkte ik dat ik mijn pas niet meer hoefde te vertragen om te zorgen dat hij me bij kon houden. Nu moest ik moeite doen om hém bij te houden.

De winkel was nog precies hetzelfde. Het was een soort tochtige schuur met hoge plafonds en krakende vloeren met een uitbouw tot op de pier. Daar vlakbij was de ligplaats waar we onze boot vastbonden als we benzine en etenswaren gingen kopen voordat we naar het eiland voeren, en daartegenover was de steiger waar de kreeftenmannen hun bootjes hadden liggen. Wel verdwenen waren het eethuisje en de zaak ernaast, waar ze gebakken vis verkochten. Daarvoor in de plaats was een duurder restaurant gekomen dat 'Beleef hier het echte Maine' als slagzin voerde en dat tot het voorjaar gesloten was.

Ik bestelde koffie en donuts voor ons beiden en stelde voor die aan de bar op te eten. Hoe langer we wegbleven, hoe beter. Toen we klaar waren, wist ik hem over te halen om met mij langs de haven naar de andere kant van het dorp te lopen, en van daar liepen we naar de punt met het oorlogsmonument en de plaquette ter herinnering aan de vissers die op zee gebleven waren. Aan de onbeschutte kant van deze landtong was de sneeuw door de getijstroom van de rotsen gespoeld, zodat kluiten grijsgroen zeewier te zien waren.

Terwijl ik daar in de wind stond uit te kijken over het ijskoude water, dacht ik: dit is absurd, dat wij hier als enigen in de kou staan. Het is romantische onzin. Ik sta waarschijnlijk op het punt mijn baan te verliezen. Ik moet in de stad zijn en wat proberen te regelen. Want als ik werkloos word, hoe lang duurt het dan nog voordat ik mijn appartement moet opgeven? En wat dan? Gedwongen intrekken bij Seth, voordat we daaraan toe zijn? Wat hebben we aan dit alles als ik zo in de problemen zou raken?

'We hebben hier eens gepicknickt,' zei Michael. 'Weet je dat nog? Kelsey had een lamme zeemeeuw doodgemaakt. Gewoon afgemaakt. Vreemd. Dit is de eerste plek hier die ik herken.'

'Had ze een zeemeeuw doodgemaakt?'

'Nou, papa heeft zijn nek nog omgedraaid toen Kelsey klaar met hem was, maar volgens mij was hij meteen al dood. Celia maakte op procedurele gronden bezwaar – dat we hem niet eerst naar een dierenarts hadden gebracht. Ik weet zeker dat het hier was. Het staat me zo levendig als wat voor ogen. Alsof het een minuut geleden is gebeurd. Ik kan het bijna horen. Misschien is dit zoiets als wat je meemaakt als je hallucinogenen hebt gebruikt.'

'Nee, dat is anders.'

'Jij hebt ze gebruikt?'

'Op school.'

Hij knikte langzaam, alsof hij wilde zeggen: Dat kan ik me voorstellen, al leek het hem nog te verrassen. Dat hij zich er niet van bewust was geweest dat dit soort dingen in mijn wereld waren voorgevallen.

'We zullen wel niet veel gepraat hebben toen ik weg was, denk ik.'

Hij zei het alsof het nooit eerder bij hem was opgekomen. Het was geen ingewikkelde mededeling, het was een simpele waarheid, en toch zou ik, zonder dat ik het had voelen aankomen, zomaar in tranen kunnen uitbarsten. Ik had altijd bericht van hem willen krijgen. Om te weten wat hij in Engeland deed, of gewoon om hem te horen praten. Maar als hij belde, was dat om met mama of papa te praten over school of geld en deden wij niet meer dan elkaar gedag zeggen. Hij had per post een paar keer cassettes opgestuurd, maar de enige tekst daarbij waren de namen van de nummers en Post-it-notities met waarschuwingen als *Dit wordt je dood!* of *Opgepast!*

'Je had het daar naar je zin, hè?' zei ik terwijl we over de lege parkeerplaats terugliepen in de richting van het dorp.

'Zeker. Ik werd verliefd op een vrouw die Angie heette. Zo is het begonnen. Het is gek, maar als ik dit vertel, ruik ik haar parfum nog. Ik ruik het in gedachten.'

Ik glimlachte bij mezelf. Nog nooit was ik met Michael gaan wandelen en nog nooit had ik hem daarbij herinneringen horen ophalen. De sluier tussen hem en het verleden werd opgetrokken.

Toen zijn gebruikelijke dosering gehalveerd was, ging hij slechter slapen. Aan het einde van de derde week kon hij zich niet lang genoeg meer concentreren om de eerste paar scènes van een film te kunnen volgen of zelfs maar een dvd uit te kiezen. Hij raakte gefixeerd op het geluid van het houthakken van de man aan de overkant en vroeg me om de paar minuten: 'Waarom doet hij het zo langzaam?'

Maar de plotselinge herinneringen bleven komen. Hij had altijd gezegd dat hij moeite had om zich onze vader voor de geest te halen, en trouwens ook een groot deel van zijn jeugd. Maar nu kwamen er – afgewisseld met monologen over de onmogelijkheid om ons plan door te zetten, zijn twijfel of hij ooit wel door zou kunnen gaan met zijn echte werk, zijn falen en zijn gebrek aan vooruitzichten – schijnbaar vanuit het niets brokstukken van het verleden naar boven. Vaak waren het vragen.

'Papa en mama hebben nooit veel gedronken, hè?' vroeg hij, alsof hij zich ineens een detail herinnerde uit een verder ongrijpbare droom.

Aanvankelijk ging het alleen om momenten. Hij vroeg bijvoorbeeld of het waar was dat ik ooit bij een val uit een boom in onze tuin in Oxfordshire mijn arm had gebroken, en dan zei ik: 'Natuurlijk is dat waar,' en elke keer weer verbaasde ik me erover dat hij dat soort vertrouwde verhalen was vergeten.

'En ik ben met jou en papa meegereden naar de dokter, hè?'

'Ja.'

'En in dat achthoekige huis was het papa die ons verhalen vertelde.'

'Ja,' zei ik telkens maar – ik kon niets anders bedenken.

Toen hij eenmaal op een kwart van zijn gebruikelijke dosering zat, begon hij overal pijn te voelen. Zijn spieren reageerden op het wegvallen van de ontspannende werking van het medicijn. Bij de drogist kocht ik tylenol en een handwarmer voor hem. En als hij bijzonder veel pijn had, masseerde ik hem door met mijn knokkels over zijn hoodie te strijken, die hij altijd ophield, hoe hoog ik de verwarming ook zette.

Hij stond in de keuken tegen een deurpost geleund terwijl ik een kramp in zijn schouder wegwerkte, toen hij ineens zei: 'Jij had die slang in mijn kamer gelaten, hè?'

Ik hield op met wrijven. Hij had niet alleen zijn stem terug, hij haalde nu alles terug. Alsof hij weer een tiener was die met zijn broertje sprak. Door zijn directe toon, door de urgentie die in de vraag doorklonk, alsof hij het meteen moest weten, werd ik samen met hem teruggevoerd naar dat moment, boven op de overloop voor de deur van zijn oude kamer in Samoset.

'Toen die slang die avond op mijn kamer was, heb jij hem weggehaald, hè?'

Hij had overdreven veel aandacht voor die slang gehad. Mijn moeder had mij verboden hem aan te raken, hoe vaak ik ook vroeg of het mocht. Ik was te jong, zei ze. Michael ging met een tennispetje en een van de reusachtige zonnebrillen van mama op, ermee op het trapje achter het huis zitten, waar de slang zich op de snijplank op zijn schoot oprolde. 'Hij is aan het zonnebaden,' zei hij dan, 'zoals wij het allemaal verdienen om te kunnen zonnebaden.' Kelsey stond er samen met mij op wacht en staarde naar het serpent met schubben die glinsterden alsof ze opgepoetst waren, zijn gevorkte tong die naar voren schoot om de lucht te proeven en een troebele kalmte in zijn ooglidloze zwarte ogen.

'Dat was nadat we met papa naar de aanlegsteiger waren gegaan,' zei Michael nu. 'Nadat jij in de modder was gesprongen.'

Die dag, de dag die hij bedoelde, had ik, van de kerk op weg naar huis, gevraagd of we met de Sunfish de baai op konden gaan, maar iedereen in de auto had gezegd dat het daarvoor te laat in het jaar en te koud was. Alleen papa niet, die had gezegd: 'Waarom niet?'

'Neem dan Michael mee,' zei mijn moeder.

Maar papa had voordat we vertrokken niet gekeken hoe het tij was, en toen we bij de steiger kwamen, lagen de boten op hun kant op het wad. Het had er in mijn ogen altijd uitgezien als gewone modder, maar ons was verteld dat het gevaarlijk was, een diep slib waarin ooit een man verdronken was. We stonden er pal naast aan het einde van de steiger. Papa was er met zijn gedachten al niet meer bij. Als we naar huis gingen, zou hij de krant gaan lezen, we zouden onze zondagse lunch krijgen, en daarna zou hij gaan slapen en zou ik hem niet meer te zien krijgen.

Ik kan me niet herinneren dat ik er echt over had nagedacht. Ik stapte gewoon over de rand, gooide mijn armen omhoog en riep hem. In een oogwenk draaide hij zich om, bukte zich, pakte mijn hand op het moment dat ik tot aan mijn nek in de drab was weggezakt en redde me met plotselinge kracht het leven.

Toen we thuiskwamen, bleef Michael maar zeggen dat ik het expres had gedaan, dat het geen ongeluk was.

En Michael had het zich goed herinnerd. Het was de avond dat ik had gewacht totdat bij iedereen het licht uit was, waarna ik via de achtertrap naar de speelkamer was geslopen en de slang in het net had laten kruipen waarin Michael hem vervoerde. Ik was ermee naar boven gelopen en heb hem vrijgelaten voor de deur van zijn kamer, die op een kier stond. Ik zag hem naar zijn bed toe glibberen. 'Waarom deed je dat?' vroeg Michael nu. 'Jij kleine hijger.'

Ik gaf hem bijna een klap in zijn nek om hem eindelijk eens een afstraffing te geven voor al die keren dat hij me bespot had. Maar die neiging ging bijna meteen over in een gevoel van bedroefdheid bij de gedachte dat die tijd echt weg was.

En toen vervaagde ook dat gevoel langzaam, met in het kielzog ervan een volstrekt onbekend gevoel van dankbaarheid. Voor het feit dat hij mijn broer was geweest en mij de mogelijkheid had gegeven hem te haten. Voor het feit dat wij met z'n vijven een gezin waren geweest. En dat Michael zelf niet weg was. Hij was nu hier aan het terugkomen, hier bij mij, stukje bij beetje.

Toen het medicijn in zijn lichaam helemaal was afgebroken, begon hij dingen te horen. Als hij in de keuken kwam, hield hij zijn oor bij de luidspreker van de radio en was stomverbaasd bij de ontdekking dat die uitstond. Hij hoorde drums en synthesizers, zei hij, en complete songteksten. Minutenlang.

Ik trof hem een keer in de huiskamer aan terwijl hij de stereo-installatie van de Mitchells aan het inspecteren was, en later zag ik hem bij het raam staan luisteren naar gezang dat hij van buiten hoorde komen. Ik zei tegen hem dat hij zich geen zorgen moest maken, dat het maar een fase was en dat zijn hersenen zich opnieuw instelden.

Toen kwamen er geluiden van bussen, van deuren die ergens in huis werden dichtgeslagen en een luid zoemen. Slapen deed hij helemaal niet meer. Ik dacht nog dat hij overdag op de bank wel zou uitrusten, maar hij begon steeds driftiger heen en weer te benen. Hij excuseerde zich dat hij niet meeging naar de sportschool en zei dat hij te moe was, wat ik niet kon tegenspreken.

Het kon allemaal niet op een elegante manier. Hij moest lijden.

Hij bracht de meeste tijd door in de huiskamer, en ik hield hem daar gezelschap. Ik bracht hem eten, waar hij op aanviel alsof hij uitgehongerd was, om dan na een paar happen de rest te laten staan. Hij leek eerder ten prooi aan een soort koorts dan aan een paniekgevoel. Hij smeekte me hem zijn pillen terug te geven. Wat zou het voor zin hebben gehad om tegen hem te zeggen dat ik de rest al had weggegooid? Hij zou er alleen nog banger door worden.

’s Ochtends bleef ik erop aandringen dat hij een wandeling zou maken, en aan het einde van de middag, als hij het meest geagiteerd was, deed ik dat nog een keer. Ik wist hem er een paar keer van te overtuigen zijn hoodie af te doen en op zijn buik op de bank te gaan liggen, waarna ik een halfuur of nog langer zijn rug en nek masseerde en hem telkens weer aanspoorde om goed adem te halen. Na een tijdje ontspanden zijn schouderbladen zich en zakte zijn hoofd wat dieper in het kussen, zodat ik dacht dat hij nu toch wel zou indommelen van uitputting. Maar zodra ik ermee ophield, stond hij op en begon hij weer heen en weer te lopen en te vragen of ik ook hoorde wat hij hoorde, van kamer tot kamer voortgedreven door iets wat veel weg had van een delirium.

Het leek wel alsof alle angst die door de jaren heen door het geneesmiddel bedwongen was geweest, ergens was opgeslagen in plaats van daadwerkelijk opgelost, alsof er door een dam in de rivier in zijn hoofd een stuwmeer was ontstaan en dat de vloedgolf nu de uitlaatpoorten openstonden zijn gang kon gaan. Er was niets aan te doen, we konden het alleen maar op zijn beloop laten. Uiteindelijk moest hij fysiek vermoeid raken.

Inmiddels zaten we bijna een volle maand in het huis. De rest van de wereld leek steeds verder weg. Ik had Seth sinds ons laatste gesprek maar één keer gebeld, en ook nog eens midden op een werkdag, met het vermoeden dat hij dan toch niet zou opnemen, zodat ik een bericht kon inspreken en me niet uitgebreid zou hoeven te verantwoorden. Ik liet Celia's telefoontjes nu doorgaan naar het antwoordapparaat, en die van mijn moeder ook. Maar toen Celia op een avond het vaste nummer in huis weer probeerde, nam ik op.

'Je zou contact houden,' zei ze. 'Dat had je beloofd. Mam heeft mij elke dag gebeld.'

Ik hield ze niet meer op de hoogte, omdat ik wel wist wat er zou gebeuren. Michael zou tegen hen zeggen dat hij er niet mee door kon gaan, en omdat ze niet hadden gezien wat een vooruitgang hij had geboekt, zouden ze zeggen dat we ermee moesten ophouden. Celia zou het stopzetten.

'Er is niet veel te melden,' zei ik. 'Het is moeilijk. We hadden ook niet verwacht dat het gemakkelijk zou zijn, hè? Maar je zou zijn stem moeten horen. Je gelooft je oren niet. Hij klinkt tien jaar jonger. Je hoort dat hij leeft.'

Toen ze vroeg of ze met hem kon praten, had ik een smoes kunnen verzinnen. Dat hij onder de douche stond of eindelijk even sliep. We hadden al heel wat bereikt. Wat hadden we eraan om het te laten versloffen, om terreinwinst weer prijs te geven? Maar ik had de afgelopen dagen zelf ook niet veel geslapen, omdat ik steeds met hem bezig was, 's nachts luisterde of ik hem niet hoorde en zodra ik mijn ogen dichtdeed bang werd dat de hele onderneming een vergissing was geweest. Maar als hij nu met Celia zou praten, zou de beslissing in elk geval niet alleen de mijne zijn.

Ik liep de huiskamer in en reikte Michael de telefoon aan met de gedachte: dit was het dan, maar we hebben het geprobeerd.

Hij luisterde een minuut of twee naar wat Celia te zeggen had, en zei toen: 'Ik moet gewoon slapen. Daar gaat het om. Het is rot als je niet kunt slapen. Maar Alec is er, en hij probeert me te helpen.' Weer luisterde hij, en weer bracht hij haar van haar à propos. 'Jullie moeten je geen zorgen meer maken,' zei hij. 'Geen van allen.'

Hij had het gesprek toen kunnen beëindigen door zoveel te klagen dat ze mij zou opdragen ermee op te houden. Maar dat deed hij niet.

'Hij klinkt alsof hij aan het einde van zijn Latijn is,' zei ze, zodra Michael de telefoon had teruggegeven.

'Hij is zich dingen aan het herinneren,' zei ik, terwijl ik naar boven ging om voor hem buiten gehoorsafstand te zijn. 'Jij hebt toch altijd gezegd dat dat zou moeten gebeuren?'

'Alec, je gaat zijn levensproblemen niet in een paar weken oplossen. Dit is niet meer dan een begin.'

'Ik weet het. Dat is zo. Maar ik moet het afmaken. Bel jij mama voor me? Zeg maar tegen haar dat alles in orde is, wil je?'

De volgende ochtend sneeuwde het weer en waren de weg, de auto en onze voetstappen op het pad met een laagje sneeuw bedekt. Toen het opklaarde en de zon doorbrak, zei ik tegen Michael dat we deze keer een wandeling in de tegenovergestelde richting gingen maken, het dorp uit.

Voorbij het huis van de Mitchells stonden aan de weg nog maar drie huizen, met opritten die afgesloten waren door de sneeuwhopen die de sneeuwschuiver er had achtergelaten en tuinen die als gladde witte velden schuin afliepen naar het water. We volgden de weg het bos in, waar de zon nauwelijks doordrong en de stilte bijna volkomen was. Michael was, omdat hij helemaal niet meer sliep, twee dagen niet buitenshuis geweest, en hij leek nu in de war gebracht te worden door de omgeving. Hij bleef niet achter en ging me ook niet vooruit. Hij was eindelijk niet meer zo waakzaam en zijn aandacht verslapte. Meer dan wat ook leek hij op zoek te zijn naar een oriëntatie.

Na ongeveer een kilometer liep de weg omhoog naar een met rotsblokken bedekt terrein dat uitzicht bood op het uiteinde van de inham. Van hieraf keken we over het open water uit op het eiland, een donkergroene heuvel omringd door met sneeuw bedekte keien en een strook graniet aan de waterlijn.

'Dat is het huis,' zei ik. 'Op die rots.' Het eiland lag in mijn herinnering veel verder uit de kust, met alleen maar zee eromheen, maar in werkelijkheid was het een afstand van maar enkele kilometers. 'Zie je het?'

Michael tuurde. 'Waar dan?' zei hij.

Ik wees en richtte zijn hoofd. Zijn ogen waren opgezwollen en zaten praktisch dicht, zelfs nu in de kou. Nu zal hij wel slapen, dacht ik. Ik zal hem te eten geven en een kop warme thee, dan slaapt hij wel.

Maar hij sliep niet. Die nacht niet, de volgende niet en de daaropvolgende nacht evenmin. Op zijn zesde slapeloze nacht stond ik midden in de nacht op om te pissen, en terwijl ik naar de badkamer liep, hoorde ik beneden de achterdeur opengaan, gevolgd door voetstappen op de keukenvloer.

'Michael?' riep ik. De voetstappen hielden op.

'Ja?' zei hij na een kort moment.

'Wat ben je aan het doen?'

Toen hij geen antwoord gaf, deed ik het ganglicht aan en ging naar beneden.

Hij had in het donker plaatsgenomen aan de eettafel. Ik deed het lampje op het dressoir aan en zag dat hij voor zich een limonadeglas en een fles whisky had staan.

'Ik hoor een song,' zei hij. 'Hij houdt niet op.'

Hij scheurde de afsluiting van de fles open, trok de kurk eruit en schonk, met beide handen om de fles stil te houden, een glas voor zichzelf in.

'Waar heb je die fles vandaan?'

'Die had je in de schuur gezet.'

'Maar we hadden een afspraak. Je had me gevraagd ze weg te doen.'

Hij zette het glas aan zijn lippen en nam een grote slok. 'Het was niet mijn bedoeling dat je wakker zou worden,' zei hij. 'Je moet terug naar bed.'

Ik trok een sweatshirt aan dat ik op een van de eetkamerstoelen had laten liggen en ging tegenover hem aan de tafel zitten. Had hij me de doos drank naar buiten zien dragen? Of had hij gewoon bedacht dat ik te gierig was om alles weg te gooien? Het deed er niet meer toe. Eén borrel kon geen kwaad.

We bleven een minuut of twee zo zitten, terwijl hij opdronk wat hij had ingeschonken.

'Weet je,' zei hij, 'dat ik in zes jaar geen seks heb gehad. Zes jaar geleden – en dat was maar twee keer – met Bethany. En daarvóór twee jaar niet. Twee keer in acht jaar tijd. Ik ben pornografie gaan schrijven. Toen in Michigan was dat. Puur voor mezelf. Zodat ik niet helemáál op het internet was aangewezen.'

Ik had er geen behoefte aan om dit te weten, ik wilde het niet weten. Maar ik had gezegd dat ik naar hem zou luisteren, en dat deed ik.

'Het hielp wel,' zei hij. 'Het werd er persoonlijker door. Het werkte heel goed. Alleen het schrijven al.'

'Daar kan ik inkomen, ja.'

'Het goede van een paar van die medicijnen was dat ze mijn

libido onderdrukten. Dat maakte het gemakkelijker. Het was een zegen, echt waar.'

'Je zei dat je een song in je hoofd had, welke was dat?'

'"Temptation" van New Order. Eén regel maar, die steeds herhaald wordt: *Up, down, turn around, please don't let me hit the ground / Tonight I think I'll walk alone, I'll find my soul as I go home.* Hun teksten waren niet geweldig. Maar de melodie van de bas...'

'Het kan zo niet doorgaan,' zei ik. 'Het kan niet eeuwig zo doorgaan.'

'Dat zeg je steeds weer.'

'Omdat je er nu vanaf bent. Helemaal. Dit is alleen nog de nasleep. Het is je gelukt.'

Hij legde zijn onderarmen op tafel, boog zich voorover en liet zijn hoofd zakken. 'Er is een grens, Alec. Daar wil jij niet over nadenken, maar ethisch gezien is er een grens aan wat iemand moet kunnen doorstaan. Je kunt dat niet zomaar ontkennen door er sentimenteel over te doen. Denken dat er een soort ontembare geest zou bestaan. Dat is een sprookje. Dat zeggen mensen tegen anderen om de ellende niet onder ogen te hoeven zien. Dat is gewoon wreed, maar dan langs een omweg. Zo iemand moet blijven leven. Voor jou. Papa, om een voorbeeld te noemen. Ik heb het hem nooit kwalijk genomen. Nooit. Hij kon niet meer hebben.'

'Je hoorde muziek, Michael. Het gaat voorbij. Ik kan andere muziek opzetten. Dat hadden we moeten doen, we hadden samen meer naar muziek moeten luisteren.'

'Dat is het niet,' zei hij. 'Ik snap nu hoe ze mensen kunnen martelen door hun slaap te onthouden. Want dat is het – een marteling.'

'Je hebt nou een borrel op. Dat haalt de scherpe kantjes eraf. Nu moet je gaan liggen en je ogen dichtdoen. Van uitputting val je dan vanzelf in slaap.'

Hij leek te moeten zwoegen voor iedere ademtocht, waarbij zijn longen moeite leken te hebben om de strak over zijn borst gespannen huid op te rekken. Weer schonk hij het glas voor driekwart vol, ook nu met beide handen om de fles stil te houden.

'Dat lijkt me geen goed idee,' zei ik.

Hij staarde naar het plastic limonadeglas met de geruite opdruk. 'Ik had niet terug moeten gaan naar Engeland,' zei hij. 'Ik had jullie allemaal niet daar in dat huis moeten achterlaten. Niet dat ik hem had kunnen tegenhouden. Maar ik zou jullie hebben kunnen waarschuwen. Ik had daar geweest kunnen zijn.'

'Je wilde bij je vrienden zijn,' zei ik. 'Je wilde je school afmaken, wij begrepen het wel, Celia en ik, wij snapten het.'

'Ik kon het daar niet meer uithouden. Ik moest weg. Maar dat is het 'm nou juist, dat is het – ik ben er nog steeds bang voor. Het is al gebeurd, maar ik ben nog steeds bang dat het ieder moment kan gebeuren – heel gauw, zo meteen... Ik ben geen goede broer geweest,' zei hij. 'Het spijt me.' Hij reikte over tafel en pakte mijn bovenarm, kneep er hard in, net als vroeger toen ik klein was.

'Ja, dat was je wel,' zei ik.

Ik had Michael nog nooit zien huilen. Zelfs niet toen we kinderen waren. De spieren van zijn gezicht ontspanden zich. Zijn hele onderkaak leek los te raken, zijn mond ging open, zijn lippen trilden. Zijn ogen glinsterden en stonden helder. Hij zag er weer uit als een nieuw mens. Nieuw en vreselijk verdrietig. En ik huilde met hem mee.

'Ik wist niet wat ik moest zeggen toen ik die zomer thuiskwam,' zei hij. 'Jullie waren allemaal zo overstuur. Maar ik voelde niets. Helemaal niets. Ik was leeg vanbinnen. Ik bleef het proberen, ik wist dat ik iets moest voelen en dat ik jullie moest helpen, maar ik kon het niet. En het was zo warm. Weet je nog? Verstikkend warm was het. Weken achter elkaar. En ik bleef platen draaien op mijn kamer, omdat ik niet wist wat ik anders moest doen.'

'Je droeg kleren van wol,' zei ik, en ik lachte. 'Je had zo'n grijze wollen broek en een blazer toen je binnenkwam. Je zag er zo anders uit. Als een volwassene.'

'Ik vind dat huis in de zomer verschrikkelijk.'

'Celia en ik waren erbij toen papa ziek was. Wij hadden alles gezien, en ik denk dat we – nou ja, zij voornamelijk – een manier hadden gevonden om erover te praten. Maar jij was weg. Ik dacht dat je over de telefoon met papa had gepraat, dat jij hem op de een of andere manier beter kende. Ik wist ook niet wat ik moest zeggen. Het was niet jouw schuld.'

Dat ik me ooit aan Michaels lijden geërgerd had, kwam me ineens harteloos voor. Alle moeite die ik had gedaan om te doen alsof onze levens niet zo van elkaar verschilden, zodat hij zich niet eenzamer zou hoeven voelen dan toch al het geval was – dat had ik niet voor hem gedaan, maar voor mezelf. Omdat ik zo heel graag geen medelijden wilde voelen met mijn broer. Om geen medelijden met hem te voelen zoals nu.

Ik kreeg de ingeving dat ik hem zou kunnen kussen. Dat ik mijn armen om hem heen kon slaan. Hij was al zo lang niet meer op die manier aangeraakt. Ik kon hem helpen. Niet met de liefde die hij wilde, maar met de liefde die voorhanden was. Wat voor kwaad zou dat kunnen?

Ik gaf hem een servetje, en hij snoot zijn neus. Hij nam nog een slok. Ik glimlachte alleen maar. Het gaf niet nu hij was gaan huilen. Eindelijk bloeide hij open en liet hij los.

'Weet je nog dat we hier 's zomers waren?' zei ik. 'Dat we op de rotsen speelden, op het eiland?'

'Ik geloof dat ik toen *Dood in Venetië* las,' zei hij. 'Wat mama om de een of andere reden waardeerde. *De dichter van al diegenen die op de rand van de uitputting werken.*'

'Die zinnen van jou – die je hardop voorlas – die hebben mij ertoe gebracht om te gaan schrijven. Ik denk niet dat ik het je ooit heb verteld. Dat kwam doordat jij mij die regels voorlas.'

Hij ging rechtop in zijn stoel zitten, in de war gebracht door wat ik had gezegd, en hij spande zich in om het te begrijpen.

'Je was zo enthousiast over die zinnen, je beleefde er zo'n genoegen aan. Het was alsof je naar iemand luisterde die een preek hield, zo las je het voor. Het meeste begreep ik niet, maar ik luisterde vooral naar je ritme. En daar wilde ik iets mee.'

'Echt waar?'

'Ik heb geprobeerd die toon te vinden, waar het ook over ging. Om iets te schrijven dat jij op die manier zou willen voorlezen. Dat doe ik nu natuurlijk niet meer. Maar ja, in het begin wel.'

'Het wonder van een analogie,' zei hij, terwijl hij nu met het servetje zijn voorhoofd depte. 'Zo noemt Proust het. *Op die zeldzame momenten dat het wonder van een analogie me had laten ontsnappen uit het heden.* Dat is het enige echte leven, het enige waardoor je weet dat je leeft – die pijn achteraf. Daar gaat muziek over. Het probleem is – voor mij – dat ik me op een gegeven moment heb gerealiseerd dat die wonderen, die pijnen, een geschiedenis hebben. Die zijn niet privé. De muziek gaat altijd over het verlies van iemand. Dat is wat je hoort, als het goed is: de werelden die mensen hebben verloren en die ze terug willen. En zodra je het op die manier hoort, kom je er niet meer van los – dat het op de een of andere manier over rechtvaardigheid gaat.'

Hij dronk zijn tweede glas leeg en zette het op de tafel. 'Het is net water,' zei hij. 'Ik voel niks.'

'Ik heb dit nooit tegen je willen zeggen, het leek me te hard,' zei ik. 'Maar elke keer als je begon over die herstelbetalingen, dacht ik steeds maar dat alleen mama aan jou herstelbetalingen doet. Alsof je van haar eiste dat ze je een andere jeugd zou geven. Dat ze zo voor je moest zorgen. Omdat je boos was over de manier waarop het voor jou gegaan is. En dat leek me gewoon niet juist. Tegenover haar niet. En dat vind ik nog steeds.'

Het nieuwe van zijn verdriet begon een beetje te slijten, zijn blik werd steeds afstandelijker. Ik wist niet of hij nadacht over wat ik zei of dat hij het gewoon niet had geregistreerd.

'Je wilt dat ik een leven leid als het jouwe,' zei hij. 'Als dat van jou of van Celia. Dat ik iemand zou hebben om een huiselijk leven mee te leiden, en een beroep, zodat mijn leven op orde is. Mama wil dat ook – voor mij. Maar dat bedoel ik nou met sentimentaliteit: die kan zo wreed zijn. Want hoe kan ik ooit die dingen niet willen als jullie die allemaal wel voor mij willen? Die gaan nooit gebeuren. Ik bedoel niet dat ik daarom medelijden met mezelf heb, al heb ik dat ook weleens. Ik bedoel alleen maar dat mijn leven niet zo is. Mensen willen niet bemind worden op de manier waarop ik van ze hou. Dat vinden ze verstikkend. Is hun schuld niet. Maar de mijne ook niet.'

'Maar dat kun je nu toch loslaten?' zei ik. 'Dat kinderlijke, obsessieve gedoe. Dat is ook iets waaraan je hebt vastgehouden.'

'Je luistert niet,' zei hij, en hij tilde de fles weer op en vulde zijn glas bijna tot de rand.

'Doe een beetje kalm aan,' zei ik, en ik boog me voorover om het glas een eindje bij hem vandaan te zetten, rechts van mij. 'Ik ben hier, ik luister. Ga door met wat je bezig was te vertellen.'

Hij stond langzaam van tafel op, liep naar de keuken en kwam terug met een ander glas, dat hij volschonk en aan zijn lippen zette. 'Ik heb het je gezegd,' zei hij met een stem die ik niet herkende, laag en vastberaden. 'Ik moet nu slapen.'

De ontelbare keren dat hij dit al had gezegd, had ik het steeds opgevat als een klacht. Waar je begrip voor moest hebben, ja, maar niet zo veel dat ik mijn plan ervoor zou omgooien. Maar dit klonk anders. Nu was het geen smeken. Hij deed iets wat hij anders nooit had gedaan – hij poneerde zichzelf. Ik zou hem hebben kunnen tegenhouden. Ik zou de fles van hem hebben kunnen afpakken, en ook die tweede fles die hij had gehaald en op de grond naast zijn stoel had gezet, om ze allebei in de gootsteen leeg te gieten, zoals ik ook met de andere had gedaan. Maar dat deed ik niet. Ik keek hoe hij dat derde glas whisky tot op de bodem leegdronk, en daarna nog een.

Wist ik toen wat er zou gebeuren – zou ik dat hebben geweten zonder het te weten? Het is niet te zeggen.

Op een gegeven moment stond ik op van tafel en liep naar de

huiskamer, waar ik door de muziek op Michaels laptop scrolde en een van de albums vond waarvan ik me herinnerde dat hij die keer op keer voor mij had gedraaid. 'Kom eens hier,' riep ik naar hem toen 'On the Radio' van Donna Summer door het huis weerklonk.

Michael verroerde zich eerst niet, en ik riep hem opnieuw. Toen stond hij eindelijk op, kwam de kamer in en ging wankelend op de armleuning van de bank zitten.

'Waarom draai je dit?' vroeg hij.

Wat hij net tegen me had gezegd, was waar. Ik had niet naar hem geluisterd, jarenlang niet. Ik had zo lang gewild dat het beter met hem zou gaan dat ik niet meer hoorde dat hij zei dat hij ziek was. Voor het eerst zag ik hem nu als man en niet als gezinslid. Een ander mens, die het grootste deel van zijn leven alles in het werk had gesteld om het hoofd boven water te houden.

Ik nam zijn beide handen in de mijne, verstrengelde onze vingers en bewoog mee op het ritme dat de klagende stem van Donna Summer begeleidde. 'Kom,' zei ik, en ik probeerde Michael er met de beweging van mijn armen toe te bewegen met mij mee te dansen, wat hij even later tot mijn verbazing deed, waarbij hij aarzelend zijn hoofd van links naar rechts liet gaan, een beetje zweverig en niet in de maat, maar hij reageerde er toch op en hield met zijn knieën zo goed en zo kwaad als het ging het ritme bij.

Hoe lang hadden we ons allebei geschaamd? Hoe lang had hij in zijn eentje geleden?

Ik ging wat dichter bij hem staan, pakte zijn pols en legde zijn arm om mijn middel, sloeg mijn arm om hem heen en drukte hem tegen me aan. Voorzichtig drukte ik zijn hoofd tegen mijn schouder en zo, tegen elkaar aan leunend, dansten we.

Ik herinner me dat ik de achterlichten van de pick-up van de kreeftenman in het donker aan had zien gaan en dat ik had geluisterd naar het ploffen van zijn aftandse uitlaat toen hij achteruit de weg op stak en wegreed in de richting van de haven. Daardoor weet ik dat het nog nacht was toen ik Michael alleen liet in plaats van wakker te blijven en hem gezelschap te houden.

Ik zag die tweede drankfles naast zijn stoel op de grond staan. En ik moet ook de flesjes tylenol hebben gezien. Hij had ze op de eettafel gezet, naast het zout en de peper. Ik zag het, maar eigenlijk wilde ik het niet zien.

Het was niet mijn bedoeling dat je wakker zou worden. Je moet terug naar bed.

Dat had hij tegen me gezegd toen ik beneden kwam. Ik wist dat hij niet van plan was met drinken op te houden. Pas als hij in slaap viel zou hij stoppen, wat er ook zou gebeuren of hoe lang dat ook zou duren. Toch had ik hem daar in zijn eentje achtergelaten, ik was weer naar mijn kamer gegaan en had het licht uitgedaan.

Halverwege de ochtend, later dan ik gewend was, werd ik wakker uit een diepe, droomloze slaap. Ik werd kalm wakker, hoorde druppelen en zag de ijspegels voor mijn raam smelten in de zon. Ik bleef nog een tijdje liggen en luisterde of ik Michael hoorde, maar er was niets anders dan het druppelen van het dooien in de tuin.

Ik kleedde me aan en was halverwege de trap toen ik hem zag. Hij lag op de bank met zijn ogen dicht, zijn hoofd opzij en zijn benen naar mij toe gestrekt. Onder de rand van de deken over zijn benen zag ik zijn gespreide voeten. Een opgedroogd straaltje braaksel liep vanuit de hoek van zijn bleke mond langs zijn wang over zijn schouder. De lege flessen stonden op de salontafel naast hem.

Ik wist meteen dat hij dood was. En dat ik hem in de steek had gelaten. En toch haastte ik me naar de bank en knielde naast hem neer, alsof ik zijn lichaam weer tot leven kon wekken. Maar zijn handen waren koud toen ik ze aanraakte, zijn kin stak onder een onnatuurlijke hoek omhoog, alsof hij naar adem snakte. Ik tilde zijn hoofd van het kussen, nam het in mijn armen, drukte het tegen mijn borst en wiegde heen en weer terwijl mijn tranen over zijn haar liepen. Word wakker, fluisterde ik, alsjeblieft, word wakker.

Ik weet niet meer hoe lang ik hem in mijn armen heb gehouden. Of hoe lang ik daarna in de stoel tegenover hem naar zijn lichaam heb zitten kijken, naar het gefronste voorhoofd, de ogen die als stenen in hun kassen rustten. Lang genoeg om te zien hoe het zonlicht in een rechthoek over de muur schoof, over een kaart van de baai en over zijn glimmende lijf, om ten slotte af te dalen naar het vloerkleed en te verdwijnen.

Tot dan toe had ik nooit begrepen dat een mens onzichtbaar is. Dat wat we aanzien voor de persoon in feite een geest is die we nooit kunnen zien. Dat realiseerde ik me pas toen ik daar in de kamer zat met het dode voertuig dat mijn broer door zijn leven had gedragen en waarvan ik altijd had gemeend dat hij dat was.

Ik wist dat ik, zodra ik opstond, zou moet handelen. Ik zou de wereld in moeten en hulp moeten zoeken. Maar zo lang ik in de stoel bleef zitten, in de stilte, kon van dat alles nog geen sprake zijn.

Celia

Ik geloofde het niet. Je gelooft het nooit in het begin. Het verlangen dat het niet waar zou zijn is zo sterk dat het de realiteit uitwist. Daarna ben je verdoofd.

Ik herinner me dat ik, nadat Alec me had weten te bereiken en ik van mijn werk naar huis was gegaan, in onze huiskamer op de vloer lag en door het bovenraam de groene bladeren van de palmboom op de stoep zag wuiven tegen de achtergrond van het wit van de wolken, terwijl dat beeld doorsneden werd door de iets neerhangende telefoonkabels, en dat ik niet aan Michael dacht, nog niet.

Vreemd genoeg dacht ik niet aan Alec en Michael in het huis daar en wat er zich tussen hen afgespeeld zou kunnen hebben, maar aan een avond bijna twintig jaar geleden, nog in Walcott. Ik was met Jason en zijn vrienden in het veld aan het eind van het pad langs de beek aan het drinken geweest. Jason en ik gingen nog met elkaar, ondanks het feit dat mijn moeder bezorgd was dat we samen drugs gebruikten en hoewel ik op de laatste dag van zijn leven tegen mijn vader had gelogen dat ik het met hem had uitgemaakt. Ik had dat gezegd omdat ik dacht dat ik het daarmee makkelijker voor hem maakte, omdat hij dan tegen mijn moeder kon zeggen dat het hem was gelukt, terwijl ik wist dat ik de waarheid eenvoudig voor hen verborgen zou kunnen houden.

Jason deed al wekenlang moeilijk. Hij wist niet wat hij moest zeggen over de dood van mijn vader. Die avond liet hij mijn hand telkens los. Hij maakte steeds grappen tegen zijn vrienden en de meisjes die ze hadden meegenomen, zelfs toen ze al twee aan twee lagen te vrijen in het gras. Toen hij ophield met zijn grappen, zei ik dat hij op moest staan en liepen we de heuvel op in de richting van het bos, waar we gingen liggen en begonnen te zoenen. Ik wilde hem boven op me voelen, maar hij bleef op zijn ellebogen steunen, zodat alleen onze lippen elkaar raakten. De uren die ik die zomer met hem doorbracht, waren de enige momenten dat ik niet het gevoel had dat ik verdronk. Maar dat kon ik niet tegen hem zeggen. Dat zou hij niet hebben willen horen.

Ik wilde dat hij zijn hand op mijn buik zou leggen en zijn gezicht tegen mijn borst zou drukken, zodat het spannender zou worden. Maar toen hij de stemmen van de anderen weer hoorde opklinken, stond hij op en slenterde terug de heuvel af. Ik ging niet meteen achter hem aan. Ik lag daar naar de sterren aan de heldere nachthemel kijken en hoorde de stemmen wegsterven, terwijl ik bij mezelf dacht dat wat mijn vader had gedaan voor Jason niet makkelijk was. Ik moest geduld hebben.

Toen ik opstond en terugliep naar de plek waar we aanvankelijk bij elkaar waren gekomen, waren ze weg – allemaal. Ik liep kriskras de wei over en riep hardop fluisterend Jasons naam, alsof ik er iemand wakker mee had kunnen maken. Maar ze waren vertrokken, hij en zijn vrienden, op weg om bij iemand anders thuis te gaan drinken.

En toen ik vervolgens in die warme, donkere zomeravond in mijn eentje naar huis liep, in de bijna volkomen stilte van onze buurt, heb ik gezworen dat ik dat nooit meer zou laten gebeuren. Ik zou me nooit meer in een positie laten brengen waarin ik door een man verlaten zou kunnen worden. Het was zo'n soort belofte die je jezelf in je jeugd doet en waaraan je blijft vasthouden, nog lang nadat je bent opgehouden te beseffen waar je mee bezig bent en hoe je daarmee jezelf geweld aandoet.

Daar moest ik steeds aan denken in de verdoving waarin ik verkeerde op de middag nadat Alec me had gebeld: hoe serieus ik mezelf die belofte had gedaan en hoe lang ik me eraan had gehouden door nooit een relatie met een man aan te gaan die me in de steek zou kunnen laten. Altijd de controle behouden.

Jezelf beloven dat je nooit in de steek gelaten zult worden – wat een zelfbegoocheling.

Het radiostation van Boston College, waar Michael dj was geweest, verzorgde een speciale uitzending om hem te gedenken en draaide de muziek waarvoor hij zich sterk had gemaakt. Alec, mijn moeder, Caleigh en ik luisterden er samen naar in de huiskamer in Walcott. Caleigh was een paar dagen voordat het programma zou worden uitgezonden naar ons toe gekomen. Er was van alles te regelen, en Alec en ik deden dat min of meer allemaal – een goed team zoals we soms waren. Mijn moeder, die nooit ziek was, had een zware verkoudheid opgelopen. Haar vriendinnen Suzanne en Dorothy brachten ons maaltijden en regelden het eten voor na de dienst.

Het leek me het verkeerde moment om met mijn nieuws te komen dat Paul en ik hadden besloten te gaan trouwen, wat ik pas met Kerstmis aan mijn moeder had willen vertellen. Paul was het daar niet mee eens geweest en had gezegd dat ze het zo gauw mogelijk zou willen weten, wat mij na enig nadenken inderdaad het beste leek – het haar nu vertellen. Op de ochtend voordat we terug zouden vliegen naar Californië trof ik haar boven in haar slaapkamer, waar ze bedankbriefjes aan het schrijven was aan de mensen die hun medeleven had betuigd. Ze huilde weer toen ik het haar vertelde – om mij en om Michael – maar ik was blij dat ik het had gedaan.

Toen ik weer thuis was, gaf ik mezelf nog een paar dagen de tijd voordat ik mijn cliënten weer zou spreken. Het was moeilijk in het begin. En het bleef maandenlang moeilijk. Om daar rustig met gevouwen handen in mijn schoot te zitten luisteren hoe ze uitweidden over hun problemen. Een oud ongeduld keerde terug, het soort ongeduld dat ik kende uit de tijd dat ik pas begon als therapeut: de drang om op zoek te gaan naar momenten in het verleden van de patiënt die de sleutel bevatten om hem in het heden te kunnen bevrijden. Dat deed ik vroeger, steeds vragen naar meer familiegeschiedenissen, wat ik voor mezelf rechtvaardigde als blijk van interesse en aandacht, terwijl het in feite een afleiding was van het lijden waarmee ik zelf geconfronteerd werd, een verlangen om de ervaring op te sporen die hun pijn zou kunnen verklaren en oplossen. Dat levert een goed scenario toch altijd op? Een betekenis aan de hand waarvan de gebeurtenissen afdoende worden verklaard. Maar gaandeweg realiseerde ik me dat het leven van mijn cliënten geen kunstwerk was. Ze hadden voortdurend verhalen in hun hoofd, maar die verhalen stokten, raakten vergeten en werden dan herhaald – het waren vaak afleidingen op zich van de gevoelens waarvan ze hadden geleerd dat ze erom veroordeeld of ten ondergang gedoemd zouden worden.

Het heeft lang geduurd voordat ik inzag hoe krachtig dit verlangen naar een antwoord was. Ik heb mezelf moeten aanleren om erop te letten hoe het ontstond en hoe ik het los kon laten. Want als ik niets anders deed dan alles wat iemand wekelijks tegen me zei uitkammen op de aanwezigheid van aanwijzingen, dan zou ik die patiënt geen goed doen. Ik moest afzien van mijn eigen behoefte om te genezen als ik de ander wilde leren accepteren om te zijn wie hij of zij al was.

Dat heb ik bij Michael nooit gedaan. Ik had wat hem betreft nooit mijn geloof opgegeven in een verborgen waarheid, iets uit het verleden wat hem, als hij het maar zou kunnen ervaren en accepteren, vrij zou maken. Ik stelde het me voor als een moment dat hij zou hebben meegemaakt toen hij met mijn vader en Kelsey en mijzelf in het bos liep. Een ongelukkige tiener die in een stadje woonde dat hij haatte en aan een wandeling bezig was die hij niet wilde maken, zich er ten volle van bewust hoe ongelukkig hij was, zoals alle adolescenten. En die, zonder het zelf te willen, toen we op een open plek kwamen en even stil waren blijven staan, overal om zich heen de aanwezigheid van een vreselijk geweld had gevoeld, iets waarvoor hij moest vluchten. Een visioen van het kwaad dat hij niet van zich af kon schudden.

Toen Alec me vertelde wat Michael tijdens hun laatste nacht tegen hem had gezegd, hoe schuldig Michael zich voelde dat hij naar Engeland terug was gegaan, dat hij ons had achtergelaten zonder ons daarvoor op de een of andere manier te waarschuwen, had ik bij mezelf gedacht: ja, daar hebben we het. Want ik hoopte nog steeds dat het zo zat. Dat het zo eenvoudig kon zijn.

Hij klonk zo wanhopig toen hij belde vanuit Maine. Maar ik heb niet tegen Alec gezegd wat ik had moeten zeggen – dat het te ver was gegaan en te snel, en dat hij ermee moest ophouden. Ik bleef geloven in die ene catharsis. Net zoals Alec en mijn moeder, op haar manier, en Michael zelf ook, die nooit ophield te willen wat wij voor hem wilden. Hoe had hij dat moeten kunnen? We zijn geen individuen. We worden achtervolgd door zowel de levenden als de doden. Dat was wat ik vroeger had geloofd. Nu weet ik het weer. Dat is wat hij ons steeds probeerde duidelijk te maken.

Alec

Seths zus Valerie haalde ons op van de luchthaven. Ik begroette haar vanaf de achterbank terwijl wij tweeën onze bagage daar opstapelden.

'Dus je bestaat,' zei ze. 'Welkom.' Ze had hetzelfde fijne zwarte haar als haar broer, alleen langer en met een lichte golf erin, en dezelfde donkergroene ogen. 'Maak je geen zorgen over Luke daar,' zei ze, 'die slaapt als een blok.' Het hoofd van de peuter die in zijn zitje naast me vastgebonden was, was opzij en van mij weggezakt, terwijl er een helder lijntje speeksel uit zijn mondhoek lekte.

Toen we de terminal en de terreinen van de autoverhuurders voorbij waren, kwamen we op een vlakte waarop aan beide zijden van de snelweg bijna niets anders te zien was dan bosjes, zo ver als het oog reikte. De laaghangende bewolking aan de winterse hemel raakte aan de horizon in de verte de uitlopers van de bergen. Valerie reed over de inhaalstrook, laveerde tussen vrachtwagens en bestelwagens door terwijl zij en Seth boven het geluid van de zacht spelende popzender uit met elkaar praatten. Na een tijdje verschenen er reclameborden langs de weg, gevolgd door gasbedrijven en fabrieken en eindeloos veel loodsen aan toegangswegen waarop niemand te zien was. Ten slotte zag ik bomen, de eerste woonwijken en, nog ver op de achtergrond, de wolkenkrabbers van Denver.

Seths ouders woonden in een groot vrijstaand huis aan een straat met meer van dat soort huizen, een eind van de weg af op een ruim stuk land omzoomd met populieren. Zijn moeder, die een witte bloes droeg met daarop een halssnoer van roze koraal, deed ons open.

'Hèhè, daar ben je dan,' zei ze terwijl ze haar hand zachtjes op mijn arm legde. 'Eindelijk krijg ik je eens te zien.'

Ik had wel een vriendelijke ontvangst van haar verwacht, vooral door wat Seth me had verteld, maar haar hartelijkheid was toch een verrassing. Ze liep met ons naar de serre, waar ze koekjes en ijsthee had neergezet. In de tuin buiten was een zwembad met een witte omranding afgedekt met een blauw dekzeil dat ingezakt was door het gewicht van de nog niet gesmolten sneeuw. Er stonden goed onderhouden jeneverbesheggen en midden door de tuin liep een tegelpad naar een kreek. Het geheel gaf me de indruk, zoals bijna alles al vele weken lang, van een foto van een inmiddels niet meer bestaande situatie.

Om me op mijn gemak te stellen vroegen Seths moeder en zuster of ik eerder in Colorado was geweest, en ze informeerden naar het winterweer in New York, elk onderwerp was goed, zolang het niet mijn familie betrof. Ik antwoordde beleefd en keek hoe Luke over de vloer rolde met de terriër van zijn grootmoeder.

Voordat ik naar Maine was gegaan had ik al hiernaartoe willen komen om kennis te maken met Seths familie, maar de laatste twee maanden was het me niet meegevallen om überhaupt iets te willen. Het is goed voor ons, had Seth gezegd. Het moet er nu eens van komen. En dus ik was meegegaan.

Na onze snacks ging ik een dutje te doen in de kamer die we hadden gekregen, aan de andere kant van het huis van waar zijn ouders sliepen. Het was niet Seths kamer. Hij was niet opgegroeid in dit huis. Het was een kamer die bedoeld was voor gasten. Pluchen beige tapijt, een chaise longue bij het raam, twee wastafels met een dubbele kaptafel tussen twee kasten met louvredeuren. Zodra ik mijn hoofd op het kussen legde viel ik in slaap.

Een uur later, of misschien wel meer, maakte Seth me wakker met een kus op mijn voorhoofd. Hij streek over mijn borst en zoende me weer, op de mond.

'Ze willen je zonder mij meenemen naar het winkelcentrum. Is dat niet vreselijk?'

Ik was bang geweest dat ik hem zou kwijtraken. Dat Michaels

dood en de verdoving waarin ik vervolgens terechtkwam datgene wat we begonnen waren zouden ondergraven. Maar hij had me geholpen zoals geen ander het gekund zou hebben door erop aan te dringen dat we door zouden gaan met iets te zoeken waar we zouden kunnen samenwonen, zelfs toen het er een paar weken lang op leek dat mijn baan definitief opgeheven werd. Op mijn zwakste moment had hij niet aan ons getwijfeld.

'O, oké,' had ik gezegd. 'Ik ga mee.'

Zijn moeder, zijn zuster en ik reden twintig minuten in de ruime Lincoln van zijn moeder door een breed opgezet netwerk van winkelstraten, waar op de kruispunten de verkeerslichten traag versprongen en er ruime gelegenheid was om te keren. De namiddagzon glinsterde op de voorruiten.

'Het was niet onze bedoeling je te ontvoeren,' zei zijn moeder. 'Maar hij heeft je nu lang genoeg voor zichzelf gehouden en ik moet iemand hebben die me kan vertellen wat hij tegenwoordig graag draagt.'

'Je scoort een hoop punten,' zei Valerie op gedempte toon tegen me toen we de parkeerplaats overstaken. 'Dit doet ze met mensen die ze graag mag.'

Het was zaterdag en het was druk in het winkelcentrum. Ouders liepen met kleine kinderen aan de hand door groepen onstuimige tieners. Senioren slenterden over de promenade. Verkopers in chino's en poloshirts glimlachten vaag achter stalletjes met sieraden. Een schoonmaker dweilde sinaasappellimonade van de witte tegelvloer, terwijl boven alles uit 'Friday I'm in Love', een van de lichtere popsongs van The Cure, te horen was.

'Ik wil alleen maar weten of hij bij jou ook zo netjes is als bij ons,' zei Seths moeder. 'Hij hangt zijn overhemden praktisch op alfabet op.'

Bij Brooks Brothers beperkte ik me tot het aanraden van medium in plaats van large en suggereerde ik dat Seth waarschijnlijk zelf zijn jeans zou willen kopen. Toen zijn moeder me onder druk zette om goed te vinden dat ze een das voor me kocht, wist ik dat met steun van Valerie af te wimpelen.

We winkelden een uur of zo in verschillende zaken en daarna gingen we even bij een Starbucks zitten. Ze stelden nu meer vragen en waagde het zelfs om over mijn moeder en Celia en Paul te beginnen. Ik deed mijn best om ook meer van hen te willen weten en vroeg waar ze in Denver woonden toen Seth nog een kind was en over Valeries werk als opvoedcoach. Het was aardig van ze om dit met mij te doen, en ik wilde dat ze zouden weten dat ik het op prijs stelde.

Toen we terugkwamen waren Seths vader en Rick, de man van zijn zus, er inmiddels ook. Ze stonden in de gigantische keuken, waar Seth het vlees uit de koelkast haalde. Zijn vader was een oudere, wat ruigere versie van Seth, iets langer dan hij en met bredere schouders, een brede onderkaak en de verweerde huid van een man die zijn hele leven buitenshuis had gewerkt. Hij had dezelfde kaarsrechte houding, gebaarde net zo met zijn schouders en had dezelfde staccato manier van spreken als Seth, vlak en snel. Het was griezelig, zoveel ze op elkaar leken.

Hij gaf me een stevige hand, stelde zijn schoonzoon voor en vroeg of ik van barbecueën hield. Rick stond een paar meer verderop met een schaal gemarineerde biefstukken in zijn handen.

'Alec wil met ons praten,' zei Seths moeder terwijl ze zich naast haar man vooroverboog om in de groentelades van de koelkast te rommelen.

'Wou je zeggen dat hij dat zelf niet kan beslissen?' zei zijn vader, alsof ik er niet bij was. Seth haalde zijn schouders op en keek me zogenaamd verontschuldigend aan, maar deed er gelukkig het zwijgen toe. Rick keek op een manier die leek te betekenen dat het maar het beste was er geen punt van te maken. Seths vader boog zich over de rug van zijn vrouw heen om voor mij een biertje van boven in de koelkast te pakken, en met z'n drieën liepen we naar de patio.

Ze waren naar een vergadering met een projectontwikkelaar geweest. Er was sprake van vertraging in de verlening van vergunningen voor een appartementengebouw aan de rand van het centrum van Denver, wat hun bedrijf duizenden dollars zou kosten. Ze betrokken mij in hun gesprek over de bijzonderheden van de aanbesteding alsof ik een doorgewinterde vastgoedman was.

'Ik zeg al een paar jaar tegen Seth dat we een ontwerper nodig hebben,' zei zijn vader. 'Hij kan hier een baan krijgen wanneer hij maar wil.'

De vlammen weerkaatsten even in zijn gladde gouden trouwring en de gouden wijzerplaat van zijn horloge. Ik vond het moeilijk om niet naar hem te blijven staren terwijl hij zich voor de barbecue posteerde, bij het omkeren van de lappen vlees met een vork alleen zijn handen en armen bewoog en met zijn blik op het vuur zijn commentaren uitte. Ik vroeg me af hoe hij mij zag. Wat vond hij van de man die met zijn zoon sliep? Voelde hij zich door mijn aanwezigheid gedwongen zich daar een voorstelling van te maken? Had zijn vrouw hem opgedragen mij te accepteren? Had hij zelf ooit naar een man verlangd?

Toen we aan tafel gingen, bleef hij aan het hoofd staan om de biefstuk in stukken te snijden en te verdelen over de borden die zijn vrouw hem voorhield, en pas toen hij zich ervan verzekerd had dat iedereen voorzien was, ging hij zitten. Terwijl we aten vertelde Seth van onze plannen om begin volgende week een uitstapje te maken naar de bergen, en Valerie en haar moeder noemden locaties waar we onderweg zouden kunnen stoppen. Toen Rick me vroeg wat voor werk ik deed, antwoordde Seths moeder voor mij en zei tegen hem dat ik over politiek schreef. Waarna er aan tafel even een stilte viel.

'Als die congresleden nog wat corrupter worden,' zei Seths vader, 'gaan ze hun eigen banen naar China exporteren.'

Ik begon te lachen. En al snel lachte iedereen, op een nerveuze manier opgelucht, Seth nog het meest van allemaal. Onder tafel liet hij even zijn hand op mijn knie rusten en kneep erin. Ik kon me niet herinneren wanneer ik me voor het laatst zelfs maar een beetje opgelucht had gevoeld. Zijn vader, die blij was met de reactie op zijn kwinkslag, begon zijn mening te geven over corruptie bij de overheid, inferieure buitenlandse bouwmaterialen en de onzekerheden van de rente op de kapitaalmarkt, totdat zijn vrouw ten slotte tegen hem zei dat hij ons verveelde en aankondigde dat er taart was.

Ik stelde me voor hoe Celia haar hoofd zou schudden als ze zou zien dat Valerie en haar moeder de tafel afruimden en de keuken in gingen om af te wassen en alles op te ruimen, terwijl de vier mannen bleven zitten. Maar toen stond Seth op om hen te gaan helpen en waren we weer met z'n drieën.

'Ik zal jullie wat inschenken,' zei zijn vader, terwijl hij met een beweging van zijn schouder Rick en mij aanspoorde met hem mee naar de studeerkamer te gaan. Daar stond een met leer beklede bar met een messing stang en planchettes vol flessen voor een spiegel met daaronder een donkere lambrisering. Langs het plafond liepen houten balken. Op het rooster van een open haard lagen houtblokken. Aan de andere kant van de kamer stonden een bruinleren bank en fauteuils opgesteld rond een flatscreentelevisie waarop in levendige kleuren maar zonder geluid een basketbalwedstrijd werd vertoond.

'Rick hier neemt bourbon, en ik denk dat ik dat vanavond ook doe. Wat kan ik voor jou inschenken, Alec?' Terwijl hij op mijn antwoord wachtte, legde hij zijn hand op de bar naast de amberkleurige fles, waarbij de onderkant van zijn schakelarmband het leer van de bar raakte.

'Bourbon is prima,' zei ik.

Hij schepte ijs in de whiskyglazen en schonk drie royale borrels in.

'Proost,' zei hij, en nu keek hij me voor het eerst in de ogen, heel even maar, en met een kort hoofdknikje, alsof hij me nu pas welkom heette in zijn kennissenkring. Rick deed hetzelfde toen ik naar hem keek, en met z'n drieën klonken we. Het was een simpel, mannelijk gebaar, met gesloten mond even de kin laten zakken terwijl je elkaar kort aankeek. Zo had ik anderen en was ik zelf al wel duizend keer toegeknikt. Ik denk dat het een overblijfsel was van het lichten van de hoed. Maar ik had het altijd beschouwd als meer dan dat. Als de ontkenning van een impliciete dreiging met geweld. Een teken waarmee mannen aangeven dat ze geen wapens zullen gebruiken.

'Proost,' zei ik, me ervan bewust hoe dicht ze met hun lichaam bij het mijne stonden – het grote lijf van Seths vader, Ricks forse torso en dikke benen. Deze twee mannen, met wie ik nog maar net kennis had gemaakt, maakten me duidelijk dat ze me simpelweg en zonder er een woord over te hoeven zeggen accepteerden en me in elk geval het respect betoonden dat ik erbij hoorde. Maar alleen in enge zin. Ik verdiende in hun ogen het recht om als een man te worden behandeld. Deelnemer te zijn aan die elementaire concurrentie tussen alle mannen.

Dat ik dit opmerkte, het niet zomaar liet passeren als iets wat normaal is bij een kennismaking met onbekenden, maakte dat iets in me zich ontspande, een spanning in mijn buik, een weerstand tegen een verwachte aanval.

Ik probeerde te luisteren naar wat ze zeiden over de levering van bouwmaterialen en de woningmarkt, maar ik kon me er niet op concentreren. Ik zag hoe ze hun lippen bewogen, hun ogen dichtknepen en hun schouders ophaalden, en terwijl ik daarnaar keek, begreep ik voor het eerst in volle duidelijkheid dat hier een van de redenen schuilging waarom ik weleens afschuw had gevoeld jegens Michael. Omdat hij niet wilde zijn zoals andere mannen. Niet eens omwille van zichzelf, maar in mijn belang. Omdat hij niet wilde concurreren. Niet wilde leven met die spanning. Zoals ik altijd wel had gedaan, en deze mannen hier ook. En even voelde ik ook iets wat ik mezelf nooit had toegestaan te erkennen, namelijk dat ergens in mij ook een haat jegens mijn vader schuilging, zij het om de tegenovergestelde reden – omdat hij wel het spel meespeelde, maar te zwak was om het te kunnen winnen. Een haat die ik als jongen voor mezelf verborgen had, maar nooit had losgelaten en die ik, door zijn dood en mijn medelijden met hem, in al die jaren niet had kunnen erkennen.

'Maar al met al,' hoorde ik Seths vader zeggen, 'is het geen slecht leven.'

Rick was het eens met zijn schoonvader, wat ook zijn rol leek te zijn.

Achter me hoorde ik Seths voetstappen, en even later stond hij naast me en verbreedde onze kring zich om hem erin toe te laten.

'Sethy,' zei zijn vader. 'Pak een glas.' Hij vulde onze glazen bij en schonk in voor zijn zoon.

Terwijl we nu met z'n vieren ons glas hieven, keek zijn vader me opnieuw aan met zo'n knikje. Maar deze keer speelde ik het niet mee. Het gebaar spiegelen leek me een te schrale respons, te kil. Het was een soort toneelspel – een soort leven – waardoor ik zonder het te beseffen de mannen was gaan verachten van wie ik hield.

In plaats daarvan legde ik mijn arm om Seths schouders en zei tegen zijn vader: 'Ik wil u bedanken voor het feit dat u me hier ontvangt. Ik hou heel veel van uw zoon.'

Margaret

Ik vind het opmerkelijk dat de tijd zich in een omgeving zo kan doen gelden. En dus ook dat een nieuwe omgeving zo weinig door de tijd gekenmerkt kan zijn. Dit plafond, bijvoorbeeld, hier in mijn slaapkamer, in het ochtendlicht van september. Het betekent bijna niets. Het is nieuw, net als de lamp in het midden, de ramen van dubbel glas waar het licht doorheen schijnt en de kasten met louvredeuren aan weerszijden, waar zoveel minder in zit dan destijds ooit in de kasten in Walcott. Dat is allemaal goed, eigenlijk zoals het hoort te zijn.

Na grote pijn komt het vormelijk gevoel...

Die citaten die Michael op pakken papier in zijn tas overal mee naartoe nam, bleken voornamelijk verhandelingen te zijn over de doorwerking van het kwaad van de slavernij. Maar ook andere dingen, over muziek en kunst en het leven in het algemeen. Een paar ervan zijn me bijgebleven sinds ik ze de afgelopen winter heb gelezen, in de maanden na zijn dood. Het waren eigenlijk opmerkingen aan ons, die hij wel had opgeschreven maar nooit aan ons had doorgegeven. Of wel mondeling had doorgegeven, maar pas nadat ik was opgehouden met luisteren.

De zenuwen blijven plechtig, als graven...

Zo was het een tijdlang: abstract. Doen wat er gedaan moet worden maar met grote afstandelijkheid. Overleggen met Veronica, de makelaar. Het huis opruimen voor de aspirant-kopers die ze meebrengt voor een bezichtiging. Het moeilijkste was natuurlijk het opruimen van Michaels spullen. De stapel met alle correspondentie met zijn schuldeisers, zijn handgeschreven lijsten van de status van alle leningen en de openstaande bedragen, waaraan je kon zien dat hij tot het einde toe had geprobeerd een overzicht te houden over zijn schulden.

Alec had er minder dan een dag voor nodig om dat alles weg te doen, behalve waar het ging om die lening waarvoor ik me garant had gesteld. En daarvoor was niet meer nodig dan een overlijdensakte.

En dan waren er zijn platen, in de grijze melkkratten langs de wanden, in de dozen in de studeerkamer, de oude kamer van Alec en ook in de kelder tegen alle muren – duizenden. Ik heb er hier in mijn nieuwe omgeving geen ruimte voor, maar omdat we niet van plan waren ze weg te gooien, hebben we ze zolang opgeslagen, totdat we er een plek voor vinden waar ze hopelijk bij elkaar kunnen worden bewaard en afgespeeld.

In de nieuwe badkamer zijn de tegels in smetteloos wit gevoegd. Het medicijnkastje is een perfecte rechthoek met een spiegel die de hagelwitte muren weerkaatst. Vroeger ging ik altijd in bad, maar hier is alleen een douche met zijn glazen wanden waar het water op achterblijft als kralen waarin al het licht in het vertrek weerspiegeld wordt.

Weet je zeker dat je wilt verhuizen? had Alec gevraagd, telkens weer.

Ik heb overwogen om er te blijven, voor een tijdje tenminste, vooral voor hem. Omdat hij er zoveel moeite voor gedaan heeft om me daar te houden. Maar ik kon in die ruimte niet meer leven.

Hier doe ik mijn boodschappen lopend en ik wandel op het pad door het bos om het stuwmeer. Ik ben al bij de buren langs geweest en heb bij ze gegeten. Ik ken de vrouw die de post rondbrengt al een beetje. En het fijnste is dat Dorothy maar vijf minuten hiervandaan woont. Een paar maanden nadat ik was verhuisd, zei ze dat ze genoeg had van de voorsteden en dichter bij Boston wilde wonen zodat ze makkelijker concerten en musea kon bezoeken. We zien elkaar zeker twee keer per week, en daar ben ik heel dankbaar voor.

Na het douchen en aankleden loop ik op mijn tenen langs de logeerkamer, en ik hoor dat Celia en Paul al wakker zijn. Paul zou de nacht vóór zijn huwelijk bij zijn moeder hebben kunnen doorbrengen, maar Celia en hij wilden hier bij elkaar zijn. Ik loop door de eetkamer en doe de balkondeuren zachtjes dicht, zodat Alec en Seth op de slaapbank nog even kunnen blijven slapen.

Ik heb de muffins gistermiddag gebakken, dus ik hoef ze alleen maar in de oven op te peppen en ik moet de vruchten snijden en de eieren opzetten. Ik heb ze aangeboden een uitgebreider ontbijt te maken, in elk geval voor hun vrienden Laura en Kyle en Pauls ouders, maar Celia zei dat dat niet nodig was. Zodra mijn zus vanuit het hotel hiernaartoe komt, gaan we met z'n zessen om de oude eetkamertafel zitten die ik heb meegebracht, net als de meeste andere meubels voor zover er plaats voor is. (Alec heeft hier ook problemen met zijn ademhaling en zegt dat het achteraf misschien toch niet door de schimmel in de kelder kwam dat hij een masker op moest, maar door iets in de vloerkleden.)

'Zal ik ook eens wat doen?' zegt Paul, die de keuken in komt in een trainingsbroek en een T-shirt. Hij pakt een meloen van het werkblad en een mes uit het messenblok.

'Hoeft niet, hoor,' zeg ik tegen hem. 'Ik red het wel.' Maar hij heeft al een snijplank gepakt en begint te snijden.

Hij heeft al veel Kerstmissen bij ons doorgebracht, maar ik heb hem zelden alleen gesproken, altijd waren Celia of de anderen erbij. We hebben wel meer gepraat toen ze me in maart in San Francisco ontvingen. Ik had hem nog nooit zo attent meegemaakt, zowel tegenover mij als tegenover Celia, hij kookte en organiseerde uitstapjes. Ik denk dat sommige ouders zich wel zorgen zouden maken als hun dochter met hem ging trouwen, gezien de financiële onzekerheid van het soort werk dat hij doet, maar daartoe heb ik mezelf nooit kunnen brengen en nu zeker niet meer. Ik ben alleen maar blij dat ze met z'n tweeën de verbintenis aangaan, en ook de herinnering aan hoe goed hij met Michael omging doet me plezier – hij moest altijd lachen om Michaels capriolen.

Tijdens een van die uitjes, toen we op Stinson Beach aan het wandelen waren en Celia voor ons uit met de hond aan het spelen was, heb ik Paul verteld dat ik zou willen dat Gregory, Bennet en

Greenman en alle anderen die die medicijnen hadden uitgevonden daarvoor de gevangenis in zouden moeten. Zoiets had ik nooit eerder tegen iemand gezegd. Zelfs tegen mezelf niet. En hij accepteerde het gewoon en zei dat hij het begreep.

Hij reikte me de meloen aan, en ik deed de blokjes in de schaal bij de appels en bessen. 'Je moet nu echt doen wat je voor jezelf allemaal nog moet doen,' zeg ik, 'ik red me wel.'

Hij spreekt me niet regelmatig en is nog bezorgd om de rouwende moeder die ik ben, zoals degenen die dichter bij mij staan dat allang niet meer zijn nu het al met al bijna een jaar geleden is. Voor hen is de dood van Michael deel gaan uitmaken van het leven van alledag.

Terwijl ik de tafel dek en aan de slag ga met de eieren, hoor ik hen door het huis lopen. Het is de eerste keer dat ze hier allemaal bij elkaar zijn. Ik hou het weerbericht al dagenlang in de gaten en duim dat de voorspelling dat het een mooie dag zal worden standhoudt.

Als Penny als laatste is gearriveerd, gaan we aan tafel. Ik wacht tot iedereen iets op zijn bord heeft voordat ik zelf wat fruit pak. Als Alec tegen me zegt dat ik meer moet eten, kijkt Seth me bijna smekend aan, alsof hij zich wil verontschuldigen voor mijn zoon. Tot een paar maanden geleden had ik nooit een vriend van Alec ontmoet. Hij zal nooit nalaten voorkomend tegen me te zijn en behandelt me, net zoals Paul de laatste tijd doet, alsof ik op het punt sta in te storten. Hij ziet er heel jong uit, al is hij maar een paar jaar jonger dan Alec. Zijn moeder heeft me naar aanleiding van Michael een alleraardigste kaart gestuurd, wat ze, omdat ze me nooit heeft ontmoet, beslist niet had hoeven doen, en ik heb haar teruggeschreven dat ik hoopte een keer kennis met haar te kunnen maken.

Ik ben zo lang bezorgd geweest dat Alec nooit iemand zou vinden, omdat dat in zijn wereld zo problematisch is en hij zo gespannen leeft. Misschien zou hij rustiger zijn geworden als hij een vader had gehad die hem accepteerde. Ik ben maar zijn moeder. Ik heb eigenlijk geen voorkeur voor het een of het ander, en dat was hij zich altijd al bewust, waardoor mijn acceptatie minder voor hem betekent. Maar Seth en hij hebben nu samen een nieuw appartement betrokken en ik denk dat hij gelukkiger is dan hij wil erkennen.

Zijn schuldgevoel is zo belangrijk voor hem. Hij heeft er behoefte aan om te denken dat Michaels dood zijn schuld is. Dat houdt zijn broer voor hem in leven – het is een band. Alsof Michael, zolang hij hem die bekentenis nog verschuldigd is, op een dag terug zal moeten komen om die aan te horen. Zonder dat vooruitzicht rest alleen het einde.

Het is een ontdekking voor me dat het feit dat Michael niet meer leeft niet betekent dat wij zijn opgehouden te proberen hem te redden. De urgentie is minder geworden, maar niet verdwenen. We zijn er in onze verbijstering mee doorgegaan, het is een soort activiteit zonder motief met een eigen, vreemde continuïteit. Penny en ik luisteren hoe ze met z'n vieren praten over degenen die vanmiddag zullen komen, over de muziek bij de plechtigheid en over hun plannen om uit te gaan met de vrienden die morgenavond nog in de stad zullen zijn. Mijn bruiloft was natuurlijk formeler. De uitnodigingen ervoor waren opgesteld en verstuurd door mijn moeder, de meeste aan vrienden van mijn ouders. Een week van tevoren was er een formeel etentje geweest om Johns ouders met de mijne kennis te laten maken. Afspraken met de naaister om de trouwjurk te passen, een gesprek met de dominee, een repetitie in de kerk. John had het allemaal geduldig ondergaan en had zich minder dan ik verzet tegen alle benauwenissen van die formele gang van zaken. Maar tegenwoordig hoefde dat allemaal niet meer, Celia zou het vreemd hebben gevonden.

Toen de bestelwagens kwamen, hielpen ze allemaal met uitladen en het overbrengen van de spullen naar de kleine achtertuin die ik deel met de flat aan de andere kant van het gebouw. Gelukkig houdt het echtpaar dat daar woont niet van tuinieren en waren ze allang blij om te horen dat ik er wel van hou. Er is tot nu toe nog maar één seizoen geweest waarin alles bloeide, maar ik heb al het een en ander opgeruimd en wat geplant. Ik wou dat het wat groter was uitgevallen, vooral vandaag. Ik was bereid geweest om iets groters af te huren, maar van Celia hoefde dat niet. Zo was het goed, vond ze, alleen familie en een paar goede vrienden, niet een jaar vooruit plannen en kosten maken. Haar jurk had ik uiteindelijk wel mogen betalen – een tot de knie reikende lichtblauwe zijden jurk met een wit kraagje en manchetten en een paar bijpassende schoenen.

En de bloemen – ik mocht de bloemen uitkiezen, en Penny helpt met schikken op een tafel achteraan bij het hek en de vijf rijtjes klapstoelen die daar staan opgesteld. Ik zou meer moeten doen, heb ik het gevoel, maar blijkbaar hebben ze aan alles gedacht.

Rond het middaguur arriveert Caleigh met de speakers en de stereo-installatie die ze heeft gehuurd en die ze opstelt op de kleine, beschutte veranda bij de keuken. Ze wordt geholpen door Ben en Christine, met wie ik nog steeds contact heb, wat een hele troost voor me is. Caleigh wilde me niet laten betalen voor haar ticket vanuit Chicago, waar ze nu woont, en ik denk dat ik dat haar ook eigenlijk niet had hoeven aanbieden, al was ik heel blij toen ik hoorde dat Celia haar had uitgenodigd en dat ze zou komen. Ze ziet er bijna net zo uit als altijd, elegant en slank en nog net zo verlegen. Ze zei dat ze een paar dagen zou blijven, zodat we naar de opslag kunnen om de platen van Michael te inventariseren (ze weet er meer van dan wie ook van ons). Ik heb wat papieren apart gehouden waarop zij genoemd wordt en ook een stapel van die pamfletten van hen over herstelbetalingen. Ze glimlacht nerveus als we haar voorstellen aan de andere gasten die zich in de tuin verzamelen.

Omdat ze op hun manier de traditie in ere willen houden, is Paul de toegang tot mijn slaapkamer ontzegd als Celia daar haar jurk aantrekt en haar haar doet. Ik doe wat ik kan om haar te helpen, knoop haar jurk van achteren dicht, doe het sluitinkje van haar halsketting dicht, dingen die ik al sinds haar kinderjaren niet meer voor haar heb gedaan.

Ze is zesendertig, mijn dochter. Toen ik zo oud was, had ik alle drie mijn kinderen al en renden ze rond door de tuin in Samoset. Het is niet dat ik dat voor haar ook wil, of zelfs maar dat ik per se kleinkinderen wil hebben, die al mijn vriendinnen inmiddels hebben. Ik wil alleen maar dat ze gelukkig is.

'Passen die oorbellen wel?' vraagt ze.

Het zijn kleine hangers van in zilverdraad gevat blauw glas, en ik zeg dat ze perfect bij haar jurk passen.

Ze kijkt niet naar mij, maar naar zichzelf in de spiegel.

'Als je vader hier was, zou hij niet weten wat hij moest zeggen. Hij zou op een dag als vandaag beslist wel iets tegen je hebben gezegd. Ik had natuurlijk door de jaren heen ook van alles moeten zeggen.'

Ze kijkt me aan en kijkt dan weer in de spiegel. 'Er zijn vast wel dingen die je had kunnen zeggen, ja,' beaamt ze.

Ze heeft nooit make-up op, maar vandaag heeft ze besloten een heel lichte lippenstift op te doen, die ze langzaam en secuur aanbrengt, waarna ze haar lippen met een tissue dept.

'Weet je waar ik altijd een hekel aan had?' zegt ze. 'Die kerstkousen. Hekel is te veel gezegd. Ik vond het vervelend. Net als de adventskalender. Al die kleine rituelen, ook al werden we daar te oud voor. Het was alsof je de werkelijkheid wilde negeren en liever naïef bleef.'

'Ik ben ervan overtuigd dat ik...'

'Mama, luister. Dat vind ik niet meer. Ik heb allemaal vrouwen met hun partner of man in behandeling, mensen met kinderen. Ze hebben het zwaar – vanwege geldproblemen of labiliteit, wat het ook mag zijn – en ze weten niet wat ze moeten doen. Ze zijn wanhopig. Jij hebt geprobeerd alles een beetje bij elkaar te houden. Niet te veel te laten veranderen. Dat snap ik nu.'

'Het is ongelooflijk dat jij voor al die mensen zorgt. Ik snap niet hoe je het kan.'

'Jij hebt voor ons gezorgd,' zegt ze. 'Je hebt je best gedaan.'

Ik knuffel haar om niet te hoeven huilen. 'Nou, die Paul is een geluksvogel, dat kan ik je wel zeggen.'

Ze laat zich knuffelen. 'Ik benijd je soms,' zegt ze over mijn schouder, 'vanwege het weer en al die dingen die je nog weet, al die kleine dingen waar je van geniet. Dat vond ik ook naïef. Maar daar mag je blij om zijn. Het is goed dat je kunt genieten.'

Voordat ik tot me door kan laten dringen wat ze heeft gezegd, gaat de deur open en slentert Alec de kamer in en dringt ons bijna opzij om voor de spiegel zijn das te strikken.

'Het publiek is gearriveerd,' zegt hij. 'Ze zitten met ingehouden adem op je te wachten.'

Ik weet niet wat hier grappig aan is, behalve dat het iets is wat Michael gezegd zou kunnen hebben, een parodie op de actualiteit. Meer dan wat ook is dit misschien wat me aan het lachen maakt, waar zij op hun beurt om moeten glimlachen, waarna ook zij hardop lachen, om niets, lijkt het.

Ik moet algauw mijn ogen afvegen, zo hard lach ik, en ik zeg tegen hen: 'Nou, kom op, laten we een beetje ons decorum bewaren.'

'Waarom?' zegt Alec.

De dienst zelf is kort. Ik loop met Celia het smalle gangpad door. Twee vrienden van hen dragen korte gedichten voor. Kyle laat hen hun geloften afleggen. En ten slotte klapt iedereen en gaat het bruidspaar de gasten voor naar een lange tafel waar de champagneglazen staan. Het witte tafelkleed licht helder op in de volle zon, en het zonlicht flonkert in de wijn als die wordt ingeschonken. Ben, Laura en Caleigh zorgen ervoor dat iedereen een glas krijgt. Na een tijdje klinkt Alec met zijn glas, het geroezemoes verstomt, en hij brengt een toost uit op zijn zus waar hun vader trots op geweest zou zijn.

Het is warm en mensen beginnen te transpireren, de druppels parelen op hun voorhoofd terwijl ze staan te babbelen en te lachen en genieten van de mooie middag. En al weet ik dat ik niet naar het verleden zou moeten kijken, dat ik in het hier en nu moet zijn, ik kan niet voorkomen dat ik door dit alles – de tuin, de wijn, de zon en de uitbundige stemming van de mensen – word teruggevoerd naar de dag dat ik naar dat huis in Slaidburn Street ging, vlak bij King's Road, waar een feestje was. Ik was meegenomen door een vriendin, en via een gang met een laag plafond kwamen we in een kleine tuin achter het huis, waar ik John voor het eerst zag, die in hemdsmouwen en met een streepjesbroek achter een naar buiten gesleepte eetkamertafel stond waar een beddenlaken over was uitgespreid. Hij was gin-tonics aan het maken, en nadat hij er voor mij een had ingeschonken, kwam hij achter de tafel vandaan om samen met mij zijn glas te drinken. En om ons eerste gesprek te beginnen. Met zo'n voorkomendheid en zo'n zorgzaamheid.

Het is een dag die ik me niet met droefheid herinner, maar met verwondering over alles wat daarop is gevolgd.

Dankbetuiging

Voor hun steun tijdens het schrijven en redigeren van dit boek bedankt de auteur Ben George, Amanda Urban, Simon Prosser, Nicole Dewey, Amity Gaige, Minna Proctor, Jon Franzen, Nancy Haslett, Julia Haslett, Robert Millner, David Menschel, Jenna Chandler-Ward, Andrew Janjigian, Melissa Rivard, Mark Breitenberg en vooral Daniel Thomas Davis. Voor de tijd en ruimte die zij voor hem hebben vrijgemaakt bedankt hij de American Academy in Berlijn, de MacDowell Colony, de Aspen Writers' Foundation, Adrienne Brodeur, Jennifer Coor en Susan en Ben Baxt.